KB178400

백옥루 상량문

이 도서의 국립중앙도서관 출판시 도서목록(CIP)은 e-CIP 홈페이지(http://www.nl.go.kr/cip.php)에
서 이용하실 수 있습니다. (CIP제어번호 : CIP2010003906)

난설헌 허초희의

백옥루 상량문

❖ 김진원 역사소설

우리가 한 인물을 놓고 그 삶을 논할 때 꼭 필요한 부분은 시대적 환경일 것이다. 시대적 정서와 법의 논리 그리고 대다수 민중이 요구하는 사상의 가치를 말하지 않을 수 없다. 어렵고 험한 시대에 영웅의 탄생은 모두의 요구이며 또한 영웅의 탄생은 역사를 돌이켜 무수히 보아왔다.

임진왜란이 일어나지 않았으면 이순신이란 영웅은 평범한 장수에 불과했으리라. 이처럼 시대적 상황은 사상의 가치를 존엄하게 생각하며 역사의 인물을 크게 또는 작게 각인할 수 있는 잣대로 등장한다.

또한 병자호란이 일어나지 않았으면 윤집 오달제 홍익한으로 대변되는 명분과 충성의 시대적 존귀한 학사들은 나타나지 않았을 것이다.

한반도에서 500년이란 긴 세월동안 존재하던 조선의 통치 역사 · 사상이 변하고 사회적 정서가 학자적 주의라는 가치를 내세워 변했다.

조선의 역사를 여성의 위치에서 세심히 살펴보면 위 논제에 대한 답을 얻을 수 있다. 조선 초기부터 임진왜란이 일어나기 전까지만 해도 주자학적 통치이념을 정립하고자 수많은 시행착오와 정변을 겪었지만 조선 후기의 잔혹한 여성사를 말할 만큼 완성된 것은 아니다. 오히려 여성의 지위가 인정될 만큼 최소한 평등했던 고려시대의 습속들이 남아있었다. 부모가 죽으면 아들 딸 구별 않고 재산을 평등하게 나눠준다거나 여린 새댁이 힘 센 남자의 굴레에서 어렵게 살지 않게 하기 위하여 남귀여가혼(혼인 후 처가에서 일정기간 삶)이란 제도가 이를 증명하고 있다. 그러나 여성을 천박 시하는 사회적 변화는 조선 중기(16세기)를 지나며 후기에 이르러 절정을 맞이한다.

불행하게도 난설헌은 이 통치 이념의 변환기인 1563년에 태어났다. 유교적 사고가 도가적 사고와 부딪혀 사회적 정서가 몹시 혼돈스러운 시기였다. 이를 대표하는 당대 인물이 화담 서경덕과 서애 유성룡일 것이다.

시대적 정서가 한 인물의 삶을 얼마나 좌우할 수 있는지 불과 한 세대 앞에 살았던 신사임당을 보자. 사임당은 혼인 후 곧바로 강릉 친정에서 신접을 꾸렸다. 유년의 세월을 함께한 집과 들과 강을 바라보고 부모의 따듯한 보살핌을 받으며 정서적 사상적 부딪힘 없이 살았다. 그녀는 친정에서 율곡 이이를 낳고 그곳에서 수많은 글과 그림을 그리며 자신만의 정서를 아름답게 꾸려갈 수 있었다. 이 모습이 조선 중기 여성에 자유와 문화적 권리의 마지막 정서일 것이다. 불과 30여 년 후, 난설헌은 혼인 후 시댁으로 들어갈 수밖에 없는 상황으로 시대가 변했다. 친영제와 반 친영제 그리고 남귀여가혼의 혼습이 뒤엉켜있던 시기였다. 사임당과 난설헌은 조선의 천재 여성들이다. 시대적 상황이 그들에 삶의 가치들을 극단적 반향으로 바꿔 놓았을 것이란 주장에 토를 달고 싶지 않다.

사상적 가치가 여성적 환경에 얼마나 영향을 미치는가를 짚으며, 난설헌 허초희의 사상적 기준을 보면 아버지 허엽과 오라버니 봉으로 집약된다. 고대 중국의 노자와 장자의 사상을 정립한 도가적 사상. 이를 터득한 화담 서경덕이 허엽의 스승이요. 이를 보고 듣고 배운 오라버니 봉이 난설헌의 사상적 스승임이 분명하다. 신분이 낮은 삼당三唐시인 중 한 사람인 손곡 이달을 그녀의 스승으로 모시게 했던 봉의 자유분방한 도가적 사상을 보면 난설헌의 사상적 가치가 어느 곳에 있었냐는 쉽게 풀린다. 공자의 사상인 유교적 틀과는 매우 다른 이념이다. 불행하게

도 난설헌은 혼인 후 유교적 사상이 강한 안동김씨 집안으로 들어가 살게 된다. 그곳에서 도가적 사상과 유가적 사상의 부딪힘은 난설헌 전체 삶을 흔들게 되고 이에 나약한 여인 며느리의 고통으로 남을 수밖에 없었을 것이다.

그녀가 왜 조선에 태어났으며 왜 여자로 태어났는가. 그리고 하필이면 신랑이 안동김씨 집안의 김성립이었단 말인가 라는 어느 학자의 한탄. 장편소설 난설헌 허초희의 『백옥루 상량문』을 써 내려가며 내려놓을 수 없었던 속 깊은 가슴앓이의 이유가 되었을 것이다.

어느 날 『태평광기』란 중국 고대 설화집을 서점에서 구해 읽은 뒤, 선계에 대한 동경과 유선시로 대표되는 그녀의 작품을 곰곰이 살피는 동안 그녀는 선계에서 왔으며 사후 선계로 돌아갔을 것이란 엉뚱한 생각으로 400년 전 난설헌을 그려가던 지난 시간. 그 과정에서 혼전 행복과 달리 혼인 후 고통으로 변하는 그녀의 삶에 대한 슬픔은 창작의 산고보다 더 아팠었다고 감히 독자 여러분께 고백한다.

수천 년도 산다는 신선들의 나라 선계. 부디 난설헌 허초희도 선녀가 되어 지금도 그곳에서 분명 행복해할 것이라는 믿음 곱게 독자에게 전하며, 감수를 통해 탈고를 도와준 허난설헌 허균 기념관 관계자 여러분께 감사를 드린다.

2010년 11월

저자 김 진 원

■ 차례

제1부
무른 별을 동경한 선녀

천상계天上界 최상층인 백옥경 천단에 봉황 두 마리를
양 옆에 거느린 옥황상제가 자리를 했다.
검붉은 구름건너 동해 깊은 바다에 내려앉은
무지개를 짜내, 안개와 섞은 실로 짠 옥황의 옷에서
화려한 빛이 나와 장엄하게 백옥경을 비추고 있다.

천상계天上界 최상층인 백옥경 천단에 봉황 두 마리를 양 옆에 거느린 옥황상제가 자리를 했다. 검붉은 구름건너 동해 깊은 바다에 내려앉은 무지개를 짜내, 안개와 섞은 실로 짠 옥황의 옷에서 화려한 빛이 나와 장엄하게 백옥경을 비추고 있다. 경비는 삼엄하며 온갖 보석들이 은하수에서 반사된 엷은 빛을 받아 반짝거린다. 오색구름 사이로 대라천이 흐르고 물들은 굽이쳐 은하수 서쪽을 적신 뒤, 선계 한가운데 깊은 골짝을 건너 광한전을 지나 삼신산과 곤륜산으로 흘러간다. 수백의 악공들이 악기를 연주하고 맑은 아침 해가 선인장과 요초를 비춰 눈부시다.

백옥경 마당에 붉은 안개가 낮게 깔리고 봉황 학 기린 용 등이 끄는, 수레를 타고 온 신선들이 줄지어 옥황상제 앞에 정렬한다. 밤새 제궁에서 맡겨진 임무를 수행했거나 하계下界에 내려가 잔치를 즐기던 신선들이 새벽 조회를 위해 모인 것이다. 그들은 손에 약수경이나 황정경을 들고 서 있다. 기록을 맡은 상궁이 붉은 책 속에 옥으로 쓰인 신선들의 이름을 하나씩 부른다.

점검이 끝나자 오색영롱한 깃털을 가진 채봉이 붉은 책을 입에 물고 머리를 조아린다. 실눈을 뜬 채 옥황상제를 잠시 바라보던 채봉이, 소대에 머물고 있는 태을군에게 전달하려고 푸른 구름사이로 날아 아스라이 멀어져간다.

한 무리의 선녀들이 구석진 곳에 서서 이를 지켜보고 있다. 학의 깃털을 기린의 털로 엮어 지은 옷을 입었고 용의 수염을 붉은 안개로 물들여 곱게 짠 모자를 쓰고 있다.

신선들의 조회가 끝나자, 온갖 꽃들로 치장해 더 이상 아름다울 수 없을 만큼 화려한 화관을 머리에 쓴 선녀들이 제각기 흩어진다. 선녀 경번이 이들 무리를 빠져나와 천단 옥황상제 앞으로 올라갔다.

"아버님. 밤새 무고하셨습니까?"

"오냐. 예쁜 딸 경번아. 오늘은 광한전 백옥루가 완성되어 내가 무척 기쁘단다. 우리 선계 각 궁궐에 며칠 동안 축하연이 있을 게다. 두루 돌아 구경하고 삼신산 어머니께 들러 안부 여쭙고 오너라."

경번은 천단을 내려와 백 봉황을 타고 백옥경을 빠져 나왔다. 힘차게 나래를 휘젓고 있는 백 봉황 아래 오색구름이 구천에 펼쳐져 있고, 밭을 가는 용 주둥이에서 입김이 하얗게 뿜어져 나와 안개를 만든다. 기린은 어슬렁거리며 목화씨를 뿌리고 물가에 앉아있는 학이 꺼이꺼이 노래를 부른다.

경번이 예주궁에 들렀다. 자하허황과 옥신군이 경번을 반갑게 맞이한다. 계월광이 흐드러진 궁 한 편에 늙은 학 한 마리가 졸고, 새끼 봉황들이 지붕에 앉아 경번을 내려 보고 있다. 유하주로 술기운 감돈 신선들이 어깨춤을 추고, 항해장이나 경장을 빚어 만든 반야탕을 음료하며 선녀들이 신선의 손을 잡고 덩실거린다. 대림궁 옥수궁 벽와전 영보소전 등의 전각과 누대에도 수많은 선녀와 신선들이 백옥루 건립을 축하하며 흥에 겨워 있다. 경번이 가는 곳곳마다 청도靑桃와 홍이弘梨 등 음식이 넘쳐났다. 낮에 잔치를 끝낸 예주궁에도 해가 지면 경호㙈戶가 닫히고 대라천에는 푸른 연기가 자욱하다. 밤이 깊어지면 삼단에서 장금고와 연수영방 등 경전을 강의하고, 군선은 단 아래에서 이를 듣고 공부하는 풍경이 예사롭지 않다.

경번은 달의 중심에 자리한 광한전으로 들었다. 옥으로 만든 대들보가 화려하게 빛을 발했으며, 은촛대를 감싸고 있는 금병풍에서 요화가 피었다. 새로 지은 백옥루가 화려한 달빛을 받아 은은히 광채를 뿜으며 서 있다. 경번이 유심히 백옥루를 보았다. 화려한 백옥루에 대들보가 없다. 경번은 문득 대들보에 상량문을 지어 올리면 좋겠다는 생각을 하며 발길을 돌린다.

광한전을 두루 살핀 경번은 수정궁으로 들었다. 신선들은 이를 항아궁이라 말하기도 한다. 계수나무 꽃에서 그림자 아른거리고, 은은하고 맑은 미향이 경번의 코를 자극한다. 어디선가 옥피리소리 울려 퍼지고 금솥에서는 불사약 끓는 소리가 아름답다. 언덕아래 물가에선 은빛 물결이 잔잔하고 도화가 만발한 강가엔 홍학 무리가 춤을 춘다. 이화가 흐드러진 울 너머에 이슬이 짙어가는 달밤이면 흰 토끼 한 쌍이 영약을 찧는다. 계수나무아래에선 흥에 겨운 난새가 예상곡에 맞춰 화려한 춤을 춘다.

경번은 구름바다 저편 아득한 곳, 아스라이 안개 속에 자리한 삼신산으로 자리를 옮겼다. 황금 대궐에는 은빛으로 치장한 궁이 있었다. 병사들은 모두 옥으로 치장된 옷을 입었으며 요화가 피어난 궁 안엔 푸른 복숭아가 주렁주렁 달려있다. 붉은 안개가 짙어진 계곡에서 봉황의 사랑 노랫소리가 흥겹게 들린다. 아홉 개 강줄기에서 파도를 삼킨 용이 트림을 하고, 이에 바람과 먼지가 일어 그 소리가 우레와 같이 들렸다. 바다에 떠 있을 뿐 뿌리내리지 못한 큰 연꽃이 머리에 용을 이고 떴다 잠기기를 반복한다. 삼신산에서 구주를 내려다보니 터럭 끝과 같이 작고, 동해를 굽어보니 바다인지 우물인지 구분이 안 된다. 삼신산은 봉래, 영주, 방장의 봉우리를 가지고 있으며, 봉래는 검은 바다로 둘러싸여있어 바람이 일지 않는데도 파도가 백 장이나 되어 접근할 수 없다. 단지 오백 년에 한 번씩 길이 열려 건널 수 있다. 꼭대기 지성 한가운데는 승화전이 있고 푸른 새가 주변을 빙빙 돌며 감시를 한다. 백 척이나 되는 사다리는 선계 밖에 세상과의 인연을 차단시켰고, 이는 다시 천상의 궁과 연결되었다. 금솥에는 단정수가 넘치고, 해맑은 날엔 신선들이 옷을 벗어 말리는 풍경이 종종 눈에 띈다. 신선은 육기六气를 타고 선계를 찾아다닌다.

선계의 대모인 서왕모는 곤륜산 삼신산 등을 통제하며 평상시 옥경에 머문다. 하지만 청도가 익는 달밤이 되면 난정과 약피로 꾸며진 오색기린이나 백색 봉황 또는 붉은 용이 끄는 오운거五雲車를 타고, 옥환이나 경패소리 요란한 가운데 곤륜산 요지로 내려온다. 신선들이 줄지어 그녀를 맞이하고 꽃들은 무희로 변해 춤을 추고, 새들은 피리소리를 내며 흥에 젖는다.

서왕모는 삼신산 부용봉에 내려가 있었다. 경번이 봉래 부용봉에 올랐다. 어머니 서왕모가 주재하는 잔치가 한창이다. 복사꽃 계수나무 꽃흐드러진 가운데 봉황이 피리를 불어 흥취를 돋우고, 신선들은 녹옥장이라는 지팡이를 짚고 있었다. 바닷바람이 불어와 벽도화가 춤을 춘다. 옥쟁반엔 안기생의 대추가 가득 담겨 있다. 신선들은 유하주 또는 경로를 마시고 선도를 먹으며, 소아의 악기가 연주되는 가운데 흥은 새벽까지 이어진다.

"어서 오너라. 내 딸 경번아. 이리 와 춤을 춰 보렴."

서왕모는 경번을 가까이 오라한다. 그녀의 손을 잡고 덩실덩실 몸을 돌린다. 경번은 머리를 흔들며 서왕모 손끝을 따라 맴을 돌았다. 머리에 쓴 화관이 화사하게 빛을 발하며 부용봉을 환히 비췄다.

경번은 삼신산을 나와 곤륜산으로 향했다. 가냘픈 흰 봉황의 날개가 붉은 안개를 헤치며 푸른 구름사이를 넘나들더니 어느새 곤륜산에 도착했다. 곤륜산은 천제에서 가장 낮은 곳에 위치하고 있으나 아득히 높아 달과 해조차도 산 아래 잠겨 있을 정도다. 산은 아홉 겹의 층으로 이루어져 매 층의 거리는 만 리나 된다. 둘레엔 붉은 머리카락조차 가라앉는다는 약수가 흐르고, 꼭대기엔 요지가 있어 밤마다 어머니 서왕모가 주재하는 신선들의 잔치가 벌어진다. 주변엔 옥례천이 있어 이를 마시면 불사한다. 그곳엔 선계의 온갖 나무들이 자라고 구포영금과 금색의 사자가 곤륜산을 지킨다. 아래엔 팔극八極을 옆에 두어 허무를 달래고, 옥경과 은하 등 천상계와 통하는 통로가 되기도 한다.

잔치가 파하는 새벽, 서왕모가 곤륜산으로 내려왔다. 신선들이 머리를 조아리고 크게 웃으며 환영한다. 얼마 후 태양의 신이 들것이라며 신선들의 귀환 장면이 호들갑스럽게 전개된다. 하계에 내려왔던 신선들은 동이 트기 전에 천상으로 복귀해야 한다. 날이 새면 은하수에 놓여 있던 다리가 끊어지고 백옥경의 구슬문은 닫혀 돌아갈 방도가 없다. 경번이 어머니 서왕모에게 다가갔다.

"어머니 돌아가시게요?"

"그래 경번아. 어서 서두르자. 곧 햇살이 이곳 곤륜산에 몰아칠 것이다."

"네, 어머니. 조금 전 붉은 안개 사이로 푸른 별이 언뜻 보였어요. 너무나 아름다웠습니다. 구름이 걷히고 있으니 잠시 기다리다 푸른 별을 보고 갈게요."

"안 된다. 시간이 없어. 어서 아버지 옥황이 계신 백옥경으로 돌아가야 하느니라."

"잠시만요. 어머니."

경번이 검붉은 구름사이로 다시 나타날 푸른 별을 기다리는 동안 서왕모는 백옥경으로 돌아갈 준비를 서두른다. 서왕모가 탄 오운거는 금첨에 황금 굴레를 얹었다. 약수 동편에 서하가 내리는 새벽, 요해월搖海月은 환해지고 샛별이 서쪽으로 지고 있다.

몇 무리의 아이들이 은 백학을 타고 퉁소 불며 안개 사이로 날며 앞장섰다. 백봉황을 탄 시녀들이 뒤따르는 가운데 서왕모는 붉은 용이 끄는 오운거를 타고 도화꽃잎 만발한 계곡을 날아 백옥경으로 올랐다. 서왕모를 떠나보낸 신선들은 치마에 저고리를 입고, 학을 타거나 무지개 사다리를 타고 허공을 걸어 귀환을 했다.

잠시 후 붉은 구름이 엷어지는가 싶더니 푸른 별이 경번의 눈에 들어왔다.

"아름답도다. 저 별에 갈 수만 있다면."

푸른 별을 동경한 그녀 눈빛에서 짙은 광채가 번득였다. 그녀가 넋이 나간 사이 마지막 봉황은 곤륜산 산머리를 지나 사라지고 구슬을 입에 머금은 용은 해수海水에 잠겨 보이지 않았다.

"어머니."

경번이 정신을 차리고 하늘을 보았을 때 그녀의 머리 위에선 햇살이 이글거렸다. 어디서 날아왔는지 붉은 학 한 마리가 경번의 몸을 잡아 채 하늘로 올랐다. 학의 등에 엎드려 푸른 허공으로 날아가는 경번의 머리카락이 화관을 휘감으며 바람에 날려 펄럭였다.

경번은 학의 날갯짓에 행방을 맡긴 채 무한한 공간을 날아갔다. 얼마를 날았을까. 더 이상 선계에 들 수 없는 선녀 경번이었다. 눈에 들어온 푸른 별의 색채는 더없이 아름다웠으며, 그녀가 보고 싶고 가고 싶어 동경했던 작은 별의 모습이 점점 더 가까이 다가왔다. 이내 그녀는 푸른 별 경계를 넘어 들어왔다. 바다가 보였고 드높은 산들이 빼곡히 들어선 험준한 산맥을 지나며 행복한 감탄사를 연발했다.

"오! 나의 별. 아름다운 푸른 별."

어디서 나타났는지 수많은 학들이 동해바다 위에서 춤을 추고, 머나먼 수평선을 따라 코끼리 기린 사자 등이 어울려 만세를 부르고 있었다. 경번을 데리고 온 붉은 학은 바다 한가운데 운동장처럼 떠있는 거대한 연꽃 위에 그녀를 내려놓고 수평선을 따라 바다 너머 어디론가 날아갔다.

제2부

춤추는 동해바다

어둠은 경포를 포근하게 감싸며 솔숲으로 기어들었다.
호숫가에 수줍은 달빛이 내려와 앉았고, 화려하게 제멋에 취해
웃어대던 도화桃花가 잠이 들려고 입을 다물었다.
가깝게 또는 멀리서 들리는 동해바다의 파도소리가
담장 안으로 넘어와 창가에서 울어댄다.

어둠은 경포를 포근하게 감싸며 솔숲으로 기어들었다. 호숫가에 수줍은 달빛이 내려와 앉았고, 화려하게 제멋에 취해 웃어대던 도화桃花가 잠이 들려고 입을 다물었다. 가깝게 또는 멀리서 들리는 동해바다의 파도소리가 담장 안으로 넘어와 창가에서 울어댄다.

밤은 파도소리에 지그시 눈을 감은 채 명상에 잠기 듯 고요했고, 경포 잔잔한 너울에 앉아 있던 달빛도 새벽녘에 다다르자 태백산맥 너머로 이우는 달을 배웅하며 자취를 감췄다. 바람소리가 싱그러운 울 너머 여명을 깨우는 오죽의 소리가 시끄럽다. 동해 깊은 바다에서 용솟음 칠 태양을 기다리는 솔숲이, 고개를 갸우뚱하며 바다 쪽을 바라보고 있는 새벽. 암흑 속 수평선 위에서 어둠을 뚫고 붉은 기운이 솟구치고, 파도는 거세게 바다를 흔들어 검붉은 색을 수면 밖으로 밀어내고 있다.

살구꽃 배시시 눈을 뜨는 울안에 아침이 열리고 있다. 안방에서 작은 기침소리가 들리고 이내 호롱불이 창을 밝힌다.

"대감. 주무세요?"

"방금 전 깼어요. 부인은 더 자지 않고 왜 벌써요?"

"꿈을요. 요상한 꿈을 꿨어요. 대감."

"허허. 부인께서 요즘 몸이 허실하다 했더니 안 꾸던 꿈을 다 꾸시고요. 그래 무슨 꿈을요?"

"아기가 있으려나 봐요. 태몽 같아요. 대감."

"이런 경사가. 그렇지 않아도 봉釪이 태어난 후 십여 년이 흘러도 소식이 없기에 내심 서운했는걸요."

"대감 탓입니다. 한양에 계신 대감을 이곳에서 별 바라보듯 바라만 볼 뿐인데 어찌 기쁜 소식을 전해 드릴 수 있겠습니까?"

몇 해 전 필선으로 복관한 허엽이었다. 그 얼마 뒤 대사성, 지제교를 지내고 동부승지 참찬관에 오르며 허엽은 본격 중요한 관직 임무를 하사 받았다. 하지만 곧은 말 잘하기로 유명한 젊은 사림 허엽은 경연에 나가 조광조, 이수근의 원통함을 풀어내려했고, 허자, 구수담의 무죄를 주창하다 파직되었다. 그는 곧장 임영(강릉) 초당 김씨 부인 곁으로 내려왔다. 불과 며칠 전 일이다.

"그래서 내가 부인 곁으로 급히 달려왔지요."

"대감이 내려오신다는 기별을 받고는 설렘에 바닷가를 휭 하니 몇 번을 돌고 왔었지요."

"정말이요? 이런. 미안함이. 허허허."

허엽은 부인을 가슴으로 당겨 안았다. 김씨는 대감의 가슴 품에 얼굴을 묻으며 살며시 눈을 감았다. 아녀자 행복의 시작이 낭군임을 새삼스럽게 깨달으며 허엽의 민 가슴을 쓸어내렸다. 허엽이 부인의 등을 따스하게 보듬자 그녀는 낭군의 손길을 따라가며 지난날을 회억했다.

님을 향한 아녀자의 그리움은 눈물의 연유가 되기도 했다. 대감 허엽이 없는 이곳에서 바다와 산을 바라보며 외로움을 오롯이 가슴에 묻었었다. 날이 저물녘 하루해를 대관령 너머로 떠나보내고, 촉촉이 이슬 맺힌 눈을 베개에 파묻고 잠을 청하곤 했었다. 경포 뱃사람들의 노 젓는 소리를 밤늦도록 듣고서 새벽을 맞이한 적이 한두 번 아니다.

김씨가 허엽의 가슴을 살며시 밀어내며 입을 열었다.

"대감. 얼마간이라도 이 소첩 옆에 계실 거라는 약조를 해주세요."

부인 김씨는 간드러진 목소리를 시나브로 건네며 허엽의 품안으로 다시 파고들었다. 허엽은 나긋한 부인의 엉덩이를 가볍게 보듬으며 모처럼 행복감에 젖었다.

허엽이 품에 꼭 안긴 부인의 등을 토닥이다 자리에서 일어났다.

"어험. 부인. 그래 태몽 같다는 꿈 이야기나 들어봅시다."

부인은 쑥스럽다는 듯 얼굴을 베개에 묻으며 소곤거렸다.

"솔숲 건너 동해바다가 잔잔하고 기온이 온화해 대감을 모시고 모래사장으로 산책을 나갔어요. 갑자기 마른하늘에 천둥이 치고 먹구름이 몰려왔지요. 파도는 수십 척을 넘겨 용울음을 토해냈고, 푸른 바닷물이 황토 빛으로 변해 용왕의 노여움이 큰 듯 보였어요. 그리고 바람이 세차게 불어 눈을 뜰 수 없었고요. 대감 품속에 몸을 숨겨 잠시 있노라니 어느덧 바다는 조용해지고 햇살이 들기 시작했지요. 다시 바다를 바라볼 즘 잔잔해진 물 위에 동산만한 연꽃이 덩실 떠 있었고 그 위로 학 한 마리가 앉아 있었어요. 눈부실 정도로 고운 붉은색의 깃털을 가진 그 학이 우리 곁으로 가까이 날아왔어요. 학은 도화주와 계수나무 열매를 물어 놓고 다시 연꽃 위로 날아갔지요. 잠시 후 광풍이 바다를 휘몰아쳐 파도는 일렁였고 억수같은 비가 해변을 적시었어요. 얼마 후 다시 잔잔해진 바다 위에 거대한 연꽃은 바닷속으로 가라앉고, 하늘 끝 어디론가 날아가는 학 한 마리가 아스라이 눈에 들어왔어요. 참 희한한 꿈이었습니다. 대감."

"이런 태몽입니다. 태몽이 맞아요. 부인. 헌데 도화주라? 계수나무 열매라 하던가요?"

"네 그렇다고 했습니다. 대감."

도화주. 계수나무 열매는 천상 선계에서 먹는 음식이다. 허엽은 옥황상제와 서왕모를 기억했다. 선계에서 이들이 보낸 아이라는 생각에 이르자 얼굴에 웃음꽃이 피려고 씰룩거렸다. 하지만 허엽은 아녀자 앞에서 사내의 체면을 생각해 억지로 웃음을 참았다. 입술 사이로 참았던 웃음바람이 픽하고 새 나왔다.

"선계에서 점지하신 아이겠군요. 부인."

허엽은 대견하다는 듯 누워있는 부인을 일으켜 꼭 안았다.

여명이 창으로 다가와 방을 밝히자 김씨는 호롱불을 입으로 불어 끈 뒤 방을 나갔다. 허엽은 방문을 열고 밖으로 나가는 부인의 뒤태를 보며 빙긋이 웃었다. 몇 번 고개를 갸우뚱하다 이내 끄덕이던 허엽이 큰 기침을 하며 환히 밝아진 안채 뜰로 발을 내디뎠다. 배롱나무 잎에 촉촉이 맺힌 이슬이 아침햇살을 받아 반짝이자 허엽은 눈을 지그시 감았다. 정원의 구석구석을 대나무 빗자루로 쓸고 있던 문지기 머슴이 다가와 인사를 건넸다.

"대감마님. 편히 주무셨습니까?"

"오냐. 담장 밑에 제멋대로 자란 풀들이랑 꽃들은 뽑지 말고 놔두어라. 녀석들도 대를 이으려 안간힘을 쓰며 꽃을 피워내고 있지 않니?"

"네 대감마님."

허엽은 팔작지붕을 한 안채를 돌아보며 부인 김씨의 태몽이야기를 온전히 가슴에 새겼다. 그는 중문을 지나 사랑채로 향했다. 맞배지붕을 이고 서 있는 행랑채가 눈에 들어왔다. 문간방에서 머슴이 뒤 늦게 방을 열고 나오다 신발도 못 신은 채 오도카니 서서 고개를 숙인다.

"죄송합니다요. 대감마님. 어제 마구간 백마 녀석이 설사를 하는 바람에 늦잠을 잤습니다요."

"그런 일이 있었구나. 고생했다. 그렇잖아도 오늘 오죽헌에 다녀오려고 했다. 놈의 상태를 세심히 관리해 두어라."

협문을 통해 물을 길어오는 시녀들의 종종거리는 발자국 소리가 들렸다. 허엽이 사랑채 대청으로 오르자 측면 끝 방에서 글 읽은 소리가 방문을 새나와 쩌렁쩌렁 울린다.

"어험."

허엽이 끝 방문 앞에서 헛기침을 했지만 아들 봉은 글에 빠져 아버지 기침소리를 듣지 못했다.

"봉이 있느냐?"

봉은 문을 열어 아버지를 맞이했다.

"아버지 편안히 주무셨습니까? 아직 이른 아침입니다. 좀 더 쉬시지 어인 일로 소자를 찾으셨습니까?"

아버지 엽이 자리해 앉자 봉은 책상 맞은편에 서서 허리를 깊숙이 굽혀 인사를 올렸다.

"자리해 앉아라. 봉아."

"네 아버지."

"대견하구나. 내 아들 봉아. 그동안 관직에 몸담고 있다 보니 네 어머니에게만 너를 맡기고 내 소홀한 것이 적지 않은데 올곧게 크고 있었구나."

"과찬이십니다. 아버지."

"네 나이 벌써 열두 살이 되었구나. 밤낮을 가리지 않고 열심히 공부

한단 소식은 내가 종종 접했다. 어디까지냐?"

"사서삼경 등을 속속들이 공부하였으나 아직 많이 부족합니다. 과거를 준비하려고 과체誇體를 공부하는 중입니다. 아버지."

"이제부터 내가 너와 독대하며 공부를 할 것이다. 아비에게 가르침을 받으며 한 일 년 공부를 하자꾸나. 그 다음 내가 한양으로 너를 보내 큰 세상을 바라보고 체험하며 공부할 기회를 주려한다. 봉이는 고아한 군자처럼 커야 할 것이다."

"네 아버지. 명심하겠습니다."

허엽이 아들 봉의 어깨를 두드려준 뒤 방을 나왔다. 잘 가꾸어진 넓은 정원을 가로질러 행랑채 솟을대문 밖으로 나오자 머슴 서갑이 뒤를 따랐다.

"이놈아. 우리 경포에 산책이나 다녀와 조식을 하자꾸나."

"네, 대감마님."

아침 바닷바람을 맞은 아름드리 소나무에서 바람소리가 드세게 들려왔다. 발뒤꿈치를 조금 드니 소나무 사이로 동해의 푸른 바다가 뻔뻔스레 알몸을 내보이고 있었다. 새벽녘 부인이 태몽이라며 들려주던 이야기가 귓바퀴에 걸려 정갈하게 맴돌았다. 허엽은 경포로 향하던 걸음을 돌려 바다 쪽으로 길게 나 있는 솔밭 길을 따라 걸었다.

"대감마님. 그 쪽은 경포가 아니고 바다로 나가는 길입니다요."

"알고 있다 이놈아. 어서 따라 오너라."

솔숲 바람소리와 동해 파도소리가 겹이 져 끊임없이 들려왔다.

"그 누가 소나무를 늘 푸르다고 했던가. 발아래 낙엽 되어 떨어진 솔잎이 지천이거만. 쯔 쯧. 권불십년이요 강산도 변한다 했거늘. 낙락장송도 제 낙엽을 보지는 못하는 걸."

허엽이 뜻 모를 소리를 내며 걸음을 재촉하자 머슴은 고개를 갸우뚱하며 뒤를 따랐다.

바다를 끼고 넓게 그리고 길게 펼쳐있는 모래사장이 흔연欣然히 앉아 있다. 잔잔한 아침 파도는 모래를 입에 넣었다 수없이 뱉어내며 백사장을 도발했고, 햇살을 머금은 바닷물은 눈부시게 반짝이는 광채를 뿜어내며 속살거렸다. 허엽은 바다 가까이 다가가 물 위에 떠 있는 거대한 연꽃을 상상했다. 한 마리 학이 앉아 있었다고 했다. 화려한 붉은 깃털을 가진 놈이라고 했다. 허엽이 긴 수염을 손으로 쓸며 헛기침을 한 뒤 빙긋이 웃었다. 머리를 들어 구름 한 점 없는 하늘을 보았다. 학이 날아갔다는 수평선을 바라보며 동선動線의 흔적이라도 찾아보려는 듯, 허엽의 눈동자는 먼 하늘의 한 곳을 향해 초점을 맞추고 있었다.

"어떤 녀석이 나를 만나러 올 것인가?"

허엽은 햇살이 파멸해 부서지는 부산한 바다를 뒤로 하고 집으로 발길을 돌렸다.

오죽이 줄을 이어 경포자락을 감싸고 있었다. 호수 한가운데 정자에서 사람들이 분주하다. 연회가 있을 듯 음식을 실었거나 기녀들을 태운 배가 들락거린다. 허엽이 잠시 걸음을 멈추었다.

"임영 부사가 아직도 정신을 못 차린 모양일세. 기생 연회라. 그토록 혼쭐이 난 뒤 좌천되었거늘. 서갑아, 이놈아. 어서 가자."

허엽이 솔숲 길을 따라 집 쪽으로 걸었다. 그때 먼발치에서 젊은 처자가 숲길을 따라 바다로 뛰어가고 있었다. 그 뒤를 서너 발짝 뒤에서 사내가 뒤쫓고 있다. 연놈은 바다로 뛰어들어 죽을 태세다. 그들이 무슨 짓을 할지 급한 일은 명확했다. 허엽은 연놈이 달아난 곳으로 몸종 서갑을 급히 보냈다. 서갑이 득달같이 그들을 향해 바다 쪽으로 달려갔다.

잠시 후 관원인 듯 두 놈이 삼지창을 어깨에 메고 긴 칼을 휘두르며 그들이 달려간 바다를 향해 뛰어갔다.

"멈추어라. 멈추지 못할까?"

두 놈이 가던 길을 멈추고 허엽 앞으로 다가왔다.

"무슨 일이더냐?"

"대감마님. 오늘 연회에 쓸 종년이 도망을 갔습니다요."

"알았다. 내가 잡아서 징치를 해 보낼 것이니 임영 부사에게 그리 알리도록 해라."

두 놈은 잠시 멈칫거리더니 이내 연회가 열리는 경포 쪽으로 줄행랑쳤다. 얼마 후 바다로 뛰어들던 연놈이 서갑의 손에 이끌려 잡혀왔다.

"대감마님 잡아왔습니다요."

그들은 허엽 앞에 무릎 꿇려서 앉았다.

"이른 시간에 무슨 연유로 급히 뛰어간다 말이더냐?"

"살려 주십시오. 대감마님."

"자초지정을 말하렷다."

처자가 먼저 입을 열었다.

"대감마님. 오늘 임영부사께서 이곳 경포대 연회를 한다 합니다요. 그런데……."

"이놈아. 왜 말을 흐리는 게냐?"

이번엔 사내가 잔뜩 주눅 든 얼굴을 들며 말을 이었다.

"대감마님. 이 낭자는 저와 혼약을 맺은 사이입니다요. 그런데 오늘 임영부사님의 연회 때 수청은 물론 한양에서 내려온 칠순을 넘긴 노 대감마님 침수까지 보살펴야한다며 강제로 끌려왔습니다요. 아무리 천것으로 살아가는 밑바닥 생이거늘 혼약을 맺은 처녀를 침수 수청까지 들게 할 수는 없습니다요. 그래서 빼돌려 도망을 치려했습니다. 죽을죄를 지었습니다. 제발 목숨만 살려주십시오. 대감마님."

"이런. 이런. 어디 사는 놈들이며 이름이 뭐더냐?"

"북쪽으로 조금 떨어진 사천에 삽니다요. 저는 유복이라고 하고 이 처녀는 달래라고 합니다요."

"사천이라 했느냐?"

허엽은 처갓집 동네인 사천 애일당愛日堂을 기억했다. 그는 잠시 무엇엔가 골똘하더니 서갑을 시켜 이들을 남들 눈에 띄지 않게 집으로 데려가라고 했다.

며칠이 흘렀다. 솔숲 맑은 공기를 가르고 짭조롬한 바다 냄새가 울안으로 들었다. 밤새 차가운 이슬이 내려앉아 힘없이 나동그라졌던 초목이 아침 햇살을 받아 일제히 고개를 들며 제 모습의 아름다움을 뽐내고 있는 시간. 아침 식사를 마친 허엽이 사랑채 정원으로 내려섰다. 검회색 잔가지에 셀 수 없을 만큼 매달린 앵두나무 꽃이 흐드러지게 피어있었다. 어떤 놈은 제 본연의 씨앗을 가지에 맡겨두고 꽃비처럼 추락했고, 어떤 놈은 뭇 날벌레의 구애를 받으며 수줍어하고 있다. 오만한 자기탐닉에 도취된 벌 한 마리가 허엽의 기침소리에도 아랑곳하지 않고 꿀을 빨아댄다.

"이놈 집착과 열정이 대단하네. 아무렴 그래야지."

요염하기 양귀비에 버금가는 목단 한 송이가 땅을 헤집고 올라와 있다. 피톨들이 뭉쳐져 응고된 검붉은 꽃술을 삐죽이 땅위로 내밀며 세상을 정탐하려는 듯 비밀스레 고개를 들고 있었다.

"게 누구 없느냐?"

"대감마님. 유복이 대령하고 있습니다요."

"그래. 달래인지 하는 처자와 함께 지내니 기분이 좋더냐? 이놈아."

"네 대감마님. 성은에 감복해 평생 대감마님을 주인으로 모시고 싶습니다요."

"허허. 그놈하곤. 그래 내가 조만간 혼례를 올려주마."

유복이 연신 허리를 굽히고 머리를 조아렸다.

"너희 둘은 어떤 일이 있어도 대문 밖 출입을 해서는 아니 되느니라. 임영 부사 수하에게 발각되면 곤장 수백 대가 너희들 엉덩이에서 춤을 출 것이야."

"명심하겠습니다. 대감마님."

"안채로 들어가 내가 마님을 뵙자 전하고 오너라."

유복이 신바람 난 바지를 펄럭이며 안채로 달려갔다.

허엽이 사랑채 정원을 훑어보며 입가에 흐뭇한 미소가 흐를 즘 부인 김씨가 다가왔다.

"어서 오세요 부인. 봄꽃들이 한창입니다."

"그러게요. 대감. 저 도화를 보세요. 마치 선녀 같아요. 붉은 놈은 뜨거운 기운마저 느끼게 하네요."

"폭풍한설 이겨낸 시간을 되돌아보면 호사지요. 암 호사이고말고요."

"대감도 곧 임금의 부르심이 있을 것입니다. 그동안 나랏일에 몸과 마음 많은 상처를 받았으니 쉬라는 뜻일 겝니다. 호사라 생각 마시고 마음 편히 쉬세요."

얼마만일까. 사랑하는 낭군이 오면 함께 걷고 싶었던 아름다운 정원이었다. 이 시간을 위해 해마다 흙이 있는 곳이면 꽃과 아름다운 나무를 심었던 부인 김씨였다. 사부작 꽃길을 걷는 부인의 걸음걸이가 가볍다 못해 사뿐거렸다. 살포시 미소를 머금은 부인의 얼굴에 홍조가 가득하다. 옆 눈으로 이를 보던 허엽이 처갓집인 사천 애일당에 다녀오자고 했다. 그동안 애들 키우느라 친정에도 못 들렀을 부인에 대한 배려다. 모처럼 부부동반으로 장인 장모께 안부도 여쭐 겸 다녀올 요량이라고 했다.

봄의 한가운데, 햇살의 은혜로운 빛이 대지의 따스한 기운을 만들어 만물이 소생하고 있다. 시간을 다퉈 피어나는 꽃과 날벌레들이 눈에 띄게 많아졌다. 부인이 걷던 걸음을 멈췄다. 갓 피어난 듯 여린 도화꽃 위에 한 쌍의 잠자리가 생식기를 섞으며 몸이 붙어있다. 부인은 붉어진 얼굴을 돌리며 살구나무 아래로 걸음을 옮겼다.

"왜 그러세요? 부인."

"아닙니다."

"어허. 부인 얼굴에 쓰여 있습니다, 그려. 태몽이 있었다고 했는데 사실이었군요? 허허허허."

"어제 의원이 맥을 짚고 가면서 확인해 주었습니다. 쑥스럽사옵니다."

허엽은 부인에게 도타운 웃음을 보이며 어깨를 살며시 안았다.

"감축 드리옵니다. 부인."

"놀리지 마세요. 대감. 아랫것들이 보고 들을까 부끄럽사옵니다."

"어떤 녀석이기에 어미 꿈에 선녀로 나타났는지 매우 궁금합니다, 그려."

"그러게요 대감. 저도 궁금하긴 매한가지입니다."

허엽은 부인의 한 발 앞서 걸으며 사랑채 쪽으로 걸음을 옮겼다.

"그동안 집을 잘 가꾸었습니다. 부인."

부부는 사랑채를 지나 솟을대문이 위용을 자랑하는 행랑채 앞에 멈췄다.

"이곳 행랑채 곡간에서 곡식을 내어 문 밖 방앗간에서 정미를 하지요. 그리고 저 좁은 협문을 통해 머슴들이 안채로 들락거리고 있습니다. 동쪽 협문 밖 우물에서 물을 길어다 썼는데 어찌나 물맛이 좋은지 동네 사람들이 물을 마시러 일부러 오곤 한답니다."

"정원에 꽃들이 참으로 많아 보기 좋습니다. 부인."

"대감이 워낙 꽃을 좋아하셔서 안채와 뒤뜰 그리고 사랑채 후원까지 흙이 있는 빈 곳엔 꽃을 심었습니다. 이른 봄 홍매화부터 늦가을 서리가 내린 뒤에도 피어 정원을 환희 밝히는 국화까지 심어놓았습니다."

허엽은 부인의 아름다운 마음씨가 집안 곳곳에 가득히 배어 있음을 다시금 깨달으며 흡족해했다. 걸음을 멈춘 허엽이 갑자기 부인의 배를 내려다보며 호탕하게 웃었다. 담 아래에서 먹이를 찾던 참새 떼가 웃음소리에 놀라 훌쩍 담을 넘어 달아났다.

"쑥스럽사옵니다. 대감. 얼마 전 꿈이 태몽이라면 옥황이나 서왕모의 점지가 틀림없을 것입니다."

"암, 그래야지요."

얼마 후 부인이 행랑채를 뒤로하고 안채로 들어간 뒤 허엽은 머슴 서갑을 불렀다.

"이놈아. 오늘 나무하나 심자. 아주 뜻 깊은 일이 될 것이다. 유복이와 달래도 오라고 해라."

서갑이 유복에게 허엽의 말을 전하고 돌아왔다. 허엽은 서갑을 데리고 우물터로 통하는 협문을 거쳐 후원으로 들어갔다. 언제 준비했는지 튼실한 도화나무 두 그루가 있었다.

"어서 오너라. 유복아. 오늘 너와 달래의 인연을 이곳에 남겨 기억하고자 한다."

허엽과 서갑이 땅 구덩이를 파고 나무를 심을 때 몇 발치 건너에서 유복이 달래와 또 한 그루의 도화나무를 심고 있었다. 고운 흙을 골라 뿌리를 덮고 구덩이를 메워 나무심기가 끝나자 유복과 달래가 다가왔다. 연신 허리를 굽실거리며 흐뭇해하는 모습을 보고 허엽은 또 하나의 인연에 감사했다.

"대감마님이 심으신 도화나무는 어떤 기억을 남기시려했습니까요?"

"그래, 서갑아. 안방마님께서 수태중이시란다. 기념으로 도화나무를 심었구나."

잠시 후 안채로부터 처가인 애일당을 가자는 기별이 왔다. 허엽은 말 안장에 높이 올라 가마를 탄 부인을 데리고 사천으로 향했다.

대지는 봄볕을 받아 흐드러진 축복 속에 희망으로 넘실댔다. 밤새 내린 비는 새벽녘이 되어서야 그쳤고 미처 털어내지 못한 배롱나무 잎에 앉은 물방울들이 아침햇살에 야실거렸다. 담장 밑 오죽은 밤의 잔흔을 기억하며 졸고 있는 듯 조용했다.

바야흐로 생동의 계절이 완벽하게 시작되고 있다. 초록이 뿜어내는 신선하고 맑은 기운이 청명한 바닷물의 색채를 이입移入하고 경포와 어울려 초당의 기운을 더해주고 있다.

사천 애일당 친정을 오가던 부인의 배는 산처럼 부풀어 올랐다.

본의 아니게 모처럼 얻은 임영 초당의 휴양시간은 허엽의 몸과 마음을 추슬렀고 그 행복감으로 밤낮 아들 봉을 앞에 앉혀놓고 학문을 가르쳤다. 일 년이란 세월동안 아들 봉을 접하면서 학업에 천재적 재능을 보인 봉篈을 한양에 보내기로 마음을 굳혔다.

어둠이 짙게 드리운 대문 밖 솔숲에 유복과 달래가 있었다. 해질 무렵 유복이 허엽의 명을 받고 우울해하던 시간이다. 우거진 나뭇가지 때문에 한 치 앞도 보이지 않는 음험한 곳이다. 달빛조차 나뭇가지에 걸려 이들의 교합을 비추지 못했다. 한동안 이어지던 연놈의 거친 호흡소리가 더 이상 들리지 않았다. 달래가 치맛단을 내리고 저고리 속으로 뽀얀 젖가슴 두 개를 숨기고 있었다. 잠시 후 달래의 울음소리가 잔잔히 솔바람을 타고 주변을 맴돌았다.

"달래야. 어찌할 수 있단 말인가? 생명의 은인이신 대감마님의 분부이거늘."

"그럼 우리는 언제 부부의 연으로 살아갈 수 있을까? 유복아."

"조금만 기다려. 내일 봉 서방님 모시고 한양에 가면 곧 달래도 올라올 수 있을 거야."

유복이 풀어헤쳤던 허리띠를 다시 엮으며 달래를 꼭 안았다.

"한양에 가서 나를 잊으면 안 돼. 유복아. 나를 버리면 안 된다고."

"걱정하지 마. 우린 혼약을 한 사이야. 나도 달래와 어서 빨리 신방을 차리고 싶단 말이야."

달래가 훌쩍이던 콧물을 바닥에 뿌리고 유복의 허리를 안을 때 대문이 열리고 횃불이 바깥마당을 환하게 비췄다. 두 사람은 솔가지가 수북이 깔린 바닥에 납작 엎드렸다. 횃불을 든 머슴 옆으로 봉의 얼굴이 보였다. 잠시 후 횃불은 바다 쪽으로 사라졌다. 초당에서 바라본 동해 밤바다. 허봉은 마지막으로 그를 보고 싶었다. 횃불이 바닷가에서 멈춰 한동안 움직이지 않았다. 유복과 달래가 나란히 누운 채 하늘을 보았다. 솔가지 빼곡한 사이로 별들이 총총했다.

"나도 별이 되고 싶다. 그럼 유복이를 매일 밤 만날 수 있을 텐데."

누가 먼저랄 것 없이 두 사람은 입술을 포개며 밤이 새면 헤어질 가슴 아린 시간을 서로 위안했다. 한 식경이 지난 후 그들은 우물터 옆으로 난 쪽문을 통해 안으로 들어왔다.

아침이 밝아왔다. 매미 소리 요란한 미루나무 저편에 태양이 이글거렸다. 배롱나무 꽃이 한창인 뜰을 건너 아들 봉이 사랑채 허엽의 방으로 들었다.

"어서 오너라. 봉아."

"아버지, 어머니 절 받으세요. 못난 아들 부모님의 은혜를 받아 한양으로 길 떠날까 합니다."

부인이 자리를 피해 옆으로 앉았다.

"봉아, 네 나이가 열 셋이 맞지 않느냐?"

"네 아버지."

"세월이 많이도 흘렀구나. 한양에 가서 공부할 마음가짐은 단단히 세운 것이냐?"

"열심히 해서 아버지 존함에 어긋나지 않는 아들로 거듭나겠습니다."

"그래야지. 암. 그렇게 해야 되고말고. 아비보다 더 나은 걸출한 인물로 커야하느니라. 그곳 한양 건천동에 가면 네 또래들이 많을 터, 친구들도 잘 사귀어야 한다. 또한 글을 읽고 쓰는 것도 중요하지만 심성을 올바로 갖고 백성의 눈높이를 헤아려 세상을 바라보는 큰 그릇이 되는 기백을 놓지 말아야 할 것이야."

수태 중인 어머니가 절을 받지 않자 봉이 어머니 곁으로 다가가 손을 꼭 잡았다.

"어머니. 어머니와 태중에 있는 제 동생 건강하게 다시 뵐 수 있기를 바랍니다. 소자 한양에 가서 최선을 다해 열심히 학문을 닦는데 게으르지 않겠습니다."

"그래 봉아. 아버지 가르침을 잊지 말고 훌륭하신 아버지 명예에 먹칠을 하는 일이 있어서는 절대 아니 될 것이야."

부인은 붉어진 눈시울을 손으로 훔치며 고개를 숙였다.

"그래 지금 출발하면 곧바로 가도 대 엿새는 걸릴 것이다. 행랑채 머슴 유복이를 따라가게 했으니 충분히 쉬면서 가도록해라. 예전에 말했지만 그곳에 가면 너의 형 성筬이 있고 할머니가 계시니 맘 편히 공부에 열중하도록. 봉아."

봉이와 유복이가 탄 말 두 필이 서쪽 대관령을 향해 경포를 끼고 걸어갔다. 예년에 비해 실히 자란 갈대가 두 필의 말 사이에서 부산하게 흔들렸다. 서쪽 경포 호수가 끝나는 지점에서 두 마리의 말은 자취를 감췄다. 대문 밖에서 허엽과 부인 김씨가 서운함과 뿌듯한 마음으로 이들을 바라다보다 안으로 들어갔다.

달래가 우물가에 서서 눈시울을 손으로 꾹꾹 짜며 혼약한 정인 유복이 떠나는 뒷모습을 보고 있었다.

봉篈이 떠난 초당 저택엔 허엽과 부인 김씨만 남았다. 허엽은 점점 배가 불러오는 부인을 데리고 종종 산책을 다녀오곤 했다. 봄 햇살이 가득 넘실대는 경포와 동해바다의 푸른 기운을 받으며 지낸 둘만의 시간은 행복함이 흠씬 더해갔다. 끝없이 펼쳐진 수평선 위로 아침 해가 솟아 대지를 붉게 물들이면 오채영롱한 들꽃들은 격렬하게 꽃을 피웠고, 해 저물녘 서쪽의 드높은 산위로 하루해가 지면 촐싹이는 파도소리와 경포를 건너는 취객들의 흥겨운 노랫소리가 뒤엉켜 들렸다. 허엽 부부는 경포의 노 젓는 소리와 뱃사공들의 흥겨운 노랫소리를 들으며 깊은 잠 속으로 빠져들었다.

밤새 부인은 깊은 잠을 못 이뤘다. 부인은 몸이 예사롭지 않다는 것을 느낄 수 있었다. 따스한 아침 햇살이 방안을 기웃거릴 무렵 부인이 산기를 보이자 허엽은 급히 의원을 들이라고 했다. 머슴 한 놈이 바람처럼 초당을 떠나 의원 집으로 내달렸다.

얼마 후 소란한 말발굽소리가 초당 저택 가까이 들렸다. 허엽은 행랑채 솟을대문을 열고 의원을 마중하러 나갔다. 머슴 서갑이 대문을 열자 허엽의 얼굴엔 당황한 기색이 역력했다. 그곳엔 뜻 밖에 붉은 깃발을 들고 긴 칼을 옆구리에 찬 놈과 사관대모를 쓴 사내가 두 필의 말을 타고 허엽이 서 있는 마당으로 들어섰다. 두 사내는 허엽을 보자 말에서 내려 고개를 숙이며 굽실거렸다.

"대감. 어명을 가지고 왔습니다. 어서 교지를 받으세요."

허엽은 부인의 산기 때문에 의원을 마중하러 나왔다가 느닷없이 닥친 두 사내의 언행에 놀라지 않을 수 없었다. 허엽은 한양의 당파싸움이 그 어느 때보다 심하다는 전갈을 받은 터라 아연실색했지만 부인의 산통 앞에서 내색할 수 없었다. 혹 저들이 사약이라도 꺼내지 않을까, 아니면 첩첩산중으로 귀양의 교지를 갖고 있지 않을까 두려웠다. 그토록 바라던 아이의 출생을 앞에 놓고 어인 일이던가. 허엽은 두근거리는 가슴을 진정하며 대문 앞에 그들이 깔아놓은 돗자리에 부복해 어명을 받고자 했다.

"어명이요. 초당 허엽을 삼척부사로 임명하니 속히 임지로 떠나 업무에 임하시요."

허엽은 긴 한숨을 내쉬며 안도하는 듯 보였다. 임금 명종의 용안이 눈앞에 스쳐갔다. 어렸을 적 임금에 올라 수렴청정을 거치며 호된 시련을 겪었던 주상의 안쓰러운 모습이 떠올랐다. 어린 주상이 커서 진정한 임금이 될 때까지 모두 지켜본 허엽이었다. 사내들은 허엽에게 임금의 교지를 전하고 곧바로 초당을 떠났다. 그들이 타고 돌아가는 말발굽에서 희뿌연 먼지가 일어 바람을 타고 경포로 흩어졌다. 허엽은 부인의 아기 생산과 어명을 눈앞에 두고 갈등하며 잠시 생각의 동요가 일었다. 어명은 한시라도 지체할 수 없었다. 아기를 보고 갈 것인가. 바로 떠나야 할 것인가. 혼란스런 생각으로 머릿속이 어지러웠다.

얼마 후 의원을 데리러 갔던 머슴이 흰 턱수염이 얼굴 가득한 의원 황씨를 동반해 도착했다.

"어서 들어가 진맥해 보시게."

의원은 안채로 들어 부인을 진맥했다. 잠시 후 안뜰 한가운데 서성이던 허엽에게 의원이 다가왔다.

"대감. 오늘은 넘기실 것 같습니다. 제가 이삼 일 이곳에 머물며 마님을 돌봐드리겠습니다."

"그래. 수고했네."

허엽은 부인의 방으로 들었다.

"부인, 힘드시지요? 조금만 참으세요. 곧 좋은 소식이 있을 것이라 의원이 말하더이다."

"전 괜찮아요. 대감. 빨리 우리 아기를 보고 싶어요."

"저도요. 기대가 큽니다. 그런데 어찌하지요? 부인. 조금 전 파발이 다녀갔습니다. 내가 어명을 받았어요. 난감합니다. 어서 삼척 부사 임지로 떠나라는 주상의 분부이십니다. 이런 낭패가."

"지난번 봉을 낳을 때도 대감은 한양에 계셨습니다. 이번엔 삼척이고요. 후…… 서운합니다. 하지만 어쩌겠어요. 번연한 결과인 것을요. 대감 어서 임지로 떠나세요. 어서요."

"그토록 내가 기다리던 아기인데 출산을 못보고 떠나게 되어 섭섭합니다. 아무쪼록 건강하게 순산하시고 즉시 내게 결과를 일러주시구려. 부인."

"네. 대감."

허엽은 부인의 손을 꼭 잡은 채 한동안 마주하다가 방을 나왔다.

다음날 이른 아침 허엽은 임지인 삼척으로 갈 채비를 했다. 사랑채를 나온 허엽이 안채로 발길을 옮겼다. 부인 김씨가 대감의 행차를 배웅하려고 마침 방을 나오고 있었다.

"아니요. 부인 어서 들어가세요. 아직도 바닷바람이 찹니다."

부인은 대청마루에 서서 오대산만큼 불룩 튀어나온 배를 두 손으로 움켜쥐고 허엽의 안쓰러운 시선과 마주했다.

"괜찮습니다. 대감. 이제 가시면 언제 오시나요? 숱한 세월 또 대감을 그리워해야겠군요. 후, 후후후. 어쩌겠어요. 이곳 걱정은 접어두시고 임지 민생이나 잘 돌보세요."

허엽이 대청마루 끝으로 걸어가 부인의 손을 잡았다.

"다녀오리다. 예쁜 공주였으면 좋겠습니다. 부인."

허엽은 서운함이 가득한 부인을 두고 안채 뒤 후원으로 들어갔다. 여종 달래가 도화나무 옆에서 서성이다 급히 뛰어 나갔다. 허엽은 한양으로 보낸 유복과 그들이 심은 도화나무를 쓰다듬던 달래의 사랑을 기억했다. 그는 씁쓸히 혀를 차며 일 년 전 태몽 이야기를 듣고 심었던 도화나무 옆에 발길을 멈췄다.

"녀석 벌써 꽃을 피웠네. 참으로 탐스럽도다. 저리 곱고 예쁜 도화를 닮은 공주였으면 좋겠구먼."

서갑이 말을 매어놓는 횡목 앞에서 분주하게 말 갈퀴를 고르며 대감을 기다리고 있었다.

"대감마님. 갈 길이 멀어 출발하셔야겠습니다."

"그래. 어서 가자꾸나."

허엽이 탄 홍마가 앞장을 섰다. 그 뒤로 커다란 봇짐을 등에 매단 서갑의 황마가 뒤를 따르며 초당의 솔숲을 지나 경포로 접어들었다. 부인 김씨가 행랑채 솟을대문 밖에 나와 임지로 떠나는 대감의 뒷모습을 하염없이 보고 있었다. 여름을 맞아 그동안 애써 가꾸었던 온갖 꽃들이 색을 발하고 바닷바람에 실려 온 짠 냄새가 꽃향기에 섞여 부인의 코로 스며들었다. 얼마 후 두 사람의 모습이 언덕너머로 사라지자 부인은 솔바람 댓바람 소리를 들으며 안채로 들었다. 부엌일을 돕는 여종 달래와 황의원이 부인의 뒤를 따랐다.

오후가 되자 바람이 거세졌다. 울 밖에 가득한 소나무들이 바람을 이겨내느라 휘청거렸고 울 안 살구꽃과 도화 꽃잎이 힘없이 정원으로 나뒹굴었다. 동해바다 먼 곳에서부터 먹구름이 몰려왔다. 일렁이는 파도에 바다는 굉음을 내질렀고 휘몰아쳐 부서진 파도의 하얀 거품들이 백사장을 뒤덮었다. 어느덧 해와 낮달이 자취를 감춰 하늘은 어두웠으며 경포로 가는 길 숲에 가지런히 울을 이룬 오죽의 흔들림은 안쓰럽기까지 했다.

부인의 산기가 도를 더해갔다. 앉았다 섰다 다시 눕기를 반복하며 부인은 어찌할 줄을 몰랐다. 여종 달래가 부인 옆에서 이를 바라보며 깊은 한숨을 내쉬었다.

"달래야. 의원을 들게 해라."

부인의 목소리가 모기소리보다 작게 들렸다. 달래가 방을 나와 사랑채로 달려가는 발자국 소리가 급하게 들렸다. 잠시 후 황 의원과 달래가 안방으로 들자 부인은 통증을 이겨내느라 입술을 깨물며 안간힘을 다했다. 산모가 내지르는 소리가 창밖으로 넘어선 안 된다는 일념이 부인을 지배했다.

밖에서 빗소리가 들렸다. 번개가 지나가는가 싶더니 곧 천둥소리가 들렸다. 세찬 비바람소리가 정원의 초목들을 휘 갈기며 매섭게 몰아쳤다. 동해바다가 비바람에 맞서 싸우는 듯 큰 울음소리를 내며 으르렁거렸다. 하늘은 더욱 어두워졌으며 세상이 통째로 바뀌는 듯 거대한 태백산맥의 드높은 산도 천둥소리에 맞춰 세차게 울어댔다.

부인은 광목으로 된 재갈을 입에 물고 용트림을 해댔다. 손을 묶은 천장의 광목 줄이 당겨지는가 싶더니 힘없이 늘어지고 또 당기기를 반복했다.

잠시 후 어두웠던 창밖이 붉을 밝힌 듯 훤해졌다. 바람은 잔잔해지고 빗소리도 들리지 않았다. 칼로 베는 듯 울어대던 소나무들도 조용히 멈춰 머나먼 수평선을 바라보고 있다. 김씨는 잠이 드는 듯 정신이 몽롱했다. 거친 호흡을 진정하며 몽상의 세계로 빠져들었다.

눈만 뜨면 바라보던 동해바다에 수를 셀 수 없을 만큼 많은 연꽃이 피어 떠다녔다. 바다를 가득 메운 학의 날갯짓들이 장관을 연출했고 바다 머나먼 하늘에는 사슴과 붉은 용과 기린이 어설픈 춤을 추고 있었다. 선계에서 내려온 선녀들이 연꽃 위에 앉거나 서서 들어보지 못한 언어를 써가며 노래를 불렀다.

부인은 고른 숨을 내쉬며 잠든 듯 눈을 감고 있었다. 아기의 울음소리가 가냘프게 들려오기 시작했다. 거짓말처럼 바다는 조용해졌으며 그들은 하나씩 바다를 떠났다. 용의 등에 오르고 기린의 꼬리를 잡고 사슴의 뿔에 매달려 하늘로 오르는 선녀들의 옷매무새가 너무 아름다웠다. 연꽃은 바다 속으로 숨어들었고 학들은 동해바다 수평선 너머로 꼬리를 내보이며 날아갔다.

"감축 드립니다. 부인. 예쁜 공주아씨를 생산하셨습니다."

부인이 정신을 차리고 눈을 떴을 때 황의원이 눈앞에 있었고 옆에 앉아 아기를 보듬고 있는 달래가 보였다.

"마님. 정신이 드세요? 공주마마이십니다. 감축 드립니다."

"대감의 예지력처럼 공주가 태어났군요. 고생했어요. 의원."

"대감마님이 원하신 대로 예쁜 공주님이십니다. 어서 기쁜 소식을 전해드려야겠습니다."

"아니요, 의원. 아직 삼척에 도착도 안하셨을 거고요. 도착하셨다 해도 처음인 업무를 챙기시느라 바쁘실 테니 며칠 후 전해드리도록 하세요."

의원은 달래에게 뒤처리를 부탁한 뒤 방을 나와 사랑채로 돌아갔다.

며칠 후 의원은 임영 현으로 기별을 보내 삼척부사 허엽에게 파발을 부탁했다.

부인이 아기를 생산한지 며칠이 흘렀다. 작은 씨방 하나를 가지에 남긴 앵두꽃잎이 정원 구석구석으로 흩날렸고 보드라운 자색으로 봉오리진 각시붓꽃이 삐죽이 고개를 들고 따사로운 햇살을 머리에 인 채 배롱나무아래 앉아 있었다. 온화한 기온에 바람도 잔잔한 오후. 부인 김씨는 아이에게 젖을 물려 재운 뒤 대청마루에 나와 앉아 안뜰을 바라봤다. 바다 미풍에 흔들려 사각거리는 오죽의 가냘픈 잎사귀 소리가 들려왔다. 사랑채로 나가는 초입새를 응시하던 부인의 눈동자에 촉촉이 습기가 돋았다. 아이를 낳을 때마다 님은 곁에 없었다. 서운한 감정과 그리운 속내가 겹이 져 부딪쳤고 부인의 마음을 착잡하게 했다. 분주하게 집안을 오가는 시녀들과 머슴들이 부인과 마주칠 때마다 고개를 숙였다. 맑은 하늘에 한 점 구름이 어디론가 천천히 흘러갔다. 대문 밖 방앗간 일을 도맡은 머슴이 후다닥 안채로 들어와 부인에게 고개를 숙이며 입을 놀렸다.

"마님. 대감마님 오십니다요. 경포 쪽에 대감마님이 타신 홍마가 이쪽으로 들어오고 있습니다."

부인은 화들짝 놀라 방으로 들었다. 흐트러진 머리 매무새를 고치고 옷깃을 매만지자 입가에 환한 미소가 돋았다. 부인은 방을 나와 행랑채로 바쁜 걸음을 옮겼다. 미처 솟을대문을 지나기 전 허엽이 대문 안으로 들어왔다.

"대감. 어서 오세요."

허엽이 말에서 내려 부인에게 다가왔다.

"고생했어요. 부인. 그래 몸은 좀 어떠세요?"

"네 대감. 삼척 일은 잘 접수가 되었나요? 대감을 걱정하느라 아이 낳는 힘겨움도 잊었지요."

"이런 황공할 일이. 부인. 허허허."

"어서 들어가 대감이 그토록 보고 싶었던 딸아이를 보시구려."

"그럽시다, 부인. 서갑아, 내일 아침 동트기 전 삼척으로 돌아갈 것이니라. 단단히 준비를 해 놔라."

허엽은 부인에 앞서 성큼 성큼 안채 방으로 들었다. 행여 고운 잠을 깨울까 살그머니 아기 옆에 앉았다.

"아가야. 고맙구나. 내게 와주어서. 입은 매초롬히 야무져 속살거리는 것 같고 코는 짐짓 오만하면서 상서로운 기운이 가득하여 온전히 한 획을 긋는 여인으로 커갈 조짐이니라. 넓은 이마는 학문을 포괄적으로 받아들여 재주가 뛰어날 것이고, 눈은 붉은 꽃들이 세상을 도발하듯 맑게 빛나 우아한 여인의 안온한 미소가 더할 것이다. 어쩜 피부가 그리도 희뿌연 하느냐? 마치 선계에서 내려온 선녀를 닮았구나. 아가야."

아버지 허엽이 방에 들어와 자신을 보고 있다는 것을 아는지 아기는 해맑은 눈동자를 위 아래로 돌리며 방실 웃는 듯했다.

"대감. 태어난 지 얼마 되지 않은 아이치곤 너무나 윤곽이 선명합니다. 그렇게 보이시는지요?"

"그렇군요. 부인. 마치 이 세상에 익숙해 있던 아이 같아요. 중국 설화 중에 초나라 때 인물 노자가 있었지요. 그는 어미 뱃속에서 칠십이 년을 살며 세상 이치를 모두 깨우치고 태어났는데 곧바로 말을 하더라는 설화가 있습니다. 신생아가 너무 의젓해 노자 생각이 다 납니다. 부인."

"아이한테 너무 과찬이십니다. 대감."

"그래요. 부인의 정성스런 태교가 있었으니 잘 클 것입니다."

"태몽을 기억하시나요? 대감."

"아무렴요. 그래서 내가 부인께 더욱 고맙게 생각을 합니다. 그리고 내가 아이의 이름을 지어왔어요."

"무엇이라 지었습니까? 대감."

"초희楚姬 어때요? 부인 마음에 드시나요?"

"대감이 지어 내리신 이름인데 마음에 들고 안 들고 있겠습니까. 아주 예쁘네요. 초희라, 허초희."

"옛날 중국 초나라 장왕이라는 분이 있었는데 그의 부인 번희樊姬는 어찌나 어진성품으로 사람들을 대했는지 후대에 이르기까지 존경의 대상이었습니다. 번희의 삶을 닮으며 크라고 초희라고 지었습니다. 부인."

"네, 대감. 깊은 사연이 있는 이름입니다."

부인은 초희라는 이름을 중얼거리며 아이 얼굴을 자세히 내려다 봤다. 잠시 후 아이가 중얼거리듯 입을 삐죽이더니 울려고 아미를 찌푸렸다.

"대감 아이 젖 물릴 시간입니다. 자리 좀."

허엽은 모녀를 피해 방을 나왔다.

다음날 이른 새벽 허엽은 몸종 서갑을 데리고 삼척 임지로 귀임했다. 삼척으로 돌아온 허엽은 한양 권세가들의 끊임없는 세도 싸움에 치를 떨며 거리를 두려고 했다. 하지만 조금씩 파발이 전해주는 사건에 연루되기 시작했다. 파벌이 갈라지고 뭉치고 간자들의 못된 상소문으로 임금은 휘청거렸으며, 머나먼 지방 좌천 길 삼척에서 이를 바라보는 허엽의 옹골지고 당찬 언행은 한양 모사꾼들의 먹이가 되어 입방아에 오르내렸다. 허엽이 정치적 반대파의 강력한 견제를 받아 미움을 살 무렵 허엽은 반대파의 수장을 과격하게 비판하는 상소문을 명종에게 올렸다. 이를 두고 한양 당쟁파들의 기 싸움은 치열했으며 명종은 이를 빌미로 삼척 부사 허엽을 파직하기에 이르렀다. 삼척부사로 임명을 한지 불과 수개월만의 일이었다.

허엽은 삼척에서 짐을 추슬러 다시 임영 초당으로 돌아왔다. 딸아이 초희가 태어난 바로 그해였다. 허엽은 초희를 남달리 귀여워했으며 아침저녁 사랑채로 문안을 들게 했다.

겨울이 지나고 또 다른 봄이 되자 초희는 걸음마를 익히고 뒤뚱거리며 안 밖 뜰을 걸었다. 이를 지켜보는 허엽의 마음은 행복하기 이를 데 없었다. 허엽은 초희와 봄볕을 따라 산책을 다녀오며 정을 붙이는 시간이 많았다.

해마다 지고 피고 또 져도 봄기운을 받아 새롭게 피어나는 초목들의 잎과 꽃을 초희와 함께 즐기던 봄이었다. 임영 부사로부터 어명을 전달받은 허엽은 살붙이 초희를 남겨두고 경주 부윤으로 부임하게 됨에 초당을 뜰 수밖에 없었다. 초희와 아버지 허엽의 이별은 초희가 태어난 이듬해 일이었다.

아버지 허엽이 경주로 내려간 사이 초희는 무럭무럭 자랐고 특히 꽃과 나무를 좋아했다. 초희가 세 살 되던 해였다. 초희와 달래는 경포 옆 솔밭을 걸었다. 하루 종일 초희를 따라다니며 말동무를 해주던 보모 달래가 급히 집에 다녀올 일이 생겼다.

"아기씨, 여기 잠시만 계세요. 다른데 가시면 길을 잃습니다. 알았지요? 우리 귀여운 아기씨."

그녀가 초희를 솔숲에 놔두고 집에 들어간 사이였다. 초희는 솔숲을 따라 경포 호수 쪽으로 아장아장 혼자 걸었다.

"오죽은 검은 대나무요. 도화는 복숭아꽃이고 이화는 배꽃이니라. 바다는 태수요 강은 중수고……."

초희는 중얼거리며 꽃이 피어있는 곳마다 걸음을 멈추어 유심히 관찰하고 다시 꽃을 찾아 두리번거리며 걸었다.

"땅 위에 인간이 있고 인간 위에 하늘이 있어 하늘 천天자 되었다 하니 하늘나라에는 누가 살까?"

초당마을에 어둠이 지고 있었다. 달래는 초희를 찾아 솔숲을 샅샅이 뒤졌지만 초희를 발견하지 못했다. 바닷물은 검게 변했고 먼 곳에서 불어드는 밤바람에 파도는 점점 더 높아갔다. 달래는 두려움이 밀려와 어찌할 줄 몰랐다. 그녀는 집으로 돌아와 머슴 몇 명을 데리고 어둠 속으로 초희를 찾아 나섰다. 어둠이 무섭게 자리한 모래사장을 돌아다녔고 경포 근처 나루터까지 발걸음을 계속했다. 초희는 없었다. 머슴들이 내쉬는 힘겨운 숨소리가 이곳저곳에서 들렸다.

"달래야. 아기씨가 안 보여. 어떡하니? 큰일이야."

달래는 경포 호수 물이 넘실대는 버드나무아래에 쪼그리고 앉아 울음을 터트렸다. 하늘엔 보름달이 덩실 떠올랐고 별들이 무리진 밤은 점점 더 깊어갔다. 얼마 후 초희의 어머니 김씨 부인이 미친 듯이 경포로 달려왔다.

"어찌되었더냐? 왜 초희가 안 보여. 왜?"

부인은 시녀와 머슴들을 향해 서슬이 파란 눈을 부라리며 호통을 쳤다.

"어서들 다시 찾아봐. 혹 나쁜 일이라도 생기면 너희들은 동해바다로 뛰어 들어야 할 것이야."

한 무리는 어둠이 지천인 솔숲과 백사장 쪽으로 또 다른 무리는 경포 주변을 뒤지기 시작했다.

그때였다.

"마님. 마님."

달랑 혼자 남아 집을 지키던 머슴이 숨을 몰아쉬며 부인에게 달려왔다.

"뭔 일이냐? 어서 말을 해라 어서."

부인이 호들갑스러운 머슴을 노려봤다.

“마님. 아기씨가 집으로 왔습니다요.”

“뭐라? 초희가 집으로 들어와?”

“네 마님. 혼자서 집으로 들어오셨습니다.”

부인은 현기증을 일으키며 쓰러질 듯 비틀거렸다. 주변을 감싸고 있던 달래가 부인을 부축해 집으로 돌아왔다.

부인이 안채로 들어 마루에 다다랐을 때였다.

“어머니.”

초희가 마루 끝에 앉아 있다가 어머니에게 달려왔다. 부인은 단숨에 달려가 초희를 움켜 안았다. 보모 달래가 울음을 터트리며 훌쩍거렸다. 머슴들이 하나둘 자리를 뜨고 부인은 초희를 데리고 방으로 들어갔다.

“어디를 갔다 온 게냐? 초희야.”

“어머니 죄송합니다. 처음에는 꽃을 따라갔습니다. 꽃들과 이야기도 하고 노래도 불렀습니다. 새들이 내 앞을 날며 나보고 동무하자고 했습니다. 새들과 놀며 길을 걷다가 날이 어두웠습니다. 어둠이 짙어져 어머니 걱정을 했습니다.”

“어머니 걱정을 했으면 어둠이 들기 전에 집으로 왔어야지. 이것아.”

“집으로 돌아오려는데 하늘에 별들이 반짝거리며 저를 보고 있기에 별을 따라 걸었습니다. 조금만 걸어가면 별들을 만날 수 있을 것 같았습니다. 그런데 별들은 자꾸 나를 놀리며 멀어졌습니다. 만지려하면 저만큼 멀어져 있고 불러도 대답이 없었습니다. 별들은 정말 나쁩니다. 어머니.”

“그래서?”

“내일 다시 보자고 손가락 걸어 약조를 하고 돌아오는데 바다 위에서 보름달이 떠올랐습니다. 어머니. 달에게 가고 싶었습니다. 달님에게 나를 데려다 달라고 빌었습니다. 하지만 달은 아무 말도 안하고 자꾸 내 머리 위로 다가왔습니다. 달님도 정말 나쁩니다. 어머니. 나는 별과 달에게 동무하자고 했는데 저네들은 나를 싫어하는가 봅니다. 별과 달은 정말 나쁩니다. 어머니."

부인은 기가 막혔다. 이제 겨우 세 살밖에 안 된 아이의 입에서 토해내는 말들에 혀를 내둘렀다. 여차저차 말을 듣고 혼을 내주려던 부인의 가슴이 떨리고 있었다. 부인은 초희를 가슴에 가득 안고 어떤 말도 할 수가 없었다. 그날 밤 초희의 태몽을 회상하며 잠이 들었다.

어머니 김씨는 시간이 주어지면 초희에게 천자문을 가르쳤다. 아직 이른 나이거니와 여식에게 글귀를 가르칠 수 없는 현실에 굴하고 싶지 않았다. 아들 봉에게 했던 것처럼 비록 여식이지만 글 가르치기를 소홀히 하고 싶지 않았다. 하나를 가르치면 둘을 깨닫는 딸아이 초희에게서 어머니는 무서운 학습능력을 발견할 수 있었다. 특히 자연풍물에 대한 호기심과 하늘을 중심으로 비 구름 별 달 바람 천둥과 번개의 이치를 깨닫는데 매우 흥미를 가졌다. 종종 초희의 질문에 곤욕을 치루는 시종들의 모습이 눈에 띄었다. 영특한 초희는 지금 초당 집에 없는 아버지와 오빠들에 대한 질문을 던져 어머니를 곤혹스럽게 하곤 했다.

초희가 네 살 되던 해 허엽은 다시 경주를 떠나 임영 초당으로 돌아왔다. 허엽은 경주부윤으로 삼 년을 임직했다. 너무 오랜만에 아버지 얼굴을 본 초희가 허엽을 피했다. 마치 낯선 나그네를 본 듯 설어했다.

"이리 오렴. 초희야. 아버지이니라."

"어머니. 정말 아버지 맞아요? 아니어요. 할아버지 같아요."

"이런 녀석. 너무 오랜만에 대감을 봐서 그래요. 대감. 서운해 하지 마세요."

"서운하긴요. 다 제 핏줄은 금새 알아보는 법입니다."

"우리 아버지는 경주에 사또대감으로 가셨는데요."

"그래 내가 그 경주에 살던 사또대감이니라. 허허허."

초희는 잠시 고개를 갸우뚱거리다 이내 허엽의 품에 안겼다.

"초희야. 몇 살이지?"

"네 살이옵니다. 아버지."

초희는 아버지 허엽에게서 옛 기억을 돌이키려는 듯 수염을 매만지다 품에 안겨 잠이 들었다.

다음날 오후 많은 비가 내리는 뜰을 내려다보던 허엽이 초희를 불렀다. 안채에서 놀던 초희가 달래 품에 안겨 사랑채로 나와 방에 들었다.

"초희야."

"네, 아버지."

"어머니 말씀이 네가 공부를 아주 많이 했다는구나. 어디 아비 앞에서 자랑을 해보렴."

"아니옵니다. 아버지. 이제 시작했는데요. 조금 아주 조금밖에 모릅니다."

"그럼 조금만 해보렴."

"네, 아버지 그럼……."

"그래."

"하늘 천, 땅 지, 누루 황, 검을 현, 집 우, 집 주……."

"어허. 공부가 제법인 걸. 그래 이제부터 아비랑 공부를 해볼까? 초희야."

“네 아버지. 그런데 하늘나라에는 누가 살아요? 전 그것이 너무 궁금해요.”

“하늘나라에는 해님과 달님과 별님 그리고 은하수가 살고 또 누가 사나?”

“계수나무도 살고 토끼도 살고 있지요.”

“이런 녀석. 네가 아비를 놀릴 셈이냐? 초희야, 네가 더 많은 공부를 하게 되면 하늘에 누가 사는지 토끼는 무엇을 하는지 다 알 수 있느니라.”

허엽은 천재적 똑똑함을 지닌 초희를 앞에 앉혀놓고 공부 가르치기를 게을리 하지 않았다. 초희가 아버지 허엽을 만난 뒤 몇 개월, 아이는 한자는 물론 시문을 읽고 해석하는 데 어려움이 없었다.

허엽은 초희에게 글을 가르침에 재미를 더해주었다. 중국 설화집 태평광기에 나오는 설화를 중심으로 글을 가르쳤다. 특히 초희가 신선들의 이야기에 많은 관심과 호기심이 있어 이를 가르치는데 주저하지 않았다. 허엽은 은사인 화담 서경덕의 영향으로 도교사상을 누구보다 잘 인지하고 있었으며 흥미 또한 더했다. 우주의 근본원리는 태허 또는 선천이라고 정의하며 태허에서 생성된 모든 만물은 후천이라고 하는 태허설과 인간이 죽으면 우주로 기가 환원되어 기는 불멸해 사생일여라 주장하던 서경덕이었다. 또한 노장 사상을 중심으로 도가의 행적을 그린 해동이적에서 주장했던 서경덕의 정신을 배웠던 아버지 허엽이었다. 초희의 관심은 이런 아버지로 인해 쉽게 풀어내고 습득할 수 있었다.

초당에서 허엽과 부인 김씨 그리고 초희의 시간은 행복하기만 했다. 아버지 허엽의 손을 잡고 경포로 나들이하는 초희를 보며 흐뭇했고, 부인 뱃속에서 또 다른 아이가 생겨 무럭무럭 자라나고 있는 부인을 바라보며 허엽은 즐거웠다. 아버지가 바라보는 초희는, 화창한 봄날 산머루 넝쿨사이로 피어나 뭇사람들의 시선을 한 몸에 받은 진달래와 같았다. 초희는 자신을 너무 사랑하는 아버지 허엽을 많이 따랐다. 아버지와 함께 글 배우기를 좋아했고 산책하기를 즐겨했으며 세상 이치에 대해 토론하기를 행복한 시간으로 받아들였다.

그러던 어느 날 아버지 허엽이 새로 임금이 되신 선조의 부름을 받고 한양으로 올라가게 되었다. 진하부사로서 중국 명나라에 사신으로 다녀오라는 어명이 하달되었다. 허엽은 한양으로 올라갈 준비를 했다.

허엽이 사랑채에서 서책들을 정리한 뒤 부인과 초희를 불렀다. 화사한 햇살이 정원에 가득 들어찬 오후였다.

"벌써 짐을 다 챙겨놓으셨습니다. 대감."

"아무렴요. 내일 여명이 들기 전에 출발하려고요."

"아버지. 이젠 이 초희와 헤어지지 않기로 약조했잖아요. 혼자 가시면 아니 되옵니다. 초희도 데려가 주세요."

"어허 이 녀석이."

"제발요, 아버지."

"지금 어머니 뱃속에 동생이 크고 있지? 동생 다 커서 세상에 나와 초희와 만나면 그때 어머니와 동생과 함께 초희도 한양으로 올라올 것이다. 아버지 보고 싶어도 조금 참아야 하느니라."

"지금 데려가면 안 돼요? 아버지. 전 아버지 너무 사랑합니다. 임금님이 저보다 더 좋아요?"

"허허허허. 이 녀석 봐라. 부인. 아시다시피 초희 영특한 놈입니다. 내 없는 사이 무료하지 않게 잘 보듬어 주세요. 글공부도 게으르면 안

되고요."

"네, 대감. 걱정하지 마세요. 한양에 올라가면 봉이나 잘 거두어주세요. 어떻게 지내는지……."

"봉이는 잘 지내고 있습니다. 얼마 전 생원시에 합격했다는 전갈을 보내 왔었지요. 걱정하지 마세요. 부인."

허봉은 나이 이십 약관이 되기 전에 이미 생원시에 합격하여 관에 입문했다. 사람이 태어나 십 년이면 유幼라고 하며 이때부터 공부를 시작하고 이십 세는 약弱이라 하여 비로소 갓을 쓰고 삼십 살을 장壯이라 하여 집을 얻어 독립하고 사십 살은 강强이라 하여 벼슬을 하는 나이요. 오십 살을 애艾라고 하여 관정官政을 맡고 육십 살을 기耆라고 하여 아랫사람을 지시하고 칠십 살은 노老라고 하는데 자식 또는 후진에게 배움을 전수하는 나이다. 팔십, 구십 살을 모耄라고 하며 일곱 살 이전과 같이 죄가 있어도 벌하지 않는다 하였거늘 봉이의 이번 생시 합격은 그의 앞날이 순탄할 것이라 예견되는 일이었다.

부인의 눈가에 습기가 촉촉해지더니 이내 눈물이 또르르 흘러내렸다.

"어머니. 저도 봉 오라버니 보고 싶어요. 아버지, 저 데려가 주세요. 봉이 오라버니도 보고 임금님도 어떻게 생겼는지 보고 싶단 말예요."

초희는 시무룩하게 고개를 숙이고 앉아 있다 눈물을 보이며 방을 나갔다.

"그나저나 한양에 정쟁이 심해 살벌하다는데 괜찮으시겠어요? 시절이 워낙 하수선하니…… 제발 그 불같은 성격 자제하시고……."

"그만하세요, 부인. 사내들의 이야기입니다. 사실 그 문제 때문에 나를 불러 중국사신으로 다녀오라는 명을 내렸나 하는 생각이 듭니다."

허엽은 다음날 이른 새벽 서갑을 데리고 초당을 떠났다. 대감이 초당을 떠난 며칠 후, 부인 김씨는 불러진 배를 보듬으며 초희를 데리고 사천 친정으로 들어갔다. 세월은 한 생명을 만들고 뱃속에서 길러 태어나게 하는데 머뭇거리지 않았다. 초희가 여섯 살 되던 이듬해 부인은 그리 멀지 않은 사천 친정에서 아들을 낳고 몸조리에 들어갔다.

부인이 아들을 얻었다는 소식은 임영 관헌들에게 알려졌고 이는 곧바로 한양 허엽에게 전해졌다. 허엽은 소식을 들은 즉시 아들의 이름을 균筠이라 지어 임영 사천 처가댁으로 내려 보냈다. 보모 달래와 바닷가 산책을 다녀오던 초희를 부인이 불렀다.

"초희야. 아버지가 네 동생 이름을 지어 보내오셨단다."

"무엇이라 지으셨대요? 어머니."

"균筠이라고 하셨다."

"균이라고요? 이름이 너무 좋아요. 어머니. 내 동생 균아. 호호호."

"그래. 앞으로 동생 균을 많이 사랑해주고 아껴줘야 하느니라."

"그럼 큰 오빠는 성. 작은 오빠는 봉. 난 초희. 동생은 균. 어머니, 균을 데리고 한양에 가서 오라버니들을 뵙고 싶어요. 언제 한양으로 가나요?"

"네 동생 균을 얻느라 어머니 몸이 많이 아프단다. 내가 건강해지면 우리 모두 한양으로 올라오라는 아버지 서찰을 받았어. 초희야."

초희는 한양으로 올라간다는 어머니 말을 듣고 얼굴에 홍조를 띠며 설레는 듯 가슴을 움켜쥐고 안 뜰로 달려 나갔다.

"달래야. 우리 한양으로 올라간데. 좋지. 너도 좋지?"

부인의 몸조리는 쉽지 않았다. 날은 무덥고 습기가 많아 김씨는 곤욕스러웠다. 왁살스런 장마와 따가운 햇살이 누긋해져 가을이 시작될 즈음 부인 김씨는 한양으로 떠날 채비를 했다. 하지만 줄기차게 비를 퍼붓는 가을장마는 며칠이 지나도록 끝날 줄 몰랐다. 김씨는 비 그치기를 기다려 식솔들을 대동하고 한양으로 길을 떠났다. 간난아이 균을 데리고 한양 건천동 가는 길의 여정은 만만치 않았다. 가마 안에선 연신 칭얼대는 아들 균에게 젖을 물리고 보듬었다. 날이 저물면 민가를 찾아가 잠을 청해야했고 동이 터오면 십 수의 식솔들을 이끌고 길을 떠나야했다. 소가 끌고 가는 달구지에 초희가 앉아있다. 초희는 어머니가 탄 가마에 올라 한양으로 가고 싶다며 달래를 곤란에 빠트리기도 했다.

달래의 기쁨은 일행 누구보다 설렜다. 사랑하는 정인 유복을 다시 만날 수 있음에 그녀의 고단함은 피곤이 아니었다.

제3부

광한전 백옥루 상량문

초희 나이 일곱 살. 한양의 낯선 풍경들은 촌뜨기 아이에게 짐짓 근엄하기까지 했다. 군마를 앞세운 병사들이 떼를 지어 행군하는가 하면 하늘 높은 줄 모르고 서있는 우람한 기와집들이 즐비하게 늘어져 있다. 양반은 가마와 교자를 타고 하인들이 고개를 숙이며 뒤를 졸졸 따르는 풍경이 자주 등장했고, 높고 낮은 지위에 따라 인간들의 형상이 제각각의 모습으로 초희 눈에 들어왔다.

초희 나이 일곱 살. 한양의 낯선 풍경들은 촌뜨기 아이에게 짐짓 근엄하기까지 했다. 군마를 앞세운 병사들이 떼를 지어 행군하는가 하면 하늘 높은 줄 모르고 서 있는 우람한 기와집들이 즐비하게 늘어져 있다. 양반은 가마와 교자를 타고 하인들이 고개를 숙이며 뒤를 졸졸 따르는 풍경이 자주 등장했고, 높고 낮은 지위에 따라 인간들의 형상이 제각각의 모습으로 초희 눈에 들어왔다. 마음을 풍요롭게 하던 바다와 경포는 구경할 수 없었지만 하늘을 가로질러 어디론가 달아나는 성곽은 긴 꼬리를 이은 채 초희 눈을 어리둥절하게 했다.

식솔들과 함께 수백 리를 달려왔다. 짐을 잔뜩 실은 달구지와 서너 필의 말이 숭례문에 다다르자 수많은 사람들이 성 안으로 들어가려 진을 치고 있었다. 긴 칼을 옆구리에 차고 삼지창을 어깨 위로 얹은 병사들이 초희의 눈에 겁으로 들어왔다. 초희는 눈을 껌뻑거리며 보모 달래 치맛자락을 꼭 잡았다.

그때였다. 익숙한 얼굴의 사내 하나가 성문을 나와 일행에게 다가왔다. 미리 기별을 받은 서갑이었다.

"어머니. 서갑이야."

"이런 초희는 기억력도 좋고 눈도 밝아라."

서갑이 부인을 알아보고 달려왔다.

"어서 오세요. 고생 많으셨습니다요."

"그래 대감은 편안하시지?"

"대감마님은 옥체강령하십니다요."

옆에서 달래의 치맛자락을 잡고 있던 초희가 서갑에게 다가왔다.

"서갑아. 우리 봉이 오라버니는? 오라버니는 어디 있어?"

"아가씨, 봉 서방님은 집에 계십니다. 친구 분하고 공부 중이십니다."

"친구 누구? 오라버니 친구 이름은 뭐야?"

"이달이라고."

"어서 앞장을 서, 서갑아. 오라버니와 그 친구 분 보고 싶다. 어서 앞장을 서라니까?"

초희는 앙칼진 목소리를 내지르며 서갑을 재촉했다.

달래가 서갑을 바라보며 눈가에 이슬이 맺혔다. 정인 유복이 그토록 보고파서 가슴 졸이던 지난 아픈 세월이 그녀 머릿속을 헤집었다. 이제 곧 그를 볼 수 있다. 달래는 행복한 눈시울을 감추려 고개를 돌렸다.

성안으로 들어가려는 사람들의 줄이 길게 늘어서있었다. 일행은 줄 맨 뒤에서 조금씩 앞으로 움직이기 시작했다.

"이보시오. 대사간 허엽 대감의 식솔들입니다. 어서 길을 비켜 서시요."

일행이 줄을 이탈해 성문 가까이 가자, 문을 막고 있던 병사들이 부인의 가마 가까이 와서 내부를 힐끔 쳐다보고 좌우로 길을 열었다. 초희는 커다란 눈을 휘둥그레 뜨며 성문을 둘러봤다.

건천동 허엽의 본가는 숭례문에서 그리 멀지 않았다. 평지를 조금 걷다 작은 오르막을 올라 언덕을 넘으니 수많은 기와집들이 있었다. 길게 늘어선 담장과 소나무가 빼곡하게 하늘로 치솟은 골목을 지나자 앞서

가던 서갑이 걸음을 멈추었다.

"마님, 이 댁입니다요."

"그래, 어서 기별을 넣어보렴."

서갑이 굳게 닫힌 솟을대문 안으로 목소리를 내질렀다.

"초당에서 마님 오셨습니다요."

대문이 열리자 남녀 시종들 서너 명이 보였다. 그들이 두 줄로 늘어선 뒤로 봉과 친구 이달이 나란히 서 있었다. 부인은 교자에서 내려 대문 안으로 발걸음을 옮겼다.

"어서 오세요, 어머니. 멀고 먼 길 오시느라 고생이 많으셨습니다."

"그래 잘 있었느냐?"

"네. 어머니."

"대감께서는 아니 보이시는 구나?"

"아버님은 지금 법궁(임금이 계신 궁궐)에 들어가셔서 임금을 알현하고 계십니다."

"그래 대감이 승차하셨단 소식을 들었다만 그래 바쁘시구나?"

대문 밖 초희가 모자의 상면을 지켜보다 달래 치마 속으로 얼굴을 파묻었다, 그리고 소리 내어 훌쩍였다. 쩔쩔매는 달래의 얼굴에서 당황한 빛이 역력했다. 부인이 대문 밖 초희를 불렀다.

"초희야, 어서 들어오렴."

"흐흐 흑."

"이런 예쁜 동생 초희가 울고 있지 않으냐?"

허봉이 초희에게 다가갔다.

"초희야, 오라버니 보고 싶지 않았느냐? 왜 보자마자 울고 있는 게냐?"

“오라버니. 미워요. 난 오라버니 얼마나 보고 싶었는데 아는 척도 안 하고요. 흐흐 흑.”

봉은 초희를 번쩍 들어 올려 가슴에 꼭 안았다. 그는 얼굴에 난 여드름 종기를 보여주며 초희가 보고파서 생긴 것이라 말했다. 얼굴을 부비고 눈을 마주하니 초희는 그제서 얼굴에 환한 미소가 피어났다.

유복이 사랑채 처마 밑에 서서 일행을 보고 있었다. 달래가 유복의 눈과 마주쳤다. 한달음에 달려가 꼭 안고 싶었지만 그리할 수는 없었다. 달래의 눈빛이 흐려지더니 이내 습기로 촉촉해졌다.

봉이 초희의 손을 잡고 부인을 따라 안채로 들어갔다.

“어머니 좌정하세요. 절을 올리겠습니다.”

아들 봉이 부인에게 큰절을 올리고 자리를 했다.

“지난번 생원시 합격한 것 내가 따로 축하를 못했구나. 장하다. 내 아들 봉아. 더 열심히 해서 더 큰 과거시험에 합격을 해 아버지 명성에 빛을 더해야 하느니라.”

“네 어머니. 소자 명심하겠습니다.”

“너의 형 성筬은 어디에 살고 있더냐?”

“남산 쪽으로 조금 떨어진 멀지 않은 곳에 살고 계십니다.”

“그렇구나. 박순원 생원에게 시집 간 큰 누이와 우성전 생원에게 시집간 작은 누이의 소식은 종종 듣고 있는 게냐?”

“소식은 종종 듣고 있습니다만 아무래도…….”

“왜 무슨 일이 있더냐?”

“아닙니다, 어머니.”

“아무리 이복형과 누이들이지만 작은 것을 마음에 두면 못쓰는 법이니라. 서운한 것이 있어도 너희들이 더 참아야 한다. 목숨보다 중한 것이 사내들 자존감이라지만 형제애 앞에서는 자존감도 버릴 줄 알아야 하느니라."

부인은 시종이 내온 찻잔을 들며 초희를 바라봤다.

"초희가 매우 영특하게 자라고 있다. 봉이 네가 많은 지도를 해줘야 할 듯하다. 세상이 아무리 여식에게 글을 가르쳐선 안 된다고 하지만 네 아버지나 내 뜻은 다르니라. 명심하도록 해라. 봉아."

"오라버니. 나 시詩 읽고 해석하고 또 지을 수 있어요. 지난번 아버지께서도 많이 칭찬해주셨거든요."

"그래. 우리 초희. 오라버니가 시간나면 초희의 실력을 경험하고 싶구나."

"균이 태어났어요. 오라버니는 처음보지요? 균이 크면 내가 공부 가르쳐줄 겁니다. 오라버니."

초희는 어머니 옆에 누워 눈을 말똥말똥 빙빙 돌리고 있는 균의 고사리 손을 꼭 잡았다.

"대감마님 들어오셨습니다."

문밖에서 서갑이 안방으로 기별을 넣었다. 부인은 균을 안고 한걸음에 대청마루로 나섰다. 초희와 봉이 뒤를 따랐다. 허엽의 첫째부인 한씨의 아들 허성부부가 마당에서 서성이다 부인에게 고개를 숙였다. 새어머니 김씨부인이 한양으로 완전 이주했다는 소식을 듣고 부인과 동반해 아버지 허엽을 따라왔다. 성筬은 배다른 동생 봉보다 세 살이 위였다.

"아버지."

초희가 외마디를 토해내며 아버지 허엽 품으로 달려가 안겼다.

"부인 고생이 많았습니다 그려. 초희도 많이도 컸구나. 어디보자. 우리 균이 보고 싶어 아비는 눈이 다 짓물렀는걸."

"아버지. 초희는요?"

"허허허. 초희도 얼마나 보고 싶었다고."

허엽이 초희를 안은 채 균에게 다가가 눈을 마주쳤다. 성이 김씨부인에게 다가와 인사를 올렸다.

"어머니 그동안 평안하셨습니까?"

"그래 성아. 집안 모두 편안하지?"

"네. 어머니."

"부인, 오늘 생원시에 성이가 합격을 했더군요. 얼마 전 봉이 합격을 했으니 우리가족에게 축복이 내렸습니다."

"잘 됐군요. 축하하네."

"부인과 초희가 왔고 막내 균도 아비와 첫 상면이니 내 오늘밤 잔치를 준비하라고 했어요. 더불어 성의 생원시 합격도 축하를 해야 하고요, 부인."

"방으로 드세요, 대감."

허성부부는 부인에게 큰 절을 올리고 자리했다. 성의 부인이 방을 나와 부엌으로 들어갈 즘이다. 유복이와 달래가 행랑채 쪽으로 나란히 걸어가고 있었다. 그들은 유복이 쓰고 있는 행랑채 문간방 방문을 열고 안으로 들어갔다. 성의 부인이 이를 보며 빙긋이 웃었다.

초희의 아버지 허엽과 어머니 김씨 그리고 이복 오라버니 성과 동복 오라버니 봉, 그리고 초희와 동생 균이 처음으로 한 방에 앉았다. 허엽은 뿌듯한 얼굴로 자식들과 부인을 번갈아 바라보며 술잔을 비웠다. 초희의 재롱이 방안의 분위기를 화기애애하게 이끌어갔으며 종종 위엄을 챙기며 자식들에게 삶의 방향을 제시하는 아버지 허엽은 시종 환히 웃으며 목소리가 밝았다. 부인이 본격 건천동으로 이사함에 따라 고려시대부터 이어져 내려왔던 남귀여가혼男歸女家婚(결혼을 하면 남자가 일정기간 처가에서 지냄)의 굴레를 벗어버린 허엽의 웃음은 진정 지아비요, 아버지요, 가장의 흐뭇함이었을 것이다.

술기운에 얼굴이 벌겋게 달아오른 허엽이 안온한 미소를 지으며 수염을 쓰다듬고 좌중으로 한마디 던졌다.

"녀석들아. 오늘 아비의 술기운이 즐거움으로 가득하구나. 해서 한마디 남기고 사랑채로 나가려한다."

자식들과 부인 김씨는 허엽의 입을 고요히 바라보았다.

"우리가 이 세상을 살면서 처음 만나는 것이 부모요, 형제요, 그리고 스승일 것이다. 봉과 성은 당대 학문이 둘째가라면 서러워하실 유희춘 대감을 스승으로 모시며 공부하고 있으니 그것도 큰 복이니라. 슬하 문인들은 스승의 학풍과 사상을 배우게 되어있는 바 모두 정진하여 스승의 기대에 부응하도록 하여야할 것이다. 아비에게 배운 것 이상으로 스승의 역할이 클 수밖에. 아비의 스승은 장음전 나식과 화담 서경덕이었지. 예전에 아비가 스승 화담을 찾아간 일화를 말할 테니 배움의 진정성이 무엇인지 깨닫기 바란다. 어느 날 아비가 화담에게 배우기를 간청해 댁을 찾아가니 개울 건너 농막으로 가신지 엿새째가 되었다고 했다. 아비가 농막으로 가려하자 늦장마로 큰 비가 내려 개울물이 넘쳐 건널 수가 없었지. 어둠이 들기를 마다하지 않고 기다리다 겨우 물을 건너 농막에 도착을 했다. 농막 거적을 열자 화담이 시문을 읊조리며 거문고를 타고 있었단다. 어둠이 짙어진 부엌에 들어가 밥을 지으려하니 솥 안에 이끼가 잔뜩 끼었더구나. 그 이유를 화담에게 물으니 배고픈 고통과 불편함도 잊은 채 환한 얼굴로 말하기를 며칠째 비가 내려 아내가 오지 못하니 이끼가 꼈을 것이라며 껄껄 웃더구나. 거칠 것 없는 사고의 자유는 아비의 생각을 여유롭게 하는 보이지 않는 공부였느니라. 유가적 사고와는 너무 다른 다시 말해 도가적 풍류와 선의 세계를 몸소 실천하신 나의 스승이었지. 너희들도 스승의 역할을 긍정적 사고로 받아 넓고 깊은 학문과 여유를 겸비한 선비로 자라나야 할 것이다."

"소자 명심하겠습니다. 아버님."

두 아들이 고개를 숙이고 허엽의 말을 경청하는 사이 초희는 동그란 눈으로 아버지 얼굴을 바라보며 호기심을 놓지 않고 있었다. 허엽이 자리에서 일어나 사랑채로 돌아간다며 비틀거리자 부인 김씨가 부축하며 뒤를 따랐다.

한양 건천동의 첫날밤은 그렇게 어둠 속으로 빨려 들어갔다.

며칠이 지났다. 초희의 호기심은 한양 전체를 눈 안에 넣기라도 하듯 집 안 밖을 들락거렸다. 밤 낮 초희와 붙어 지내는 몸종 달래가 저녁이 되면 지쳐 현기증이 날 지경이었다. 수표교를 건너 종로에 다녀와 점심을 먹고 나면 곧바로 남산으로 올라 한양의 풍경들을 꼼꼼히 짚어갔다. 특히 대궐 같은 우람한 기와집과 초라하기 그지없는 초가집을 보면서 누가 사는지 왜 집이 다른지 그들이 하는 일은 무엇인지 등 인간이 차별되게 살아가는 모습에 관심이 많았다. 초희는 또래 여자아이들의 이름이 없다는 것을 알게 된 것도 이 즈음이었다. 한양의 인물들에 대해 관심을 표하며 옳고 그른 판단을 가시적 잣대로 살폈으며, 주변 사람들의 삶을 바라보며 인간사 불평등에 대한 불만을 종종 말하기도 했다.

오라버니 봉은 아침에 젊은 선비들이 모여 학문을 닦는 접接에 나가 공부를 했다. 해가 질 무렵 봉이 집 앞 골목으로 들어설 즈음 달래의 손을 잡고 집으로 들어오던 초희와 마주쳤다. 초희가 봉 오라버니에게 달려갔다.

"인사 올려라. 오라버니 글벗 이달 시인님이시니라."

"안녕하세요? 허초희이옵니다."

"미숙(봉의 자), 자네가 그토록 자랑하던 누이동생이로구만."

"그러시네, 이 시인. 초희야, 오늘은 우리 글공부를 함께 해볼까."

초희는 그토록 좋아하는 봉 오라버니가 글공부를 하자는 말에 신이 나 대문 안으로 급히 뛰어 들어갔다.

이달이 봉의 뒤를 따라 방으로 들었을 때 이미 초희는 서책을 무릎 위에 올려놓고 앉아있었다.

"무슨 책이더냐?"

"태평광기(중국 고대 설화집)입니다. 오라버니."

"이런. 겨우 일곱 살 여자아이가 태평광기를 접한단 말인가?"

이달은 친구인 미숙을 보며 혀를 내둘렀다.

"아이가 얼마나 공부를 했겠어요? 이 시인. 초희야. 네가 태평광기를 읽고 터득한 것이 있다면 무엇이더냐? 어디 한 번 풀어보아라."

초희는 제 두 주먹보다 두껍고 책장이 너덜너덜하게 낡은 한문으로 된 서책을 덮어 방바닥에 내려놓더니 눈을 감았다. 그리고 두 손을 모아 정수리에 대고 하늘로 향했다. 두 사람은 초희의 입을 바라보며 숨소리조차 미안해 낼 수 없었다. 초희가 눈을 깜빡이며 앙증맞은 입술을 움직이기 시작했다.

주목왕은 이름이 만滿이고 방후房后의 소생이며 소왕昭王의 아들인데 소왕이 남쪽으로 순행 갔다 돌아오지 않자 목왕이 왕위에 올랐다. 그의 나이 오십 살이었다. 그가 왕위에 오른 지 오십사 년이 지난 백네 살 어느 날이었다. 목왕은 여덟 마리의 준마를 타고 신선나라 융戎으로 달려가면서 조보에게 말을 몰게 했다. 목왕이 흰 여우와 오소리를 잡아 물의 신 하백河伯에게 제사를 지내자 하백은 수레를 끌어 약수弱水를 건네주고 물고기, 자라, 악어로 다리를 만들어 주니 목왕은 마침내 용산에 오르게 되었다. 요지에서 서왕모에게 술을 바치자 서왕모가 노래를 했다.

흰구름은 하늘에 떠있고
길은 아득히 멀며
산천이 가로 막고 있으니
그대여 죽지 말고
다시 오소서

목왕이 화답했다.

내 동쪽 땅으로 돌아가
여러 나라를 조화롭게 다스려
만민이 평안해지면
당신을 보러 오겠소
내 삼 년 안에 당신의 뜰로 돌아오겠소

목왕은 다시 뇌수산, 태행산에 갔다 마침내 종주에 도착하니 그때 윤회는 이미 유사(사막)를 건너 종남산 북쪽에 초가집을 짓고 살고 있었다. 목왕은 은사 윤첨과 두충을 불러들여 초가집을 지어 살게 하고 누간이라 부르며 그들을 찾아갔다. 제보가 정포에서 찾아와 목왕에게 서언의 난을 아뢰어 목왕이 돌아오니 종묘사직이 모두 안정을 찾았다. 목왕은 곤륜산崑崙山에 갔을 때 봉산의 석수를 마시고 옥수의 열매를 먹었으며 군옥산에 올라 서왕모가 살고 있는 곳에서 하늘로 비상하는 신비한 도를 두루 터득했다. 그런데도 자취를 보이고 육신에 의탁한 것은 백성들에게 생의 끝이 있음을 보여주기 위함이다. 옥액을 마시고 흰 연꽃과 검은 가시나무, 푸른 우엉과 흰 귤 등 모두 신선이 먹는 것을 먹었으니 어찌 삶을 연장할 수 없겠는가. 종종 서왕모가 궁전에 내려와 두 사람이 함께 구름을 타고 여행을 했다.

초희의 눈꺼풀이 파르르 떨리는가 싶더니 이내 눈을 떴다. 그리고 모았던 손을 내려 무릎 위에 나란히 올려놓았다.

"오라버니. 선전습유仙傳拾遺 중에서 주목왕 편이옵니다."

두 오라버니들은 벌린 입을 다물지 못하고 초희의 눈매를 보았다. 초롱초롱한 눈망울 안에 자리한 동공에서 강렬한 빛이 발하고 있었다. 마치 선계에서 내려온 선녀의 눈이 이러했던가.

"무엇이라? 진정 네가 선전습유를 암기해서 풀어헤쳐 설명했단 말이더냐? 대단하도다. 대단해. 초희야."

"이보게. 미숙. 대단한 누이동생일세. 잘 지도해 보시게. 기대가 크네."

"오라버니. 또 할까요?"

"아니다. 하나를 보면 열을 안다고 초희가 자랑스럽구나."

"오라버니, 오라버니는 어떤 공부를 하시나요? 저는 태평광기만큼 재미있는 글이 없던데요."

초희는 오라버니 틈새에서 귀동냥을 하며 글을 익혔다. 시작詩作과 시평詩平과 득해得解에 남달리 재주가 있던 초희는 오라버니 공부시간을 천우의 기회인양 옆에 붙어 앉아 공부를 했다. 틈틈이 봉의 개인지도를 받으며 학습능력은 포괄적 풍부함으로 깊이를 더해갔다.

이듬해 봄, 따스한 햇살이 소리 소문도 없이 찾아와 건천동 집 뜰 안에 웅크리고 앉았다. 허엽은 달래와 유복을 혼인 시켜 신접살림을 꾸리게 했다. 행랑채 끝 방에서 이들의 신혼 생활은 다른 시종들의 부러움을 샀으며, 때론 시도 때도 없이 애정행각을 벌여 다른 시종들의 시기와 질투가 심했다. 때문에 여종들끼리 머리채를 잡고 싸움질을 벌여 부인에게 호되게 꾸중을 듣기도 했다. 점심 밥상이 치워지고 행랑채 바닥에 꿇려 앉은 달래가 부인에게 호통을 당하고 있었다. 유복이 씁쓸한 얼굴로 어처구니없게 달래를 바라보다 대문 밖으로 나갔다.

어머니 김씨가 안채로 돌아왔다. 초희 나이 여덟 살이었다. 태평광기를 손에 든 초희가 대청마루 끝에 수굿하게 앉아 있었다. 무엇인가 골똘한 초희는 눈도 깜빡거리지 않은 채 굳은 듯 하늘 끝 어딘가에 눈의 초점을 맞추고 있었다. 하늘이 유난히도 푸른색을 띠고 있었다. 어머니가 초희를 불러도 그는 대답은커녕 눈썹하나 움직이지 않았다.

"이 녀석. 초희야?"

"아씨. 마님이 부르십니다요."

부인에게 된통 야단을 맞은 달래가 시무룩하게 옆에 서 있었다. 달래는 다가가 초희의 어깨를 흔들었다. 초희는 아무 대꾸도 없었다. 흔들면 흔들리는 데로 그냥 하늘만 바라보며 정신을 놓고 있는 돌부처 소녀였다. 보다 못해 어머니 김씨가 초희 앞으로 다가갔다. 그때서야 초희는 하늘에 눈을 고정한 채 나지막한 목소리로 어머니를 불렀다.

"어머니."

"왜 그러고 있느냐? 하늘에 괴성怪星이라도 떴단 말이더냐?"

"어머니. 우리가 사는 이 별은 무슨 색일까요? 어젯밤 남산 위에 떠있는 총총한 별을 보았는데 색깔이 모두 달랐습니다."

"이런 엉뚱할 때가. 나 참."

부인은 넋이 나간 듯 하늘만 바라보는 딸아이의 요상한 행동에 신경이 쓰였다. 하지만 그의 입에서 나온 질문에 혀를 내두르며 초희의 눈길을 따라 하늘을 보았다.

"어머니. 하늘엔 정말 신선이 사나요? 신선은 몇 백 년도 산다는데. 어머니. 옥항상제가 신선나라의 주인이랍니다. 서왕모가 어머니고요. 그곳 중 하나인 달에 초희가 집을 짓고 싶어요. 멋진 집을요. 어젯밤 보름달이 너무도 아름다웠거든요. 언젠가 나도 선녀가 되면 달나라 초희네 집에서 살 수 있겠지요?"

"달래야. 그냥 놔두어라. 어릴 적 상상의 세계는 재미있고 흥미로운 것이거늘 말리지 말고 네 방으로 들어가도록 해라."

부인과 시종 달래가 자리를 피해 각자 방으로 들어갔다. 잠시 후 초희는 대문을 열고 혼자 밖으로 나왔다. 언젠가 달래와 함께 올랐던 남산 기슭으로 걸음을 재촉했다. 소나무 아래에서 꿩 한 쌍이 푸드덕 날아 산 아래 갈참나무 숲으로 내려갔다. 초희는 꿩이 앉아있던 곳으로 발길을 돌렸다. 늙어버려 생명을 잃고 떨어진 누런 솔잎이 발아래 포근하게 쌓여 있었다. 초희는 제법 굵은 소나무 옆에 엉덩이를 깔고 앉았다. 저무는 해가 인왕산 기슭 너머로 고개를 기웃거린다. 멀리 종로 어느 굴뚝에서 연기가 솟았다. 해질녘 성미 급한 아낙네의 밥 짓는 연기일 것이다. 솔가지 사이로 보이는 하늘은 맑고 그윽했다. 선계仙界의 모습이 자꾸 눈앞에서 아른거렸다.

눈을 감았다. 선계의 자란궁이 보였다. 그곳에 서왕모가 앉아 있었다. 시녀들이 서왕모의 어깨를 주무르고 푸른 용 두 마리가 뒤에 앉아 이를 지켜보고 있다. 곤륜산 하얀 기린이 학의 무리를 따라 날아가고 있다. 붉은 사슴 등에 실린 바구니 안, 홍도弘桃와 계수나무 열매가 가득하다. 학의 깃털을 몸에 꽂은 선녀들은 그 과실들이 옥황의 거처로 옮겨갈 것이라 한다.

두려웠다. 더 이상 상상의 세계에서 빠져 나오지 못할 듯했다. 정신을 차리려 눈을 떴으나 떠지지 않았다. 흰 토끼 두 마리가 장생 약초를 절구에 넣고 찧고 있었다. 신선들이 모여들었다. 계수나무 울창한 숲에 멋들어진 누각이 서 있었다. 깜짝 놀라 눈을 떴다. 얼마 전부터 선계仙界에 초희가 지어 살고 싶었던 누각과 닮아 있었다.

얼마 후 초희는 자리에서 일어나 하늘을 보았다. 동그란 보름달이 어둠을 헤치고 올라 초희를 내려다보고 있었다.

"아! 계수나무여! 누각이여! 서왕모여!"

입 밖으로 흐르는 외마디가 야무진 입술을 타고 솔숲으로 흩어졌다가 하늘로 퍼져 올랐다. 초희가 길을 밝힌 달빛을 따라 산길을 내려와 집으로 돌아올 즈음이다. 머슴들이 횃불을 들고 동네 구석구석을 돌아다니고 있었으며 봉과 아버지는 어둠이 가득한 마당에 서성이며 불안감을 떨치지 못하고 있었다. 날카로운 어머니 목소리가 대문 밖까지 들려왔다.

"이것아. 달래야. 초희가 어디로 갔는지 정녕 모른단 말이냐?"

어머니가 초희의 몸종인 달래를 흙바닥에 무릎 꿇려 놓은 채 닦달하고 있었다. 초희가 급히 마당을 건너 어머니 앞을 가로 막았다.

"어머니. 달래는 죄가 없습니다."

"이것아. 날이 어두웠는데 어디를 쏘다니다 이제 오는 게야? 너는 겨우 여덟 살 밖에 안 된 어린 아이란 것을 잊은 게냐?"

"어머니 죄송합니다. 앞으로 조심할 테니 달래를 용서해주세요. 어머니."

어머니는 달래에게 초희 저녁 밥상을 보라 이르고 딸을 보듬어 데리고 방으로 들어갔다.

“아씨, 편히 주무세요. 달래는 물러갑니다.”

식구들이 모두 잠자리에 든 늦은 저녁. 점심 때 부인에게 혼쭐이 났던 달래가 초희의 엉뚱한 외출 때문에 또 꾸중을 심하게 들었다. 그녀의 얼굴엔 웃음이 사라진 하루였다. 그런 달래가 잠자리를 봐주고 방을 나갔다. 집안 모든 방의 불이 꺼져 고요했다. 하지만 봉 오라버니 방에 불은 언제 꺼질지 모를 일이다. 집안에서 가장 늦게까지 인기척을 내며 공부하는 오라버니였다. 가끔씩 오라버니의 헛기침 소리가 들려올 뿐 건천동의 밤은 새벽으로 침잠되어갔다.

쉽게 잠이 오지 않았다. 초희는 수없이 몸을 뒤척이다 무엇엔가 화들짝 놀라 일어나 호롱불을 켰다. 그리고 곧바로 밖으로 나왔다. 대청마루 앞 뜰 한가운데 서서 중천에 떠있는 달을 보았다. 어린 초희 눈에 눈물이 글썽거렸다. 해맑은 눈동자에 고인 눈물 안으로 보름달이 어려 빛을 발하고 있었다. 그는 천천히 우물가로 가 세수를 하고 다시 달을 보았다. 방으로 들어온 초희는 먹을 갈기 시작했다. 고사리처럼 가늘고, 흰 눈처럼 고운 살빛을 한 손가락이 바르르 떨렸다. 종이 한가운데 커다란 보름달이 수영水影처럼 초희를 비추고 있었다.

초희는 붓 끝을 종이에 대고 예전에 모든 글귀를 외웠었다는 듯 막힘없이 글을 써 내려갔다.

광한전 백옥루 상량문廣寒殿 白玉樓 上樑文

대장부들께 글을 지어 올립니다.
보배로운 지붕이 하늘에 드리워지니

구름 위의 수레인 듯 빛과 모양의 경계를 넘었고
영원할 누각에 해가 비치나니
노을빛 기둥은 티끌 같은 세상에서 벗어나게 하는 구려.
비록 목수가 궁궐의 벽과 기와를 기억하여
재주껏 틀어 올려 지었다고는 하나
아름다운 광한전은 마치 푸른 신기루에 덮인 듯하여
청성장인의 휘장을 짓던 예술을 여기에 다하였고
벽해왕자가 금궤를 만들던 묘방을 다 베풀었으니
이는 하늘이 지은 것이지 사람의 힘이 아니로다.

이제 광한전 주인의 이름은 신선의 반열에 올라
상량문에 실렸으니
태청궁에서 용을 타고 아침에 봉래산을 떠나
저녁이면 방장산에 묵듯이
삼신산에서 학의 멍에를 받아 왼편에는 구릉을 떠안고
오른편에는 큰 물결이 이는 절벽을 지나
천 년의 현포를 가려는 것과 같음이요
황정경을 잘못 읽어 세속에 대해 환상을 가졌다가
하늘에서 쫓겨나 기약 없는 귀양살이를 하던 중에
적승과 인연을 맺긴 하였으나 곧 뉘우치고 돌아가기를
바랐으니 이것은
병 속에 신령스런 영약인 달의 검은 모래를 담으려 하자
갑자기 달이 사라진 형국과 같음이라.

그러므로
관청에 노을이 짙게 깔릴 때까지 기쁜 마음으로
부지런히 하루를 보낸다면
난새가 생황을 불고 봉황이 피리를 부는
신령스런 즐거움을 갖겠으나

지금껏 즐겨하던 것과 같은 구태의연한 모임을 지속한다면
청상이 휘장과 병풍 속에서 회한으로 밤을
지새우는 것과 같음이니
어찌하여 궁전을 비추는 태양의 은혜로운 빛을
손바닥으로 달을 가리는 벼슬아치들로 하여금 관장하게 하리오
백성들이 바라는 것은 관리들의 숭고함 일진데
발로 팔하를 밟고 다니며
명망으로 마을과 누각을 제압하여 가난한 살림을 찍어 낸다면
백성은 나무아래서 조차 편히 잠들 수가 없을 것이오
만일 예상우의곡을 연주하여 난간 옆에 있는
소박한 아이로 하여금 춤을 추게 한다면
영롱한 노을빛 노리개는 마치 신선의 옷자락인양
화관위의 진주는 별빛처럼 빛나리니
이것이 관아의 참모습이 아니겠소.

여러 신선들의 모임을 생각하니
오히려 군자 됨은 누각의 회합 때
일산이 있는 수레에 부인을 태워서 선비가 이끌고 온다면
백호를 타고 원나라의 사신으로 가는 모습일지니
이는 작은 실 한 올로 후일의 황금갑옷을 만드는 격이라오
또한 유안의 경전을 옮겨 전하자면
날렵한 두 마리의 용이 있는데
한 마리는 여자만 잡으러 하루를 소진하는데 비해
다른 한 마리는 바람처럼 팔하를 주유하며 산천을 호령하였다 하니
이와 같음이 아니겠는가
추산하자면 상원님들은 흐트러진 머리를
세 개의 관으로 다듬고
낮에는 주인의 따님을 만나서 명주실과 북으로

아홉 무늬 비단을 짠다면
요지의 남쪽에는 참 선비들의 모임이 우뚝 서리니
백옥루에 모인 동료들은 북두칠성으로 묶여 있을 것이외다.

또한
당나라의 우두머리는 지팡이를 짚고 멀리까지 다니며
공적을 세워 임금의 자리를 얻게 되었다고 하였으며
수나라의 황제는 화신과 바둑 한 판으로 온 천하를
승부에 걸었다고 한 것처럼
고도로 잘 짜여진 붉은 누각이 없었다면
어찌 붉은 절기의 아침이 오겠는가

이에
십주를 옮겨 놓고 구해에 격문을 전한 다음
장인이 좋은 재목인 목성을 골라 누각에 가두었더니
기둥은 산을 견딜 듯 단단하며 색은 살아 움직이는 듯하여
땅을 뚫은 구멍에는 신령이 깃들도록
깊이 돌아보며 생각과 재주를 여기에 다하였으니
두루 단련된 대장장이가 쇠를 녹여 만드는 화로를 다룰 수 있듯이
거듭되는 지혜로 범주를 정하여 행하였으리라.

또한
아침노을에 꼬리를 드리운 무지개는
은하의 강에서 물을 마시고
머리를 치켜든 붉은 무지개는 여섯 마리의 큰 자라가
봉래섬을 이고 있는 듯하니
현판에는 북두칠성 두 번째 별이 안개 속에서도
밝게 떠오를 등촉을 지펴놓고
여기에 행랑을 더하였으니 겉으로는 구름인양 하나

흐르는 별빛으로 비단을 짰음이라
기와는 물고기 비늘처럼 이어졌고
계단은 기러기 행렬이 붉은 기를 맞들고 있는 듯하고
안개가 짙게 끼었을 때 달빛이 비친다면
깃대를 세운 듯도 할 것이니
이제 난설헌이 설립한 삼진三辰의 누각은
오행의 법도에 맞추어 짰으므로
목에 틈새가 벌어져 막혔던 숨이 통하는 형국이라
그리하여 주옥같은 벼리를 문설주와 난간에 새기니
누각을 잘 보호해야 할 것이오.

또한
용마루에는 신선이 있는 듯 봉황의 기운을 불어넣어
누대를 가치롭게 하고
선녀가 창가에 앉으면 거울처럼 맑은 물에 비친 모습이
난새가 쌍을 이룬 것 같으니
누대는 어머니 방문 앞에 비취색 발인 듯
책상 뒤의 푸른 병풍인 듯 신비하노라
이러할 진데
연못(난설헌의 누각)에 공맹이 검붉게 퍼져서
한낮에도 상서로운 무지개가 자욱하니
봉황은 본보기가 될 만한 연회를 베풀어
이 연회가 치하를 받도록 정성을 다할 것이며
수백의 신령을 구하여 수천의 성현으로
널리 퍼져 이어가도록 해야 할 것이요.

나는
서왕모를 맞이하였기에 북해에서
얼룩기린과 꽃밭을 거니는 여유를 알았고

노자를 영접하였기에 서관에서 푸른 소로 눕는다 할지라도
초연할 것이오
따라서 칠성누각은 막마다 비단무늬를 펼 수 있도록
처마를 낮추고 휘장은 노을빛으로 하여
왕벌에게 꿀을 바치기 위해 부지런히 날아다니는 벌처럼
과일을 입에 문 안제가 부엌을 드나들며
소중한 구슬을 건네는 듯 사용하여야 할 것이다.

그러나
쌍성의 나전피리와 안향의 은쟁은 바르거나 굽은 소리들을 합쳐서
천지간에 고르게 할 것이지만
완화의 노래와 비경의 가무가 울려 퍼진다면 이것이
신령스런 소리와 섞여 마음을 어지럽힐 것이며
봉황의 골수로 술을 만들어 용머리 주전자에 쏟아 붓고
기린을 육포로 만들어 안주를 삼으며 학을 배신한다거나
대자리에 앉음새가 등불에 비쳐
아홉 갈래의 빛처럼 흔들리고
푸른 연근과 백도와 여덟 바다의 산해진미까지
소반에 담겨 있다면
홀로 탄식할 뿐이라오.

또한
문설주에는 군자의 글귀가 부족하여
신선들의 좋은 시를 올리려하였으나
청평진사 이백은 고래 등에서 취한지 오래되었고
옥루에서 시를 짓던 장길 이하는 간교함이 지나치니
새로운 궁전에 새겨질 글은 산현경을 힘써 갈고 닦아
하늘의 문에 닿은 채진인이 적합할 것이오
그는 티끌 같은 존재로 이 세상에 태어나 구천의 황제가 되었으나

도리에 어긋난 부분을 날카롭게 지적하며
스스로를 부끄러워하였던 신선이었다오
강랑은 재주가 다하여 오색찬란하던 그의 꿈은 시들었고
양객은 시를 서둘러 짓기에 바리때 속에 겉도는
설익은 밥과 같도다.

서서히 붉은 붓대를 잡은 다음 차분히
붉은 종이를 펼친다면
샘에서 솟아나온 물이 강으로 도도히 흐르듯
거침이 없으리니
왕안석의 글을 빌릴 필요가 없을 것이오만
구절은 아름다우나 문장이 억세기에 아직은
재주와 행실이 뛰어남을 면치 못하였소
그러하기에
본인은 시詩의 비단 주머니에서 사람의
본바탕이 되는 말들을 꺼내어 모두가 볼 수 있도록
광한전의 쌍대들보에 걸어두고 거룩한 여섯 방위의
근본이 되게 하려하오.

어영차! 동쪽으로 대들보 올리세
새벽이면 신선은 봉황을 타고 궁전으로 들어가
뽕나무 밑에서 해를 떠받히니 세상이 밝아지고
수만 가닥 햇살은 아득히 바다를 물들이는 구나

어영차! 남쪽으로 대들보 올리세
용이 편안히 연못에서 물을 마시 듯
꽃그늘지는 한낮에 졸다가 깨어나
아가씨를 불러 땀에 젖은 저고리를 맡기누나.

어영차! 서쪽으로 대들보 올리세
이슬처럼 소리 없이 꽃잎 떨어지면 난새는 울면서
비단에 글을 올리고는 머나 멀리 왕모를 맞으려
해지기전에 서둘러 학을 타고 돌아가리라

어영차! 북쪽으로 대들보 올리세
북극성이 담겨있는 망망한 바다에
붕새는 날갯짓으로 바람을 일으키니
검은 비구름이 구천에 가득하구나

어영차! 위쪽으로 대들보 올리세
날이 샐 무렵 구름은 휘장을 둘렀는데
백옥상에서 처음의 하늘로 돌아가
북두칠성 자루가 도는 소리를 누워서 듣는 구나

어영차! 아래쪽으로 대들보 올리세
팔해에서 헤매다보니 검은 구름인가 하였는데
아가씨 추울 거라며 깨워서 일어나니
어느새 새벽서리가 원앙기와에 맺혔구려.

엎드려 바라오니 이 대들보를 올린 후에
아름다운 꽃은 시들지 않고 고운 풀은 늘 푸를 것이며
햇빛도 피어올랐다 사라지듯
이 땅에서 난새를 다스림이 오히려 즐거움이니
땅과 바다를 변하게 하는 폭풍까지도 다스리며 사시어
창가에 노을이 짙게 끼는 날에
돌아보면 그동안 의지하였던 세계가
바다에 떠 있는 작은 집에 불과하여
뽕나무 밭의 삼천 년 세월이 그리 깊지 않았다는 것을

깨닫게 될 것이니
부디 손으로는 해와 밤과 별을 다스리듯 하고
몸으로는 바람과 이슬처럼 이 세상을 일깨우소서

초희가 물 흐르듯 써내려가던 붓을 멈추고 고개를 갸우뚱했다. 동네 어디선가 닭이 홰를 쳤다. 길게 그리고 짧게 들리는 울음소리는 쉰 듯했다. 곡哭소리처럼 들리기도 했고 밤이 갔다고 슬피 외쳐대는 새벽 여명의 소리로도 들렸다. 초희가 붓을 벼루에 내려놓자 무거운 눈꺼풀이 그녀를 엄습했다. 초희는 그대로 엎드려 잠이 들었다.

"이 녀석 밤새 불을 켜놓고 잠이 들었구나. 어험."

새벽잠을 깨 기침을 한 아버지 허엽이 사랑채 문을 열면서 초희가 잠든 방을 보았다. 아버지는 안뜰을 건너와 초희 방문을 열고 안으로 들어왔다. 딸아이 초희가 엎드려 잠든 옆으로 몇 장의 종이 위에 써놓은 미쳐 먹이 마르지 않은 글귀가 보였다.

"광한전 백옥루 상량문이라?"

"이런, 이럴 수가. 이게 내 딸아이 초희가 썼단 말인가? 이런. 이런."

허엽은 밤새 초희가 써 놓은 글귀를 읽어 내려가면서 계속 놀라운 외마디를 쏟아냈다. 허엽은 초희 등 위로 이불을 포근히 덮어준 뒤 물기 배인 종이를 정성스럽게 모아들고 사랑채로 돌아왔다.

"광한전 백옥루 상량문이라? 난설헌이라? 무슨 뜻일꼬."

허엽은 방으로 들어와 자리해 앉으면서 고개를 갸우뚱했다. 여명은 어둠을 밀어내고 화려한 하루 빛을 꿈꾸며 사랑채 창가에서 살며시 웃고 있었다. 허엽은 딸아이의 긴 문장을 읽고 또 읽어 내려갔다.

"밖에 서갑이 있느냐?"

"네, 대감마님. 소인 대령하고 있습니다요."

"봉이가 잠자리에서 일어나면 곧 사랑채로 건너오도록 전하여라."

"네, 대감마님."

식솔들이 아침을 준비하느라 분주히 집안을 오가는 소리가 들렸다. 정원 한편에 서 있는 살구나무에 앉은 새들의 노랫소리가 시끄럽게 들렸다. 허엽이 자리에서 일어나 무엇엔가 골똘하며 방안을 서성거릴 때였다.

"아버님 소자 봉이옵니다. 찾으셨습니까?"

"그래 봉아. 어서 들어오너라."

봉이 사랑채 방문을 열고 들어섰다. 허엽은 방 한 구석에 서서 봉을 맞이했다.

"이른 아침에 어인 일이신지요? 아버님."

"자리에 앉자구나. 봉아."

아버지 허엽이 자리하자 봉이 마주해 앉았다.

"이것을 보려무나. 세상에 네 누이동생이 밤새 쓴 글귀니라. 어린 것이 대단하기에 너를 불렀다."

봉은 아버지가 건네준 광한전 백옥루 상량문이란 긴 글을 쉼 없이 읽어 내렸다.

"대단하옵니다. 아버님. 정령 초희가 쓴 글이란 말입니까? 믿기지 않습니다."

"너도 그리 생각하는구나. 새벽에 초희 방에 불이 환해서 호롱불을 꺼주려고 들어갔는데 아이는 잠들어 있었고 그 옆에 아직 먹물이 마르지 않은 이 글이 있어 내 들고 왔느니라. 헌데 봉아, 광한전 백옥루는 무엇이며 난설헌은 무엇이더냐? 내 평생 처음 들어본 단어이기에 궁금했느니라."

글귀를 뚫어져라 바라보던 봉이 고개를 좌우로 흔들며 괴이하다는 표정을 지었다.

"아버님. 초희를 데려와야겠습니다. 범상치 않은 단어와 글귀입니다."

"그리하려무나."

봉이 사랑방을 나가 초희 방으로 들어갔다. 초희는 엎드린 채 곤하게 잠들어 있었다.

"초희야."

초희는 잠이 덜 깨 부스스한 눈을 껌뻑거리며 봉을 따라 사랑채 방으로 들어왔다.

"내 딸 초희야. 대단하구나. 정령 이것을 네가 지은 것이더냐?"

"아버님, 부끄럽습니다."

"아니다, 아주 훌륭하구나. 선계의 모습을 적나라하게 그려냈구나. 상량문이라 했던가? 괴이한. 허나 내 너에게 묻고 싶은 것이 있구나."

"무엇을 말씀하시는지요?"

"광한전 백옥루는 무엇이더냐?"

"선계에 제가 집을 지어봤습니다. 백옥루라 명명해 보았지요, 아버님."

"이런. 상상 속에만 있다는 선계 광한전에 너의 누각을 지었다? 이런 녀석. 기특하기도 하지. 그럼 난설헌은 무슨 뜻이더냐?"

"아버님. 죄송합니다. 계집아이가 감히……."

"무슨 소리냐? 계집아이라니. 난 너의 오라버니 둘과 너를 구분해 본 적이 없거늘. 모두 똑같은 초당의 자식들이고 또한 남녀 구분을 해 차별을 두고 싶지 않았느니라. 어서 말을 해 보거라."

"아버님의 자는 태휘, 호는 초당이십니다. 봉 오라버니의 자는 미숙 호는 하곡이지요. 해서 저도 호를 지어봤습니다. 아버님이 격노하실까 차마 말씀을 못 드렸습니다."

"네가 스스로 너의 호를 지었단 말이냐? 이런 상서로운 일이. 괜찮다, 초희야. 어서 말을 해 보아라."

허엽은 흥분된 가슴을 진정하느라 모두숨을 내쉬고 있었다.

"죄송합니다. 아버님. 미천한 제가 감히 저의 호를 말씀드리기가……."

"이 녀석이. 아비를 놀릴 셈이냐? 어서 말을 하라니까."

"그럼……. 호를 난설헌蘭雪軒이라 지어 보았습니다. 글귀에 있는 난설헌은 제 호입니다."

"그렇구나. 난설헌이라?"

"그래 무슨 뜻인고?"

"난설헌은 글자 그대로 난설헌蘭雪軒입니다. 아버님."

"눈 속에 난蘭꽃이 피는 집이라?"

"그렇습니다. 아버님."

"경탄하누나. 정말로 경탄하고말고. 이런 세상에 어린 것이. 천재야. 우리 집에 천재가 태어났어. 허허."

허엽은 자리에서 일어나 방을 빙빙 돌며 앉으려하지 않았다. 봉과 초희가 침묵하는 가운데 아버지의 흥분만이 방안을 휘젓고 있었다. 아버지 허엽이 무엇인가 골똘해하며 수염을 연신 손으로 쓸어내렸다.

얼마의 시간이 흘렀다. 허엽은 고개를 잔뜩 숙인 채 죄인처럼 앉아 있는 초희를 뚫어져라 내려 봤다.

"초희야. 대견하구나. 대견해. 원래 남자들이 관례나 계례를 치르면

윗사람이 내려주는 자라는 것이 있다. 아버지는 태휘. 네 봉 오라버니는 미숙이니라. 해서 말이다. 비록 나이 어린 계집아이인 초희지만 출중한 시문에 놀란 아비가 직접 자를 내릴 것이니 더욱 정진해 네 자를 빛나게 해야 할 것이다"

초희가 숙였던 고개를 들며 눈을 휘둥그레 떴다. 이를 지켜보던 봉도 놀란 누이동생의 눈동자를 살피며 아버지 허엽의 얼굴을 번갈아 바라 봤다.

"잘 들어라, 초희야. 당나라 때 선녀仙女 번고樊姑라는 이가 있었다. 호는 운교부인雲翹夫人으로 한나라 때 상우령上虞令 선군先君 유강의 아내였다. 선계로 올라간 그녀는 선격仙格이 매우 높아 여선女仙들의 우두머리였는데 선녀들 모두 너무 흠모하는 여인이다. 또한 당나라 시인 두목杜牧의 호가 번천樊川이었고, 네 이름 초희를 지을 때 기억했던 초나라 장왕의 어진 부인 번희樊希에도 번樊이란 글자가 나온다. 해서 이들을 닮고 존경하는 마음을 새기라는 뜻으로 경번景樊이라 지어줄 것이다."

"아버지. 감개무량합니다. 아버지가 지어주신 자 경번景樊에 한 점 흠이 가지 않도록 하겠습니다."

"이봐라 봉아. 앞으로 초희의 자 경번과 호 난설헌을 귀히 여기고 한 점 홀대함이 있어서는 아니 되느니라. 이를 세상에 알려 초희의 자와 호가 길이 빛나도록 하는데 한 점 게으름이 있어서도 아니 될 것이야."

"명심하겠습니다, 아버님."

허엽은 흐뭇한 마음으로 봉과 초희를 돌려보내고 내내 서성이며 초희의 글귀를 되뇌였다.

"광한전 백옥루 상량문이라. 경번. 난설헌……."

제4부
누이에게 붓을 보내며

처마 밑에 서서 주룩주룩 내리는 비를 바라보며

초희는 말미를 향해 치닫고 있는 봄 냄새를 맡고 있었다.

살구나무에서 꽃봉오리들이 줄줄이 매달리고 우물가 앵두나무엔

벌써 파란 열매들이 수를 셀 수 없을 만큼 다닥다닥 붙어 있었다.

고개를 절레절레 흔들며 빗물을 털어내고 있는 녀석들이 안쓰러웠다.

어둠이 비 사이를 뚫고 집안으로 스며들 즘이었다.

건천동 허엽의 집을 수시로 드나들던 이달은 허봉과의 우정이 남달랐다. 허봉 역시 이달이 십 년 이상의 연배였지만 문우로서 각별히 그를 대했다. 충청도 홍주(홍성)지방의 명문 매성공 이기의 아들 이수함의 자식이지만 어머니가 관기官妓였기에 서얼출신이었으며, 신분차별로 과거는 물론 관직에 나가지 못하고 세상을 떠도는 방랑시인이었다. 한시에 대가로 문장과 시에 능했으며 글씨에도 조예가 깊었던 인물이었다. 최경창 백광훈과 더불어 당시唐詩 삼총사란 이름으로 시대를 풍미하며 살아가던 인물이다. 더불어 봉은 나이가 칠팔 년 위인 서애 유성룡과도 문우로서 절친한 관계를 유지하며 학문에 정진하고 있었다.

처마 밑에 서서 주룩주룩 내리는 비를 바라보며 초희는 말미를 향해 치닫고 있는 봄 냄새를 맡고 있었다. 살구나무에서 꽃봉오리들이 줄줄이 매달리고 우물가 앵두나무엔 벌써 파란 열매들이 수를 셀 수 없을 만큼 다닥다닥 붙어 있었다. 고개를 절레절레 흔들며 빗물을 털어내고 있는 녀석들이 안쓰러웠다. 어둠이 비 사이를 뚫고 집안으로 스며들 즘이었다.

대문이 열리고 두 사내가 빗속을 헤집고 안으로 들어왔다. 봉과 친구 이달이었다. 이들은 성큼성큼 초희 앞으로 다가섰다. 봉이 옷깃에 묻은 물방울들을 털어냈다.

"오라버니."

"그래 어둠이 지천인데 이곳에서 무엇을 하느냐?"

"선계의 빗물은 무슨 색일까 궁금했습니다."

"이런 녀석하곤."

봉은 이달을 초희에게 소개하며 방으로 들자고 했다. 셋은 사랑채 끝에 자리한 봉의 방으로 들어 좌정을 했다.

"초희야. 지난번에 이 시인을 뵈었었지? 너의 재주를 가상히 여긴 오라버니가 이달 시인을 너의 스승으로 모시고자 함이다. 간곡히 부탁해 겨우 허락을 받았음을 명심하고 스승으로 모시는데 한 점 흐트러짐이 있어서는 아니 될 것이야. 알았느냐?"

"네 오라버니. 명심하겠습니다."

"워낙 영특한 누이동생이라 겁부터 납니다, 그려. 미숙."

"무슨 말씀을요. 이 시인님의 능력은 조선 천하가 다 인정하는바 아직 미덥지 못한 동생을 맡기는 제가 오히려 마안할 따름입니다."

"무슨요? 지난번 광한전 백옥루 상량문이란 글을 그렇게 잘 지었다면서요?"

"부끄럽습니다. 그리고 내 누이동생의 호는 난설헌입니다. 자는 아버님이 내리신 경번이고요."

"아직 나이가 미천한 여식에게 아버님이 자를 내리셨단 말씀입니까?"

"네, 스승님. 호는 제가 지어 아버지 허락을 받았고요 자는 아버지가 직접 지어주셨습니다."

"초희야. 어른들 말씀 중에 경망스럽게 끼어들어선 아니 될 것이야."

봉은 눈을 부라리며 초희의 경망스러움을 탓했다. 초희는 고개를 숙이고 말문을 닫았다.

"아직 아이 아니던가? 미숙, 누이동생을 너무 나무라지 마시게."

초희가 시무룩하게 앉아 삐져있는 듯했다.

"초희야. 어디 오라버니 계신 곳에서 공부를 해볼까? 당나라 시詩 중에 아는 것이 있더냐?"

초희는 두보의 시 몇 편을 줄줄 외운 뒤 시해詩解를 달아 설명을 했다.

"대단하구나, 어린나이에. 앞으로 스승님과 공부하면서 즐거운 일이 많을 것 같다, 초희야."

"부끄럽사옵니다. 스승님."

"그래. 무릇 공부는 외우고 해득하고 설명하고 표현하는 것이다. 안정된 감성으로 새로운 단어를 창출하고 나만의 시어詩語들을 가꾸어나가야 함도 잊어서는 아니 된다. 초희가 선계에 관심이 많다고?"

"네, 스승님. 태평광기란 책을 즐겨보고 있습니다. 특히 신선편이 너무 재미있어 밤새 책을 읽다가 새벽을 맞이한 적이 한두 번 아닙니다."

"오늘은 늦었으니 그만 물러가고 숙제로 시 한 편을 짓도록 해보아라. 남산골 정자가 있는 옆 골목 세 번째 집이 나의 집이니라. 지은 시를 가지고 와 나와 함께 공부를 해보자꾸나."

초희는 오라버니와 이달을 향해 목례를 하고 방을 나왔다.

가는 봄이 아쉬움을 토로하듯 저녁 내내 비가 내렸다. 아직 둥지를 찾지 못한 소쩍새 한 마리가 빗속 어디에선가 처량히 울어댔다. 어둠이 비를 머금은 채 밤으로 치닫는 시간, 초희는 몸종 달래와 함께 방에 앉아 있었다.

"아가씨. 밤이 늦었습니다. 그만 주무세요."

"그래 달래야. 어서 네 방으로 들어가 쉬어."

"그럼 아가씨, 안녕히 주무세요."

혼자 된 초희 방에 호롱불이 유난히도 촐랑거리며 흔들렸다. 초희는 손으로 턱을 괴고 앉아 호롱불을 바라봤다. 파란색과 붉은색이 치열하게 부딪히며 타올랐다. 초희는 불꽃에 얼비친 스승 이달을 생각했다. 오라버니 봉은 생원시에 합격했다고 했다. 남들이 허생원이라고 부른다. 하지만 스승은 생원도 아닌 그냥 시인이라고 부른다. 삼십을 훨씬 넘긴 나이에 생원도 되지 못한 사람을 스승으로 모시라고 소개한 봉 오라버니의 의도가 너무 궁금했다. 빗소리가 조용해지는가 싶더니 방문 열리는 소리가 들렸다. 잠시 후 스승이 대문을 열고 나가는 소리가 연이어 들렸다. 초희는 방을 나왔다. 봉이 스승을 배웅하고 잔뜩 어둠이 깃든 뜰에 서 있었다.

"오라버니."

"그래. 아직 잠을 안 잔 게냐?"

"오라버니. 궁금한 것이 있어서요?"

"그래. 식구들 모두 잠자리에 들었으니 조용히 네 방으로 들자구나."

봉은 초희를 데리고 방으로 들어와 좌정을 했다.

"어서 앉아라. 짧게 이야기를 하자꾸나. 오라버니도 얼마 있으면 임금이 직접 친접하는 친시문과 과거시험을 치러야 하기에 시간이 없단다."

초희는 오라버니 앞으로 가까이 다가가 앉았다.

"오라버니. 이달 스승님은 왜 생원이라든가 대감이라든가 하는 별칭이 없어요? 궁금했어요."

"어허. 우리 초희의 궁금증이 그것이었단 말이냐? 으음. 스승님의 아버지는 충청지방에서 아주 훌륭하신 어른이지. 높은 관직도 맡으셨고 학문도 출중해 존경받는 어른이다. 하지만 스승님의 어머니는 관비이었느니라. 정실이 아닌 여인에게서 태어난 사내는 서자 또는 서얼이라고 하지. 스승님은 서얼출신인 게야. 과거시험 볼 자격도 없으려니와 관직에도 뽑힐 수 없는. 재주가 뛰어나지만 제도적으로 너의 스승 앞길이 막혀있는 게지. 하지만 이 시대를 대표하는 삼당파三唐派 시인 중 한 분이란다. 너의 스승으로는 넘치는 분이니 잘 따르고 공부에 정진하도록 해야 할 것이다."

초희는 모두숨을 내뿜으며 오라버니를 바라봤다.

"왜 사람들은 공평하지 않아요? 서얼이 무엇이고 여자가 무엇이기에 차별받아야 되나요? 누군 가난하고 누군 부자고 누군 직책이 높고 누군 낮고, 달래를 보면 좀 불쌍하다는 생각이 들어요. 오라버니. 하지만 선계仙界에서는 차별이 없어요. 단지 내가 닦은 도만큼 대우를 받거든요? 거지도 없고 밥을 굶는 사람도 없고요."

"어허. 이 녀석 봐라. 마치 선계에 다녀온 듯한 말투이로다."

"적자嫡子는 무엇이고 서얼은 무엇인가요? 오라버니, 그런 세상이 없었으면 해요. 우리 스승님 불쌍해 어떡해요? 불쌍해요."

초희의 야무진 입에서 다부진 단어들이 쏟아져 나오자 봉은 할 말을 잊고 천장만 바라봤다.

"초희야. 내가 나중에 높은 관직에 오르면 임금께 진언을 해야겠다. 우리 초희가 원하는 세상을 만들어보자고. 초희가 원하는 임금의 비답批答(제청, 상소에 임금이 내리는 결정)이 있었으면 좋겠구나. 그렇지 초희야?"

"네 오라버니. 역시 우리 오라버니 최고입니다. 오라버니 만세! 호호호."

봉은 초희의 영롱한 눈동자를 보았다. 보름달에서 비추는 은은한 빛이 서려있기도 하고 광채가 번뜩이는 호랑의의 눈빛을 닮아 있기도 했다. 매초롬한 입가엔 안온한 미소가 흐르고 다부진 입술엔 세상을 도발할 듯 음험함이 가득 차 있었다.

잠시 후 봉이 방을 나서며 이달 스승의 숙제를 잊지 말라 이르고 방문을 닫았다.

봉은 초희방을 나와 비 그친 정원을 걷는 동안 고개를 갸우뚱하며 중얼거렸다.

"나중에 저 아이를 평생 상대할 낭군, 그 낭군은 누굴까?"

오라버니가 나간 방에서 초희는 먹을 갈고 붓끝을 정리하며 시상을 떠올렸다. 고개를 좌우로 흔들다가 다시 끄덕이길 몇 번, 가냘픈 작은 손가락 사이로 붓을 잡은 초희는 일필휘지一筆揮之 숨도 쉬지 않고 종이를 메워갔다.

우리 집은 강릉 땅 강가에 있어
문 앞 흐르는 물에서 비단옷을 빨았지요.
아침에 목란배를 한가히 매어두고는
짝지어 나는 원앙새를 부럽게 보았어요.

— 죽지사竹枝詞

초희는 하품을 연신 내쏟으며 몇 번 더 시를 읽어보고 숨을 고르며 잠이 들었다.

아침나절에 잠시 이슬비가 내렸다. 그러나 비가 갠 오후 하늘엔 멀리 조각구름 몇 개가 두둥실 남산자락에 걸쳐있을 뿐 더없이 맑고 쾌청했다. 한 손에 두루마리 종이를 잡은 초희가 대문 앞에서 초조한 듯 서성였다.

"달래야. 어서 나오지 않고 뭐해? 빨리 가야한다고. 내 스승님이 기다리신단 말이야."

달래가 미처 추스르지 못한 치맛단을 매무새하며 행랑채 끝 방에서 나왔다.

"어서 가자. 남산골 정자가 서 있는 골목 세 번째 집이라 했어."

유복이 대문 밖까지 나와 머리를 숙였다.

"아씨. 조심해 다녀오세요."

달래는 어린 초희의 맘을 읽기나 한 듯 덩달아 신나했다. 정자를 돌아서자 오르막이 있었고 그 안 골목 세 번째, 오래된 듯 허름한 작은 기와집 하나가 외롭게 홀로 서 있었다. 늙은 밤나무 가지가 지붕 위로 늘어져 있었으며 매미가 울어대는 소리가 귀청이 떠날 듯 했다.

초희는 비스듬히 서 있는 대문 앞에 서서 안을 들여다보았다. 마당 한가운데 아낙 하나가 허름한 치마를 허벅지까지 걷어 올려 발을 씻고 있었다. 방금 등목을 마친 듯 치마끈 위로 젖가슴이 훤히 들어나 있었다.

"에고머니나."

화들짝 놀란 초희가 한 발 물러났다.

"스승님, 계십니까?"

달래가 안으로 목소리를 넣었다. 발을 씻던 아낙은 낯설은 목소리에 놀라 부엌으로 줄행랑을 쳤다. 잠시 후 대문이 쓰러질 듯 열리고 스승 이달의 모습이 보였다.

"어서 오너라, 초희야. 그렇지 않아도 기다리고 있었다."

초라하기 그지없는 옷매무새와 헝클어진 머리카락을 추스르지 못한 아낙이 이달 옆에 서서 초희 일행을 맞았다.

"부인. 저 아랫동네에 사는 미숙 허봉의 누이동생이요."

부인은 자신의 추한 꼬락서니를 감추려 눈을 마주치지 못했다.

"달래는 여기서 있다가 함께 집으로 가자."

초희는 이달의 안내를 받아 그의 서재로 들어갔다.

"어디 보자. 써온 시를."

초희는 등 뒤에 감추고 있던 두루마리 종이를 내보였다.

"으흠. 죽지사라? 악부체 칠언칠구 사 수로 지었구나. 제 일 수는 중국 호남성 공령탄을 배경으로 썼고, 제 이 수는 사천성 기주의 양동과 양서, 제 삼 수는 호북성이고, 제 사 수는 사천성 기주 어복현에 영안궁이로구나."

"스승님. 스승님은 어떻게 이 시를 보시고 지명을 대비하시는지요?"

"당시唐詩를 많이 공부하다 보면 구절마다 배경으로 하는 지명이 있느니라. 이곳에 나오는 화자는 모두 뱃사람의 아내들이니라. 헌데 이곳에 나오는 강릉은 어디를 이르더냐?"

"중국 양자강 남쪽 지방에 있는 형주를 예전에 강릉이라고 했습니다. 호북성 강릉현이 소재지입니다. 하지만 제가 태어난 임영이 강릉 분위기와 너무 흡사해 제 고향을 떠올리며 시어로 선택한 것입니다. 스승님."

"초희가 고향을 그리워하는 마음이 가득하구나. 원앙새를 부럽게 바라보는 마음도 너무 예쁘도다. 잘 지었느니라. 아주 훌륭해."

초희는 빨개진 얼굴빛을 감추려 손으로 얼굴을 감쌌다.

"초희야. 원래 죽지사竹枝詞는 당나라 시인 유우석이 처음 짓기 시작했느니라. 악부체로 유행한 제목이었지. 유우석이 통주사마로 좌천되었다 낭주사마로 옮겼는데 그 지방 민요가 너무 저속해 칠언절구 형태의 죽지신사 구장으로 바꾸었느니라. 이것이 본이 되어 이들의 시를 죽지사라고 했으며 나중에는 사패라는 이름으로 불리기도 하면서 악부체의 본이 되었느니라. 시의 형태를 보면서 그 근간이 무엇인지 바로 공부할 필요가 있지 않겠니? 하여간 이 스승은 어린 초희가 완벽한 죽지시를 지어올 줄 예상하지 못했느니라."

"송구하옵니다. 스승님."

작은 오동나무 탁자를 마주하고 앉은 스승 이달과 초희는 아버지와 딸 같았다. 어둡고 좁은 방안 두 사람의 대화는 진지했다. 이달은 시작詩作를 가르칠 뿐 아니라 자연의 변화와 인간의 내면 그리고 사회의 제도적 불합리와 빈부 등의 이야기를 통해 초희 생각을 폭넓게 구상하고 상상할 수 있게 뒷받침을 해주었다. 도덕과 윤리를 바탕으로 한 경직된 유가적 사고와 더불어 자유분방하며 물 흐르듯 친자연적인 도가적 색깔을 주입하여 소양을 쌓는 공부도 게으르지 않았다.

"초희야. 오늘 숙제는 선계仙界에 관한 시를 지어오도록 하자."

"네 스승님. 그럼 이만 돌아가겠습니다."

이달은 초희를 문 밖까지 배웅했다. 그는 몸종 달래와 함께 골목 어귀를 지나 일행이 보이지 않을 때까지 바라보다 집으로 들어갔다.

"천재적 머리를 가진 아이야. 아깝도다."

손곡의 부인이 마당에 서 있다 방으로 함께 들어왔다.

"무엇을 말입니까? 나리."

"미숙의 누이동생 초희 말일세. 왜 조선의 여자로 태어났는지 모르겠어. 차라리 남자로 태어날 걸. 흐흠."

이달은 부인 앞에서 안타까운 심정을 토로하며 초희가 써온 죽지사에서 눈을 떼지 못했다.

초희가 이달에게 본격적인 시작詩作을 배우며 스승의 집을 드나들 무렵 봉은 친시문과에 급제하여 본격적인 성균관생활을 시작했다. 아침이 밝아오면 성균관에 나아가 유생들과 교류하며 공부하였고 틈틈이 옛 문우들을 보기 위해 접에 다녀오는 일도 잊지 않았다.

그해 가을. 미숙 봉은 혼인을 해 출가를 해야 했다. 마른냇골(건천동)에서 그리 멀지 않은 곳에 봉의 처가가 있었으며 바로 옆에 신혼집을 마련, 그가 너무도 아끼던 여동생 초희를 본가에 남기고 떠날 수밖에 없었다.

초희가 두꺼운 시책을 들고 스승 이달의 집으로 가려고 방문을 열었다. 그때 오라버니 봉이 동부인해 대문을 들어서고 있었다. 혼인 후 집을 떠났던 봉 오라버니가 처음 초희의 집을 방문한 것이다.

"초희야. 아니지. 경번?"

초희는 경번이라고 부르는 익숙하지 않은 목소리를 뒤로하고 방으로 들어갔다.

"이 녀석이. 경번아! 오라버니니라."

초희는 문 밖에서 들려오는 봉 오라버니 목소리를 감지하고 고개를 갸우뚱했다.

"경번? 아참 내 자가 경번이지."

"초희가 방문을 열자 뜰에서 부인과 나란히 서 있는 오라버니가 보였다. 벌써 어머니가 나와 아들 부부를 맞고 있었으며 시종들 서너 명이 오라버니를 둘러싸고 있었다. 초희는 신발 신을 겨를도 없이 뛰어나가 오라버니를 꼭 안았다.

"오라버니. 왜 이제 오시나요? 얼마나 보고 싶었는데요."

"그랬구나. 경번아. 나도 귀여운 내 동생이 어떻게 사는지 궁금해 견딜 수가 없었단다."

식구들이 모두 안방으로 들었다. 오라버니 부부는 어머니께 절을 올렸다.

"초희야. 요즘도 스승님께 공부하러 다니는 걸음 게으르지 않았지?"

"네, 미숙 오라버니. 스승님 정말 훌륭하신 분입니다. 너무도 아는 것이 많아 제 머리가 복잡합니다. 호호."

"그래. 잘하고 있구나. 글공부도 중요하지만 그림공부도 열심인 게냐?"

"어제 달래와 함께 남산에 다녀왔습니다. 그곳에서 계곡물을 보며 생명을 생각했고 개구리를 보며 삶의 역동적인 모습을 보았습니다. 메마른 땅에 생명을 붙이며 피어난 들꽃과 벌레를 보면서 삶의 구석진 모습이 보였고, 먹이를 찾아 어슬렁거리는 뱀을 보며 고뇌를 생각했습니다. 미숙 오라버니. 자연은 인간의 순수한 생각들을 모조리 내재하고 있으며 그 자체가 인생의 스승님 같아 보였습니다. 그들에게서 그림의 소재를 찾아 그리고 있습니다. 가능하면 사물을 주의 깊게 살피려합니다."

"오호. 그랬느냐? 스승 이달 시인의 가르침이 대단하구나."

"아닙니다. 미숙 오라버니와 아버지께서도 그리 말씀하시지 않았습니까?"

오라버니 미숙은 경번에게 첫 번째 스승이자 믿음의 시초였다. 화담 서경덕에게서 배우고 실천한 아버지 허엽에게서 도가적 사상이 봉 미숙에게로 전해졌으며 그것은 곧바로 열두 살이나 어린 동생 경번 초희의 생각들로 이어져 소녀에게 삶의 기준으로 정리되어 사고로 정립됐다.

"초희야. 오늘 오후에 병과 과거시험이 있느니라. 오라비와 함께 참관하지 않겠니?"

"멋지겠어요. 오라버니. 저 데려가 주세요."

점심 식사를 마친 허봉은 달래와 초희를 데리고 시험장으로 갔다. 전국에서 뽑힌 육척 장골 사내들이 말을 타고 검을 휘두르며 때론 창을 던지고 활을 쏘는 시험이 연이어 펼쳐졌다.

"잘 봐라. 초희야. 훈련원 병사들 중에서도 으뜸인 이순신이란 자의 순서이니라."

"네 오라버니."

초희는 커다란 바위 위에 올라 발을 돋아 섰다. 이순신의 세세한 행동을 놓치지 않으려 눈을 동그랗게 떴다. 이순신이 말을 몰아 잠시 달리는가 싶더니 검을 휘둘러 볏짚을 묶은 단을 한순간에 동강냈다. 그리고 창을 휘둘러 목표물을 정확히 찌는 뒤 등 뒤에 있던 활을 꺼냈다. 세차게 말을 몰던 그의 용맹스러움이 절정에 달했다. 그 순간 말이 주춤거리더니 이내 이순신과 함께 땅에 곤두박질치며 나동그라졌다.

"어머. 안 돼요."

초희의 외마디 목소리가 들렸다. 이를 참관하던 사람들의 비명소리가 크게 들렸다. 시험관 몇몇이 이순신을 부축하려고 시험장 안으로 뛰어갔다. 그때 이순신은 다리를 절며 버드나무 쪽으로 걸어가고 있었다. 그는 버드나무 가지를 휙 잡아 채 꺾어내 껍질을 벗겼다. 그리고 부러진 다리를 껍질로 칭칭 감더니 다시 말 위로 훌쩍 올라 내달렸다. 사람들의 박수소리가 요란한 가운데 초희와 달래가 환호했다. 시험관들조차 혀를 내두르며 감탄했다. 이순신은 활을 뽑아 시위를 당겼다. 이순신의 손을 떠난 화살은 과녁 가운데 홍심을 정확히 맞췄다. 시험을 끝낸 이순신이 말에서 내린 뒤 다리를 절며 훈련원으로 들어갔다.

"와. 멋집니다, 오라버니. 정말 용감한 대장감이네요."

"너도 그리 보이더냐?"

초희 얼굴에 홍조가 가득했다.

"지금 남쪽 섬나라 왜국에서 호시탐탐 우리 땅을 노리고 있다는 첩보가 종종 들어온다고 들었다. 이순신같은 병과 인재들이 있는 한 마음이 놓이곤 하지. 반듯이 급제를 해 침략자들에게 본때를 보여줄 재목으로 커야 할 텐데."

일행은 집으로 돌아왔다. 저녁 밥상이 치워지고 집안에 어둠이 가득했다.

저녁 내내 오라버니와 함께 지낸 초희가 잠이 들었다. 초희는 황홀한 선계의 꿈을 꾸었고 다시 새벽이 찾아왔다. 초희는 어둠 속 새벽바람을 가르며 대문을 나서는 미숙 봉 오라버니 부부의 뒷모습을 바라보며 시무룩해졌다. 초희에게 봉 오라버니는 정신적 힘이었으며 그녀가 하고자 했던 시와 그림에 대한 진정한 스승이었다. 그런 오라버니를 겨우 몇 시간 함께 했을 뿐인데 이른 아침 기약 없이 떠나는 이별의 시간은 어린 초희의 마음을 무겁게 가라앉혔다.

"경번아. 종종 들리마. 공부 게으르지 말고, 알았느냐?"

"네 오라버니."

초희는 봉이 대문을 미처 나가지 않았음에도 방문을 꽝 닫고 들어갔다.

"저것이?"

봉은 고개를 돌려 초희가 들어간 방문을 한참 바라봤다.

"놔두어라. 수없이 보고 싶었고 그립던 오라비가 하룻밤 만에 다시

가버리니 어린 제 딴엔 야속했겠지.”

이른 새벽잠에서 깨어난 새들이 지절대며 담 위를 넘나들었다. 아버지와 어머니가 마당에 서서 아들 내외를 배웅했다.

기나긴 겨울의 혹독한 동장군 기세가 꺾일 줄 몰랐다. 쇠로 만든 방문 고리가 젖은 손에 달라붙어 초희를 깜짝깜짝 놀라게 했다. 하지만 시간감은 결코 그 겨울을 붙잡고 있지 않았다. 풀이 돋고 꽃이 피고 새들이 활기차게 나래 짓을 하던 봄을 보내고 기나긴 장마와 뜨거운 햇살이 작렬하던 시간은 어느새 가을로 성큼 다가서고 있었다.

귀뚜리미가 가을이 왔음을 목소리 높여 알리던 어느 날 저녁. 초희는 그동안 잠시 손을 놓았던 태평광기를 손에 쥐고 책상에 앉아 선계에 빠져들어 있었다. 초희가 태평광기 선편仙便을 읽으며 밤을 샌 날은 하루 이틀이 아니었다. 초희가 그런 예감을 하며 책에 빠져 있을 즈음 문밖에서 달래의 목소리가 들려왔다.

“아씨. 잠시 문을 열어보세요.”

“무슨 일이야. 나 독서 중이라고.”

“아씨. 작은 오라버니께서 인편을 보내왔습니다.”

초희는 득달같이 문을 열고 마루로 나왔다. 차가운 바람이 초희의 얼굴을 휘갈기며 머리 뒤로 돌아갔다.

“아씨. 그간 편안하셨습니까? 미숙나리댁 문지기 놈입니다요.”

“그래 어인일이던가? 오라버니께서 보내셨단 말이지?”

“네, 아씨. 이것을 전해드리라 했습니다.”

초희는 달래 손을 거쳐 전달해 받은 두꺼운 상자를 들고 방으로 들어갔다. 초희는 얼굴에 희색이 만연해 환하게 웃고 있었다. 조심조심 포장을 뜨던 초희는 놀라운 얼굴을 하며 물건을 가슴에 꼭 안았다.

"오라버니 고맙습니다. 호호."

초희가 가슴에 묻고 행복해 하는 것은 문방사우文房四友 중 하나인 붓이었다. 그리고 상자 안에는 오라버니가 보낸 한 통의 서찰이 붓과 함께 있었다. 초희는 한 손에 붓을 잡고 서찰 봉투를 열어 천천히 읽어갔다.

> 신선나라에서 예전에 내려주던 글방의 벗을
> 가을 깊은 규중에 보내어 경치를 그리게 한다.
> 오동나무를 바라보며 달빛도 그려보고
> 등불을 따라다니며 벌레나 물고기도 그려 보아라
>
> — 누이에게 붓을 보내며

붓은 문방사우 중에서도 가장 중요하며 마음과 손이 정갈하고 영혼과 육체가 합을 이뤄야 제 쓰임새가 나온다 할 만큼 제일로 친다. 시를 짓는 아우 초희에게 그림을 그릴 수 있는 동기와 자기계발을 일깨운 오라버니의 애틋한 누이동생에 대한 사랑이었다. 아직 문밖을 벗어나지 않은 머슴의 목소리가 방안으로 들려왔다.

"아씨. 어른께서 지금 두모포斗毛浦에 있는 동호당東湖堂에서 사가독서賜暇讀書중이십니다. 당분간 못 뵈올 것 같다고 하시며 안부 전하라 하셨습니다."

"알았다. 수고했느니라. 물러가도록."

머슴이 대문을 열고 나가는 소리가 들렸다. 초희는 오라버니가 보낸 붓과 서찰 속에 시를 보고 또 보며 오라버니를 생각했다. 그토록 보고 싶은 오라버니였다. 초희의 눈동자에 맑은 눈물이 솟아 또르르 뺨을 타고 흘러 입술을 적셨다. 기쁨의 눈물은 달았다. 혀를 타고 들어오는 촉촉함에서 오라버니의 사랑이 듬뿍 느껴졌다. 잠시 후 그는 고개를 갸우뚱하며 무엇엔가 골똘했다.

"사가독서라?"

초희는 고개를 좌우로 흔들며 붓과 시를 가지고 방을 나왔다. 어디선가 어둠을 뚫고 개 짖는 소리가 들렸다. 그 소리마저 정겹게 들리는 초희의 입가엔 안온한 미소가 가득했다. 그녀는 아버지가 기거하는 사랑채로 발길을 옮겼다.

"아버지, 저 초희이옵니다."

"그래. 어둠이 지천이거늘 늦은 시간에 웬일로? 어서 들어오너라."

아버지 허엽은 정좌를 한 채 책을 읽고 있었다.

"어서 앉아라. 요즘 얼굴색이 형편없구나. 무슨 고민이라도 있는 게냐?"

"아니옵니다. 아버지. 겨울바람을 조금 타는 듯하옵니다."

"이런. 하기야 네 나이에 흰 눈 가득한 겨울을 타는 것은 어쩌면 당연한 일일 게다. 그래 요즘 스승 이달하고는 잘 지내는 게냐?"

"네 아버지. 스승님이 어찌나 자상한 배려로 공부를 가르쳐 주시던지 고맙기 이를 데 없습니다."

"언제 한번 우리 집으로 초대해 따듯한 밥 한 끼라도 같이 해야겠구나. 스승님께 내 말을 전하도록 하여라."

"아버지. 한 가지 궁금한 것이 있어서 찾아뵙습니다."

"녀석. 요즘 웬일로 네가 추리를 통한 상상의 세계를 멈추었나 했었다. 그래 오늘은 무엇이 그리 궁금하더냐?"

"미숙 오라버니께서 소녀에게 이 붓과 시를 보내주셨습니다. 이것 보세요. 아버지."

"어허. 초희의 행복한 마음이 얼굴에 가득 차 있구나. 그래 고마운 오라비지."

"그런데 아버지. 사가독서는 무엇을 뜻하는 말인가요? 오라버니가 사가독서 중이라고 하십니다."

"오냐. 그것이 궁금했다 이거구나. 허허. 녀석. 사가독서라 함은 임금이 아끼고 싶은 젊은 인재를 관직에서 벗어나 학문에만 몰두하도록 배려하고 또한 특별히 애정을 갖고 관리하는 곳이란다. 세종임금 때 처음 시작해 당시 성삼문 신숙주 등이 혜택을 보았고 세조 때 집현전 혁파와 함께 없어지기도 했지. 그 뒤 성종 대에 와서 용산에 빈 절을 수리해 독서당이라 일컬으며 재주가 뛰어난 젊은 선비들이 학문에 정진하도록 했단다. 이곳을 남호당 또는 용호당이라 하기도 했지. 1504년 갑자사화와 더불어 다시 폐지되었다가 중종임금이 등극하면서 지금 네 오라버니가 머물고 있는 두모포에 사가독서당을 지어 동호당이라 하고 홍문관 관원 못지않게 대우를 해주며 귀히 인재를 양성하는 곳이란다. 다시 말해 네 오라버니 봉이 사가독서를 받았다는 것은 우리 가문의 영광이자 오라비에 대한 임금의 총애가 남다르다는 것을 의미한다. 넌 아주 훌륭한 오라비를 두었다고 자부해도 괜찮다, 초희야."

"네, 아버지. 저도 미숙 오라버니를 매우 존경하며 사랑하고 있습니다. 아주 행복합니다, 아버지."

초희는 가슴 뿌듯이 솟아오르는 자부심을 안고 방으로 돌아와 붓과 서찰을 가슴에 품고 잠자리에 들었다.

초희는 그가 태어난 임영 경포에 대한 향수로 종종 우울해 했다. 맑은 물속에 송사리를 그리워했으며 바닷바람에 남실대는 버드나무와 사각사각 웃음소리가 정겨운 오죽의 검은 잎을 보고 싶어 했다. 남산을 올라도 수표교를 건너 종로에 다녀와도 그 모습은 보이지 않았다. 동해의 푸른 바닷물이 눈 안에 가득 잠겼고 파도소리가 이명처럼 귀에서 울어댔다. 경포 솔숲에서 풍기는 솔향은 남산 소나무와는 비교되지 않을 만큼 향이 강했던 기억을 했다.

봄이 무르익어 햇살이 따사로운 날 오후였다. 지난겨울까지만 해도 응석받이로 어머니와 시종들을 괴롭혔던 동생 균이 부쩍 커버렸다. 의젓하기까지 한 녀석은 누이의 손을 잡고 정원에서 맴을 돌았다. 초희 나이 열한 살. 그러니까 균이 다섯 살이었다.

"누이야. 우리 밖으로 나가자."

녀석은 초희를 졸라 봄바람을 쐬고 싶었던 모양이었다. 초희는 달래를 대동해 균의 손을 잡고 집을 나섰다. 실개천을 따라 둑길을 걸었다. 어느새 무성히 자란 버드나무 잎들이 싱그러웠다. 키 작은 민들레와 제비꽃이 일행을 보고 환히 웃었다.

멀리서 한 무리의 군사들이 말을 타고 천천히 일행 쪽으로 다가왔다. 초희와 균 그리고 달래가 길옆으로 자리를 비켜섰다. 앞장을 섰던 말이 초희 앞에서 멈췄다. 초희가 두려움에 고래를 숙였다. 말안장에 앉은 사내가 초희를 유심히 보며 입을 열었다.

"어느 댁 낭자인지요?"

달래가 대답을 했다.

"저 언덕 넘어 마른냇골에 사는 초당 어른의 여식이옵니다."

"참으로 아름답도다. 초당 허엽대감의 여식이라. 으흠."

초희가 실눈을 뜨고 사내를 보았다. 순간 초희는 깜짝 놀랐다. 이순신이었다. 용맹하기 이를 데 없는 그 사내였다. 그 일행이 멀리 사라진 뒤에도 후리후리한 키에 다부진 용모를 가진 이순신의 얼굴이 머릿속을 떠나지 않았다.

초희는 두근거리는 가슴을 진정하며 논둑길을 따라 걸었다. 쓰러져가는 초가집 앞마당에 쪼그리고 앉은 아이들의 얼굴에 때 딱지가 더덕더덕 붙었다.

"누이야. 저네들은 세수도 안 하나 봐."

"그러게 말이다. 균아. 너도 세수 안 하면 저렇게 된다. 균이도 세수하기 싫어 맨날 달래와 싸우지?"

"아니다. 난 세수 잘한다. 달래야 그렇지?"

"당연하지요. 도련님. 우리 도련님은 세상에서 제일 세안을 잘한답니다."

"거 봐라. 누이야. 난 저네들 거지처럼 살기 싫다."

초희와 달래가 서로 얼굴을 마주하며 활짝 웃었다. 동생 균이 서너 발작 앞서서 좁다란 둑길을 달려갔다. 멀리 농부가 소를 몰며 논갈이를 하고 있었다. 농부의 이름 모를 흥겨운 타령이 서글프게 들려왔다. 균이 그 광경을 바라보며 뛰어가다 그만 돌부리에 발이 걸려 고꾸라졌다. 균의 몸이 두어 번 뒹굴더니 그만 개천 물속으로 미끄러져 들어갔다. 균의 푸른색 고운 옷이 물속에서 보일 듯 말 듯 허우적거렸다. 달래가 뛰어갔다. 뒤를 이어 초희가 뛰어가 균을 잡아챘다. 균은 물을 먹은 듯 헉헉거리며 토악질을 해댔다. 간신히 둑으로 균을 끌어올린 달래와 초희는 숨이 턱까지 차올라 서 있을 수가 없었다. 어디선가 뻐꾸기소리가 한낮의 정겨움을 가득안고 들판으로 달려갔다.

"달래야. 어머니께 혼날 텐데 어쩌지?"

"아씨. 무서워요. 하지만 도련님이 다치지 않았으니 다행입니다."

균이 정신을 차렸는지 옷을 툭툭 털고 있었다.

초희는 달래에게 균을 업혀 집으로 돌아왔다. 부엌에서 시종을 부리던 어머니와 앞뜰에서 마주했다.

"달래야. 어린 균을 어찌 돌보았어? 도대체 이 꼴이 무엇이더냐?"

어머니는 여지없이 달래에게 호통을 치셨다.

"어머니. 달래 책임만은 아닙니다. 저도 균을 돌볼 정도의 나이입니다. 죄송합니다. 제가 조금 방심하는 사이 균이 물에 빠졌습니다."

어머니는 초희의 얼굴을 보며 서서히 걸어왔다. 그리고 균과 초희를 한꺼번에 안으며 대견하다는 듯 부드러운 미소를 지었다.

"달래야. 어서 물을 데우고 균을 좀 씻겨라."

어머니의 호통을 빗겨간 달래가 빙긋이 웃으며 부엌으로 들어갔다.

"초희야."

"네 어머니."

"네 나이 다섯 살에 아버지는 너에게 시작법詩作法를 가르쳤다. 균이 씻고 나오면 방으로 데려가 글이든 시든 공부를 가르쳐 보아라."

"네, 어머니."

어머니가 방으로 들어가자 초희는 우물가 옆으로 가 새소리를 들었다. 담장 밖에서 들리는 참새 떼들의 소리가 지지배배 시끄러웠다. 제법 큰 새 울음소리가 가끔씩 담장을 넘어와 초희의 귀를 쫑긋거리게 했다. 하늘을 빙빙 돌던 독수리 한 마리가 쏜살같이 남산 기슭으로 곤두박질 쳤다.

몸을 정갈히 씻고 옷을 갈아입은 균이 달래의 손을 잡고 나오자 초희는 동생을 데리고 방으로 들어갔다.

"균아. 어머니께서 공부하라고 하셨어. 오늘부터 이 누이와 함께 공부를 하는 거야?"

"좋아. 누이야. 나도 아버지께 잘한다고 칭찬 많이 들었거든."

"그래 좋아. 그러면 이 글들을 읽어 봐."

초희는 너덜너덜한 경전을 균의 손에 쥐어주었다.

"누이야. 너무 어려워. 못 읽겠어."

"그렇구나. 아직 균 나이가 어리지. 호호."

초희는 비교적 쉬운 시책詩冊을 보이며 시를 짓는 법과 이해하는 법 등을 가르치기 시작했다. 균은 초희의 가르침을 쉽게 익혔으며 종종 초희가 깜작 놀랄 만한 글귀를 만들고 해석해냈다.

초희가 균을 데리고 글공부에 열중하고 있는 오후였다. 대문 쪽에서 손님이 오신 듯 인기척이 들렸다. 귀를 쫑긋하던 초희가 방문을 열고 뛰어나갔다.

"미숙 오라버니."

"오냐. 경번이로구나. 그래 잘 있었느냐?"

초희는 마루에 서서 환한 웃음으로 오라버니를 맞이했다. 어머니가 나오고 시종들이 줄줄이 나와 미숙에게 인사를 했다. 까치들이 행랑채 지붕에 떼를 지어 앉았다가 남산 쪽으로 날아갔다.

"저놈들도 봉이 올 줄 알고 찾아왔었구나."

어머니가 듬직하게 커버린 아들을 흡족히 바라보며 다가와 봉의 손을 잡았다.

"내 어제 아버지께 이야기를 들었다. 곧 사신이 되어 중국을 방문한다며?"

"네, 어머니. 지금 제가 맡고 있는 예조좌랑의 직책을 좀 벗어나 승차

할 기회가 될 것입니다. 더 많은 공부를 해 올 생각입니다."

"오라버니. 그럼 언제 오시나요? 저는 싫은데. 오랜 시간이라면 오라버니 볼 수 없잖아요?"

"내일 떠나기로 담당관서와 약조가 되어있단다. 나도 초희가 보고 싶어 어쩌누? 초희야 우리 함께 갈까?"

"오라버니 가는 곳이라면 어디라도 함께 가고 싶어요."

"이런, 그럼 못쓴다. 초희야. 사내대장부가 가야할 넓고 큰 길을 여자가 나서서야 되겠느냐? 어서 들어가 저녁밥을 먹자구나. 내 봉이 올 줄 알고 몇 가지 맛난 찬을 준비하라 일러 놨다."

화기애애한 집안, 가족들의 행복이 넘쳤다. 담장을 끼고 줄줄이 심어놓은 봄꽃들이 만발해 향이 뜰 안 가득 넘실거렸고 울안을 넘나들며 지저귀고 있는 새들의 합창소리가 따스한 봄기운을 타고 정원에 가득했다.

솟을대문 밖에서 아버지 몸종 서갑의 목소리가 들렸다. 곧 대문이 열리고 아버지 허엽이 들어왔다.

"아버지 그간 평안하셨습니까?"

"오냐. 오늘 네가 올 줄 알았다. 그래 준비는 다되어 가느냐?"

"대견합니다. 대감. 이제 약관을 넘긴 아직은 젊은 청년이거늘. 장합니다. 봉이가."

어머니는 감격해 목소리가 떨렸다. 우물가 쪽에 서서 어른들의 대화를 경청하던 초희는 어느새 따라 나온 균의 손을 잡고 시무룩해 있었다.

"초희야. 넌 왜 그리 우울해 하느냐? 네 오라비가 임금의 명을 받아 그 이름을 세상에 떨치게 되었는데도. 이런 녀석."

"대감. 지 오라비가 명나라에 가면 볼 수 없다며 저러고 있지 않습니까? 우리 아이들 형제애가 참으로 남달라요. 보기 좋습니다. 대감."

"아버지. 저도 오라버니 따라 명나라에 가면 안 돼요? 저도 두보가 살던 곳이랑 노자 공자가 살던 곳에 가보고 싶어 몸살이 날 지경인 걸요. 저도 갈 수 있게 해주세요, 아버지."

"이런 녀석. 암 조선팔도에서 초희만이 할 수 있는 말이다. 과연 그 어느 어린 여자아이가 할 수 있단 말이냐. 과연 초희 답구나. 허허허허. 자 마당에 서 있지 말고 방으로 들어가자."

초희는 균의 손을 잡고 식구들을 따라 방으로 들어갔다. 잠시 후 초희가 봉에게 할 말이 있다며 초희 방으로 불렀다.

"오라버니. 이순신이란 사내를 며칠 전 보았습니다. 언제 우리 집에 초대해 주실 수 있는지요?"

"한밤중에 홍두깨처럼 갑자기 무슨 연유더냐?"

"멋집니다. 제가 본 사내들 중 최고입니다. 다시 보고 싶은데 오라버니 외에 부탁할 사람이 없습니다."

"이 녀석. 흠모하는 정을 느낀 게냐? 허긴 네 나이에 그럴 수 있지. 이번에 명나라 다녀온 뒤 한번 초대해 보자꾸나."

허봉이 명나라로 떠나는 날, 초희는 도화가 만발한 정원에서 오라버니에 대한 그리움을 삭이며 우울해 하고 있었다. 언제 돌아올지 모를 사랑하는 오라버니를 먼발치에서라도 보고 싶었지만 대문 밖조차 나갈 수 없다는 어머니의 엄격함은 계집아이의 설움으로 가슴에 오롯이 새겨졌다.

무더운 여름날 열매가 주렁주렁 달린 살구나무 아래를 거닐며 초희는 봉 오라버니를 생각했고 매미가 귀청을 떼어가려는 듯 울어대는 남산 기슭의 솔숲을 거닐면서 눈시울이 뜨거워지는 그리움에 해맑은 볼이 젖은 채 귀가를 하기도 했다. 초희가 봉을 기다림은 이순신을 흠모해 다시 볼 수 있는 날을 기다리는 시간이기도 했다.

한편 그는 공부할 때가 아니더라도 스승 이달의 집에 무시로 들렀다. 초희에게 스승으로 자리한 이달이지만 사춘기를 맞은 초희가 대문 밖 사내의 냄새를 맡을 수 있는 유일한 사람이었다. 초희는 스승의 사려 깊은 제자에 대한 애정을 여유롭게 접할 수 있어 그가 좋았다. 그녀는 이달의 집을 드나들며 조금씩 좋은 감정들이 가슴속에 새겨짐을 발견하곤 깜짝 놀라기도 했다. 허봉이 떠난 한양에서 초희가 편하게 대화하고 기댈 수 있는 사내. 그래서 그녀가 우울함을 떨칠 수 있게 해주는 스승 이달. 초희를 아이가 아닌 여자로 깨닫게 해준 이달이었다. 그녀의 가슴에 조금씩 연정이 쌓이기 시작했다. 며칠 전 이달의 아내가 병으로 세상을 뜬 뒤, 홀로 살아가는 스승에 대한 동정이 연모되어 정이 더욱 깊어졌다.

세월은 계절을 한 발 한 발 디뎌가며 흘렀다. 이듬해 봉이 명나라에서 돌아온 가을. 부모를 찾아 귀국 인사를 올리려고 봉이 초희의 집을 방문했다. 그때도 봉 오라버니의 손을 잡고 뜨거운 눈물을 줄줄 흘렸던 초희였다. 오라버니도 초희 사랑이 각별했다. 봉은 이달을 초대하는 자리에 이순신을 불렀다. 안채 뒤 정원에 세 사내와 초희가 자리 잡고 있었다. 초희는 이순신을 다시 보면서 언제일지 모를 낭군을 생각했다.

"나와 혼인할 낭군이 저 정도는……."

이들은 밤이 이슥할 때까지 함께하며 그동안 그리워했던 인간애를 풀어내다 돌아갔다. 초희가 이달과 이순신 얼굴이 겹이 져 밤잠 못 이루고 새벽을 맞이한 이유였다.

오라버니 봉 미숙은 명나라에 다녀온 공을 인정받아 홍문관 수찬(정6품)의 직위를 임금으로부터 하사받았다. 수찬의 자리는 언관으로서 조정의 옳고 그름을 논하고 간언하는 자리로서 장래가 촉망되는 젊은 인재들이 더 높은 벼슬로 오르기 위한 필수 직책이었다. 원래 옳다고 믿으면 절대 의견을 굽히지 않던 봉으로서 언관의 자리인 수찬은 그에게 날개를 달아준 직책이었다. 임금이 법궁(임금이 정사를 보는 궁)에 백관대신들을 모아놓고 회의를 하는 자리도 미숙에게는 다르지 않았다. 성품이 곧고 활달하여 옳다고 생각한 바를 굽히지 않았다. 임금이 용안을 찌푸릴 정도의 말도 서슴없이 내뱉었으며 임금이 진노하여 함께한 대신들이 쩔쩔맬망정 허봉은 흔들리지 않았다.

가을이 저물어 스산한 날이 계속되고 있었다. 비가 내릴지 눈이 내릴지 가늠할 수 없는 찌푸린 하늘이 한양을 뒤 덮은 날. 찬바람이 건천동 초희의 집을 휘감은 뒤 남산으로 달음박질쳤다. 어둠이 지고 저 멀리 수표교 근처에 성기게 불빛이 눈에 들어왔다. 초희가 아버지 허엽에게 공부를 마치고 방을 나왔을 때였다.

"초희야. 오라버니니라. 어서 대문을 열어라."

만취한 허봉이 대문밖에 서서 초희를 불렀다. 시종 서갑이 뛰어나가 문을 열었다. 허봉은 초희를 본 체 만 체 비틀거리며 사랑채로 향했다. 초희가 반가움에 오라버니에게 달려가려다 멈칫거렸다. 봉은 아버지 방으로 들었다. 초희는 봉이 들어간 사랑채 앞에 서서 시무룩한 얼굴로 귀를 쫑긋 세웠다.

"죄송합니다. 아버님. 오늘 옥당(임금이 신하들과 술을 마시는 방)에서 어주御酒를 하사받고 오는 길입니다."

"그래 많이 취했구나. 집에 가 쉬지 않고 어인일로 내게 온 것이냐?"

"아버님. 요즘 관리들 동정이 심상치 않습니다. 제멋대로 상소하고 서로 찢고 물고합니다. 해서 주상의 용안에 웃음이 사라졌습니다. 그런 연유로 제가 옥당이 떠나갈 듯 웃음꽃을 피워보였습니다."

"녀석. 무슨 망측한 일을 저질렀기에?"

"주상께서 옥당에 모인 사람들에게 모두 술을 권했는데 다른 사람들은 실수할까봐 머뭇거리며 잔을 제대로 들지 못했습니다. 그곳에는 술 닷 되들이 노구솥이 있었습니다. 저는 주상께 노구솥에 하사주를 가득 내려달라 청했습니다. 그리고 제가 단숨에 비웠더니 임금이 박장대소를 하시며 웃으셨습니다. 역시 초당의 아들 미숙이야 하시면서요. 요즘 주상의 용안이 말이 아닙니다. 용서하세요, 아버님."

"허허. 주상께서 정녕 내 이름을 꺼냈단 말이더냐?"

"네, 아버님."

"그럼 그 노구솥에 허봉이란 이름이 새겨지겠구나? 허허 이런. 그 노구솥엔 김천령이란 이름 하나뿐이었는데. 허허허허. 잘했다. 잘했어."

"아버님. 사실 제가 아버님을 찾아 뵌 연유는 그것이 아니오라……."

"그럼 다른 연유가 있단 말이더냐?"

사랑채 문 밖 어둠 속에 서 있는 초희를 발견한 어머니가 살금살금 다가와 초희 옆에 섰다.

"어머니, 쉬잇. 지금 미숙 오라버니가 술이 취해 아버님과 대화 중이십니다. 너무도 재미있습니다."

"그래 우리 같이 엿듣기로 하자꾸나."

어머니가 초희의 손을 잡고 나란히 방안에 귀를 기울이고 서 있었다.

"네 아버님. 을해년(1575) 들어와 사림들의 세력이 동서로 나뉘어 싸움질하는 통에 주상의 맘이 편치 않습니다. 오늘 동 · 서의 젊은 사림들을 모아놓고 주상이 베푼 옥당의 술자리 연유도 싸우지 말라는 것이었습니다. 하지만 이조정랑(모든 문무 관리들의 인사권을 가진 막강한 자리) 벼슬자리를 놓고 심의경과 김효원대감의 기 싸움이 대단합니다. 병조를 제외한 인사권이 있기에 정승 · 판서도 눈치를 보는 자리 아닙니까? 뿐만 아니라 사헌부, 사간원, 홍문관 등 언론 삼사의 요직과 재야의 선비들까지 추천할 수 있는 막강한 자리입니다. 현 오건대감의 후임으로 소위 신진세력의 구심점으로 떠오른 김효원대감을 이조정랑 자리에 추천을 하니 심의겸대감이 강력히 이의를 제기해 걷잡을 수 없게 싸움의 파장이 커져갈 조짐입니다. 아버님 생각은 어떠하신지 여쭙고 싶어 뵙고자 했습니다."

"이미 예견된 일이다. 인순왕후는 선대 명종의 부인이시다. 그리고 심의겸대감은 그 동생이니 권력의 고리는 쉽게 끊어지지 않는 법이란다. 앞으로 김효원과 심의겸의 싸움은 지속될 것이다. 어느 쪽이든 너무 깊게 몸담지 말아야 하느니라. 하지만 뜻이 옳고 정도에 어긋나는 일이 발생된다면 결코 굽힘이 있어서도 아니 되느니라. 나라의 젊고 유능한 인재들이 임금은 물론 고급 관리들의 어긋남을 바로잡아야 나라가 제 길로 반듯이 갈 수 있음을 명심하여라."

"네, 명심하겠습니다. 아버님."

초희가 세상에 태어나 처음으로 정치와 대면한 밤이었다. 무엇인가 불안했던 초희는 어머니 손을 꼭 잡았다.

"괜찮다. 남자들 세계란다. 어서 들어가자. 아버님이 아시면 불호령이 내릴 터."

초희는 어머니 허리를 와락 안으며 안채로 들어갔다.

이조정랑이 된 김효원은 자질이 높은 젊은 선비들을 수없이 등용시켜 신진 사림의 중심인물로 올라섰다. 얼마 후 이조정랑을 물러날 김효원이 후임으로 이발을 추천했다. 하지만 심의겸 측에서 문과 장원급제 출신인 동생 심충겸을 추천하자 조정은 싸움의 회오리에 말려들고 이들을 따르는 사림들은 두 패거리로 나뉘어 악질상소를 빈번히 올려 임금의 비답批答(임금의 결제권)을 흐리게 했다. 김효원의 집은 법궁에서 동쪽인 건천동에 있었고 심의겸은 서쪽 정릉에 있었다. 건천동 근처에 살던 이황, 조식과 그 문하의 젊은 인재들 그리고 허봉, 허엽의 사위 우성전과 유성룡, 송응개, 박근원, 이발, 김성일 등은 초당 허엽을 영수로 추대하여 동인이라 자처했다.

이에 맞서 서인은 율곡 이이와 성혼의 문하생들이 주축을 이뤘으며 정철, 신응시, 정엽, 송익필 조현 윤두수, 윤근수 윤현들이 마음을 모아 서인의 영수로 박순을 추대했다.

박순은 젊은 시절 허엽과 더불어 화담 서경덕에게서 학문을 익혔지만 동서 분당(을해 붕당) 사건으로 등을 돌리는 관계로 전락해 우정마저 저버리게 되었다.

허엽은 대사헌으로 있으면서 바른말을 잘했고 임금 앞에서도 논리를 굽히지 않은 선비로 유명했다. 사사로운 정에 얽매이지 않고 일을 처리함에 선조는 매우 그를 아꼈다. 퇴계 이황은 그를 선인善人이라 했으며 경전의 훈계를 매우 좋아했다.

삼남 지방에서 왜놈의 정세가 심상치 않다는 상소가 연일 선조를 괴롭혔다. 조정에서는 삼남 중 가장 중요한 경상감사로 누구를 내정할 것인가를 놓고 동 · 서 당파 간에 심한 논쟁이 일었다. 이산해 이이 허엽 등이 추천되었는데 선조는 경험이 많은 대사헌 허엽을 경상감사로 임명하였다. 초희 나이 열두 살 되던 해 허엽은 가족을 한양에 남기고 임지인 경상도로 떠났다.

난설헌 허초희. 그녀의 삶 속에서 앞으로 서럽게 울어야할 한 가지 연유가 시작되었음을 그녀는 알지 못했다.

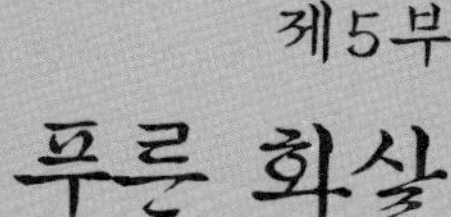

제5부
푸른 화살

어둠 진 머나먼 동쪽하늘에서 소름이 돋는 쇳소리가 들렸다.
순간 화살은 초희 가슴을 꿰뚫어 박혔다. 피가 솟구치는 젖가슴에서
도화 꽃 몽우리가 돋더니 이내 화려하게 피어났다.
초희는 푸른 화살을 보았다. 어느새 꽃은 사라지고
화살 뒷부분에 파란색과 빨간색 도화열매 두 개가 달려 있었다.
피비린내와 뒤섞인 도화열매의 고약한 냄새가 붉은 안개와 뒤섞여
초희 주변을 엉금엉금 기어 다녔다.

봄기운이 대지를 박차고 올랐다. 이른 아침 땅 위를 스멀스멀 기어 다니던 안개가 따사로운 햇살이 내리자 어쩔 줄 몰라 하며 혼비백산 남산자락으로 흩어졌다. 건천동에 완연한 봄의 잔치가 벌어지고 있다. 우물가에 곱게 피었던 도화나무에서 올망졸망 열매들이 줄지어 가지에 매달렸고 키 작은 앵두나무에 매달린 팥알만 한 붉은 앵두가 연인의 넋을 그리워하는 휘파람새를 기다리는 듯 수줍어하고 있다.

대사헌 직책을 맡고 있다가 경상도 관찰사로 내려갔던 아버지 허엽이 주상의 급한 부름을 받고 한양으로 귀환해 초희 집에 머문 이틀 째였다. 허엽이 입궁하려고 사랑채 문을 열고 나왔다. 이를 본 어머니 김씨가 허엽을 배웅하려고 뜰 아래로 급히 내려섰다. 아직 이른 아침이거늘 초희 방에서 글 읽는 소리가 들렸다. 동생 균의 목소리였다. 허엽은 대문을 나서려다 발길을 돌려 초희 방 앞으로 다가섰다.

균의 나이 여덟 살이다. 시책을 줄줄 꿰고 있는 것은 물론 고대 중국 경전을 읽거나 이해하는 능력이 뛰어나다. 균은 한 번 읽으면 곧바로 외워버리는 천재다. 무릇 흘리고 지나는 법이 없다. 사람이 나고 죽음에 대한 이치와 자연의 변화, 일기의 곡선을 훤하게 꿰뚫어보고 있다. 천체天體의 움직임과 그로인한 지구의 영향 등에 관심이 많다. 그동안 균이 종종 글재주를 가지고 아버지와 형 그리고 초희를 놀라게 하는 일은 다반사였다.

방안 균 앞에 앉은 누이 초희의 눈매가 매섭다. 기꺼이 엄하면서도 정확한 시작詩作을 일러주었다. 올바른 경전을 균에게 일러주는 누이의 방법은 수만의 군 장병을 다루듯 엄격했다. 아버지와 어머니가 밖에서 듣고 있다는 것을 모르는 초희가 균에게 호통을 친다. 이를 듣다못해 어머니가 몇 걸음 방문 가까이 발을 옮기며 아미를 찌푸린다.

"이 녀석이. 균은 아직 어리거늘."

"놔두세요, 부인. 내가 경상도에 가 있는 동안 잘들 크고 있었군요. 녀석들은 범상치 않은 아이들입니다. 저네들 스스로 문제시하며 그것을 풀어내는 법을 알고 있어요. 초희도 그렇지만 균이란 놈은 천재입니다. 중국에 동방삭이 있었다면 조선엔 균이 이에 버금갈 것입니다. 두고 보세요, 부인."

부인은 대감에게서 고개를 돌려 하늘을 보았다. 따듯한 남쪽나라에서 겨울을 보낸 철새들이 한강에서 잠시 쉬었다 떼를 지어 북으로 날아갔다.

"나 다녀오리다, 부인."

허엽은 몸종 서갑을 데리고 대문을 나섰다. 부인은 삐익 소리를 내며 닫혀진 대문을 바라보다 이내 초희 방에 귀를 기울였다. 누이와 균이 심하게 논쟁을 했다. 잠시 후 균이 방에서 나왔다.

"왜 벌써 나오느냐?"

"누이가 잠이 온다고 해서요. 어젯밤 늦게까지 책을 읽었다고 합니다."

시무룩한 균이 어머니 곁으로 다가왔다.

"그래, 왜 누이에게 혼났느냐?"

"어머니. 하나의 문장을 놓고 누이와 생각이 달랐습니다. 누이는 선계가 배경이라고 하고 저는 천체天體가 배경이라 우겼습니다. 어차피 신선들이 사는 곳이 천체이거늘 누이가 고집을 피웁니다. 어머니."

"녀석들 그랬구나. 저녁에 아버지 오시면 답을 구해 보거라."

"네, 어머니."

균은 동지를 얻은 듯 밝은 표정으로 어머니를 따라 안방으로 들어갔다.

초희는 끝이 보이지 않는 검붉은 다리를 건너고 있었다. 발아래 천길이 넘는 골짝에는 오색찬란한 안개가 바람을 타고 엉덩이를 씰룩거렸고, 보일 듯 말 듯 계곡 안으로 황금빛 계곡물이 넘실대며 흘러내렸다. 사악한 귀신이 신선에게 뭇매를 맞으며 고꾸라졌다 일어서기를 반복했고 뜨거운 물이 그의 몸으로 쉼 없이 뿌려졌다. 다리 위에 쌍 무지개가 돋아 터널을 이룰 즘, 어디서 날아왔는지 모를 거대한 학 한 마리가 초희를 낚아채 창공으로 급히 올랐다. 초희는 두려움보다는 환희의 기쁨이 일어 잔잔한 흥분이 그녀의 몸속에서 꿈틀거렸다. 학의 다리 촉감이 너무나 보드라웠다. 한참을 날아가던 학은 초희를 드넓은 초원에 내려놓고 사라졌다. 아무리 둘러봐도 초희 외에 그 무엇도 보이지 않았다. 콩알처럼 작은 푸른 자갈들이 지천에 깔려 있었으며 아스라이 먼 하늘위로 용들이 춤을 추며 지나는 군무가 보였다. 봉황의 무리가 잠시 보이는가 싶더니 먹구름이 하늘을 가득 덮었다. 한 치 앞도 보이지 않을 만큼 주위는 어두워져 있었고 초희는 무서움에 온 몸이 바들거리며 떨리기 시작했다. 어둠 진 머나먼 동쪽하늘에서 소름이 돋는 쇳소리가 들렸다. 소리는 이내 초희 앞 가까이 들려왔고 화살 주변이 환해지더니 푸른색 화살 하나가 쏜살같이 초희 앞으로 날아왔다. 순간 화살은 초희 가슴을 꿰뚫어 박혔다. 그녀는 비명을 지르며 쓰러졌다. 피가 솟구치는 젖가슴에서 도화 꽃 몽우리가 돋더니 이내 화려하게 피어났다. 초희는 푸른 화살을 보았다. 어느새 꽃은 사라지고 화살 뒷부분에 파란색과 빨간색 도화열매 두 개가 달려 있었다. 썩은 냄새가 코를 찔렀다. 피비린내와 뒤섞인 도화열매의 고약한 냄새가 붉은 안개와 뒤섞여 초희 주변을 엉금엉금 기어 다녔다. 두려움에 떨던 초희가 살려달라고 입을 놀릴 즈땅에 닿을 만큼 긴 수염을 지닌 선인仙人이 눈앞에 나타났다.

"경번아! 양陽(남자)은 인시寅時(새벽5시)에 활발하며 튼실하고, 음陰(여자)은 신시申時(오후5시)에 모양이 아름다우니 양陽이 신申시에 음陰을 찾으면 음陰은 즐거우나 양陽이 피로할 것이고 음陰이 인寅시에 양陽을 찾으면 양陽은 즐거우나 음陰이 피곤해 건강한 씨앗이 화합을 못 이룰 것이니라. 명심하도록 하여라."

"신선님 무슨 말씀이옵니까?"

"너는 이미 푸른 화살을 가슴에 맞아 음인陰人(성인 여자)이 되었느니라. 이제 곧 양인陽人(성인남자)을 만날 것이다. 절대로 인시에 분 바르는 것을 금하고 신시에 양을 멀리함이 불사不死의 도道이니라. 음과 양은 미묘해 그 의미에 정통할 것이며 이에 그릇된 행실이 없기를 바라고 조화롭게 도과桃果를 빚어낼 수 있도록 유의하여야 함을 명심하여라. 또한 화火인 주작朱雀(양)을 앞세우고 물水인 현무玄武(음)를 뒤로 할 것이며 청룡과 백호의 이치를 한 시라도 잊어서는 아니 되느니라. 또한 음인의 정情이란 항상 양을 구하기에 급한 것이지 스스로 억제해 기꺼이 양을 불러들이려 하지 않는다면 굽힐 일이 없느니라. 본디 양은 성품이 강하고 의지가 투철하지만 성급하여 절조가 엉성하다. 그러나 평소 연회나 일을 할 시 온화하고 기운도 부드러우며 언사를 낮추는 등 의젓하기 그만이니라. 이에 조화를 이뤄 음인陰人의 길을 행복하게 가길 바란다."

"신선님. 자세히 좀 일러주시지요?"

"이제 경번은 혼인을 할 것이다. 하니 시간이 가면 다 알 일. 조심하여야 하느니라."

신선은 말꼬리를 흐리며 노란 안개가 뒤덮인 동쪽하늘로 소리 없이 사라졌다.

초희는 아스라이 멀어져 가는 신선을 바라보다 잠이 깼다. 흥건히 젖은 땀이 얼굴에 가득했으며 눈동자는 흐릿해 사물이 제대로 보이지 않았다.

꿈이었다. 초희는 자리에 누워 신선이 들려준 말을 곱씹으며 방을 나왔다.

"내가 혼인을 한다고? 시간이 가면 알 일……. 썩은 도과桃果 두 개?"

봄 햇살이 정원 가득 넘실댔다. 집 앞 텃밭에 씨앗을 뿌리는 시종들의 웃음소리가 고요한 집안으로 잔잔히 흘러들었다.

아직 해가 중천인데 퇴청하신 아버지 기침소리가 들렸다. 대문 밖 텃밭에서 시종을 부리던 어머니가 아버지와 함께 대문 안으로 들어섰다.

"초희 게 있었구나. 부인 초희를 데리고 내 방으로 들어오세요."

아버지는 불편한 언사를 내뱉으며 사랑채 방으로 들어갔다. 어리둥절 초희를 바라보던 어머니가 초희를 앞세워 사랑방으로 들었다.

"게 앉으시오 부인. 초희도 그리 앉아라."

"대감 언짢은 일이라도?"

"아니요. 안에서 알 일은 아니요. 사내들 정치하는 일이니 알 것 없어요. 부인. 초희에게 혼인 제의가 들어왔어요. 부인과 상의를 할 겸 일찍 들어왔습니다."

"어느 댁 가문의 자제이던가요? 대감."

"안동김씨 문중에 하당 김첨이란 분이 계시지요. 부인도 익히 알고 있는 함자입니다. 작년엔가 별시 문과에 급제한 분이지요. 그의 부친 전한 김홍도 어른은 영의정에 추서되신 아주 훌륭한 가문이랍니다. 예전에 나하고 호당에서 동문수학한 분이고요."

"네."

"그의 아들 첨은 우리 봉이하고 지금 같은 호당에서 공부를 하는 분입니다. 봉이가 김대감하고 친하다 보니 제 누이인 초희와 그분 자제 사이에 혼담이 오고 간 모양입니다. 오늘 낮에 잠시 대궐에서 봉이를 만났는데 지극 정성으로 그 자제를 추천하더이다. 초희보다 한 살이 많다고 하더군요."

"그랬었군요. 대감. 괜찮은 집안 같아요. 초희 나이 벌써 열 넷입니다. 적당한 나이네요. 대감."

"초희야. 네 생각은 어떠하더냐?"

"아버지. 저야 아버지 어머니가 정해주시면 따를 수밖에요."

"암 그래야지. 그러고 말고."

초희가 아미를 찌푸리며 고개를 숙였다. 잠시 침묵이 흐른 뒤 그녀는 입을 열었다.

"하지만 한 번도 보지 않은 남정네에게 어찌 시집을 간다 말입니까? 소녀의 낭군은 소녀가 친히 보지 않고서는 혼인을 하지 않겠습니다. 신랑감을 저의 집으로 초대해 숨어 살필 수 있게 해주시옵소서. 제 마음에 합당해야 혼인의 의례를 치룰 것입니다. 살펴주세요, 아버지."

"이런 녀석, 어디서 그런 몹쓸 생각을 했느냐? 부모가 어련히 알아서 짝을 지어줄까?"

"아닙니다, 부인. 초희는 달라요. 그래 아비가 네 생각을 존중하마. 하지만 아버지와 오라버니들의 체면이 있으니 그것만은 허락해줄 수 없구나. 저쪽 어른들 만나 뵙고 약혼을 하고 바로 혼인을 하는 것으로 하자."

초희는 얼굴이 빨개진 채 방을 나왔다.

다음날 허엽은 건천동에서 삼십 리쯤 떨어진 서소문 앞 김첨의 집으로 갔다. 김첨은 동인의 영수이자 뚜렷한 관직을 두루 차지한 허엽을 깍듯이 모셨다. 사랑채에 주안상이 차려지고 혼인에 대한 대화가 주류를 이루며 술잔이 비워졌다. 김첨은 아들 성립을 불렀다.

"밖에 누구 없느냐? 어서 성립이를 들게 하라."

잠시 후 어린 티가 줄줄 흐르는 성립이 사랑채 방으로 들었다. 성립은 허엽에게 큰절을 올리며 예의를 갖춘 뒤 자리해 앉았다.

"대감. 보잘 것 없는 자식입니다. 대감같이 훌륭한 집안의 식구가 될지 모른다는 말씀만 들어도 광영입니다."

"무슨 말씀이세요. 멀리 윗대로는 자한 숙연, 희수, 노 등 함자로만 봐도 훌륭하신 집안이시고 또한 바로 윗대이신 전한 김홍도대감이 계셨었는데 이를 따를 문중이 어디 있겠습니까? 당치 않아요. 제 못난 여식 하나 잘 거두어주실 거란 생각에 단숨에 달려 왔지요. 허허허허."

"부끄럽습니다, 대감."

"자제분 얼굴이 아주 훤합니다. 학문을 열심히 닦아 윗대 분들의 명성에 버금가야 할 텐데요."

"자나 깨나 그저 걱정입니다. 아직 어린 나이니 제 갈 길을 챙기겠지요."

그 시간 대궐 못지않은 김첨의 저택, 담 밖을 어슬렁거리는 사내가 있었다. 몸은 호리호리하고 얼굴을 검은 보자기로 가렸다. 작은 키에 옷은 허름했지만 날렵하기가 예사롭지 않았다. 훌쩍 가볍게 담을 뛰어넘은 사내는 어둠이 깃든 행랑채 처마 밑으로 몸을 숨겼다. 어슬렁거리며 대문을 지키던 문지기 머슴이 방문을 닫고 들어가는 소리가 들렸다. 사내는 살금살금 사랑채로 향했다. 두루마리 종이에 싸서 손에 움켜잡고 있는 물건이 칼처럼 보였다. 먼발치 방문 하나가 불을 환히 밝히고 있었다. 사내는 발자국 소리를 줄이며 서서히 다가갔다. 얼굴에서 보자기를 풀어내고 머리를 풀어헤쳐 얼굴을 가렸다. 방문 앞에 이르러 목소리를 굵게 변성하고 입을 열었다.

"대감마님. 선물을 가지고 왔습니다요."

"들어오너라."

사내는 연죽煙竹 두 개를 들고 방으로 들어왔다. 방 가운데 김첨과 허엽이 앉아 있었고 그 옆으로 김성립이 무릎을 꿇고 앉아 사내 쪽으로 고개를 돌렸다. 사내와 성립이 눈동자를 마주해 서로를 보고 있었다.

"이런. 넌 처음 보는 놈 아니더냐?"

추상같은 김첨의 목소리가 방안 공기를 순간 얼어붙게 했다.

"네, 대감. 전 옆집 머슴입니다요. 귀한 손님이 오셨다고 해서 저의 대감마님께서 보내신 연죽입니다요. 그럼 물러가겠습니다. 대감마님."

사내는 연죽을 주안상 위에 올려놓고 방문 쪽으로 몸을 돌렸다. 걸쭉하고 낮은 거친 목소리는 영락없이 천한 머슴 목소리였다.

방문을 향해 돌아서는 머슴이 허엽과 눈을 마주쳤다. 허엽은 순간 멈칫 놀랐다. 초희였다. 남장을 한 초희가 방에 들어와 신랑감 성립을 자세히 봤다. 초희는 허겁지겁 방문을 닫고 달음박질로 뛰어 담을 넘어 사라졌다.

"대감 왜 놀라십니까? 혹 아시는. 저 놈의 머슴이 실례라도?"

"아, 아 아닙니다."

허엽은 당황한 얼굴을 감추려고 술잔을 입에 대고 고개를 살짝 숙인 뒤 천천히 잔을 비웠다.

"성립아. 그만 나가보도록 해라."

성립이 방을 나간 뒤 술기운이 무르익은 두 사람은 허심탄회하게 혼인을 중심으로 이야기를 끌고 갔다.

"대감. 호당에 나가면 매일 미숙을 만나는 걸요. 아주 영특한 누이동생이라 하더군요. 얼마 전 미숙을 따라 잠시 대감댁에 들려 여식을 보았습니다. 어찌나 영특하고 아름답던지 저는 두 아이의 혼인 결정을 바로 내렸습니다만. 대감께서는 저 녀석을 어찌 보셨는지요?"

"아, 대감 가문에 저 정도의 인물이면 고민할 이유가 없지요. 그럼 두 아이의 혼인을 기정사실화 하시지요."

"네, 대감. 그럼 절차는 어찌 밟아야 좋을 지요?"

"내 돌아가서 제 어미와 상의를 하고 또 당사자인 여식의 의중도 살핀 뒤 다시 논의 하는 게 어떨까 생각합니다."

"좋습니다, 대감."

초희는 김첨의 집을 나와 곧장 이달의 집으로 달려갔다. 어둠을 가르며 달려가는 초희의 행색은 영락없는 선머슴이었다. 종아리 하나는 바지를 반쯤 걷어 올렸고 짚신은 헐거워 수시로 벗겨졌다. 긴 머리를 풀어 헤친 얼굴의 반은 보이지 않았다. 이달의 집으로 오르는 골목은 음침했으며 가끔씩 남산 숲속에서 울어대는 부엉이 소리가 소름을 돋게 했다. 초희는 대문 앞에 서서 조용히 스승을 불렀다. 이달은 늦은 밤 초희의 목소리를 듣고 맨발로 뛰쳐나와 대문을 열었다. 초희는 이달의 옷자락을 잡고 골목 후미진 나무 아래로 들어섰다.

"이런. 이 무슨 행색이더냐? 그리고 밤이 깊었거늘 어인 일이냐?"

"스승님."

초희는 할 말이 많았지만 스승을 부르는 한마디 말고는 입이 떨어지지 않았다.

"변고가 생긴 것이더냐? 어서 내 집으로 들어가자."

초희는 말문을 닫고 스승 이달의 허리를 와락 안으며 얼굴을 가슴에 묻었다.

"초희야. 초희야."

얼마동안 그들에게 침묵이 흘렀다. 잠시 후 초희는 이달의 허리에서 손을 풀어내고 이내 발길을 돌려 아래로 뛰어 내려갔다.

"스승님. 전 혼인하고 싶지 않아요. 스승님."

초희가 카랑카랑하게 던진 외마디는 어둠을 가르며 이달의 가슴에 들어와 박혔다. 이달은 허탈한 웃음을 골목에 남기고 집으로 들어갔다.

술좌석은 끝이 나고 허엽은 늦은 밤 집으로 돌아왔다. 허엽이 사랑채로 들지 않고 곧바로 초희 방 앞으로 다가갔다. 방문 앞에 나란히 놓인 여식의 신발이 아버지 눈에 들어왔다. 허엽은 한동안 신발을 바라보며 고개를 끄덕였다. 그는 남장을 했던 초희를 모른척하며 그 어떤 내색도

하지 않았다.

"녀석. 초희는 달라. 왜 네가 여자로 태어났는지 그것이 한스럽겠구나. 이 아비도 그리 생각한다."

허엽은 사랑채로 걸어가며 혼자 중얼거렸다.

다음날 아침이 밝았다. 시종들이 부엌에서 아침밥을 준비하느라 분주히 돌아다녔다. 우물가에 앉아 나물을 씻는가 하면 장작을 나르고 물을 길어 부엌으로 연신 날랐다. 밥 짓는 냄새와 생선 굽는 냄새가 정원 가득 퍼질 즘 허엽이 사랑채 문을 열고 나왔다.

그는 성큼 성큼 대청마루를 지나 안방으로 들었다. 긴 머리를 풀어헤친 부인이 자리에서 일어나지도 못하고 허엽을 맞았다.

"대감. 망측스럽게 이른 아침부터 내방을 하시다니요? 아랫것들 보기가 민망합니다."

"미안하오. 부인. 내가 급히 궐에 들 일이 있고 해서 이른 아침 부인께 당부드릴 차 왔어요."

"말씀하세요. 대감."

"어젯저녁에 김첨 대감댁에 들려 사윗감을 보고 왔어요. 그리고 혼인을 하기로 결정했습니다. 의례는 어떻게 할 것인가? 의례 후 거처는 어디로 할 것인가 등을 의논하려 하니 오늘 저녁에 성이랑 봉이랑 다 모이도록 하세요. 내 이른 시간 안에 퇴청을 하오리다."

"알겠습니다. 대감. 마음 편히 입궁하세요."

허엽은 아침상을 받는 둥 마는 둥 대궐로 향했다.

초희는 아버지가 집을 나가는 대문 소리를 들으며 누워 있었다. 아버지는 분명 초희였음을 알 텐데 일언반구 말이 없다. 지난 밤 그녀는 두

근두근 가슴이 뛰기도 했으며 긴 한숨이 절로 천장 공기를 가르기도 했다. 그토록 좋아하던 책도 눈에 들어오지 않았고 종종 그려보던 그림도 시작詩作도 손에 잡히지 않았다. 어젯밤 스승 이달을 찾아갔던 사실을 돌이켜 웃음이 나왔다. 그녀가 이달을 찾아간 진정성이 어디에 있었는지 초희는 순간 가슴이 뭉클해져 눈물이 핑 돌았다. 스승을 연모한다는 생각이 가슴 깊이 흐를 즘 그녀는 긴 한숨을 내 쉬며 몸을 뒤척였다.

혼인이란 무엇인가에 대해 골똘해 있는 초희의 마음은 즐겁지만 않았다. 그동안 정들은 이 집과 부모와 형제들을 떠날 지도 모를 일이었다. 한 번도 보지 못한 시어머니의 얼굴을 그려보며 낯설기만 한 시집식구들과 살아갈 일이 고민스럽기까지 했다. 어젯밤 남장을 하고 숨어들어 잠시 살핀 신랑의 얼굴 모습이 눈에 선하다. 맘에 들지 않았다. 평소 흠모하던 이순신의 절반에도 미치지 못했고 음험한 그늘이 성립 얼굴에 가득했다.

초희가 그렇게 방안에서 두문불출하며 하루를 보낸 저녁이었다. 오랜만에 얼굴을 보는 큰 오라버니 성과 작은 오라버니 봉이 집에 당도하고 얼마 후 대문을 연 서갑을 앞세워 아버지가 들어왔다. 예전 같으면 맨발로 뛰어나가 오라버니들을 반길 일이었지만 초희는 방안을 굳게 지키며 말문을 닫았다. 달래의 발자국 소리가 방문 앞에 가까이 들려왔다.

"아씨. 대감마님이 찾으십니다요. 사랑채로 납시라고 하십니다요."

초희는 대꾸하지 않았다. 고개를 숙인 채 문을 열고 나가 사랑채 방문 앞에 서니 여러 켤레의 신발들이 나란히 있었다. 초희는 입술 사이로 긴 샛바람을 피우며 문을 열고 안으로 들어갔다.

"어서 오너라. 초희야."

봉 오라버니가 제일 먼저 무거운 분위기를 깼다. 방안은 평소보다 침침했으며 우울함이 감돌았다. 방 한 쪽에 통나무로 된 책상이 놓여 있고 그 뒤로 보료에 앉은 아버지가 입을 열었다.

"다들 모였구나. 성이나 봉인 이미 잘 알고 있을 게고 부인도 어느 정도는 알게요. 성아, 봉아. 오늘 식구들을 모두 모이라 한 것은 다름 아니라 우리 초희의 혼례에 대해서 의견을 들어보고 결정할 일이 있어서니 속마음을 다 풀어 이야기를 해 보거라. 어젯밤 사돈어른이 되실 김첨 대감을 내가 뵙고 왔느니라. 물론 사윗감도 봤고. 초희와 그 댁 아들인 성립이를 혼인시키기로 합의를 했느니라. 문제는 의례절차와 혼인 후 거취가 결정이 아니 되었다. 해서 어머니와 너희들 형제의 의견을 묻고자 한다. 우선 부인부터 말씀을 해 보세요."

"절차는 관습이란 것이 있기에 그리 어려운 게 아니라는 생각이 듭니다. 대감이 그러했고 봉이가 혼인 후 처가에 신접을 꾸렸듯이 우리 집 방 한 칸을 비워 신혼 방을 꾸며 살게 함이 정도 아닙니까? 대감."

봉이 어머니의 말을 가로막고 나섰다.

"어머니. 간단한 문제가 아닙니다. 지금 사회적으로 혼례에 대한 절차가 매우 혼란스러울 때입니다. 초희의 혼례가 친영제親迎制(시댁에서 결혼하고 시댁에서 삶)를 따를 것인가 아니면 어머니가 말씀하시듯 고대로부터 내려왔던 정통 혼속인 남귀여가혼男歸女家婚(처가에서 결혼하고 처가에서 삶)을 따를 것인가에 따라 절차가 달라집니다."

"요즘 반친영半親迎제도가 종종 있긴 하다만 아버님 생각은 어떠신지요?"

성이 중재역할을 자임하며 허엽에게 말문을 돌렸다.

"내가 네 어머니를 만나 혼인을 할 때만 해도 남귀여가 혼속에 따라 너희들 외갓집이 있는 임영 초당에서 혼인을 했고 그곳에서 살며 너희들을 낳았다. 이이대감의 부친도 어머니 신사임당이 살던 처갓집에서 혼인을 했고 그곳에서 이이대감을 낳았음을 잘 알고 있을 게다. 조선 초기 개혁파인 정도전 권근 등이 주자가례인 친영론을 주창하였으나 고대 모계사회로부터 관습처럼 되풀이된 남귀여가혼의 높은 벽에 막히고 상속권과 제사권의 박탈로 인한 사대부들의 소극적 제도 도입으로 백성들이 따르지 않아 소멸되다시피 했었다. 그러다 몇 대 위 임금인 성종과 중종에 와서 다시 고개를 들던 친영제가 사림파와 훈구파의 정권쟁탈전으로 비화되어 소격서昭格署 혁파를 주장한 조광조에게 처참한 기묘사화己卯士禍의 불씨를 제공하기도 했지 않았느냐? 바로 윗대 임금인 명종 때 문정공 조식이란 사람이 친영과 남귀여가 혼속을 배려한 반 친영 의례, 즉 처가에서 혼인을 해 삼 일만 체류하고 곧바로 시댁으로 우귀于歸해 혼인생활을 지속하는 제도를 시행하자고 주창한 적도 있단다. 이는 우리나라 고유의 풍속인 남귀여가혼을 지울 수 없고 주자가례인 친영제만을 고집할 수 없다는 생각에 절충한 제도이니라."

"주자 성리학 이상주의자들이 득세를 하면 개혁이란 명분아래 친영제를 주창하였다 들었습니다. 아버님."

"그렇단다. 남귀여가혼이 맞다, 친영제, 반 친영제가 맞다라는 논리는 중요하지 않다. 초희가 혼인을 해 행복하게 사는 것이 가장 중요하다. 십 수 년 전 내 스승인 화담 서경덕대감은 혼인의례를 치룬 후 삼 일 뒤에 합방하는 의례에 문제가 있다고 했다. 그래서 의례 당일 합방하도록 의례에 관한 제도보완을 주창해 지금까지 시행되고 있는 것이다. 성과 봉이는 남귀여가 혼속에 따라 지금 처갓집에서 살고 있지만 요즘 성균관 사림과 기존 사대부들은 반 친영제의 합리성을 주창하고 있는 것이 사회적 분위기로구나."

"아버지. 누이동생 초희의 사고가 남다른데 유교적 사고로 똘똘 뭉친 시댁어른들과의 조화로운 생활이 불편하지 않겠습니까?"

"대감. 봉이 말이 맞아요. 도가적 사고와 유교적 사고를 고루 접한 초희가 유교적 가부장 제도가 확립된 시댁의 규방에서 어찌 지내게 될지 걱정이 앞섭니다. 남귀여가 혼속에 의해 우리 집에서 살게 하지요? 대감."

"성이의 생각은 어떠하더냐?"

"아버님과 저 그리고 봉이는 물론 초희까지도 이 시대를 앞서가는 사고를 갖고, 많은 사대부들에게 존경과 칭송을 듣고 있습니다. 대를 이어 명국을 다녀와 견문을 넓힌 가문이고 이에 영향을 받은 초희의 생각도 크게 벗어나지 않았음을 잘 알고 있습니다. 인간은 누구나 모든 이해와 사물과 환경에 적응하게 마련입니다. 반 친영제도를 따라 혼례를 올려 누이동생이 사회적으로나 시댁에서 당당하고 행복하게 살았으면 하는 바람입니다."

"초희의 생각은 어떠하더냐?"

"저는 어른들 결정에 따르겠습니다."

"대감. 초희가 혼인해 이집에서 살게 해야 합니다. 시댁에 들어가 사는 혼인은 어미로서 절대 반대합니다."

"이런 난감할 때가. 봉이와 생각이 같군요."

"어미로서 그런 혼인은 허락할 수 없음을 살펴주십시오, 대감."

부인 김씨가 다부지게 일침을 놓고 초희를 앞세워 방을 나왔다.

시대의 정서가 바뀌면 관습과 정치가 바뀐다. 남녀가 혼인을 한다는 것은 인륜지 대사 중 으뜸이다. 불과 한 세대를 앞서 산 신사임당이 안정적 삶 속에서 훌륭한 시와 그림을 그렸었다. 하지만 초희의 혼인을 앞두고 세상은 바뀌고 있었다. 혼인 후 딸아이가 어디서 신혼을 보낸다는 것은 단지 두 사람의 문제는 아니다. 그들에겐 가족이 있다. 특히 어려운 시어른이나 장인 장모가 얼마나 정서적으로 사상적으로 부합할 수 있는지 그것이 행복의 좌표를 가름할 수 있기 때문이다. 나이 어린 연약한 계집이 결혼 후 새로운 환경에 적응한다는 것은 그리 쉽지 않다. 특히 사상적 차이와 종교적 차이가 심하다면 그것은 불행의 근원이 될 것이다. 자연 무위, 즉 삶은 물 흐르듯 자연스러우며 격이 있을 수 없다는 정서와 도덕과 윤리의 틀을 만들어 놓고 이를 실천하는 유가적 사고가 사상적으로 부딪힌다면 몹시도 어려운 삶이 될 것이다. 유교적 틀이 몸에 배이지 않은 여인 허초희의 신혼집은 아버지를 비롯한 가족의 큰 관심사이며 그녀를 위해 매우 중요한 결정이 될 것이다.

인왕산에 걸쳐 있는 해가 하루의 수고로움을 뒤로하고 산등성을 타고 넘어간다. 성이와 봉이 방을 나왔다. 그때 마침 대문을 들어서는 이가 있었다. 이복누이와 결혼한 우성전이었다. 봉이 우성전 앞으로 다가가며 반갑게 악수를 했다. 우성전이 장인 허엽에게 안부를 물으러 사랑채 방으로 들어갔다. 그가 나오기만을 기다리는 성과 봉이 뜰을 서성이는데 초희 방에서 울음소리가 새 나왔다. 훌쩍이는 그녀의 목소리가 서글프게 들렸다. 얼마 후 형제들은 초희 방으로 들어갔다.

"어서 오세요, 형부."

잠시 후 주안상이 들어오고 미쳐 눈물이 마르지 않은 초희가 방을 나가려 했다. 우성전이 초희를 만류하며 입을 열었다.

"그래. 초희가 혼인을 한다며? 고사리 손에 붓을 잡고 글을 쓰던 어린 처제모습이 엊그제 같은데. 흐르는 세월을 나만 모르고 있었나 보네. 아무쪼록 축하하네. 처제."

방안의 훈훈한 분위기는 술잔이 돌기를 거듭하며 모처럼 활력이 넘쳤다. 그동안 동 · 서 붕당으로 마음고생이 심했던 형제들이었기에 의기투합한 이 시간 남다른 형제애가 넘실거렸다. 하지만 초희의 얼굴은 굳어 있었다. 그녀 삶의 또 다른 좌표가 될 혼인을, 특히 맘에 들지 않는 성립과의 혼인을 반가워하지 않았다. 이런 표정을 짓고 있는 초희는 오라버니들에게 미안해했다. 잠시 후 초희는 억지웃음을 내보이며 입을 열었다.

"형부. 동생 균이 쓴 시를 보실래요? 잘 쓴 것 같은데……."

우성전이 균의 시문을 찬찬히 읽어가는 동안 방안은 잠시 침묵이 흘렀다. 얼마 후 우성전이 입을 열었다.

"매우 뛰어난 시문이야. 균의 나이가?"

"이제 여덟 살입니다, 형부."

"감탄이로다. 감탄이고말고. 아주 뛰어난 문장력이야."

"그렇지요? 녀석의 솜씨가 대단합니다. 초희와 비교해도 손색이 없어요. 매형."

"그래. 스승이 이달이라고 했던가? 아무렴. 이달의 문맥이라면 알아줘야지. 물론 오라버니들과 장인어른의 가르침도 훌륭했을 것이라 미뤄 짐작하네."

나이가 지긋한 형부 우성전의 칭찬이 각별하자 초희는 살포시 미소를 지으며 흐뭇해했다. 그녀는 환하게 웃고 있는 스승 이달을 생각했다. 잠시 아린 생각이 그녀의 가슴을 훑고 지나갔다.

"이보시게, 처남들. 분명 균은 큰 문사가 될 것일세. 잘 보살피시게.

하지만 사고思考가 천방지축이고 분방해 틀에 맞춰 세상을 살아가는 현실은 그를 가만 놔두지 않을 것일세. 어려서부터 방만한 생각과 돌발적이고 진취적인 사고를 다듬어주지 않으면 허씨 집안을 망칠 수 있는 위험한 구석이 균에게 보이네. 잘 다듬어 주시게. 재주가 뛰어나지만 거침없고 당돌하며 타협을 모르는 균의 성격이 보이기에 이르는 것이네. 그려."

성과 봉 그리고 초희는 눈을 크게 뜨며 놀란 듯 우성전을 바라보았다.

"네, 명심하겠습니다. 매형."

늦은 밤 형제들은 초희방을 나와 제각각 집으로 돌아갔다.

초희의 혼인문제는 아침저녁 식구들 밥상 앞에 말문의 시작이었다. 집안 분위기는 술렁거렸으며 머슴과 여종들도 모이면 당연하게 이에 관한 이야기를 했다. 그렇게 며칠이 흐른 저녁이었다.

"누이야. 누이 시집 가? 누구랑 혼인하는데?"

저녁밥상을 물리고 균을 데리고 방에 들어온 초희가 책장을 넘기며 균을 바라봤다.

"어서 공부나 하자. 균아. 자, 이 대목을 읽고 설명해 보아라."

> 늙으신 어머님을 고향에 두고
> 외로이 한양으로 가는 이 마음
> 돌아보니 북촌은 아득도 헌데
> 흰 구름만 저문 산을 날아 내리네

"신사임당께서 결혼 후 이십 년을 살던 강원도 임영 친정을 떠나 한양 길에 대관령을 넘으며 지은 시지요. 누이야?"

“잘 아는구나. 맞아. 우리가 살던 초당에서 그리 멀지 않은 곳에 사셨느니라. 네가 갓난아기일 적 우리 어머니도 나와 너를 데리고 이 길을 따라 한양으로 올라오셨었지.”

“누이야. 나 태어난 임영에 가고 싶다. 누이 결혼하기 전에 한 번만 데리고 가면 안 되겠나?”

“나도 너무나 가보고 싶은 곳이란다. 바다가 있고 솔숲이 있고 경포라는 호수가 너무도 아름다운 곳이란다. 균이는 아기 때 올라와 추억이 없겠지만 이 누이에게는 아주 소중한 기억을 많이 남겨준 곳이기도 하지. 균이 말처럼 혼인하기 전에 한 번 갈 일이 있었으면 좋으련만…….”

초희는 어릴 적 초당의 기억을 더듬으며 천장에 눈을 고정했다.

“누이가 초당을 떠나 이곳으로 왔고 또한 이곳을 떠나 시댁으로 갈지 모를 일이 눈앞에 당도해 있구나. 사랑하는 균이를 놔두고 갈 근심에 고향 초당의 대한 그리움이 겹쳐 눈물이 나는구나. 균아.”

“누이야. 걱정하지 마라. 누이가 한양에 살기만 하면 내가 찾아간다. 누이 보고 싶어 찾아가고말고.”

“고맙다 균아. 누이 없더라도 학문을 익히는 일에 게으름이 있어서는 아니 되느니라.”

초희가 아우 균의 등을 토닥이고 볼을 만지고 있을 때 달래의 풀 죽은 목소리가 들렸다.

“아씨. 대감마님께서 사랑채로 나오시란 분부이십니다.”

“균아. 혼자서 공부하고 있어라. 누이가 아버님 뵙고 다시 올 것이다.”

초희가 사랑채 방문을 열고 안으로 들었다. 그곳에는 아버지 허엽과 시아버지가 될 김첨이 자리해 앉아 있었다.

“장차 너의 시아버지가 되실 어른이시니라. 큰 절로 예의를 갖추도록.”

초희는 몸이 떨렸다. 부들거리는 다리를 바로 세워 절을 하고나니 비로소 김첨의 얼굴이 눈에 들어왔다.

"잘 있은 게냐? 오늘 아버지와 너의 혼인 문제를 결정하러 내가 왔다."

"그만 나가보아라."

두 사람은 자리를 좀 더 가까이 앉아 조목조목 혼인 절차에 대해 논의를 했다.

"대감마님. 잘 아시겠지만 혼인이란 아이들의 개인 맺음보다는 양 가문의 맺음이라고 해도 크게 틀리지 않습니다. 부계혈족의 만남과 결합으로 두 집안은 더욱 돈독해지고 혼인 후 성姓도 그대로 인정해 주고 있습니다. 요즘 친영제니 반 친영제니 하며 젊은 사림들에게서 혼란스런 혼인 풍습이 회자되고 있긴 합니다만 어찌 대감댁 귀한 여식을 감히 제 집으로 데려가겠습니까?"

"아니요. 무슨 말씀을. 정통 혼인제도인 선모先母측 후부後夫측 거주를 따르는 남귀여가혼은 고구려 때부터 조선까지 천 년 이상을 물려 내려온 혼속입니다. 하지만 내 딸아이를 대감 문중으로 귀속시키는 혼례 시점에서 이를 고집하지는 않겠습니다. 시대와 풍습 변화에 어깃장을 놓아 고집을 부리자한다면 어리석은 생각이지요. 친영제는 여성들이 억압받는다 하였고, 남귀여가혼은 남성들이 피해의식에 주눅 든다 하여 말이 많습니다. 해서 요즘 반 친영례라는 것을 문정공 조식이란 분이 들고 나왔는데 평이 꽤 좋은 듯합니다."

"맞습니다. 대감마님. 그럼 우리 아이들 혼인도 반 친영례로 하면 어떨는지요? 이곳에서 혼례를 올리고 삼일 후 아이들을 시댁인 저의 집으로 들어와 살게 하는 것 말입니다."

"그렇게 합시다. 시대가 요구하는 변화된 혼인을 해야 두 가문 모두 사림, 훈구세력들에게 좋은 평으로 남지 않을까 합니다. 후세에도 부끄럽지 않고요."

허엽은 절대 시댁으로 보낼 수 없다는 부인의 말을 기억하며 잠시 고민스러웠다. 어찌 설득할까 마음이 무거웠다. 두 사람은 정쟁에 휩싸인 조정의 혼탁한 이야기를 주고받으며 반주상을 맞이했다.

혼인 날짜가 잡혔다. 사랑채에서 아버지 허엽과 어머니 김씨가 혼인 후 살 집에 대해 다투는 듯 높은 언성이 난 뒤 나온 결론이다. 장마가 시작되기 전 성립과 초희의 사주를 넣어 액운이 없는 날로 잡았다고 했다. 초희의 담담함은 걱정 많은 어머니를 안심시켰으며 언행의 의젓함은 균에게도 안정감을 주었다. 미련이나 회한 따위는 없었다. 스승 이달을 연모하여 잔잔한 남정네의 그리움은 알고 있었지만, 태어나 처음 갖는 뜨거운 사내에 대한 감정이 일어 가슴이 두근거렸다. 겨우 열네 살 소녀의 생각은 순진무구하게 보였지만 온갖 풍파를 다 겪은 어른의 입장에서 혼인을 받아들였다. 이는 그동안 내면에 쌓인 다각적인 학문의 결정체들이 용해되고 혼합해 만들어진 자신감이었다. 그녀는 의연하게 시간을 보내고 있었다.

하루가 멀다 하고 어머니가 초희를 안방으로 불러들였다. 본격적인 신부수업이 진행되고 있었다. 유교적 바탕위에 아녀자가 행할 도덕과 예절이 주를 이루었다. 도가적 사고를 줄이라는 어머니의 훈시는 초희로 하여금 눈물짓게 했으며, 칠거지악과 일부종사一夫從事의 법도, 그리고 삼종지도三宗之導함의 거듭된 주문은 딸의 혼인을 앞둔 어머니의 간곡한 부탁이고 애절한 수고로움이었다.

사랑하는 누이가 그동안 살던 정들은 집을 떠날 것이란 현실 앞에 오라버니 봉의 걱정은 남달랐다. 허전해 할 초희를 다독이고자 들리는 횟수가 점점 늘어갔고 초희 또한 그 어느 가족보다 봉 오라버니를 만나 흔들리는 자신을 다잡는 기회로 삼았다. 딱히 맘에 들지 않는 혼인이지만 부모 형제가 만족하고 있기에 따를 수밖에 없었다.

이틀에 한 번 스승 이달을 집으로 찾아가 위안을 받고, 가슴 속 깊은 곳에서 살랑살랑 일었던 그에 대한 연모를 녹일 수 있었다.

"스승님. 저 스승님과 혼인하고 싶습니다."

이달은 대답대신 가슴 속 깊은 곳에 응어리졌던 한숨만 내 뿜을 뿐이다.

"경번. 나는 서얼이니라. 혼인에 있어 나이 차이는 두렵지 않지만 적출과 서출의 차이는 다시 태어나지 않으면 극복할 수 없음이야."

"스승님과 함께 선계로 올라가 부부의 연으로 살고 싶습니다. 그곳엔 적자와 서자의 차별이 없습니다."

종종 부부 연을 논하는 초희의 맹랑함에 이달도 싫지 않은 듯 보였다. 하지만 꿈을 꾸듯 내뱉는 어린 아이의 생각이기에 이달은 웃으며 그녀를 배웅할 수 있었다. 이 또한 그녀가 허전함을 줄일 수 있는 행복한 시간이기도 했다.

남산 기슭에 뽀얀 안개가 꼬리를 길게 건천동에 깔고 하늘로 오르고 있었다. 오전 내내 장마를 재촉하는 비가 내린 뒤였다. 밝은 햇살이 한양을 내리 쬐고 요염하기 그지없는 배롱나무 가지에 붉은 꽃이 빗물을 머금고 피어있었다. 초희는 결혼 후 시댁으로 들어갈 때 챙겨갈 책들과 그동안 써온 시문들을 정리했다. 자작自作한 백여 편이 넘는 시문을 다시 읽고 차곡차곡 정리해가는 초희는 기뻤다. 그토록 좋아했던 태평광기. 그리고 두보와 이백의 시집을 가슴에 안고 희열이 만개한 웃음을 멋쩍게 지어보였다. 균에게 시를 가르치던 시간도 그녀에겐 행복한 기억으로 남아있었다.

균이 방문 앞에서 초희를 불렀다.

"누이야. 함진아비들이 몰려온다. 어서 나와 봐라."

초희는 궁금한 생각 하나로 방문을 박차고 정원으로 나왔다. 신랑댁에서 함이 왔다고 동네 골목어귀가 시끄러웠다. 그 소리는 점점 대문 가까이 들려왔다. 함을 진 일행 맨 앞에 말을 탄 신랑 성립이 보였다. 콩닥거리는 심장소리가 귀청을 울렸다. 초희는 재빨리 방으로 몸을 숨겼다. 왁자지껄 한바탕 소동이 일고 집은 조용해 졌다. 저녁이 되서 함꾼들이 돌아갔다. 하룻밤만 지나면 혼례의 날이 아침을 밝힐 것이다. 방안에 앉아 책을 폈으나 마음이 뒤숭숭해 눈에 들어오지 않았다. 남장을 하고 시댁에 몰래 숨어들어가 봤던 신랑 성립의 얼굴이 눈앞에 아른거렸다. 별로 잘나지 않은 얼굴이 가슴에 들어와 어둑하게 자리했다. 가슴이 두근거려 물을 벌컥벌컥 마셨다. 어둠이 들자 성과 봉 오라버니 내외가 찾아왔고 이복 언니 둘이 형부들과 함께 집안으로 들어왔다. 집안은 웃음소리가 그치지 않았고 곳곳에서 음식이 만들어지고 풍성한 상을 차려 음식을 먹는 소리가 왁자지껄했다.

성과 봉 오라버니가 방으로 초희를 찾아왔다. 술상이 따라왔고 이내 두 오라버니가 주고받는 술잔 속에 혼인을 축하하는 말들이 가득 담겨 있었다. 다소곳이 앉아 있는 초희를 바라보며 두 오라버니는 농을 건네기도 했으며 잘 살아야한다고 행복해야 한다고 용기를 돋궈주고 다독여주는 것을 잊지 않았다.

혼인날, 날이 밝았다. 집안에는 수를 헤아릴 수 없을 만큼 친인척들과 축하객들이 모여 있었다. 아침을 먹는 둥 마는 둥 시간이 흘렀다. 시댁에서 온 어른들과 신랑의 얼굴이 초희 방 앞뜰에 어른거렸다. 초희는 문틈으로 신랑 성립을 보았다. 순간 얼굴이 확 달아오르며 빨개졌다. 연지 곤지를 찍고 화사한 신부 옷을 입은 초희의 모습이 어른스러웠다. 달래가 옆에 붙어서 신부의 이곳저곳을 보살피느라 정신이 없었다.

혼례가 시작되었다. 초희는 얼굴을 가린 채 마당으로 내려섰다. 성립은 물론 시댁 식구들을 올바로 보지 못했다. 신랑 신부의 맞절이 있고 술잔이 오갔으며 붉은 색 깃털을 가진 수탉이 탁자 옆에 앉아 있었다. 신부에게 대추와 밤이 던져지고 양가 부모님의 소개가 있었다. 수군수군 시종들의 웃음소리가 끊이지 않았다. 진땀을 빼던 초희가 안정을 찾고 혼례는 막바지로 향해 들더니 이내 신랑 신부가 퇴장을 하며 끝이 났다. 스승 이달이 축하객 속에 끼어 있다가 재빠르게 군중을 헤집고 초희에게 다가왔다.

"경번. 축하하네."

매우 슬픈 이달의 눈동자에 이슬이 맺혔다. 그녀는 가슴을 찢어낼 듯 긴 한 숨을 내갈기며 방으로 들어갔다. 대청마루 끝에 앉아 시종일관 누이의 혼례를 지켜보던 균이 시무룩한 표정으로 자리를 떴다.

대부분의 축하객들이 돌아간 저녁, 집안은 낮에 비해 한결 조용해졌다. 안방에선 인척들이 신부를 둘러싸고 앉아 다과를 즐기며 화기애애한 분위기가 이어졌으며 초희가 기거하던 방에는 신랑 성립을 위시해 오라버니들과 시댁 젊은 선비들이 주안상을 마주하고 앉아 있었다.

밤이 제법 깊어졌다. 초희방에 머물던 선비들이 방을 빠져 나와 뜰에 삼삼오오 서서 웅성거렸다. 달래가 방으로 들어갔다. 그녀가 요를 깔고 이불을 정리해 첫날 신방을 꾸미는 손길은 매우 부자연스러웠으며, 얼굴에 홍조를 띤 그녀가 비실비실 웃어댔다. 얼마 후 달래가 방을 나오고 신랑 성립이 방으로 들어갔다. 잠시 후 초희의 이복언니들 둘이 초희의 양팔을 부축하며 안방을 나와 대청마루를 지나고 있다. 다과와 술병을 곁들인 합궁상이 초희 일행을 따라 방 앞에 서 있었다.

"초희야. 첫날 첫 합궁이야. 행복해야 해."

큰 언니가 등을 다독이며 초희를 방으로 밀어 넣었다. 이어 합궁상이 들어가고 대청마루에서 이를 지켜보던 사람들이 하나둘 방으로 들어갔다. 뜰 이곳저곳에 서서 웅성거리던 젊은 선비들과 시종들의 웃음소리도 조용해졌다. 호기심 어린 눈매들만 초희방의 그림자 하나 놓칠세라 숨소리를 죽이고 있었다. 얼마 후 신방은 불이 꺼졌다. 이를 지켜보던 마루와 정원에 있던 사람들이 제각각 자리를 비웠다. 집안은 고요히 깊은 밤으로 빠져들었다. 첫날 밤 초희는 혼인을 통한 또 다른 생의 첫 그림을 성립과 함께 그리며 눈을 감았다.

삼 일 낮, 밤이 지났다. 신랑 성립과 초희가 안방으로 들었다. 허엽과 부인이 나란히 앉아 이들을 기다리고 있었다. 신랑 신부는 부모님께 큰절을 올리고 섰다.

"그리 앉아라. 오늘 시댁으로 들어가는 일은 잊지 않은 게지?"

"네 장인어른."

"초희야. 그동안 살아왔던 우리 집과는 많이 다를 것이다. 음식 관습 예의 등을 잘 익혀 사랑받는 며느리로 내조 잘하는 부인으로 살아감을 명심하길 어미가 바라는 바이다."

"네, 어머니. 명심하겠습니다."

"김서방도 아내를 아끼고 사랑함에 한 점 소홀함이 있어서는 아니 될 것이고 특히 초희는 시문을 익히고 시작詩作하는 재주가 뛰어남을 인정하고 많은 배려와 보살핌이 있어야 될 것이야. 알겠는가?"

"네."

"초희야. 이리 가까이 오렴."

초희가 일어서서 아버지 허엽 앞에 가까이 앉았다. 허엽은 초희의 손을 잡고 눈시울을 붉히며 말을 이었다.

"잘 살아야 한다. 행복해야 한다. 비록 네 몸은 이곳을 떠나 시댁으로 들어가지만 이 아비의 마음은 늘 네 옆에 함께 할 것이다. 내가 내일이면 다시 경상도로 내려간다. 하지만 마음만은 너의 시댁에서 함께 지내게 될 것이다. 오라버니들과 동생 균에게도 너에 대한 관심 잊지 말라 일러놓았느니라."

허엽의 말이 끝나자 어머니가 초희를 와락 안고 한동안 놓지 않았다. 어머니는 촉촉한 눈매를 꾹꾹 누르며 초희를 놓자 그녀는 어머니 손을 꼭 잡았다.

"됐다. 이제 그만 삼일우귀三一于歸(처갓집 혼인 후 삼 일만에 시댁으로 감) 해야 할 시간이다. 어서들 서둘러 떠나거라."

성립과 초희가 안방을 나와 마당으로 내려섰다. 대문은 활짝 열려있었으며 소가 끌고 갈 달구지와 몇몇 머슴들의 등에 짐이 산더미 같았다. 초희는 넓은 뜰에 서서 집안 구석구석을 바라봤다. 우물가 배롱나무 옆 살구나무와 울에 기댄 도화나무 그리고 온갖 꽃들이 지고 피던 화초밭에도 눈길을 멈추었다. 초희방 앞에 서서 누이의 우귀于歸를 바라보던 균이 초희 눈에 들어왔다. 초희는 잰 걸음으로 균에게 달려갔다.

"균아. 균아."

초희는 균을 한 아름 가득안고 눈물을 글썽였다.

"누이야. 울보. 그만 울어라."

"그래 균아. 사랑하는 균아. 누이 보고 싶으면 달려와. 누이도 균 보고 싶으면 달려올게. 균아."

초희는 끝내 눈물방울을 뚝뚝 흘리며 균을 놓아주었다.

신랑 성립이 탄 말이 앞장을 섰으며 가마를 탄 초희가 그를 따랐다. 달구지 한 대와 십여 명의 시종들이 뒤를 따르는 행렬은 천천히 남산 마른냇골을 떠나 서소문을 향해 움직였다.

"부인. 내가 내일이면 경상도로 떠나 가까이서 아이들을 보살필 수가 없음이요. 부디 탈 없이 잘 살 수 있게 보살펴 주시구요."

솟을대문 앞에 서서 초희의 행렬을 지켜보던 부인이 대감의 말꼬리를 잡고 눈물을 흘렸다. 골목을 지나 종로 방향으로 아스라이 멀어져가는 우귀 일행을 바라보던 어머니가, 눈매를 훔치며 대문 안으로 들어갔다.

스승 이달이 골목 위 정자나무 아래에서 초희의 우귀를 보고 있다가 이내 꼬리가 사라지자 손으로 콧물을 빼내 땅으로 내던졌다.

"다시 태어나자. 그래. 적자로 태어나고 싶다. 더러운 세상."

이달은 주막으로 내려가 한 동이 술을 벌컥벌컥 목으로 붓고 나서 비틀거리며 귀가를 했다.

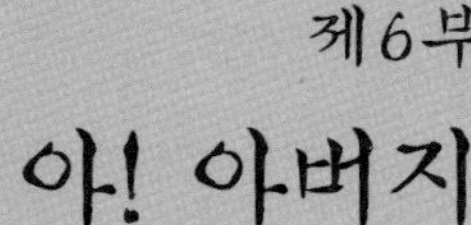

초희는 부엌일을 돕는 여종들과 아침상 뒷정리를 하며
새벽녘에 꾼 꿈을 회상했다.
헐벗은 옷을 입고 산속을 헤매는 아버지가 보였다.
잠시 후 큰 나무 아래에 흉측한 얼굴을
한 채 누워있는 사람이 아버지를 닮았었다.

서소문 앞 성립의 집은 대궐 못지않게 우람했다. 삼십여 개가 넘는 방과 곡간 그리고 머슴들의 수가 수십을 헤아릴 만큼 집안이 번창해 있었다. 안동김씨 문중 서운관정공파의 종갓집 규모는 일대에서 으뜸이었다. 대대로 과거에 급제한 선조들이 즐비했으며 영의정을 추서 받은 성립의 할아버지 김홍도가 그 중 명사였다.

시댁 어른들과 시어머니 송씨 일가 사람들이 모두 모인 자리. 초희가 처음으로 홍조 띤 얼굴로 시댁 식구들과 첫 대면했다. 친정아버지 허엽과 오라버니 봉을 따라 건천동 친정집에 한 번은 왔던 인물들이었고 최소한 친정아버지와 오라버니들 입에서 한두 번 들어본 함자였다.

시아버지 김첨과 숙부 김수가 보였다. 신랑 성립은 남동생 정립과 누이 둘을 형제자매로 두고 있었다. 시어머니 옆에 누워있는 갓난아이가 시동생 정립이라고 했다. 시어머니 송씨의 가문도 당당했다. 아버지 송기수는 예조 호조 형조 이조 판서를 지낸 분이고 할아버지 송세충은 사헌부 장령을 지낸 분이다. 송씨의 오라버니 송응개는 대사간을 지낸 분으로 초희의 오라버니 봉과 절친한 사이였다. 결국 송응개와 허봉 그리고 시아버지 김첨이 모두 친구들로서 난설헌의 친정 양천 허씨와 신랑 성립의 안동 김씨, 시어머니의 친정인 은진 송씨 모두 당쟁의 한 축인 동인들로서 세 겹사돈들이었다.

초희의 신혼 초 생활은 탄탄대로였다. 시댁 식구 모두가 오라버니 봉 그리고 아버지 허엽과 친분이 두터운 분들이기에 크게 낯설지 않았던 초희는 다행이었다.

첫 대면이 끝나자 성대히 차려진 주안상이 방으로 들어왔고 이내 시끌벅적 또 다른 잔치가 열리기 시작했다.

신혼 초의 시간은 물 흐르듯 잘도 갔다. 남편 성립과의 관계도 원만했으며 시댁식구들도 며느리를 사랑하며 편히 대해 주었다. 하지만 실바람을 타고 들리는 동 · 서 당쟁의 시끄러운 궐내 다툼이 초희의 눈살을 찌푸리게 했다. 누가 귀양을 갔느니 어느 대감이 큰 관직에 올랐느니. 무지막지한 상소가 빗발쳐 주상의 근심걱정이 도를 넘었다는 말들이었다. 이는 붕당의 한 축이며 동인의 좌장인 경상관찰사 아버지 허엽이 있었고, 그를 중심으로 뭉쳤던 시댁 식구들과 시어머니 송씨 피붙이들이 종종 드나들던 곳이기에 초희도 귀동냥할 수 있었다. 특히 오라버니 성과 봉이 그들의 성격만큼이나 동인의 야무진 논객이 되어 종종 구설수에 오르고 때론 위험한 발언과 상소를 서슴없이 올려 위태로운 사건이 몇 번 지나갔다. 이를 듣는 초희 모습은 좌불안석 그 자체였다.

시아버지 김첨은 사가독서로 종종 집을 비웠으며, 성립은 아침상을 물리기가 바쁘게 접接에 나가 공부를 했다.

시아버지를 비롯해 남자들이 제각각 집을 나간 시간. 초희는 부엌일을 돕는 여종들과 아침상 뒷정리를 하며 새벽녘에 꾼 꿈을 회상했다. 헐벗은 옷을 입고 산속을 헤매는 아버지가 보였다. 잠시 후 큰 나무 아래에 흉측한 얼굴을 한 채 누워있는 사람이 아버지를 닮았었다. 돌이켜 가슴이 방망이질을 할 무렵 안방의 큰 주인 시어머니 송씨가 초희를 부른다는 전갈이 왔다. 초희는 뜨끔한 마음을 가다듬으며 행주에 손 물기를 닦고 부엌을 나섰다. 초희가 마당을 지나 안방으로 들어설 무렵 대청마루에 시어머니와 나란히 서 있는 오라버니 봉이 보였다.

"오라버니?"

"그래. 신혼생활은 재미가 어떠하더냐?"

"오라버니는. 몰라요."

"잘하고 있습니다. 사돈. 하루빨리 아이를 가져야할 텐데 그것이 걱정입니다."

"그러게 말입니다. 사부인 마님."

얼굴이 붉어진 그녀가 고개를 숙였다.

송씨와 봉이 마루를 내려와 초희 옆으로 다가왔다.

"아가."

"네 어머니."

"친정에 다녀 오거라."

"네?"

"아버지가 많이 편찮으시다는 전갈을 가지고 네 오라버니께서 친히 오셨다."

"아버지? 경상도에 계신 아버지요?"

"그래 경번아. 어젯밤 늦게 서애 유성룡 대감에게 전갈을 받았느니라. 몸이 많이 편찮으셔서 경상도 관찰사 관직을 내놓고 중추부동지사의 직함을 받아 한양으로 올라오시고 있다 들었다. 건강이 많이 안 좋으시다는 전언이다. 얼마나 편찮으셨으면 스스로 관복을 벗으셨을고. 내가 경상도로 내려가 모시고 올라 올 셈이니라. 한 며칠 집에 가서 몹시 우울해 몸져누우신 어머니를 보살피도록 해라. 내가 여기계신 사돈어른께 허락을 받아두었느니라."

초희의 눈에 눈물이 고이는가 싶더니 순간 볼을 타고 주룩 흘러내렸다.

"연약하긴. 녀석. 어서 준비를 해라 난 예서 기다리겠다."

초희가 방으로 들어가 친정 나들이 준비를 하고 나왔다. 혼인 후 몇 번 들렀었지만 오늘의 친정 나들이는 마음이 영 무거웠다. 초희가 아버지를 마지막으로 본 것은 삼일우귀하던 날이었다.

"아가야. 이것 어머니 갔다 드려라."

시어머니는 칠보닭찜을 담은 대바구니를 초희의 손에 쥐어주며 그녀를 배웅했다. 말을 탄 봉이 앞장을 섰으며 천천히 움직이는 가마 속에 초희가 앉아 뒤를 따랐다.

초희가 혼인으로 집을 떠난 마른냇골. 그녀의 친정집은 어머니와 동생 균이 아버지 없는 집을 지키고 있었다. 종종 오라버니들 내외가 드나든다 하지만 영 쓸쓸하기 그지없었다. 예전의 화려했던 꽃밭은 곳곳이 빈 땅으로 흙을 드러내고 있었으며 활기찼던 시종들의 움직임도 힘없어 보였다. 주인 없는 사랑채 지붕에 강아지풀 한 줌이 기와 사이에 자리를 잡아 바람에 휘날렸고 제대로 가꾸지 않은 배롱나무와 살구나무가 흐트러진 모습으로 자리를 지키고 있었다.

"경번아. 어서 들자. 어머니가 누워계신다."

오라버니 봉의 굳은 얼굴에서 심각한 위엄이 쏟아져 나왔다. 초희는 봉을 따라 안방으로 들었다. 방 한가운데 어머니 김씨가 물에 적신 흰 천을 이마에 올려놓고 누워있었다.

"어머니. 초희가 왔어요."

눈을 감고 있던 어머니가 실눈을 뜨며 자리에서 일어나 앉았다.

"그냥 누워 계세요. 어머니. 얼마나 편찮으세요?"

어머니는 괜찮다며 손사래를 쳤다.

"어머니. 전 이만 경상도로 내려가 아버님을 모셔야 할 듯합니다. 몸조리 잘하시고 입맛이 없더라도 식사 꼭 하세요. 초희야. 어머니 잘 돌봐드려야 한다."

"네 오라버니. 걱정하지 마시고 잘 다녀오세요."

어머니는 입을 다문 채 어서 가라고 손을 밖으로 내저었다.

봉이 방을 나오자 초희가 따라 나와 마루에서 배웅을 했다. 균이 대문 근처에서 서성이다 봉에게 말을 건넨다.

"형님. 아버지 보고 싶으니 빨리 모시고 오세요."

"그래. 알았다 균아."

봉은 갈기가 유난히 붉은 말 등에 올라 순식간에 집 앞 골목을 빠져나갔다.

봉이 집을 나간 지 얼마 되지 않아 봉의 부인이 급한 걸음을 재촉하며 대문을 열고 들어왔다. 몹시 걱정스런 표정으로 초희와 눈을 마주치고 손을 잡았다. 그리고 급히 안방으로 들어갔다. 초희가 작은 올케를 따라 방으로 들어가는 모습이 사랑채 뜰에 서 있던 균의 눈에 띄었다. 그가 어리다는 이유로 찾아주지 않는 형수가 섭섭했던 모양이다. 균은 마당을 어슬렁거리던 삽살개를 향해 발길질을 했다. 몸이 빠른 삽살개가 행랑채 쪽으로 줄행랑을 쳤다.

며느리와 딸의 지극정성을 받은 어머니 김씨는 시간이 가면서 점차 회복되었다. 그동안 아들 딸 혼인 시켜 집밖으로 내보내고 남편 없이 어린 아들 균을 데리고 사신 외로움에 많이도 힘들어했을 것이다. 경상도가 어디 이웃동네였던가. 남편을 그리워하는 마음 또한 지쳐있었을 것이고 아들 딸 보고픔에 종종 눈물도 흘렸을 것이다. 초희는 어머니 옆에 붙어 앉아 어머니가 힘들어했을 모습을 상상하니 마음이 매웠다.

저녁이 되자 접에 나가 과거시험 준비에 몰두하던 신랑 성립이 처가로 왔다. 쓸쓸히 꺼져가던 저녁 분위기는 성립이 오면서 활기가 돌고 힘을 얻은 듯 여종과 남자 머슴들의 발걸음이 빨라졌다.

성립은 처가에서 초희와 지내며 공부하는 접에 드나들었다. 우울한 집안 분위기는 누구하나 큰소리로 웃을 수 없었다. 며칠이 지났다. 초희는 시댁 어른들이 걱정하실까 노심초사 성립의 눈치만 살피고 있었다. 어둠이 들면서 성립이 처가의 대문을 열고 들어섰다. 안방 어머니 옆을 지키던 초희가 안뜰로 내려서며 성립을 반겼다.

"저기요."

"부인. 말씀하세요."

성립의 마음이 굳어있었다.

"내일 아침에 서소문으로 돌아가야겠어요. 아무래도 어른들께서 노여워하지 않으실까 걱정입니다."

"그래요 부인. 나도 어른들 뵌 지 며칠이 됐습니다."

성립은 초희의 등을 토닥인 뒤 안방으로 장모를 뵈러 들어갔다. 정원을 서성이던 초희가 다시 부엌으로 들어가려할 즘이었다. 멀리서 말 발굽소리가 요란하더니 점점 가까이 들려왔다. 초희는 예민한 신경을 곤두세우며 걸음을 멈췄다. 말은 행랑채 대문 앞에 멈췄고 이내 사내의 급한 목소리가 들려왔다.

"이리 오너라."

행랑채를 지키던 머슴 하나가 부리나케 대문을 열어 제켰다.

"급전입니다. 어서 나오셔서 급전을 받으세요."

초희가 뛰어나왔고 안방에 있던 올케와 성립이 급하게 대청마루에 나와 서 있었다. 방문을 삐죽 열고 밖을 내다보는 균의 얼굴이 보였다.

"저는 경상도에서 달려온 전령입니다. 비보를 전하게 되서 송구하옵니다. 어제 오후 초당(허엽) 어른의 부음이 계셨습니다. 경상도 상주 객관에서 그만……."

초희가 풀린 다리를 주체 못하고 자리에 주저앉자 균이 뛰어와 누이를 걷잡았다. 집안에 있던 모든 식구들의 울음소리가 돌담을 넘어 흘러나갔다. 방에서 홀로 누워있던 어머니의 눈물이 귓불을 타고 베개로 스며들었다.

잠시의 침묵을 깨고 성립이 입을 열었다.

"이보시요. 자세히 좀 말해 보시요. 상주라 했나요? 객관이라? 그곳에 하곡(허봉)나리가 어른의 부음을 지켜보았던가요?"

"네 그렇습니다. 아드님이신 하곡 허봉나리께서 지켜보는 가운데 돌아가셨습니다. 초당 어른을 용인 원삼 검지산으로 모신다고 했습니다. 하곡나리께서 검지산 장례를 준비하라는 말씀을 전해드리라 했습니다."

급한 부고를 전하러 왔던 전령이 대문 밖으로 사라지고 집안은 다시 울음바다로 변해 통곡이 그칠 줄 몰랐다. 특히 그 어떤 형제보다 아버지를 좋아했고 정신적 지주로서 그녀 삶의 많은 지표들을 정립시켜 준 아버지의 부음 소식은 그녀를 더욱 슬프게 했다.

성립이 시종들을 대청마루 앞에 모이라 하고 방으로 들어갔다. 성립을 따라 들어온 초희와 균이 어머니 옆에 나란히 앉았다.

"장모님. 들으셨지요? 부음하셨답니다. 장인어른께서."

어머니는 아무 말도 없이 눈물만 흘리고 있었다. 초희가 훌쩍이고 있는 균의 손을 잡고 어머니 눈물을 훔쳐내는 동안 성립이 다시 밖으로 나갔다.

"다들 모였느냐?"

성립은 허성과 두 누이들의 집 그리고 가까운 친 인척에게 비보를 급히 전하라며 시종들을 어둠이 깃든 집 밖으로 내몰았다. 머슴들이 골목을 박차고 뛰어가는 소리가 우레와 같았다.

얼마 후 큰아들 성이 머슴 몇을 데리고 경상도 상주로 떠난 밤. 건천동 초희의 친정집은 길고도 깊은 밤 속으로 슬픔을 가득 품은 채 빨려 들어갔다. 한숨 못잔 초희가 여명이 채 들지 않은 새벽 정원으로 걸어 나왔다. 남산을 넘어온 미명이 집 담을 넘어들더니 어느 듯 날이 밝았다.

비보를 접한 친 인척들이 속속 집안으로 들고 이곳저곳에서 장례절차를 논의하느라 회의를 열곤 했다.

슬픔이 가득한 집안에서 며칠을 보냈다. 비가 주룩주룩 내리고 처마에서 떨어지는 낙숫물 소리가 매우 슬프게 들렸다. 오후에 아버지 시신이 집안으로 들것이란 소식이 들려왔다. 점심을 먹는 둥 마는 둥 숟가락을 놓자 곧바로 사람들이 웅성거렸다. 골목 끝자락에 아버지 시신을 태운 상여가 들어오고 있다고 했다. 초희는 대문에 기대어 골목을 내다봤다.

상여가 서서히 대문으로 다가왔다. 상여꾼들의 곡소리가 흐느끼듯 했고 요령소리가 골목 안에 가득 울렸다. 상여는 대문 앞에 멈췄고 노제를 지낼 준비를 하느라 안마당엔 젯상이 차려지고 이내 식구들은 통곡했다.

흰 소복을 입은 초희가 엉엉거리며 눈물을 쏟아냈고 이를 본 균이 따라 울었다. 남매가 나란히 서서 우는 모습에 동네 사람들도 덩달아 콧등을 매만지며 눈물을 훔쳐냈다.

상여가 대문을 넘어 정원으로 들어와 젯상 뒤에 놓여졌다. 병풍이 펼쳐지고 수백 리 타향에서 객사한 아버지의 영혼을 달래는 제사가 이어졌다. 동네 사람들은 물론 친인척과 대궐에서 나온 관리들의 문상 행렬이 줄을 이었다. 동 · 서로 나뉘어 강하게 대립하고 치고받으며 불편했던 인사들도 이날은 예외 없이 조문했다. 유성룡, 이이, 이순신, 원균, 김효원, 노수신, 송응개, 박근원, 이발, 김성일 등이 보였다. 동인의 좌장 허엽의 죽음에 서인의 좌장 박순. 그리고 정철, 신응시, 조헌 등이 다녀갔다.

오라버니 성과 봉이 영정을 지키는 가운데 가끔 나이어린 균이 형들 옆에 서서 문상객을 맞았다. 방과 정원 곳곳에 음식상이 차려지고 허엽의 일대기를 회고담으로 늘어놓는 사람들의 목소리가 시끌벅적했다. 강직한 성품에 직언을 서슴치 않았던 망자의 생이 후일담으로 문상객들의 입에 단연 많이 오르내렸다.

초희는 부엌에서 시종들을 부리며 분주히 문상객에게 내줄 술상을 준비하고 있었다. 그때 부엌문 옆에 낯선 사내가 서서 힐끔 힐끔 부엌 안을 들여다봤다. 벙거지를 깊게 눌러써 얼굴이 보이지 않았고 옷차림은 허름했다. 문을 드나들던 시종들이 불쾌한 듯 그를 바라보며 오갔다. 한동안 아무 말 없이 서 있던 그가 입을 열었다.

"경번아."

왁자지껄 시끄러운 초상집 분위기에 경번을 부르는 그의 목소리는 초희에게 들리지 않았다.

"경번아. 경번아."

그는 목소리를 높여 초희를 불렀다. 초희를 경번이라고 부르는 사람은 오라버니들과 동생 균 밖에 없을 터인데 그녀가 바라본 문 밖에 형제들은 없었다.

"경번아. 나 이달이니라. 네 스승을 잊은 게냐?"

초희는 그제서 귀가 확 뚫리며 깊게 눌러 쓴 갓 아래 얼굴을 보았다. 낡을 때로 낡은 허름한 차림으로 서 있는 사내를 유심히 바라봤다.

"어머. 스승님."

초희는 반가워 호들갑을 떨고 싶었지만 아버지를 여윈 상중임을 직감했다. 서서히 이달 앞으로 걸어간 초희는 그의 옷깃을 잡고 후원으로 통하는 쪽문을 열었다. 어둠이 가득한 후원은 조용했다. 초희는 이달의 옷자락을 살며시 잡았다.

"스승님. 뵙고 싶었습니다."

"내 같은 늙은이를 뭐 보고 싶었느냐? 허허."

"스승님."

초희는 스승의 눈매에 가득 어린 슬픈 세상의 구겨짐을 읽을 수 있었다. 그리고 누군가 그리워 사무치는 아린 가슴 속을 볼 수 있었다.

"스승님. 사모합니다. 아버지 상이 끝나면 한 번 찾아뵙겠습니다."

"이런. 안 될 소리를 하는 구나. 경번은 이제 정혼을 한 여인이야."

"사는 것이 답답해 숨이 막혀옵니다. 스승님과 자유를 논하고 싶습니다. 차 한 잔 앞에 놓고 그냥 스승님과 마주앉고 싶습니다. 스승님."

초희의 애절한 목소리에 이달이 당황하며 한 걸음 물러났다.

"지금은 상중이니라. 다음에 또 만날 기약이나 하자구나."

이달은 한동안 초희와 사는 이야기를 하다 후원을 빠져 나왔다. 그리고 미숙 봉이 건네는 술잔을 기울이며 함께 슬퍼했다.

임영에서 북쪽으로 삼십 리쯤 떨어진 곳에 북쪽으론 오대산 청학산 보현산 등을 바라보고 큰 냇물 한 줄기가 백병산을 휘돌아 나와 마을 한가운데로 흘러드는 곳 경포. 위아래 수십 리에 걸쳐 수백 호가 되는 집들이 즐비한 초당은 큰 동네였다. 허엽은 이곳 초당에서 두 번째 부인 강릉 김씨에게서 아들 봉과 초희 그리고 균을 얻고 살았었다. 인근 사천이 처가였던 허엽이 본격 관직에 오르면서 한양으로 이사를 해 이곳 건천동에 살다 이제 싸늘한 시신으로 돌아와 마당 한가운데 누워있다. 사람들은 그의 청렴하고 강직한 관리로서 살다 간 영혼과 영영 이별한 아쉬움을 허전한 술잔으로 달래며 밤을 하얗게 보내고 새벽을 맞이했다.

이른 새벽 미명은 아직 빛의 정체를 내보이지 않고 있었다. 어둠 속 타오르는 횃불 몇 개가 시름시름 꺼질 듯 유약해 보였다. 마지막 젯상을 받은 망자 허엽이 용인 장지로 떠날 채비를 마치자 횃불이 앞장을 서고 시신을 태운 상여가 집 대문을 나와 골목을 빠져 나갔다. 큰 오라버니 성과 작은 오라버니 봉이 뒤를 따랐고 균과 초희 그리고 이복 자매들과 형부인 우성전 등이 나란히 그 뒤를 따랐다. 일행은 남대문을 지나 남쪽 한강을 향해 서서히 멀어져갔다. 초희 나이 꽃보다 아름다운 십팔 세였다.

초희가 아버지를 땅에 묻고 돌아와 바라본 한양은 텅 빈 듯 공허했다. 친정집 건물은 더욱 쇠하게 보였으며 시종들의 힘없는 발걸음에 집안 분위기는 기가 사라진 듯 어둡기만 했다. 점점 더 쇠약해져 기동조차 힘들어하는 어머니와 동생 균을 위해 봉 오라버니 부부가 아침저녁 드나들었다. 몇날 며칠을 친정에 살며 효의 근본을 다하고자 하는 형제자매들의 사려 깊은 행동들은 어머니를 점차 안정시켰으며 가장을 잃은 식구들은 혼령을 잃은 듯 슬퍼했지만 차츰 제 삶의 모습들로 돌아가 안정되었다.

초희도 서소문 시댁으로 돌아와 일상의 생활로 접어들었다. 친정아버지를 여읜 애처로움이 생활 곳곳에서 묻어났다. 평소 조용하던 그녀의 말수가 더욱 줄어들었으며 성립과 화기애애한 대화보다 글 읽기에 더욱 심취해 갔다. 초희에게 아버지 허엽의 죽음은 충격 그 자체였다. 시름에 젖어 곡기를 게으르고 잠이 안 와 책을 보며 밤을 지새우기가 일쑤였다. 잠이 오지 않는 밤, 혼인 후 처음으로 시문을 지어보았다. 마음이 엉클어져서인지 그녀 마음에 들지 않았다. 시문을 짓다 버린 종이 수십여 장이 방바닥에 나뒹굴었다. 이를 아는지 모르는지 코를 골며 잠에 빠진 성립이 야속했다. 이른 새벽, 푸석해진 얼굴로 부엌에 들어가 시종들을 부리며 아침상을 간신히 차려낸 초희가 방에 들어왔다.

"이제 그만 일어나세요? 조반상을 올렸으니 어서 사랑채로 나가 조식을 드세요."

초희가 성립을 깨워 밖으로 보낸 뒤 잠자리 뒷정리를 하고 있을 때였다. 손님이 집을 방문했다는 소리가 밖에서 들려왔다. 초희는 방문을 조금 열고 밖을 내다보았다. 봉 오라버니가 새벽바람을 가르고 초희를 찾아와 남편 성립과 우물가에서 이야기를 주고받는다. 죽은 아버지 때문에 힘겨워하던 초희 입술에 살며시 웃음이 피어났다. 그녀는 방을 나와 봉을 맞이했다.

"오라버니. 이른 시간인데 어인일로요?"

"경번아. 많이 힘들지? 내 모처럼 너와 마주앉아 밥 한 끼 먹어볼까 해서 왔다. 아직 아침식사 전이라면서?"

"네 오라버니. 사랑채로 드세요. 제가 준비해 곧 들어가겠습니다."

봉은 성립을 앞세워 사랑채 방으로 들었다. 잠시 후 음식을 가득 든 시종을 앞세워 그녀가 사랑채 방으로 들었다.

"김서방. 경번이 많이 힘들어할 것일세. 잘 좀 다독거려 주게나."

"네 형님. 하고는 있습니다만 집 사람이 워낙 말수가 없는지라……."

"오라버니. 어머님은요?"

"많이 좋아지셨다. 균도 잘 있고."

"균이 보고 싶습니다. 함께 데려오지 그랬어요?"

"다음에 꼭 데려오마. 오늘은 내가 너에게 줄 책을 한 권 가지고 왔다. 이 책은 아버님을 잃고 시름에 젖어 있을 네게 적당히 위로가 될 듯싶구나. 벌써 여러 해 되었다. 박희립대감을 모시고 서장관으로 명나라에 다녀온 해가. 명나라 문인 소보가 편찬한 것인데 명나라 학자 왕지부에게 선물로 받은 두율이라는 시책이다."

"오라버니."

초희는 감격스런 외마디를 살며시 뱉으며 봉에게 다가갔다.

"송나라 시가 이성적이라면 당나라 시는 감성적이다. 당 시인 중에서 이백과 두보가 가장 뛰어남도 네가 잘 알고 있을 게다. 두보의 한시 중 가장 뛰어난 율시만을 모아 만든 책으로 시인들에게는 교과서와 같은 귀한 책이니라."

"오라버니."

초희는 감격했다.

"무려 팔 년 동안 내가 이 책을 읽었구나. 해서 겉장이 너덜너덜해 다시 편집했다. 경번아. 너에게 잘 어울리는 책이 될 것이야."

책을 건넨 봉은 성립과 나란히 앉아 아침식사를 마치고 집을 나갔다. 한 손에 시집을 들고 대문 밖까지 나와 두 사내의 멀어져가는 뒷모습을 바라보던 초희가 방으로 들어왔다. 차분히 앉아 두율시집의 장을 넘겼다. 마치 큰 보물을 얻은 듯 가슴이 콩닥거리고 흥분된 마음에서 잔잔한 희열이 솟았다. 마지막 장을 넘겼을 때 봉 오라버니의 마음이 담긴 서찰 한 편이 숨어있었다.

이 두율杜律 책은 당나라 문단공 소보邵寶가 가려 뽑은 것인데
우집虞集의 주에 비해 더욱 간명하면서도 읽을 만하다.
갑술년(1574)에 임금의 명을 받고 황제의 생신을 축하하러 갔다가

통천通川에 머물렀고 섭서성의 거인 왕지부王之符를 만나서
하루가 다하도록 이야기를 나누었는데
그가 헤어지며 내게 이 책을 주었다.
내가 책 상자 속에 보물처럼 간직 한 지 벌써 몇 해가 되었다.
이제 아름답게 묶어서 네게 한 번 보이노니
내가 열심히 권하는 뜻을 저버리지 않으면
희미해져가는 두보의 소리가
누이의 손에서 다시 나오게 할 수도 있을 것이다

— 만력 임오년(1582) 봄 하곡

초희는 두율 시집을 읽느라 종종 날이 새고 해가 저무는 줄 몰랐다. 혼 전 그토록 좋아했던 두보의 시를 다시 접하면서 그녀의 시 창작 열기는 되살아났다. 시어머니의 달갑지 않는 눈총이 시시때때로 느껴졌다.

이젠 늙어 보잘 것 없는 외모를 가진 스승 이달이었지만 그리움이 밀려와 그녀의 눈시울이 촉촉해지기를 반복했다. 아버지 상중에 은밀히 찾아와 자상하게 불러주던 스승의 목소리가 귓바퀴에 걸려 쟁쟁거렸다. 사랑했던 한 사람을 잃고 나서 더 많은 사람을 그리워하는 규중에 갇힌 여린 그녀의 마음은 외롭고 슬프기 그지없었다.

"새아기 게 있었구나?"

초희가 새로운 시어詩語에 골똘한 채 뒤뜰을 거닐 때였다. 시어머니 송씨가 보드라운 봄 햇살을 사부작 밟으며 다가왔다.

"네. 어머니."

"왜 진작 말하지 않았니?"

"……"

"아침에 애비한테 들었다. 수태 중이라면서?"

"네 어머니. 죄송합니다. 진즉 아기를 생산해 제 본연의 책임을 다해

야 하는데."

"아니다. 좀 늦었지만 잘 된 일이구나. 대감께 전령을 띄웠다. 경상도 재상경차관으로 임직하고 계신 고경명 대신 시아버지 말이다."

초희는 얼마 전 관직을 받아 경상도로 내려간 시아버지 김첨을 기억했다. 사가독서로 주상의 총애를 받던 시아버지였다. 그가 경상도로 출발하기 전 아버지 허엽의 죽음으로 몹시 슬퍼하던 며느리를 불러 다독여주던 자상한 모습이 떠올랐다. 이내 시큰한 콧등을 매만지며 시어머니 옆으로 다가갔다.

"며늘 아가야. 넌 이젠 홀몸이 아니니라. 네가 요즘 시와 때를 잊으며 글을 읽고 시문을 쓴다고 들었다. 자중해야 할 것이야. 네 뱃속의 아기가 어디 평범한 아기씨더냐? 우리 안동김씨 가문 서운관정공파의 대를 이을 사내아기일지 모를 일. 마음의 평정심을 잃지 말고 온화한 성품을 유지해 건강하게 생산해야 함을 잊지 말거라."

"네 어머니. 명심하겠습니다."

"그리고 아기를 낳을 때까지 어떤 일이 있어도 성립이와 한 방을 쓸 수 없음이다. 행여 음이 양을 유혹하고 싶다거나 양이 음을 찾는다 해도 냉정하게 참고 거절해야 함도 잊어서는 아니 되느니라."

초희를 뒤뜰에 놔두고 시어머니는 되돌아갔다. 몇 번 과거에 낙방해 낙심하던 성립의 얼굴이 떠올랐다. 아침을 먹기 무섭게 접에 나간다며 집을 나간 뱃속의 아기 아버지. 그녀는 성립이 주는 사랑으로 무척 행복해 했다. 행복은 그렇게 따스한 햇살이 되어 초희에게 다가와 아름다운 시간들을 만든 뒤 성큼 봄의 막바지를 향해 치달았다. 하지만 그녀 가슴 속에 불처럼 타오르는 자유로운 의식세계는 침잠되지 못해, 늘 고독과 외로움을 속울음으로 삭여야했다. 정혼한 여인 초희가 이달이란 끈을 놓지 못하는 이유이기도 했다.

멀리는 화담 서경덕으로부터 아버지 허엽 그리고 봉 오라버니까지 이어져 내려온 도가적 사고를 깊게 이해하고 실행하고 싶은 초희에게 시어머니는 도가적 삶의 절대적 가치를 인정해 주지 않았다. 유교적 성향이 강한 집안에서 자라고 배워 온 시어머니와의 충돌은 늘 초희가 몰래 흘리는 눈물이 되었고, 이는 여린 그녀 가슴에 상처로 남곤 했다.

초희의 배가 점점 불러왔다. 누가 봐도 임신한 아낙이었다. 하루가 다르게 불러오는 배를 움켜쥐고 힘겨운 여름을 보낼 즘 성립은 변하기 시작했다. 귀가가 늦어지거나 아예 외박을 하기 일쑤였다. 임신 후 성性적 관계를 금했던 부부는 애틋함이 사라지고 점점 벽에 부딪혀 시름하는 사랑으로 남남이 된지 오래다. 유교적 사고로 똘똘 뭉친 시어머니 송씨. 그녀는 아들의 비행을 보면서 초희를 윽박지르고 예민한 눈초리로 대했다. 아기를 생산할 때까지 절대로 성적 교류가 있어서는 아니 된다며 아기를 가진 여인의 도리를 내세웠다. 송씨는 아들 내외가 육체적 교합을 포기했음을 믿지 않으려했다. 이른 아침 부엌에 조금이라도 늦게 나오는 시간이면 어김없이 방으로 들어와 성립에게 지난 밤 음양의 합을 캐묻곤 했다.

성립은 밖으로 돌며 욕구를 풀어가는 듯했다. 기방을 드나든다는 소문이 초희 귀까지 들렸고 이른 아침 저잣거리 주막에서 술에 취해 돌아다니는 것을 보았다는 말이 들렸다. 그는 외박을 즐기는 듯 했다.

초희는 정원을 거닐다 스러지는 저녁햇살을 바라보며 방으로 들어왔다. 벌써 삼 일째 성립이 집에 들어오지 않은 밤. 그녀 얼굴에 눈물이 홍수를 이룬 뒤였다. 눈동자에 핏발을 세운 송씨가 초희 방으로 들어왔다.

"어머니."

시어머니는 자리에 앉지도 않고 초희를 쏘아보며 공기를 가를 듯 날카로운 혀를 놀렸다.

"어머니고 뭐고 이것아. 왜 성립이 귀가를 안 하는 것이야. 너는 알고 있지?"

"무슨 말씀이세요?"

"내가 음과 양의 합을 만류한 것이지 부부의 정까지 버리라곤 하지 않았다. 여인네가 아이를 가진 뒤 육체의 합은 거절하되 남편의 성적 욕구까지 거절하라고 하지 않았어. 꼭 손으로 짚어주고 말로 해야 알아듣겠냐? 침실에서 일어나는 남녀의 합은 여러 경우가 있음을 네가 진정 모를 리 없을 터이고 그것의 절대적 몫이 아녀자의 것임을 아직도 모른단 말이냐? 내가 오늘은 이만하고 돌아가마. 두고 보자. 다음에 등골이 오싹하게 경종을 울려줄 테니. 어리석은……."

시어머니가 거세게 방문을 닫고 나갔다. 방안에 찬바람이 휭 하니 불더니 호롱불이 흐느적거렸다. 잠시 멈췄던 초희의 눈물방울이 방바닥으로 떨어져 파멸했다.

밤이 많이 늦은 시간. 어디선가 소쩍새 소리가 구슬프게 들려왔다. 초희는 벼루에 먹을 갈기 시작했다. 시어머니 때문에 슬퍼서가 아니다. 외로워서 견딜 수 없음이다. 그녀는 가슴을 아리게 훑고 지나가며 내지르는 처절한 신음소리를 입술 사이로 내뱉으며 천천히 백지를 채워갔다.

비단 띠 비단치마 위에 눈물자국 겹쳤으니
해마다 봄풀을 보며 님 오시기를 그리워했기 때문일세
거문고 옆에 끼고 강남곡 뜯어내지만
배꽃은 비에 지고 한 낮에도 문은 닫혀 있어라

빈 구슬병풍 위로 가을 깊은 달이 떠오르니
서리 내린 갈대밭에는 저녁 기러기 내려 앉네
마음 기울여 거문고를 타도 님은 오시지 않고
들녘 연못 속으로 하염없이 꽃잎만 떨어지네-

— 규원閨怨

초희는 시작詩作을 마치고 눈을 감았다가 붓을 든 채 잠이 들었다. 얼마를 잤을까. 어디선가 닭의 홰치는 소리가 들렸다. 성립은 옆자리에 없었다. 그날도 성립은 들어오지 않았다. 허전해하는 초희를 아는지 모르는지 새벽달은 힘없이 스러졌고 이내 인왕산 너머로 몰락해가는 모습을 보며 새벽 창문을 닫았다.

뱃속 아이도 힘겹거니와 보듬어 말하고 다독이는 사람 없는 규방에서 초희의 마음은 점점 초라해져갔다. 가을은 매몰차게 낙엽을 길에 나뒹굴게 내버리고 겨울로 들고 있었다.

초희의 산달이 다가왔고 그녀는 첫 출산을 위해 건천동 친정으로 돌아갔다. 훌쩍 커버린 균이 어른스러웠다. 턱에 살며시 내비친 검은 수염이 징그러웠다. 어머니와 작은 올케가 번갈아 초희의 출산을 도왔다. 어느 여인이든 힘겨움은 마찬가지일 것이다. 어디서 왔다가 어디로 가는지. 그녀가 그토록 선망하며 꿈꿨던 선계에서 아이가 왔을 것이라며 태아를 위로했다. 여인에게 뱃속아기를 키우는 고통은 외롭고 쓸쓸함이지만 뱃속 아이의 발길질을 느끼며 스스로 어두운 현실을 자위했다. 아이를 지켜왔던 어머니로서 엄숙해지고 싶었다. 점심을 먹고 뜰을 거닐던 초희에게 산통의 기미가 내비쳤다. 초희는 급히 방으로 들어왔다. 불규칙적으로 다가왔던 통증의 주기가 빨라졌다. 경험하지 못했던 첫 출산의 고통으로 그녀는 당황했다. 고통스런 목소리를 천장에 뿌리지만 결코 목소리는 방 밖을 나갈 수 없음이다. 무거운 몸이 하늘을 날았다. 허공을 헤매며 돌아다녔다. 끝없을 듯 이어지던 고통의 시간들은 초희를 드높은 선계仙界의 공간으로 날아 올렸다. 푸른 도화밭을 거닐다 쌍무지개를 보고는 놀라 도망을 쳤다. 어느 쯤에 갔을까. 곤륜산 옥황의 모습이 화려하게 보일 즘 서왕모의 박수소리가 들렸다. 삼신할머니가 험악한 얼굴로 초희를 바라보다 이내 환하게 웃으며 초희를 안았다. 어디선가 아기사슴의 슬프면서도 힘없는 울음소리가 들렸다.

통증이 사라지고 정신이 돌아왔다. 가냘픈 여자아이 목소리가 들렸다. 눈을 떴다. 어머니가 아기를 안고 땀에 흠뻑 젖은 후줄근한 그녀를 내려다보고 있었다.

"수고했어요. 아가씨. 귀여운 공주님이시네요."

올케는 땀범벅이 된 초희의 얼굴을 닦아내며 빙긋이 웃었다.

아기에게 젖을 물리며 종일토록 누워있었다. 성립이 보고 싶었지만 그는 건천동 친정집에 없었다. 아기가 잠든 사이 어머니의 부축을 받으며 대청마루에 나와 앉았다. 날이 저물어 인왕산에 노을이 빛을 발했다. 어린 시절 몸종 달래와 드나들던 남산 중턱에 까마귀 떼가 좌충우돌 앞 다투며 숲속을 들락거렸다. 그들은 유난히 굵은 목소리를 꽉 꽉 내질렀다.

"이런 못된 날짐승들이 있나? 왜 하필이면 까마귀람?"

어머니는 초희가 아이를 생산한 날 하필 까마귀 떼가 집 앞에 얼씬거리냐며 아미를 찌푸렸다.

"초희야? 김서방이 곧 올게다. 내가 행랑채 문지기를 시켜 접으로 전갈을 넣었다. 서소문 시댁에도."

"시댁은 몰라도 김서방에게는 연락하지 마시지요. 어머니."

"왜? 당연히 내자가 아기를 낳으면 멀리 갔던 사내도 달려올 판인데."

"아니어요. 그냥요."

어둠이 집안을 삼킬 듯 밀고 들어왔다. 초희가 아이를 낳았다는 소식을 아는지 모르는지 큰 오라버니 성 부부가 집안으로 들어왔다.

"어머. 그런 일이 있었어요? 경축해요. 아가씨."

"아닙니다. 제가 아이를 낳은 이후 큰 올케 부부가 가장 먼저 축하를 해주신 분들이십니다. 고맙습니다."

"어머니. 사실은 제가 오늘 별시문과 병과에 급제를 했습니다. 아버지도 안 계신데 어머니께 가장 먼저 소식을 전해 드리고 싶어 달려왔습니다."

성의 배려였다. 평소에 배다른 자식들을 넉넉히 품어준 배다른 어머니에 대한 감사표시였다. 어머니도 성의 마음을 잘 알고 있었다. 그래서 눈물이 나왔고 고마웠다.

"잘 했네. 수고 했어. 아버지가 살아계셨다면 얼마나 중히 칭찬을 하셨을까. 돌아가실 때까지 큰 아들 급제를 그토록 보고자 하셨거늘."

어머니는 붉어진 눈시울을 꾹꾹 누르며 앞장을 서 방으로 들어갔다. 균이 방으로 들어 인사를 나눈 후 어머니는 밖으로 나가 주안상을 손수 들고 들어왔다.

"어머니. 이러시면 안 됩니다. 시종들을 시키시든지 제가 했어야……."

"괜찮다. 다 고마워서 이러는 게다."

어머니는 손수 큰아들 성에게 술을 따르며 배가 다른 아들 성의 과거 급제를 진심으로 축하했다.

"균아."

"네 어머니."

"이제 집안의 맏형인 형님이 과거를 합격했으니 나머지는 너의 몫이다. 무슨 뜻인지 알겠느냐?"

"네 어머니. 열심히 해서 저도 큰형님, 작은형님처럼 과거에 급제해 어머니께 달려오겠습니다."

"아무렴. 균이도 잘할 거야. 어머니, 걱정하지 마세요. 균이 어디 보통 아이입니까?"

성이 균의 어깨를 두드리며 환히 웃었다.

초희는 어렸을 적 사용했던 그녀의 방에 누워 잠에서 깨어난 아이에게 젖을 물리고 있었다. 파리하게 흔들리는 호롱불이 영 시원치 않았다. 곧 쓰러질 듯 비틀거리다 다시 일어서곤 하던 불꽃이 갑자기 숨을 거뒀다. 방안 어둠속에서 이달이 환하게 웃으며 그녀를 보고 있었다. 초희의 가슴이 콩닥콩닥 방망이질을 해댔다. 그녀는 스승에 대한 그리움에 어둠 진 방을 밝히고 싶지 않았다. 다시 불을 켜면 스승의 환시가 사라질 것 같았다. 스승이 보고 싶어 가슴이 싸했다. 잠시 후 아이가 울음을 터트렸다. 울음소리를 들은 균이 득달같이 달려왔다.

"누이야? 왜 그래? 왜 불이."

"균아. 어서 호롱불을 바꿔 줄래?"

균이 득달같이 달려가 다른 호롱불을 가지고 들어와 불을 밝혔다. 한바탕 소동이 일어난 얼마 후, 왁자지껄 시끄러운 소리가 대문에서 들리더니 오라버니 봉과 신랑 성립이 들어왔다. 술이 취한 두 사람은 목소리가 컸으며 비틀비틀 대청마루로 올라섰다.

"이게 무슨 짓이야? 봉아. 그리고 김서방. 오늘이 무슨 날인지 알고 온 게야?"

"네 장모님. 저의 내자가 딸을 생산한 날입니다. 끄윽."

성립은 많이 취한 듯 봉의 몸에 기대어 다리를 휘적거리고 있었다.

"어머니. 죄송합니다. 경번이 아이를 낳았다는 말을 전해 듣고도 자제를 못했습니다. 김 서방을 찾아오느라 시간이 늦기도 했고요. 죄송합니다."

문 밖 소란스런 소리를 듣던 큰 아들 성 부부가 방을 나와 대청마루에 섰다.

"이보시게. 그만 들어가 쉬시게나. 오늘 실수해서는 절대 안 될 것일세. 어서."

성립이 게슴츠레 가물거리는 눈을 내리깔고 주저앉을 듯 무릎을 휘적거렸다. 봉이 성립을 잡아 끌 듯 데리고 사랑채로 향했다. 새로 태어난 아이를 보겠다며 발걸음을 거부하는 성립의 목소리가 한동안 이어졌다. 얼마 후 집안이 조용해지면서 봉이 돌아왔다.

"형님. 죄송합니다. 요즘 서인들의 망나니짓을 보려하니 너무나 속상해서 한 잔했습니다. 아참. 형님 오늘 과거급제자 명단에 형님 함자가 있었사옵니다."

"그래서 어머니께 달려왔지 않았느냐? 어머니께."

"감축드립니다. 형님. 이제 저도 큰 동지를 얻은 듯 힘이 솟습니다."

성 부부와 봉이 갓난아이를 보자며 초희방으로 들어갔다. 초희는 앉아서 아이를 보듬고 있었다. 기저귀를 갈던 어머니가 힐끔 이들을 보더니 이내 아미를 찌푸렸다.

"아직 삼칠 일이 지나지 않았거늘. 그만 방을 나가도록해라."

당황한 형제는 초희와 눈을 맞추고 방을 급히 빠져 나왔다. 봉이 축하 잔을 올리고 싶다며 성을 데리고 사랑채로 들어갔다.

"형님. 제가 임직하고 있는 경기도 순무어사 자리가 위태롭습니다.

며칠 전 병조판서 이이 대감을 연명으로 상소 탄핵하자는 회합이 있었습니다."

"경번의 시외삼촌 대사간 송응개, 승지 박근원등이 연명으로 상소할 것이라는 소문 잘 알고 있네. 아우."

"네 그렇습니다. 병조판서 율곡 대감의 십만 양병설이 부적절하다는 우리의 의견이 조정에 반영되지 않았습니다. 해서 강력한 탄핵 상소가 필요하지만 이는 결국 이이 대감에 대한 주상의 깊은 신임으로 벽에다 계란을 던질 꼴이 될 것이라는 의견이 분분해 자중하고 있습니다."

"그게 어디 진리와의 싸움이던가? 동서로 나뉘어 정쟁을 일삼는 관리들의 힘겨루기지. 이 대감 본인은 동인 서인 어느 쪽도 아니라하지만 우리 쪽에서 보기엔 서인 쪽에 기울어진 것이 틀림없다네. 서인의 후원자라는 소문이 돌아다니네. 이이 대감이 현명한 것인지 아니면 우유부단한 것인지 나도 가름이 안 되네 그려."

"해서 형님. 우리의 상소계획을 들은 주상의 노여움이 크다고 들었습니다. 경상도 창원부사로 저를 내칠 것이란 소문도 횡횡합니다."

"큰일이구만. 어째 그런 소문에 아우가 휘말렸던가? 그렇지 않아도 동인의 좌장이셨던 아버지가 안 계셔서 동인들 어깨에 힘이 빠져 있거늘. 쯔 쯧."

"형님. 지금은 때가 아닌 듯해서 좀 더 시간을 두고 행할 예정입니다."

방안 분위기는 숙연했으며 형제의 대화에서 위기감이 넘실거렸다. 깊고도 험한 동서 당파싸움에 조정은 불협화음이 그칠 날이 없었다. 동인의 대표적 논객 허봉의 날카로움이 위기를 맞이했다며 성은 한숨을 깊게 내쉬었다. 둘의 대화에서 범상치 않은 미래가 점쳐지기도 했다. 나이가 많은 성의 조언이 깊어가는 밤을 더욱 무겁게 만들었다. 형제는 얼큰한 술기운과 무거운 마음을 털지 못하고 늦은 밤 집으로 돌아갔다.

다음날 새벽 날이 밝을 무렵 술이 깬 성립이 어머니와 함께 잠들었던 초희의 방문을 열었다.

"어서 오시게. 김 서방."

"네 장모님. 어제는 죄송했습니다."

"아닐세. 사내들이 어디 가정에만 몰두할 수 있겠는가?"

"부인. 수고 많았어요. 딸이든 아들이든 괘념치 말아요. 난 우리 아이가 태어났다는 것 하나만으로도 기뻐요. 어디 아픈 곳은 없는 게요?"

"네. 서방님. 소첩 차림이 부끄럽사옵니다."

"괜찮아요. 어서 건강 회복하고 서소문으로 돌아갑시다. 어른들께서 많이 기뻐하실 게요."

"오늘밤 다시 오실 건가요?"

"그렇게 하리다. 어찌 힘든 당신만 놔두고 내 맘이 편하리오. 어디 우리 공주님 얼굴이나 볼까요?"

성립은 곱게 잠들은 아이의 얼굴을 유심히 보다가 방을 나왔다. 그는 아침도 거른 채 대문을 나가 어디론가 사라졌다.

초희는 친정에서 삼칠 일(21일)을 보내고 아이를 안고 서소문 시댁으로 돌아왔다. 시어머니 송씨의 얼굴이 편치 않았다. 아이를 가진 뒤로 책과 시문을 쓰고 읽는 일에 몰두하던 며느리가 몹시 못마땅해 했었다. 그런 며느리가 딸을 생산해 돌아왔다는 사실에 더욱이 흡족해하지 못했다. 고경명대신이 되어 경상도에 임직하고 있는 시아버지 김첨이 그리웠다. 자상한 모습에서 돌아가신 친정아버지를 닮았었다. 시아버지는 지금의 초희를 보고 무엇이라 했겠는가. 초희는 아이와 방안에 틀어 박혀 글을 읽으며 쓰기를 멈추지 않았다. 가끔씩 찾아오는 균이 있어 그나마 위안이 되었지만 성립의 외도와 자제하지 못하는 술로 인해 그녀 얼굴에서 웃음이 떠난 지 오래되었다. 매사 추궁하며 언성을 높이는 시어머니에게 받은 마음의 상처가 날로 심각해져 우울증이 오곤 했다.

아침밥상을 정리하고 난 초희는 방으로 들어와 아이에게 젖을 물렸다. 지난 밤 유독이 신랑 성립이 보고 싶어 잠을 못 이룬 아침이었다. 초희는 누워서 아이에게 젖을 물려놓고 두율시집을 보다 그만 잠이 들었다. 그때 기침도 없이 시어머니가 방문을 활짝 열고 들어왔다. 송씨는 두 눈을 게슴츠레 내려 깔고 모녀를 매서운 눈으로 쏘아 보았다. 초희가 몸을 일으키자 젖에서 입이 떨어진 아이가 울음을 터트렸다.

"이것아. 네가 어찌 서방을 대했으면 벌써 나흘 째 집에 안 들어온단 말이냐? 어디 말 좀 듣자."

당황한 초희는 울고 있는 아이를 달래느라 송씨의 말이 귀에 들어오지 않았다. 옷매무새를 다잡은 초희가 멍하니 앉아 송씨의 다음 말을 기다렸다.

"서방을 어떻게 모셨으면 성립이가 방황하는가 물었다. 무엇이 아녀자의 도리이고 무엇이 며느리의 도리인가? 또한 무엇이 부인의 도리인가를 정녕 네가 모를 이는 없을 테고. 친정에서 천재라 하던 허초희가 말이다."

"어머니."

초희는 성이 잔뜩 난 송씨 모습에 주눅이 들어 더 이상 말이 입 밖으로 나오지 않았다.

"아녀자가 글을 배워서 무엇에 쓰려고? 시문을 지어 어디다 내놓으려고? 아녀자는 부엌에 밥그릇 숫자만 셀 줄 알면 된다는 속담도 못 들었느냐? 모두 집안 망신이니라. 집안 망신. 행여 다른 가문에서 이를 알면 변고가 났다고 비아냥거릴 터. 더 이상 못 참겠으니 그만 책과 시문에서 손을 떼어라."

송씨는 초희 옆에 놓여있던 두율시집을 움켜쥐고 방을 나갔다. 시어머니가 나간 방문을 한동안 바라보던 초희가 아이에게 다시 젖을 물렸다. 눈자위가 뜨거워진다. 손으로 눈매를 훔치며 천장에 동공을 고정했다. 아이의 울음은 그쳤지만 슬픈 기운이 가득한 방안엔 그녀 목울음소리가 입새 사이를 쉼 없이 넘나들었다.

오후의 따사로운 햇살이 정원을 가득 채웠다. 초희는 아이를 포대기에 꽁꽁 싸안고 뒷문을 넘어 후원으로 발길을 옮겼다. 무한히 동경하며 아름답고 곱게 가꾸어왔던 선계仙界의 몽상들이 눈앞에 아른거렸다. 중국 설화집 태평광기는 그녀의 안식처였고 희망이었다. 삶의 질곡에서 버둥거릴 때 희망을 찾아주던 곳이었다. 하늘을 보았다. 동에서 서로 길게 늘어진 띠구름이 마치 선계 곤륜산으로 오르는 사다리를 닮았다.

"저 다리를 건널 수만 있다면. 후 후후후."

초희는 모두숨을 내쉬며 한동안 하늘에서 눈을 떼지 못했다. 그때였다. 초희가 건너왔던 후원 쪽 협문 열리는 소리가 들렸다. 벌써 여러 달째 시어머니 송씨로 인해 심장이 뛰는 압박감에 시달려온 초희가 깜짝 놀라며 협문 쪽을 바라보았다. 다시 심장이 요동을 쳤다. 바라본 그곳에는 낯설지 않은 사내가 걸어오고 있었다.

"스승님."

초희는 얼굴에 만연한 웃음을 머금고 뒤뚱이며 달려갔다.

"예서 무엇을 하느냐? 경번."

이달은 깊게 눌러쓴 허름한 갓을 치켜 올리고 초희에게 천천히 걸어왔다.

"스승님. 뵙고 싶었습니다."

어느새 늙어버린 스승의 모습은 초라하기 그지없었다. 하지만 그의 눈빛은 총명했으며 자세 또한 정중함을 잃지 않았다.

"그랬었느냐? 허허허허. 나도 경번과 같은 마음을 갖고 지낸 세월이구나."

"스승님. 헌데 어인일로 제 집까지 오셨는지요?"

"이제 한양을 영영 떠나려 한다. 하지만 경번이 눈에 아려 갈 수가 없었느니라. 마지막으로 경번을 보고 떠나야 마음이 편할 것 같아서."

"왜 그리 약한 말씀을 하시옵니까? 어디로 가시게요? 스승님."

"강원도 원주 쪽에 손곡이란 동네가 있단다. 그곳에 거처를 정하고 세상 유랑이나 하며 조용히 생을 마감해야 할 시기가 온 듯하구나."

"삼당시인이신 최경창 백광훈 시인님은 어찌 지내시는 지요?"

"백광훈 시詩벗은 몸져누워 오늘 내일 하며 자리를 보전하고, 최경창 시詩벗은 소식을 끊은 채 어디론가 슬프게 떠났지."

"스승님마저 떠나시면 한양은 텅 비워지겠군요? 허무하옵니다. 스승님."

"그래. 만남은 이별을 전제하느니라. 어떻게 이별하는가에 따라 남겨진 이의 슬픔이 크기도 하고 작기도 하겠지? 언젠가 경번을 다시 볼 날, 그날을 기대하는 것은 희망이니라. 그리 알고 있어라. 경번아."

"스승님."

초희의 목소리는 애절했으며 이별의 아픔이 고스란히 가슴에 새겨졌다. 그때 협문이 열리고 시어머니가 여종 하나를 데리고 다가왔다.

"예서 무엇을 하는 게냐? 남녀가 유별한데 정혼한 여인의 집까지 들어온 사내는 누구냐?"

"어머니. 옛적 스승님이십니다."

"내 이미 들어 알긴 하다만 그래도 이 후미진 곳에서. 어서 집을 나가지 못할까?"

이달이 어쩔 줄 몰라 고개를 숙이고 있었다. 그녀는 한바탕 목소리를 높여 지절대고는 말문을 닫고 후원을 빠져 나갔다.

둘은 송씨의 원성을 아랑곳 하지 않고 후원을 거닐며 이별의 아쉬움을 달랬다. 딸아이를 바라보는 이달의 눈길은 대견하다는 듯했고 이달을 바라보는 그녀의 눈길은 정인情人과의 이별을 연상할 만큼 애절해보였다.

이달이 돌아간 얼마동안 초희는 못내 아쉬움에 말문을 닫고 방에 있었다. 이제 늙어버린 스승의 노년이 너무나 안타까워 견딜 수가 없었다. 어린 시절, 출세가도를 달리는 오라버니들과 서출이었던 이달의 처지를 비교하며 아버지와 봉 오라버니에게 강한 반문을 해 본 기억이 났다. 딸은 무엇이고 서출은 무엇이라던 대목에서 초희는 고개를 숙였다. 혼인해 부부의 연으로 살고 싶다던 예전의 말이 떠올랐다. 다시 태어나야 출신을 극복할 수 있다던 이달의 슬픈 목소리가 다시 들리는 듯 했다. 딸아이가 잠든 오후 초희는 이달의 쓸쓸한 뒷모습을 생각하며 또 다시 그리움이 사무쳐 가슴앓이가 일었다.

"강원도 원주 땅 손곡. 손곡."

그녀는 이달이 거처할 손곡이란 동네를 상상하며 눈을 감았다. 그리고 얼마 후 시무룩한 마음을 진정시키려 붓을 들었다.

> 요즘 들어 최경창과 백광훈 등이
> 성당의 시법을 받아 시를 익히니
> 아무도 아니 쓰던 「대아」의 시풍

이들을 만나 다시 한 번 쩡쩡 울리네
낮은 벼슬아치는 벼슬 노릇이 어렵기만 해
변방의 고을살이 시름만 쌓이네
나이 들어 갈수록 벼슬길이 막히니
시가 사람을 가난케 한단 말을 비로소 믿겠네

— 견흥遣興

아이를 겨우 재우고 난 늦은 오후, 방 앞에서 성립의 기침소리가 들렸다. 며칠만이던가. 초희는 기억이 없었다. 벼루에 먹을 갈며 시문에 몰두할 시간이었다.

"어서 오세요. 서방님."

초희는 시어머니와의 신경전도 잊은 듯 성립을 반갑게 맞이했다.

"미안하오. 부인."

"끼니는 잘 챙겨 드시고 다니세요. 서방님?"

"그리하리다. 아이는 잘 크고 집안에 별일은 없는 게지요?"

"네, 서방님. 서방님만 집에 잘 들어오시면요. 술 좀 자제하시고요."

"잘 하리다. 하지만 난 부인의 이 먹 가는 모습과 듣기도 민망한 설화집을 치웠으면 합니다. 이젠 아이 어미가 된 부인으로서 책을 멀리했으면 한다는 말이외다. 이젠 마음 편히 어머니 뵐 수도 없습니다. 부인."

"전 그렇게 할 수가 없습니다. 서방님. 구중궁궐 같은 규방에서 서방님 안 들어오시고 술에 절어 사시는 나날을 바라보면서 저는 숨 쉬기조차 버겁습니다."

"그만 하세요. 나도 부인과 어머니 사이의 갈등 잘 알고 있습니다. 어젯밤 미숙 처남을 만났습니다. 매우 호통을 치시더군요. 머리가 지끈거립니다."

"요즘 들어 유교적 가르침만을 고집하시는 어머니와 갈등이 심각합니다. 서방님도 아시겠지만 전 유교적 사고보다는 도가적 사고를 친정 아버님께 배우고 익힌 아낙입니다. 도덕과 예절에서 다를 게 무엇이겠습니까? 그래서 시작詩作은 저의 내면을 표현하는 돌파구일 뿐입니다. 서방님만이라도 저를 용서해 주세요. 제발."

"이런 난감하군요. 어머니와 부인 중간에서 내가 어찌 해야 할지. 으흠."

"서방님도 잘 아시겠지만 도가는 부정적 사변법思辨法을 사용하여 유가의 가치도덕과 본질적으로 다른 본체관념本體觀念의 도와 덕을 내세웁니다. 억압되지 않는 무위자연無爲自燃의 상태를 추구하며 무욕과 허무의 부정적 개념을 통하여 자연대도自燃大導에 순응하는 삶이라 배웠습니다. 절대자유 절대평등의 원칙까지 논할 수 있는 것으로 어머니가 원하시는 틀에 잡힌 규율과 범례를 따르는 고집스런 원칙 앞에 제가 힘들 뿐입니다. 비록 현실에 맞지 아니한다 해도 도가사상을 몸소 실천해 소첩의 삶이 평온해지기를 바라올 뿐입니다."

"이런 똑똑함이. 부인. 난 부인의 그런 똑똑함을 원치 않아요. 뛰어난 지식이 있다한들 내게 표현하지 않았으면 합니다. 부인의 격이 높은 지식과 재주에 나도 목구멍이 옥죄어 옴을 잊지 말고 기억하세요."

"죄송합니다. 서방님. 조심하겠습니다. 하지만 소첩은 숨이 멎을 듯 답답한 시간이 너무나 싫습니다. 어찌해야 할지 남모르게 흘린 눈물이 강을 이룹니다. 서방님. 그리고 지난번 봉 오라버니께서 친히 전해주고 가신 두율시집 기억나옵니까? 오늘 아침 어머니께 빼앗겼습니다. 찾아주실 수 있는지요?"

"그래요? 그런 일이. 그것은 어머니가 너무하셨군요. 이해로 설득하실 일이지. 알았습니다. 내가 당장 어머니를 뵙고 오지요."

"아니요. 서방님. 그러면 제가 서방님께 일러바쳐 꼬드긴 꼴이 되니 천천히요. 천천히."

"알았습니다. 내일 아침에 찾아놓고 접에 나가리다. 꼭."

초희는 오랜만에 만난 연인처럼 성립과 행복한 밤을 보냈다. 화사한 얼굴에 모처럼 꽃이 피어난 듯 빙긋한 웃음을 머금은 채 새벽녘 부엌으로 들었다. 그녀가 시종들을 부리며 아침밥상을 준비해 안방으로 들어갈 즘이었다. 성립과 어머니 송씨가 언성을 높이며 언쟁을 하고 있었다. 초희는 귀를 기울였다. 두율시집을 돌려주라는 성립의 요구에 송씨는 안 된다고 목소리를 높였다. 규방 여인네가 지킬 도를 넘었다는 송씨의 목소리가 들려나왔다. 성립이 식구들을 데리고 집을 나가겠다며 맞받아쳤다. 견딜 수 없다며 우는 듯 소리치는 성립의 목소리가 안뜰까지 들렸다. 지나가는 시종들의 발걸음이 조심스러웠다.

"네 여편네가 그리 시키더냐? 이 못난 놈."

"그렇습니다. 제가 못나 고부간의 갈등을 해소 못하고 맨날 술에 절어 삽니다. 죄송합니다. 어머니. 이젠 조용히 나가서 살게 해 주십시오. 제발."

초희는 한숨을 내쉬며 부엌을 나와 방으로 들어왔다.

얼마 후 얼굴이 창백한 성립이 두율시집을 들고 안방을 나와 초희방으로 들어왔다. 초희는 흐뭇했지만 영 마음이 편치 않았다. 이 시끄러움의 역풍이 언제 또 불화살이 되어 날아올지 모를 일이다. 두려웠다. 역겨운 가슴앓이가 초희 삶속으로 부딪혀 와 그녀의 혼을 괴롭힐 지, 내일이 걱정되었다.

제7부

갑산 가는 나그네여

그녀는 대문을 나왔다. 골목을 잠시 벗어나자 꽃들이 지천이었다.
제멋대로 피어있는 들꽃들을 하나씩 꺾어 손에 넣고
도둑놈처럼 살금살금 방으로 들어왔다.
청실홍실을 손에 잡은 그녀가 꽃들을 세심하게 엮어갔다.
초희는 묶여진 꽃다발을 머리에 얹었다. 선녀였다.

모지게도 불어들던 동장군의 매서운 치맛바람이 잠시 숨을 죽였다. 초희가 방문을 열자 담 아래까지 들어와 추위를 피하던 참새 떼들이 기와를 인 돌담을 훌쩍 너머 밖으로 줄행랑을 쳤다. 서소문 담장 위로 눈발이 흩날렸다. 키 큰 살구나무에 부딪힌 바람결이 쇳소리를 내며 울어댄다. 초희는 스승 이달을 생각했다. 까칠해진 얼굴에 허름한 옷차림을 한 채 마지막으로 보고 싶었다며 찾아왔던 삼당시인三唐詩人 이달의 거처가 궁금했다. 강원도 원주 땅 어디론가 떠난다는 그의 마지막 말이 귀에 걸렸다. 초희에게 시란 무엇인가를 꼼꼼히 가르쳐 주던 아버지와 같은 스승이었다. 태어나 처음으로 남자를 느끼게 해 주었던 정인이기도 했다.

"이 모진 추위에 잘 계실까?"

방안으로 매운바람이 들이쳤다. 그녀가 방문을 닫고 아이 옆으로 다가왔다. 편하게 잠들어 있는 아이의 얼굴이 야위어 보였다. 아이에게 미안했다. 젖몸살이 심해 며칠째 젖을 끊고 미음을 먹였다. 마음이 편할 때는 젖 냄새가 고소했다. 하지만 며칠 마음을 상해 끙끙 앓은 후엔 어김없이 그녀의 젖에서 고약한 비린내가 났다. 결국 아이의 생명줄인 젖을 끊어내고 미음으로 연명시켜 속이 상했던 초희는 침울하게 아이를 바라보았다.

아버지 허엽은 초희가 태어나자 곧바로 달려와 이름을 지어주었다고 친정어머니는 늘 자랑스럽게 말을 했다. 하지만 초희가 낳은 아이는 딸이라는 이유로 이름조차 갖지 못했다. 초희는 아버지 얼굴을 떠올리며 아이의 이름을 생각했다. 하지만 무게 있는 가문의 가녀린 며느리로서 감히 입 밖에 내지 못했다. 날이 갈수록 초희의 가슴속엔 고집스럽게 유교적 품행을 강조하는 시어머니 송씨의 오만한 감정들이 차곡차곡 쌓여졌다.

오후가 들면서 눈발이 그치고 힘없는 겨울 햇살이 뜰에 가득했다. 행랑채 쪽이 시끌시끌하더니 시아버지 김첨이 돌아왔다. 고경명 대신으로 경상도 재상경차관으로 임직하던 시아버지였다. 시댁에서 그 누구보다 며느리 초희를 아껴주고 이해해주던 자상하신 분이다. 초희는 마치 친정아버지가 살아 돌아온 듯 반가웠다. 하지만 김첨은 다음날 중국 사신의 종사관이 되어 명나라로 떠났다. 기다리고 사랑했던 크기만큼 이별은 아프다고 했던가. 옆에서 오래도록 모시며 친정아버지처럼 뵙고 싶은 시아버지였기에 초희의 서운함은 남달랐다.

조정은 연일 당파싸움으로 날이 밝고 해가 졌다. 동 · 서 붕당으로 야기된 각 진영의 혈투는 힘겨루기 차원을 넘었다. 살상을 염두에 두고 날리는 직격탄 상소에다 모함과 탄핵 등으로 얼룩졌다. 병조판서 이이 대감의 행보는 중립이었다. 모든 사림과 훈구세력에게 보편적 존경의 대상이던 이이의 사고는 정직했고 기울어짐이 없었다. 그를 동인사람으로 만들고자 가까이 다가서면 거절해 서인으로 오해받고, 서인사람들의 호의에 격을 두면 동인으로 오해해 공격을 받는 처지였다. 당쟁의 두 축인 김효원과 심의겸을 개성유수와 경흥부사로 보내는 이이의 거중조절 안이 임금의 허락을 받았지만 각 진영의 이해득실에 의해 서로 이이대감을 공격하는 어처구니없는 일이 벌어지곤 했다. 이런 와중에 결국 병조판서 이이는 교우관계가 돈독한 서인의 편으로 기울어지고 말았다.

경기도 순무어사巡撫御使 허봉은 부사 한응이 맡고 있는 수원에 군기 준비가 제대로 되어 있지 않았다는 이유로 한응을 파면시켜야한다며 주상에게 상소했다. 상소문에는 조선 군기의 총 책임자인 병조판서 이이의 잘못을 낱낱이 적은 논리서가 첨부되었다. 얼마 전부터 소문을 타고 흐르던 동인들의 이이 탄핵 계획이 실행에 옮겨진 것이다. 남쪽 왜군이 호시탐탐 육침陸沈해 올 것이라는 정보들이 속속 들어오고 있는 시기에 북쪽 오랑캐를 물리치려고 군 십만 명을 양성해 모두 북으로 보낼 수 없다며 반발하던 동인들이었다. 임금의 신망이 두터운 이이에 대한 탄핵 상소는 자칫 동 · 서 정쟁으로 인한 시기와 질투로 비춰질 수 있는 예민한 내용이었다. 허성과 허봉이 예상했던 대로 주상은 발끈하고 매우 불쾌해했으며 조정은 용광로 쇳물이 끓는 불화덕 싸움으로 한 치 앞을 내보이지 않고 변해갔다. 이이에 대한 동인의 공격이 서인의 좌장 박순이나 성혼 등에게까지 번져가자 주상이나 젊은 유생들에게서 이이의 대한 동정심이 일었다. 어느 당파에도 속하지 않은 젊은 사림과 훈구세력들이 들고 일어났다. 서인의 힘은 배가 되었고 결국 임금 선조는 간사한 사람들이 조정에 앉아있어 정사가 편치 못하다며 불화살 같은 명을 내렸다. 허봉을 창원부사로 송응개를 장흥부사로 내쳤다. 허봉과 송응개는 초희를 중심에 두고 있는 사돈들이다. 조정은 잠시 조용해지는 듯했다. 며칠 후 동인의 유생들이 허봉과 송응개를 지방으로 내친 주상의 뜻이 옳지 않았음을 연일 상소하기에 이른다. 이에 더욱 화가 난 선조는 허봉을 함경도 종성으로 유배시켰고 송응개를 회령으로 박근원을 강개로 유배 조치했다. 당파싸움에 이골이 난 선조의 왕권강화 계획과 맞물려 동인의 수모는 계속되었다. 선조의 화는 좀처럼 풀어지지 않았다. 선조는 세 사람 중 우두머리격인 허봉을 더욱 환경이 열악한 첩첩 산골 갑산으로 이배移配시켰다.

입을 잘 놀리는 사람들은 이를 계미삼찬癸未三竄이라했다. 봉 오라버니 소식을 들은 초희의 시름은 허탈함을 넘어 좌절이었다. 삼 년 전 정신적 지주 아버지를 여의고 시름하던 여린 그녀에게 봉의 유배는 청천벽력 같은 소식이었다. 초희의 재주를 일찍이 알아보고 스승 이달을 소개해 시작詩作을 배우게 했던 오라버니 봉이었다. 봉은 그 어느 형제보다 초희를 아꼈다. 둘은 남다른 사랑을 주고받은 남매였다. 초희는 두문불출하며 눈물로 하루해를 다 넘겼다. 점심은 물론 저녁밥까지 삼킬 수 없었다. 어둠이 들자 초희는 유배지 갑산의 오라버니 봉을 생각하며 가슴을 저미는 극심한 허탈감에 빠졌다. 아기를 안고 방을 서성이던 그녀는 잠이든 아이를 포대에 감싸 재우고 벼루를 찾았다. 초희는 방 한가운데 교자상을 펴고 향로에 꽂은 향나무 조각에 불을 붙였다. 피어 오른 향냄새가 방안에 그득해질 무렵 꽃으로 장식된 화관을 머리에 썼다. 먹을 가는 손가락에 힘이 없었다. 슬픈 묵향과 시詩향이 방안에 넘실거렸다. 며칠 가까이하지 않았던 붓을 들고 잠시 눈을 감았다. 봉 오라버니의 초라한 얼굴이 떠올랐다.

"오라버니!"

초희는 한숨 섞인 비명을 실가지처럼 내뱉으며 붓을 놀리기 시작했다.

멀리 갑산으로 귀양 가는 나그네
함경도길 가시느라 발걸음도 마음도 바빠 보이네
쫓겨나는 신하는 가태부 같지만
임금이야 어찌 초나라 회왕이리오
강물은 가을언덕으로 잔잔히 흐르고
변방에 구름은 석양에 물드는데
서릿바람 불어 기러기 떼 날아가지만
중간이 끊어져 행렬을 못 이루네

송하곡적갑산

(*주 : 회왕-바른말 잘하는 삼려대부 굴원을 미워했던 초나라 왕)

초희가 시작詩作을 마치자 눈물이 홍수를 이뤄 얼굴이 범벅이었다. 얼마를 울었을까. 저녁은 밤으로 바뀌었고 성립이 방으로 들어왔다. 초희는 성립의 옷자락을 잡으며 울음을 그칠 줄 몰랐다.

"부인 그만하세요. 안채에서 어른들이 들을까 염려가 됩니다."

"서방님. 전 이제 어떡해요? 흐흐 흑."

"어디보세요. 금방 쓴 싯귀 같은데."

성립은 물기가 촉촉한 시문詩文 옆으로 다가가 찬찬히 읽어갔다.

"부인의 마음은 잔잔하던 강물이 폭포를 만난 듯 절박하군요. 그런데 가태부는 무슨 뜻이요?"

"중국 전한시대 선비이옵니다."

"이런. 쯔 쯔. 부인이 과거시험을 보는 게 더 났겠습니다."

성립은 긴 한숨을 내쉬며 초희의 높은 학문에 혀를 끌끌 찼다.

"서방님. 이 시문을 오라버니에게 전달하고 싶습니다. 방법이 없겠습니까?"

"그래야지요. 처남도 누이동생의 애절한 마음을 읽으면 마음이 위안

되어 편해질 것입니다."

"내일 날이 밝으면 내 전령을 구해 보내리다. 걱정하지 말고 편히 쉬세요. 오늘도 아이에게 시달리느라 고생이 많았지요? 부인."

"아니옵니다. 당연히 지어미가 아이를 거두는 일은 천직이지요."

성립은 시아버지 김첨을 닮아 자상했다. 성립은 시문詩文보다 과체課體에 능했다. 그는 종종 초희와 겨루며 토론하기를 즐겨했다. 특히 과제課題에 따른 글을 잘 지어 접接에서도 그를 따라 배우려는 젊은이들이 많았다. 이는 부인 초희의 영향을 받았음을 직시할 수 있다. 접에 나갔다 일찍 들어오는 날이면 성립은 초희를 앉혀놓고 과제에 대한 이야기를 주고받았다. 이 모습이 종종 시어머니 송씨 눈에 띄곤 했다. 송씨는 눈살을 찌푸리며 아들을 야단치고 며느리를 달갑지 않게 생각했다.

"못난 사내놈아. 겨우 한다는 짓이 여편네에게 글을 배워? 이러니 아낙이 낭군을 우습게 여기고 지 마음대로 살지. 내 말도 듣지 않는 연유를 이제사 알겠다. 이런 몹쓸."

미움의 원천은 똑똑한 초희였고 이를 유가적 사고로 품행을 다스리려는 송씨와, 초희의 도가적 언행이 문제되어 충돌하는 장면들이 종종 일어났다.

"너도 이것아. 똑똑함이 있거든 혼자여야 한다. 어찌 아낙이 남편을 앞에 놓고 글 문을 논쟁하는 것이야. 어디서 배워먹은 몹쓸 짓거리냐? 돌아가신 초당 어른께서 그리 가르쳤더냐? 무식한 여편네."

초희 마음의 깊은 상처는 아물 시간이 없었다. 한바탕 시끄럽던 서소문 초희의 집은 술시를 넘겨서야 조용해졌다. 코를 골며 잠들은 성립의 얼굴이 영 편치 않아 초희의 마음이 아팠다. 초희는 성립의 글방인 접接이 예전에는 훌륭한 문사들로 가득했으나 요즘에는 놀고 즐기는 이들이 더 많음을 걱정하며 글을 지었다.

> 옛날에 접接은 재주가 많았으나
> 지금의 접接은 재주가 없구나.

모처럼 초희는 성립의 팔베개를 하고 가슴팍에 안겨 행복한 밤을 보냈다. 새벽 여명이 안타깝게도 달콤한 밤은 짧게 지나갔다. 동틀 무렵 그녀는 성립이 벗어놓은 의관 소매부리에 두 줄 시문을 넣어두고 부엌으로 나왔다.

얄궂은 비가 하루 종일 오락가락했다. 봄의 전령을 자처한다는 비는 촉촉이 뜰을 적시었으며 시어머니의 괜한 노여움에 힘들었던 초희의 마음을 차분히 젖어들게 했다. 칠거지악을 강조하고 무지無智하게 순종하는 며느리를 원하던 시어머니 송씨였다. 초희의 책 읽기와 시작詩作을 지켜보는 하루하루는 서로에게 끝없는 숨바꼭질 속 악연으로 살아갈 수밖에 없게 했다.

초희가 후원 쪽 창을 열고 비를 바라보고 있었다. 며칠 전 친구들과 집을 나와 방을 얻어 과거공부를 하겠다고 하던 성립이 시어머니 송씨에게 호된 질타를 받던 목소리가 빗속에서 다시 들리는 듯 했다.

"혼인을 해 한 여인의 낭군이 되었고 딸아이까지 둔 아비로서 어디 그런 생각을 하느냐?"

풀이 죽어 대문을 나서던 성립의 뒷모습이 애처롭기까지 했었다. 빗줄기 속에 보일 듯 말 듯 여린 성립의 환한 얼굴이 초희에게 다가왔다. 그녀가 모처럼 웃고 있는 시간, 대문 밖을 출입하며 시장을 보러 다니던 여종하나가 초희를 불렀다.

"작은 마님. 계세요?"

여종은 방으로 들어와 딸아이를 흠칫 보고 초희에게 가까이 왔다. 그리고 초희의 귓바퀴에 입을 대고 종알종알 소근거렸다.

"제가 오늘 종로에서 반찬거리를 사서 돌아오는데 지난번 우리 집에 왔던 작은 나리의 친구 한 분이 저에게 이런 말을 했습니다."

"무엇이라 하던가?"

"나리께서 공부는 안하고 기생집에서 매일 놀고 있답니다."

"이런 못된 것을 봤나? 들었으면 흘리고 봤으면 잊어야 하거늘 어디 와서 일러바치는 게야. 어서 물러가 일이나 하여라."

제법 날카롭게 내 던진 초희의 말투는 방안에 찬바람을 쌩하고 불게 했다. 여종은 흠칫 놀라더니 방을 나가 부엌으로 줄행랑을 쳤다. 초희는 차라리 듣지 말 것을, 괜한 것을 들었다는 생각에 쓴 웃음이 입가에서 비죽거렸다. 한동안 창 밖 비를 바라보던 초희가 부엌으로 나왔다. 그녀는 대여섯 가지의 맛난 안주를 준비하고 수 년 동안 땅속에 묻어 숙성시킨 술을 흰 도자기병에 가득 담았다. 방으로 들어가 먹물을 입힌 붓을 들고 나온 그녀는 술병 위에다 글을 썼다.

낭군께서는 이렇듯 다른 마음은 없으신데
같이 공부하는 이는 어떤 사람이기에
이간질을 시키는가.

잠시 후 먹물이 마르자 초희는 조금 전 그 여종을 불렀다.

"지금 곧바로 나리가 계신 곳을 찾아 이 술과 안주를 전해드리고 오너라."

여종은 눈을 크게 뜨며 놀란 듯 어리둥절하더니 이내 보따리를 들고 집을 나갔다.

대문 닫히는 소리가 들렸다. 마당에 서성이던 몇몇 시종들이 수군거렸다. 시어머니 송씨가 외출을 했다가 대문을 열고 들어왔다. 그녀는 시종들이 수근 거리는 소리를 들었다.

"너희들 지금 뭐라 했느냐? 뭐, 며느리가 미쳤다고?"

시종들은 고개를 숙이고 입을 닫았다.

"똑바로 말하지 않으면 징치(심하게 캐물어 야단을 침)를 당할 것이야. 어서 말을 해. 이것들아."

그때 시어머니 몸종이 다가와 송씨의 귀에 대고 무엇이라 소곤소곤 댔다.

"알았다."

시어머니는 곧바로 아이와 초희가 들어있는 방으로 뛰어들다시피 들어왔다.

"이것아. 이리 내봐. 어서 내보라니까?"

"어머니, 무엇을 말씀하시는지요?"

"네가 미쳤단다. 어디 진짜 미쳤는지 보자. 내 눈으로 똑바로 봐야 할 것 같다."

어리둥절하던 초희가 자리에서 일어났다. 송씨는 장롱을 비롯한 가구를 뒤지기 시작했다. 옷가지 사이에 손을 넣어가며 꼼꼼하게 살폈다. 송씨가 찾고자 하는 물건이 없었다. 송씨는 머슴을 불렀다.

"어서 들어와 저 장롱 밑하고 다락을 뒤져보아라."

머슴이 방안 후미진 곳을 뒤지기 시작했다. 그가 다락으로 통하는 문을 열고 화들짝 놀라며 송씨를 바라봤다. 송씨가 성큼성큼 그곳으로 다가갔다.

"이것이 다 무엇이더냐? 화관은 무엇이고 이 향로와 향은?"

초희는 말없이 방을 나와 대문을 열고 밖으로 나왔다.

"어디를 가는 거야? 미친 것. 이러니 아랫것들이 네가 미쳤다고 수군수군 거리지."

송씨는 향과 향로 그리고 화관을 문밖으로 내던졌다.

"집에 변고가 났어. 괴이한 계집이 들어와 귀한 문중을 망치고 있다고. 이봐라. 저것들을 모두 십리 밖으로 가 불태워 버리고 와라."

남녀 시종들이 그 물건들을 들고 대문을 나갔다. 시종들이 산속으로 걸어갔다. 대문 밖 아름드리 밤나무 밑에 초희가 쪼그리고 앉아 울고 있었다. 그녀 방에서 아이 우는 소리가 들렸다. 눈물이 시야를 가렸다. 뿌연 안개가 그녀 앞에 펼쳐졌고 비를 흠뻑 맞은 이달이 그녀에게 걸어왔다.

"스승님."

초희는 몇 발작 앞으로 걷다가 몸서리를 쳤다. 환시였다. 그녀는 눈을 비비며 아이가 울고 있는 방으로 들어왔다.

하루에 한두 번 눈물이 앞을 가리고 가슴이 찢어지는 듯 아려왔다. 초희는 머슴을 건천동으로 보냈다. 균이 보고 싶으니 와달라는 초희의 서찰을 몸에 넣은 머슴이 집을 나선지 서너 시간. 균이 서소문 시댁 대문을 열고 들어왔다. 균을 방으로 들인 초희는 균의 손을 잡으며 쏟아지는 눈물을 참지 못했다.

"아직도 울보 누이네. 경번 누이야. 그만 울어라."

균의 나이 열일곱 살이다. 이젠 몸에서 어른 티가 제법 배 나왔다.

"누이야. 걱정하지 마라. 어제 큰형이 다녀갔는데 조정에서 귀양자세 명을 풀어주라는 주청이 빈번하게 주상에게 올라간다고 했다. 봉 형님의 정적政敵이며 서인에서 활동하는 정철 대감도 사람이 죽을 수 있는 그 험한 곳에 형님을 버려둬서는 안 된다며 옮기라고 주상에게 간청했다고 말했다. 누이야. 큰 형님 말로는 곧 풀려날 것 같다고 했으니 울지 말거라."

"알았다. 균아. 우리 균이 벌써 어른이 되 누이를 다 다독이는구나. 고맙다 고마워."

딸아이가 제법 옹알이를 했다. 몸을 뒤척이고자 애를 썼다. 유별나게 춥던 겨울이 끝을 보려는 듯 찬비가 내리고 있었다.

"균아, 과거 준비는 많이 한 게냐?"

"요즘 과체시誇體詩에 정신을 팔고 있다. 누이야."

"웬 과체시더냐? 시험 과목이 육경과 역사가 아니더냐?"

"내 나이 열일곱이다. 얼마 후 한성부에서 치르는 초시가 있다. 해서 과체시 공부를 좀 했다 누이야. 그리고 육경과 역사는 모두 이 머릿속에 들어있지만 그 뜻을 대체로 깨닫기에 그쳤을 뿐 그윽하게 몸으로 받아들일 수는 없었다. 내 밸이 커지고 간이 부어서 하루에도 수만 마디를 외우느라 입술을 쉴 새 없이 놀리다 보니 다 외우게 됐다. 누이야."

"그 많은 분량을 다 외웠단 말이야?"

"누이야. 내가 누구냐. 한 번 읽으면 다 외운다. 흐흐흐."

"허긴 내 동생 균의 천재성은 아버지도 익히 인정한 부분이지만, 학문에 깊이를 더해야지 과거시험에 몰두해서는 아니 된다. 학문의 깊이에서 우러나온 몸가짐만이 덕망 높은 어른으로 클 수 있음을 잊지 말거라. 균아. 아무리 시험에 자신 있다고 해도 출세가 먼저여서는 안 된다. 깊이 있는 학문에서 바른 몸가짐과 품위가 배여 나온다는 것도 잊어서는 안 된다. 더욱 정진해야 할 것이야. 균아, 오늘 균의 과체시 한 편을 보고 이 누이가 논해보고 싶은데?"

"누이야 밖에 비가 온다. 이제 겨울이 다 지나간 듯 하니 우리 미숙 형님도 곧 돌아오겠지?"

"그래야지. 곧 돌아올 거야. 어린 균이 이토록 형님을 보고 싶어 하니 천지신명도 도와주시지 않겠니?"

균은 누이와 다정하게 말을 섞으며 누이가 쓰던 벼루에 먹을 갈고 붓을 잡았다. 잠시 무엇엔가 몰두하는 듯 눈을 감았던 균이 일필휘지로 글을 써내려갔다. 너무 빠른 균의 손놀림을 바라보며 초희는 불안감이 앞섰다. 균이 붓을 놓고 초희를 바라보았다.

"어디보자. '여인이 어지럽게 그네를 밀어 보낸다' 제목 한 번 재미있구나. 균아."

균은 머리를 긁적거리며 쑥스러운 듯 고개를 숙였다.

"잘 지었다. 균아. 하지만 한 구절이 모자라는구나."

"모자라는 게 어떤 구절인가? 누이야."

초희는 아무 대답도 없이 붓을 잡아 고쳐주었다.

> 문 앞에는 아직도 애간장을 태우는 사람이 있는데
> 님은 백마를 타고 황금채찍을 쥔 채 가버렸네

"균아 네가 지은 과체시가 형식을 이루기 위해서는 구절 즉 2척隻 14자가 모자라는구나. 네가 지은 시는 형식만 과체시였지 제목이나 분위기는 염정시艶情詩에 불과하다는 것을 깨닫지 못하고 있구나? 이 시는 과체시로는 적당하지 않아. 내가 덧붙인 문장을 네가 쓴 시문과 연결하니 형식은 완벽해졌다. 요즘 아우가 연애에 빠졌구나? 누구니? 어느 댁

규수인지 많이 궁금하네. 이 누이가."

"누이야. 이번 초시가 끝나면 혼인을 하고 싶다. 김대섭 대감의 둘째 딸과 혼사 문제가 오가고 있다. 누이야."

"잘 됐다. 김 대감의 둘째딸이라?"

균이 딸아이를 유심히 보고 있을 즘 밖에서 초희를 부르는 머슴의 목소리가 들렸다.

"작은 마님. 손님이 오셨습니다. 잠깐 나와 보세요."

초희가 방을 나왔다.

"마님. 나리 심부름으로 갑산을 다녀온 전령입니다요."

"그래 수고 많았네. 헌데 웬일로 내 집을 다시?"

"갑산에 계신 대감께서 서찰을 주셨기에 전해드리려 왔습니다요."

머슴은 옆구리에 소중히 차고 있던 보자기를 풀어 그녀에게 서찰을 전해주고 집을 나갔다.

어느새 균이 나와 초희 옆에 나란히 서서 서찰을 보고 있었다.

"방으로 들자. 균아."

둘은 방으로 들어 서찰의 봉투를 조심스럽게 열었다.

"균아. 난 떨려서 읽을 수가 없구나. 네가 읽어 보아라."

균은 허봉이 보낸 서찰을 천천히 읽어 내렸다.

> 영마루에 선 나무는 천 겹으로 요새의 성을 둘렀고
> 강물은 동으로 흘러 바다는 아득하구나
> 집을 떠난 만 리 길은 매우 슬픈데
> 모래밭에서 병든 할미새를 걱정스럽게 보네
>
> — 기춃 매씨

잠시 멈췄던 초희의 눈물이 얼굴을 뒤덮었다. 초희는 편지를 가슴에 안고 주저앉아 엎드려 울었다. 균의 눈에서도 눈물이 솟아내려 두 줄기 강을 이뤘다. 남매의 울음소리가 방문을 넘어 시종들에게 들렸다. 어떤 종놈은 코를 훌쩍거렸으며 어떤 여종은 얼굴을 감싸고 곡창으로 뛰어갔다.

다음날 초희는 오라버니가 보낸 서찰의 대한 답찰을 시문으로 써서 보냈다.

어두운 창가에는 촛불 나직이 흔들리고
반딧불이 높은 지붕을 날아 넘는구나
고요 속에 깊은 밤은 추워가는데
나뭇잎은 쓸쓸하게 떨어져 흩날리네
귀양 가신 국경지대에서 소식도 뜸하니
오라버니 생각으로 이 시름을 풀어낼 수 없어
청련궁에 계신 오라버니 멀리서 그리워하니
텅 빈 산속 담쟁이 사이로 달빛만 밝아라

— 기奇 하곡荷谷

하늘은 음산했고 바람은 봄의 시샘으로 거친 춤을 추며 지난해 버려진 낙엽들을 이리 저리 몰고 다녔다. 저녁의 을씨년스러움이 어둠과 함께 찾아온 서소문 앞 초희 시댁. 종사관으로 중국을 다녀온 시아버지 김첨의 얼굴이 며칠째 펀치 않았다. 아침에 어두운 표정을 애써 감추며 대궐로 들었던 김첨이 더욱 굳어진 얼굴을 한 채 대문으로 들어섰다. 시종들이 줄줄이 서서 인사를 하고 시어머니가 대청마루까지 나와 대감을 맞이했다. 김첨은 아무 말도 없이 사랑채로 들어갔다. 잠시 후 성립이 귀가를 했다. 초희와 눈을 마주치자 성립은 입술에 손가락을 대며 조용히 하라는 신호를 보냈다. 성립은 아버지와 어머니께 귀가 인사도 않은 채 초희방으로 들어왔다.

"왜요? 서방님. 무슨 일이 있나요?"

"조용히 하세요. 부인. 집안 분위기가 심상치 않습니다."

"무슨?"

"아버지께서 병조판서 이이대감을 탄핵했다가 좌천되셨답니다. 지례현감인가로 가신답니다."

"대단한 이이대감이십니다. 벌써 이이대감을 탄핵했다가 몇 사람이 귀양과 좌천의 쓴 맛을 본 것입니까?"

"그래 말이요. 이제 동서붕당 정쟁에서 서인의 승리가 확실한 듯합니다. 동인의 대표였던 장인어른이 돌아가시고 튼실한 버팀목이었던 하곡 처남이 귀양을 가니 힘쓸만한 인물이 동인에는 없는 것 같습니다. 이제 내 아버지마저 좌천되어 한양을 떠나게 됐으니 동인엔 초상집이 따로 없습니다. 부인."

"서방님. 아버님이 지레현감으로 가시면 아니 될 것입니다. 방도가 없겠습니까?"

"그게 무슨 말이요? 부인."

"며칠 전 꿈에 선인仙人이 나타나 오늘을 계시하신 듯하옵니다. 깜깜한 밤 중 선인께서 저 안 마당에 나타나시어 제게 시아버지 신발을 모두 감추라고 호통을 치셨습니다. 꿈이 매우 불길하옵니다. 서방님."

"부인은 선인의 계시를 받은 예언자 같습니다. 만약 그것이 불길한 징조일지라도 어떻게 좌천의 길을 막겠습니까? 어명인 걸요."

"아니 되옵니다. 가시게 하면……."

"당치않은 말은 그만 두세요."

"어렸을 적 이이대감의 집이 저의 집 근처에 있었습니다. 오죽헌이라 명명된 집을 아버지 손을 잡고 몇 번 다녀온 기억입니다. 그분의 어머니이신 신사임당 어른의 모습이 지금도 눈에 뵐 듯 아른거립니다. 태생이 동향인데 왜 그리 싸우고 사는지 정치는 알다가도 모를 일입니다. 서방님."

"그러게 말입니다."

"이이 대감과 친정아버지를 비롯한 화담 서경덕 문하생들이 많은 동인들의 생각 차이는 오래전 일입니다. 화담의 주기설에 있어 이기불리異氣不理엔 동의하지만 태허지기太虛之氣를 궁극적 존재의 기氣로 종속하는 것에 반대한 이이대감이셨습니다. 이 대감은 태극지리太極之理를 주장하며 화담의 기氣를 위주로 하는 주기논리에 이異도 기氣에 버금간다며 반박을 하곤 했습니다. 결국 근본적인 사상의 차이가 이들을 떼어놓고 있었다 해도 틀리지 않을 듯합니다. 서방님."

"그만 하세요. 부인."

성립은 퉁명스럽게 말을 뱉어놓고 매우 불쾌하다는 듯 휭 하니 방을 나갔다. 미처 닫히지 않은 방문이 바람에 흔들거렸다. 초희가 성립을 따라 방을 나왔다.

"서방님. 죄송합니다."

성립은 똑똑해 하는 초희를 매우 싫어했다. 오늘 밤 그의 불쾌함을 초희는 감당할 수 없음이다. 안 뜰을 지나 사랑채로 건들거리며 걷는 발자국 소리에서 성립의 불편한 심사가 보였다. 초희는 계속 그를 따라갔다. 성립은 행랑채 대문을 열고 밖으로 향했다. 어둠이 지천인 골목에 이르러 초희가 성립의 옷자락을 잡았다.

"서방님. 죄송합니다. 용서해 주세요. 다시는 서방님 앞에서……."

긴 한숨을 별이 가득한 하늘에 퍼붓고 난 성립이 마지못해 길을 돌아 집으로 들어왔다. 뒤를 따라 오는 초희는 고개를 들지 못했다. 방으로 들어온 성립을 초희가 강하게 안았다.

“서방님.”

“그만 자리해 앉읍시다. 부인.”

초희는 성립의 목을 당겨 부둥켜안고 그대로 자리에 쓰러졌다. 호롱불이 꺼진 방안. 남녀의 거친 호흡소리가 한동안 창밖으로 새나갔다. 초희의 몸종이 방문 앞에 얼씬거리다 귀를 감싸 막으며 부엌으로 들어갔다. 얼마 후 다시 호롱불이 방안을 환희 밝혔다. 성립이 미처 다스리지 못한 숨소리를 진정하며 입을 열었다.

“부인. 하곡처남에 관한 이야기 하나를 전해드리리다.”

옷을 추스른 초희가 성립의 알 몸 품속에 안겨 귀를 종긋 세웠다.

“처남이 글공부와 시작詩作을 귀양지 갑산에서도 놓지 않고 있었나 봅니다. 종종 함경감사 권극지가 학문을 논하러 찾아와 후의를 베풀고 대접하며 처남을 배려했답니다. 조정 사헌부에서 이를 눈치 채고 권극지를 고발해 곤경에 빠졌다는 소문이 돌았습니다. 가끔씩 처남의 시문詩文 편지가 이곳까지 전해져 오고 있지 않습니까? 처남은 마음을 단정히 하고 좋은 시를 많이 쓰고자 하는 기회로 삼은 듯합니다.”

“다행입니다. 그 험준한 첩첩산중에서 홀로 지낼 오라버니를 생각하니 가슴이 터질 것 같았사옵니다만 권극지 대감의 배려가 있었다니 조금 마음이 놓입니다.”

성립은 피곤한 듯 눈을 감았다. 초희는 누워있는 성립을 보면서 많은 생각을 했다. 과거를 합격해야 하고 가문의 대를 이어 훌륭하게 성공해야 함을 잘 알고 있는 성립의 고뇌는 말을 하지 않아도 느낄 수 있었다.

그러나 가끔씩 흘러들어오는 소문은 마음에 거슬렸다. 접에 나가 공부는 하지 않고 첩살이를 시작했다느니, 술주정뱅이가 되어 돌아다닌다느니 등등의 말들이 귀에 들어왔지만 초희는 어느 하나 성립에게 불쾌한 표정을 지어보이지 않았다. 당연지사, 지금 그녀 옆에 딸과 함께 누워있는 성립은, 초희가 낭군으로 맞이한 엄연한 가장이며 든든한 울타리였다.

"서방님. 요즘도 학문에 정진하며 사시는 게죠?"

초희는 입안에 가득 머금은 이 말을 차마 내뱉지 못하고 성립의 숨소리를 들으며 잠이 들었다.

오라버니 봉에 대한 초희의 그리움은 시간이 갈수록 아린 가슴으로 들어와 뒤틀림으로 전율했다. 새순을 선보인 각각의 초목들이 강한 바람에 어지럽게 흔들려 제멋을 잃은 다음날. 거칠 것 없는 회오리바람이 집안으로 들어와 마구 휘젓고 있었다. 오후에 봉 오라버니가 보냈다며 전령이 서찰을 전해주고 갔다. 초희는 서찰을 들고 배롱나무 그늘 아래로 발길을 옮겼다. 바람이 손에 잡은 서찰을 휘날려 떼어낼 듯 했다. 검붉은 두루마리에 쓰인 한 편의 시문이 눈에 가득 들어왔다.

희고도 흰 이 흰 망아지야
어찌하여 빈 골짜기에 있나
진눈깨비 날려 찬 숲은 어둡고
언 물에 찬 구슬 굴러가는 소리 나네
한 번 마음껏 놀자구나
부귀는 내게 마땅한 게 아니네
명년에 봉래산에서 만나

오색구름 같은 기약 맺자구나

— 우又

초희가 시문을 다 읽을 즘 대문이 열리고 오랜만에 숙부叔父 김수가 안으로 들어섰다. 그는 시외삼촌 송응개, 그리고 오라버니 봉 등과 친구 사이였다. 두 친구가 귀양신세를 지고 있으니 마음이 편치 않았다.

"어서 오세요. 숙부님."

"질부, 그간 편안했지요?"

"네. 숙부님. 방금 봉 오라버니께서 서찰을 보내셨습니다."

"그래요? 어디 나도 봅시다."

초희는 서찰을 숙부 김수에게 전했다. 김수는 천천히 그리고 꼼꼼하게 시문을 읽으며 무엇엔가 골똘해하다 입을 열었다.

"답은 언제쯤 가게 되나요?"

"내일 아이 아버지가 전령을 구해 보낼 예정입니다만."

"제 편지 한 통을 동봉해 전해주시겠습니까?"

"네 그리하겠습니다. 숙부님."

김수는 사랑채로 급히 들었다. 하늘을 가득 덮었던 구름이 바람에 이끌려 사라지고 맑고 푸른 고운 색의 얼굴을 내보였다. 초희가 담벼락에 매달린 조롱박을 손으로 매 만지며 잠시 한가로움에 취해 있을 때였다. 숙부 김수가 한 통의 서찰을 초희에게 가지고 왔다.

"질부, 이 서찰을 하곡에게 꼭 전달해 주시지요."

시어머니 송씨가 안채 마루에 서서 이들을 바라보고 있었다. 초희는 방으로 들어와 김수가 전해 준 서찰을 읽어보았다.

조정의 시론이 변해서
천령 밖으로 쫓겨나는 신하 바쁘시네
쓰고 버리는 거야 운수에 달렸으니
사랑하고 미워하는 마음이 어찌 우리 임금께 있으랴
슬피 시 읊는 것은 굴원이 못가에 거닐 때와 같지만
누워 다스리는 것은 회양 태수와 다르네
갑산에 오래있게 되리라 듣고 보니
마음이 놀라 만 줄기 눈물 흐르네

— 수

(*주 : 회양-초나라의 중심지)

오라버니 봉이 갑산에 귀양 가 있는 동안 조정에서는 허봉과 송응개, 박근원을 풀어주라는 상소가 끊이질 않았다. 수없는 상소가 매일 편전에 가득 쌓였지만 주상은 꿈적하지 않았다. 그러던 어느 날 오라버니와 옥당 동문이며 친구인 예조판서 유성룡이 올린 상소에 주상의 생각은 조금씩 변하기 시작했다. 그리고 생각의 깊이가 돌부처 같았던 주상의 마음을 돌린 결정적인 상소는 영의정 노수신이었다. 아버지 허엽과 함께 화담 서경덕의 문하생으로 공부했던 건천동 이웃사촌 노수신의 상소에 임금도 끝내 마음을 돌이켜 깊은 경계의 글을 남기며 유배를 풀어주었다.

송응개 허봉 두 사람은 오랜 감정을 품고 거짓 꾀를 꾸며 무리를 이루어 외치고, 어진 선비를 모함하고 배척했다. 행동이 가볍고 망령된 자들이 이들을 따라서 큰소리를 내므로 그간 조정이 크게 어지러워 온 나라가 위태롭게 되었다. 그래서 멀리 내쫓아 귀양 가는 형벌을 내려 훗날 신하로 하여금 나쁜 마음으로 나라를 병들게 하는 자를 경계하고자 했었거늘 이제 영의정 노수신이 그토록 간청하

니 귀양지에서 이들을 석방하여 멀리 지방에 살게 하라

허봉이 갑산에서 임금의 교지를 받고 풀려나 한양 길에 올랐다. 하지만 임금의 명은 한양에 들어오지 말고 지방에 살라는 것이었다. 미숙 허봉은 더 이상 한양으로 들어올 수 없었다. 그는 귀향 도중 포천 근처 백운산 산중 암자에 첫 거처를 마련했다. 그곳에서 모진 추위와 호된 눈보라를 견뎌내며 삭풍에 지친 몸과 마음을 뉘일 수 있었다. 그는 겨울을 나고 다음 해 봄 개성 묘향산 수충사로 들어갔다.

안개가 자욱한 이른 아침, 초희는 아이를 안고 방을 나섰다. 걸음을 걷기 시작한 딸아이가 내려서 걷겠다며 응석을 부렸다. 날씨가 제법 스산했지만 살결에 부딪히는 바람결이 아주 고왔다. 오라버니 봉이 풀려났다는 소식을 접한 그녀가 모처럼 친정을 다녀올 요량이다. 그동안 마음고생이 그 누구보다 심했던 어머니를 어루만져드리고자 시어머니 송씨의 허락을 받아둔 터였다. 여느 때 행차와 다르지 않았다. 머슴 두 명과 시녀 한 명을 대동해 건천동으로 가는 길엔 봄꽃들이 곳곳에서 화려한 잔치를 벌이고 있었으며 제법 날렵한 제비 떼들이 논과 밭에서 연신 흙을 물어 집 지을 곳으로 나르고 있었다. 소를 앞세워 논을 일구는 농부들의 농부가農夫歌 소리가 구슬프게 들려왔다.

초희가 건천동에 도착했을 때 성 오라버니와 형부인 우성전을 포함한 인척들이 모두 와 있었다. 모두는 초희의 딸아이에 관심을 가지며 불행 중 다행인 봉 오라버니의 귀양 해지를 축하하고 있었다. 몰골이 사위어 흉측하게 변한 어머니가 힘겨운 듯 자리해 식사를 했고 죄인인양 숨죽이며 앉아있는 봉 오라버니의 부인 작은 올케가 처량하게 구석진 곳에 자리하고 있었다. 아우 균이 한양에서 치른 초시에서 장원으로 합격했다며 순간 떠들썩한 술잔이 오가기도 했다. 어머니가 숟가락을 놓으며 힘없는 목소리로 좌중을 향해 입을 열었다.

"이보게들. 우리네 삶은 우여곡절과 희비가 쌍곡선을 그으며 오르고 내리는 모습으로 살고 있다네. 오늘만 봐도 봉이 귀양에서 풀려나 좋아라했건만 한양에 들어오지 못한다고 하니 얼마나 불행 중 다행이고 다행 중 불행이 아니던가. 한편 막내 균이 초시에 합격했다하니 이 얼마나 높이 축하를 해줘야 할 일 아닌가? 돌아가신 대감이 너무나 생각나 눈물이 쏟아지려하지만 정처 없이 떠돌아야하는 둘째 봉 생각에 가슴이 아파 눈물을 삼키고 있다네. 형제자매들은 균이 더 큰 인물로 커갈 수 있게 관심을 가져야 함은 물론 방랑객이 되어버린 봉에게도 형제애를 놓아서는 아니 될 것이야. 특히 큰아들 성은 명심해 아우들을 보살펴주시게. 알았는가?"

"네 어머니. 돌아가신 아버님을 대신해 최선을 다해 보살피겠습니다. 그리고 균아. 내가 소식을 듣자하니 아우 봉이 백운산에 있다가 묘향산으로 들어갔다고 했다. 사명대사 유정과 함께 세상을 논하고 있다고 하니 잠시 그곳에 가서 작은형을 위로함이 어떠하겠느냐? 어머니와 경번의 마음도 전해주고."

"그리 하겠습니다. 큰 형님. 당장 내일 봉 형님을 찾아뵙도록 길을 떠나겠습니다."

"그리해라. 균아. 큰형 말이 맞구나. 고맙네. 아들 성."

어머니는 성을 가까이 오라하며 눈시울이 붉어진 채 손을 덥석 잡았다. 아버지 허엽의 첫 부인에서 태어난 성이지만 배다른 동생들에게 쏟는 마음은 동복同服 못지않았다. 어머니를 바라보던 초희가 덩달아 눈시울을 적시며 코를 훌쩍이자 균이 빙긋한 웃음을 지으며 입을 열었다.

"울보 경번 누이. 어머니, 경번 누이는 아직도 울보인가 봅니다. 조카가 저렇게 컸는데도 눈물만 뿌리고 사니. 누이야 이젠 그만 울어라. 어디서 그 많은 눈물이 숨어있었는지."

"여려서 그렇단다. 균아. 누이는 선계에서 온 선녀야. 초희의 태몽을 그리 꾸었단다. 아버지 또한 늘 그리 말씀하셨고."

"울보 선녀? 앞으론 울보선녀라고 부릅니다. 누이야."

균은 허튼소리를 방에 내 갈기고 공부를 한다며 방을 나갔다.

친정을 다녀온 날 초희의 밤은 비바람이 거세게 몰아치며 창을 뒤 흔들었다. 다음날 아침, 음산한 비바람은 아침 햇살과 더불어 물러가 마치 아무 일 없었다는 듯 화창하고 맑게 개었다. 균은 봉을 만나러 길을 떠났을 것이고, 비바람 거센 지난밤을 어디서 기거하며 외도를 했는지. 초희가 잠자리를 정리하며 성립이 안쓰럽다는 생각이 들었다. 성립에 대해 그녀는 늘 토라졌다가도 금새 안쓰러움으로 변했다. 서방이란 정인과 아이 아버지라는 피의 인연, 그리고 술과 외도에 따른 미움 등, 그녀는 수시로 혼란스러운 감정의 변화를 겪을 수밖에 없었다.

그녀는 창을 열어 공기를 호흡했다. 시원하고 맑은 공기가 폐부로 스며 영혼을 정갈히 보듬는 듯 기분은 상쾌했지만 너절한 육신과 허무한 영혼의 무게는 그녀 어깨를 무겁게 했다. 잠시 자신을 추스르고 부엌으로 들어 시종들을 부리며 아침상을 준비했다. 부엌에 있는 동안 무거운 이승의 이름과 며느리와 부인의 책무가 힘겨워 긴 한숨을 무쇠 솥에 뿌리고 활활 타오르는 아궁이 불빛에 촉촉이 젖은 가슴을 말려야만 했다.

오후 들자 아이 열이 심하게 올랐다. 후텁지근한 온기가 방안에 그득했다. 초희는 아이를 안고 후원으로 나왔다. 얼마간의 시간이 흐르고 아이가 열이 떨어진 얼굴로 방긋 웃었다. 그녀는 하루해의 마지막을 뒤뜰에서 전송하고 방으로 들어왔다. 어둠은 곧 집안을 삼켰고 행랑채와 사랑채에 호롱불이 켜졌다. 딸아이 이마에 미열이 오르락내리락 변화가 심했다. 찬물에 적신 수건으로 아이의 열을 지우려 애를 먹었다. 노심초사 불길한 생각이 그녀 곁을 떠나지 않았다. 얼마 후 아이는 잠이 들었다. 초희는 인기척도 없이 방문을 열고 들어올지 모를 남편 성립을 생각했다. 머리를 매만지고 물수건으로 얼굴을 닦아냈다. 속곳을 갈아입은 뒤 검은 천에 싸서 방 밖으로 내놓았다.

그리움이었다. 사고의 차이로 늘 불편했던 시어머니를 배제하고라도 남편과 다정한 말을 주고받으며 위로받고 싶었다. 하지만 성립은 오늘도 집에 들어올 것이란 기약이 없다. 종종 술 취해 들어와 사랑한다고 초희를 안아주었던 기억이 가물거릴 무렵이면 여지없이 외박을 하곤 하던 그였다. 밤은 쓸쓸한 여인의 마음을 깊게 품으며 밤은 깊어갔다. 눈감아 보인 암흑 속에 스승의 얼굴이 가득했다. 한 번도 가보지 않은 원주 손곡 이달의 집을 상상했다. 그리움에 몸서리쳐질 시간 그녀는 몸을 뒤척이며 잠이 들었다.

비몽사몽, 햇살이 따사로운 경포 솔숲을 이달과 둘이 걸어 다니는 꿈을 꿨다. 음침한 곳에 이르러 이달의 입술이 황홀하게 그녀 입술에 닿을 즘 꿈은 깨지고 말았다. 행복해하는 몸뚱이를 뒤척이자 창으로 스며든 여명이 보였다. 초희의 하루가 또 열리며 그녀를 부엌으로 이끌었다. 대청마루에 서 있던 시어머니 송씨가 잔뜩 찌푸린 얼굴로 초희를 보았다.

"이것아. 아직도 서책을 치우지 않고 있다고? 네가 이기나 내가 이기나 두고 보자."

바람이 차갑긴 하지만 아직은 견딜만했다. 송씨가 내뱉는 면도날 같은 목소리에 집안은 순간 폭풍한설 찬바람이 불었다. 초희는 대꾸하지 않고 부엌으로 들어갔다. 시종들의 웃음이 사라지고 무거운 침묵만이 부엌에 가득했다.

지루하게 느껴지던 오후가 지나자 기운을 잃은 햇살이 인왕산에 걸려 고개를 갸우뚱한다. 그녀는 대문을 나왔다. 골목을 잠시 벗어나자 꽃들이 지천이었다. 제멋대로 피어있는 들꽃들을 하나씩 꺾어 손에 넣고 도둑놈처럼 살금살금 방으로 들어왔다. 청실홍실을 손에 잡은 그녀가 꽃들을 세심하게 엮어갔다. 초희는 묶여진 꽃다발을 머리에 얹었다. 선녀였다. 또 다른 밤 속으로 그녀는 묻혀갔다. 아침에 시어머니로부터 책을 치우라는 호통을 들었던 기억이 호롱불에 비춰져 또 서글픔이 밀려왔다. 초희는 장롱 문을 열었다. 시문을 써 넣어둔 수백의 화선지들이 장롱 안에서 초희를 바라보며 웃었다. 그녀는 화관을 벗어놓고 우물터로 가서 손을 씻고 정성을 다한 물 한 사발을 떠 방으로 돌아왔다. 책상 한 귀퉁이에 사발을 놓고 밥그릇에 모래를 채워 만든 향로에 향을 꽂아 피웠다. 그녀는 다시 화관을 머리에 얹고 거울을 보았다. 언젠가 꿈속 선계에서 본 선녀와 너무 닮아 있었다. 벼루에 먹을 갈았다. 짙은 묵향과 꽃향이 잘도 어울렸다. 두 손을 모아 정수리에 올리고 치성을 드리는 듯 중얼거린 뒤 붓을 잡았다.

꽃다운 나무는 물이 올라 푸르고
궁궁이 싹도 어느새 가지런히 돋았지만
봄날이라 모두들 꽃피고 아름다운데
나만 홀로 슬픔에 젖는 구나
벽에는 오악도 걸어놓고

머리맡에는 참동계를 펼쳐놓으니
혹여 마음이 다하여 꿈이 이루어지는 날
돌아가 순임금을 뵈오리라

— 견흥遣興

봄이 되어 부쩍 잔병치레를 하는 딸아이가 걱정이었다. 딸의 갓난아기 시절, 초희는 마음이 상하면 여지없이 온몸이 쑤시고 힘이 없어 누워 있어야만 했다. 그때마다 아기에게 먹일 모유에 이상을 느껴 젖먹이기를 중단하곤 했던 아픔이 초희에게 죄책감으로 돌아왔다. 어린 것이 무슨 죄가 있었냐고 스스로를 자책했다. 아이를 보듬고 울며 밤을 새운 지나간 시간들이 돌이켜져 마음이 아팠다.

초저녁, 삼 일 동안 얼굴을 볼 수 없었던 성립이 만취해 돌아왔다. 성립은 대문 안으로 들어오자마자 부인에게 미안하다는 말을 연속으로 내뱉으며 방으로 들어가 곧바로 잠이 들었다. 아들이 후줄근한 얼굴을 한 채 귀가하는 모습을 바라보던 시어머니 송씨가 깊은 한숨을 내쉬며 방문 앞에 다가와 고래고래 소리를 질렀다.

"여자가 너무 똑똑하면 남자를 잡아먹는다고 수없이 내가 했지 않았느냐? 이것아. 앞으로 어찌 할 것이야? 내 아들 성립이 너 때문에 방황하고 있다는 것을 진정 모른단 말이냐?"

수없이 듣던 목소리였다. 성립의 모자람을 초희 탓으로 돌리곤 했다. 시어머니를 바라보는 초희는 하루가 여삼추 같았다. 심신이 무너져 쓰러질 지경인데 아이까지 몸져눕는 날이 많아 초희의 걱정은 심화되었다.

어둠이 짙어져 집안이 조용해졌다. 행랑채를 지키던 머슴이 마지막으로 집안 단속을 하던 시간, 대문 밖이 시끄러웠다.

"이리 오너라. 이리 오너라."

술기운이 가득한 사내 목소리가 초희 방까지 들렸다. 초희는 고개를 갸우뚱하며 깜짝 놀란 표정으로 방을 나왔다. 성립의 친구 송도남이었다. 가깝기로는 죽마고우이며 접에 함께 다니는 문인이요, 술 친구였다.

"멍석님이 덕석님이 김성님이 있느냐?"

송도남은 문지기 머슴과 실랑이를 벌이며 대문 안으로 들어왔다.

"어서 오세요."

"부인. 그간 편안하셨습니까? 멍석님이 덕석님이 김성님이 있습니까?"

"네. 지금 취중 잠들었습니다."

"아, 이 친구 술 마시다 날 버리고 도망을 갔습니다. 아름다운 부인 곁으로 간다며 글쎄……."

"죄송합니다. 오늘은 만취해 돌아와 잠들었으니 그만 돌아가셨으면 합니다."

그때 성립이 비틀비틀 방에서 나왔다. 송도남의 비아냥거림에 성립은 아무 대꾸도 못한 채 고개를 숙이며 혀 꼬부라진 힘없는 소리를 내뱉었다.

"부인. 무슨 소리요? 내 죽마고우 도남이 왔는데 그냥 보내는 실수를 해선 안 될 일입니다. 어서 주안상을 준비해 주세요."

"그럼 그렇지. 어디 멍석님이 덕석님이 김성님이 나를 쫓아낸단 말인가? 허허허허."

초희는 여종을 시켜 주안상을 차려 사랑채로 들여보내고 아이가 잠들은 방으로 돌아왔다. 송도남이 신랑 성립의 이름을 가지고 비아냥거리는 모습이 영 마음에 걸려 편치 않았다. 초희는 사랑채 문 밖에 서서 성립을 불러냈다.

“친구분이 내 낭군 함자를 가지고 장난치는 것 듣기 싫습니다. 더 이상 하지 말라고 하든지 아니면 그대로 갚아주세요.”

“어떡해요? 부인.”

“술자리가 끝나 돌아갈 때 같은 말로 서방님을 놀려댈 것입니다. 그때.”

“그때?”

“오냐. 귀뚜남이 맨드남이 송도남이 잘 가거라. 이렇게 응수하세요.”

성립은 초희에 말에 대꾸하지 않고 웃으며 방으로 들어갔다. 두 사내는 밤이 새는 새벽까지 술을 마셨고, 새벽녘이 되어 송도남이 대문을 나가는 기척이 들렸다. 초희가 귀를 활짝 열고 두 사내의 대화를 엿들었다. 역시 송도남은 성립을 놀려댔다. 고개를 숙이며 쑥스러워하던 성립이 시간을 두지 않고 혀를 놀렸다.

“오냐. 귀뚜남이 맨드남이 송도남이도 잘 가거라.”

“자네 부인이 가르쳐준 모양일세?”

성립은 빙긋한 웃음을 대문 밖 송도남에게 보내고 대문을 닫고 들어왔다. 초희는 웃음이 터진 입을 손으로 막으며 성립을 맞이했고 두 사람은 포근히 정을 되살리며 잠자리에 누웠다.

한양을 떠난 균은 험한 산을 넘고 계곡을 지나 묘향산에 도착했다. 그는 수소문을 거듭하며 묘향산 암자를 뒤졌다. 하지만 형 봉의 흔적은 찾을 수가 없었다. 마지막으로 수충사에 들렀다. 오전 예불을 마치고 나오는 스님을 마주했다. 균이 봉의 거처를 물었다. 스님은 봉이 며칠 전 이곳을 떠나 백운산으로 갔다는 말을 전했다. 개성 묘향산에서 백운산까지는 또 며칠을 걸어야 할 머나먼 길이다. 균은 물 한 모금 목을 축인 뒤 백운산으로 발길을 옮겼다. 삼 일을 꼬박 걸었다. 드디어 백운산 깊은 산중에 균이 서 있었다. 균은 봉이 묵을 만한 백운산 암자를 찾아 이곳저곳을 뒤졌다. 깊은 계곡 숨어있는 듯 보이지 않았지만 폭포 물소리가 요란한 동네에 이르렀다. 균은 커다란 산 짐승을 잡아 등에 메고 오는 노인에게 예상되는 봉의 거처를 물었다.

"백운산에는 수십의 암자가 있습니다요. 저 계곡 능선 너머 암자에 한양에서 오신 지체 높은 나리가 계신다는 소문을 들어씁죠. 그리 가보세요. 나리."

균은 농부가 일러준 계곡을 따라 한동안 올랐다. 울창한 잣나무가 숲을 이룬 계곡 주변에 다람쥐와 청솔모가 나무들을 뛰어넘으며 장난을 쳤다. 바위가 위엄스레 군상을 이룬 고개를 넘어서자 멀리 암자가 보였다. 오후 늦은 시간, 곧 해가 지려고 산마루에 앉아 힘없는 빛을 발하고, 암자에선 저녁 공양 짓는 연기가 피어올라 산등성 너머로 흘러갔다. 균이 암자 일주문에 다다랐을 무렵, 봉은 대웅전 뜰에 서서 멀리 서쪽 한양을 향해 절을 올리고 있었다.

"형님."

"이게 누구냐? 균 아니더냐."

봉은 암자 입구에 서 있는 균을 보고 반가움에 어쩔 줄 몰라 했다. 그는 돌계단을 뛰어내려와 균을 얼싸안았다.

"형님. 고생이 많았습니다."

"아니다. 고생은 무슨 고생. 이 기회에 세상 구경 한 번 잘했구나. 그래 어머님은?"

"강령하십시다. 오직 작은형님 건강하기만 기원 드리고 있습니다."

"어서 안으로 들자. 세상 누구를 만나도 내 피붙이만 하겠느냐?"

형제는 암자 맨 뒤편에 자리한 작은 방으로 들어갔다. 시문을 즐기며 술과 함께 살아가는 잡객이 된 봉은 많이 수척해있었다. 귀양에서 풀려나 영어의 몸은 자유로워졌지만 사랑하는 가족이 있고 친구가 있는 한양으로 갈 수 없음을 몹시도 안타까워하며 술로 날을 밝히고 술로 날을 저물려 보내고 있었다.

"형님. 조금 전 대웅전 앞에서 큰절을 하셨습니다. 무슨 의미죠?"

"첫 번째 절은 나라의 주인이며 백성의 어버이이신 임금께 아침저녁으로 안부를 묻는 절을 한 것이고 두 번째 절은 어머니께 올리는 절이었단다. 다 내 마음이 편하고자 하는 것이지만 진정 국가의 녹을 먹었던 자의 도리며 나를 낳아주신 부모님께 올리는 효의 한 부분이니라."

"그렇군요. 형님. 큰형님 성과 경번누이가 안부 전하라고 했습니다. 물론 어머니는 더 말할 나위 없고요."

"그래 고맙다. 균아. 배고프지? 우리 공양간으로 가서 저녁 공양이나 들자구나."

균은 한동안 그곳에 머물며 작은 형 허봉의 높은 지식과 깊은 시문을 공부했다. 작은 형의 외로움을 함께 나누며 시간을 보냈고 종종 찾아오는 봉의 기라성 같은 친구들을 사귈 수 있었다.

봉은 균을 보면서 가족에 대한 향수가 더해져 우울해하는 날이 많았다. 술을 마셔야 잠을 이뤘고 입에 곡물이 들어갔다. 마음을 비웠다고 하지만 혈육에 대한 그리움은 숨길 수 없었다. 부인과의 생이별 또한 견디기 힘든 하루해였다.

며칠이 흐른 어느 날, 균이 주지스님과 오래도록 대화를 나누고 선방으로 돌아와 보니 술이 거나하게 취한 봉이 무엇인가 열심히 읽고 있었다.

"균아. 이 글을 한 번 읽어보렴."

균은 봉이 내민 서찰을 받아 글을 읽어 내리며 콧등이 시큰해져 손으로 코를 매만졌다.

> 금강산 높은 봉우리에 감돌던 구름이 연꽃에 스며들 즈음
> 벼랑 끝에 선 붉은 나무는 진한 이슬을 머금고
> 판각에 남아있는 불경을 읽으며 선정에 들어 계셨다
> 법당에서 재계를 마친 백학이 소나무 위로 돌아가니
> 낡은 벽에 얽힌 담쟁이 사이로 혼귀가 나올 것만 같은데
> 안개 가득한 가을 못가에는 촉룡이 누워있었다
> 부처님의 가르침으로 밤이 되면 석탑에 불을 밝히듯
> 어둠이 지나면 동쪽 숲 속에도 종소리가 울려 퍼지리라
>
> — 차중씨 견성암 운

"지금 전령이 건네고 간 경번의 시문이니라."

"방금이요?"

"누이동생 경번이 이렇게 못난 오라비를 생각할 줄이야. 후 후후후."

"경번 누이는 선녀입니다. 형님."

"역사를 이슬처럼 비워내고 사회적 모순을 가을 연못으로 풀어내 나를 안정시키고 있구나."

"맞습니다. 형님."

"경번의 혼인 생활은 어떠하더냐?"

"조카도 잘 크고 있긴 합니다만 시어머니와 갈등이 심한 듯합니다."

"그럴 것이다. 유교적 성향이 워낙 강한 집안이고 특히 내 친구이자 사돈인 송응개 집안이 워낙 고지식해서 말이다. 아버지와 나를 통해 도

가적 성향을 많이 받은 경번이 견디기가 쉽지 않아 보여 늘 걱정이었다."

봉은 며칠 동안 술을 자제하며 경번 초희의 행복과 건강을 위해 기도에 전념했다. 밤낮으로 대웅전에 들어 부처님을 접하고 백팔 번의 절을 올리며 동생의 안녕을 기도했다. 가끔씩 동생 균이 봉을 따라 대웅전에 들었으며 며칠에 한 번 주지스님의 목탁소리를 들으며 기도를 올렸다.

안개가 구름처럼 펼쳐져 한 폭의 그림으로 다가온 아침이었다. 얼마 전 한양으로 돌아갔던 전령이 암자를 다시 찾았다.

"나리. 한양 서소문 대감댁 작은 마님이 서찰을 주셨사옵니다."

"수고했다. 어서 이리 주렴."

> 만일 붉은 구름이 침범한다면 우리는 구멍이 뚫린
> 　　말발굽으로 돌 비탈길을 오르는 형국이며
> 전력을 다하여 언덕을 오를 즘
> 　　위에는 하늘(명나라)이 있어
> 가을이 저물 무렵 큰 골짝기에서
> 　　어룡이 서로 맞부딪힐 것이니
> 비 개인 뒤 폭포 위에는 곱게 쌍무지개가 뜰 것입니다
> 장군은 북과 호각을 울려 변방의 위급을 알리지만
> 나라님의 치우침이 한스러워 가슴은 비파를 뜯는 듯하여
> 해가 기울면 임금을 위한 출새곡을 부르니
> 연꽃과 연밥이 이어져 자라듯
> 칼집 속에 든 검의 날카로움은 숨길 수 없을 것입니다
>
> — 차 중씨 고원망고대 운

"녀석. 마치 경번이 예언자인 듯하구나. 시절이 하 수선하니 그 누가 국운의 앞날을 알 것인가? 아니 그러더냐? 균아."

"네 형님. 누이는 천이통天耳通, 천안통天眼通을 가졌는지 모릅니다. 이곳을 와 보지 않고도 상상할 수 있는 투시력, 예지력을 가졌다는 생각을 방금 하게 됩니다. 상상 속 선계를 그린 시詩 광한전 백옥루 상량문을 그냥 쓴 것이 아닙니다."

"경번의 시를 읽고 전쟁이 날 것 같은 예감으로 소름이 오싹 돋는구나."

"얼마 전 누이를 봤습니다. 그 때 누이가 말하기를 임진년이 오면 남쪽 바다의 기가 거세어 화운이 닥치거나 국운에 재앙이 덮쳐 난이 날지 모른다고 했습니다. 누이의 시문을 읽으니 그 말이 떠오릅니다."

"임진년? 임진년이라."

형제는 술잔을 기울이며 초희의 시문을 읊조리다 대웅전으로 들어갔다.

한양에서 먼 길 달려왔던 친구가 하룻밤 우정을 나누며 봉을 위로해 주고 돌아간 저녁. 구슬픈 소쩍새 소리가 암자 가까이 들렸다 여느 날과 다르지 않게 봉은 술기운이 가득했다. 일주문을 뒤로하고 봉이 쓸쓸히 돌아왔다. 봉은 선방에서 글 읽기에 몰두해 있는 균을 찾았다. 봉은 방문을 열고 들어오자마자 균에게 묘향산에 가자고 했다.

"묘향산에는 어인일로요?"

"그곳 수충사에 유명하신 유정 사명대사가 계시지 않겠니. 너를 그분에게 소개하고 나도 오랜만에 유정스님과 문우로서 정을 나누고 싶어서니라."

다음날 균은 형 봉을 따라 길을 나섰다. 험하기 이를 데 없는 묘향산 가는 길은 악전고투였다. 날이 저물면 봉은 당연하다는 듯 술을 찾았고 길가 주막에서 발품을 쉬며 술에 취해 잠들곤 했다. 지나가는 사람들이 누추한 행색을 한 봉을 보면서 손가락질을 했으며 균은 이들을 쫓아내려 연신 목소리를 높여 야단을 쳤다. 발이 부르트고 물집이 잡혀 걷기가 힘든 고행의 나날을 보내고 그들은 어둠이 산하를 검게 물들인 늦은 밤 개성에 도착했다.

형제는 개성 근처 묘향산 수충사에 들어왔지만 너무 늦은 탓에 유정을 만날 수 없었다. 그들은 방에 들어와 숨을 고르며 쉬었다.

"균아! 너는 유정 사명대사를 얼마나 알고 있는 게냐?"

"잘은 모르겠습니다만 휴정의 제자로서 학문이 높은 스님이라 들었습니다."

"그래 바로 보았느니라. 내일 만나면 쉽게 알 수 있겠지만 그 분은 나보다 일곱 살이 많은 갑진년 생이시지. 경상도 밀양 출생으로 어려서부터 유학을 공부했단다."

"스님이 유학을 요?"

"그래. 그분은 김천 직지사에서 출가하여 승과에 합격한 분으로 학문의 깊이가 예사롭지 않은 분이란다. 지금 조선을 움직이는 선비들 모두와 교류하며 선종의 수사찰인 봉은사 주지로 천거될 만큼 능력을 인정받고 있다."

"그런 분이 왜 이 험한 산속에서……."

"스님은 모든 영리를 떨쳐버리려 봉은사 주지를 마다하고 이곳 수충사 휴정 대스님의 휘하로 들어와 수행에만 전념하고 있는 학승이니라. 내일 너를 소개할 것이니 그분을 뵙는데 경박하거나 소홀함이 있어서는 아니 될 것이야."

"잘 알겠습니다. 형님."

균은 수충사에 여러 날 머물며 유정의 가르침을 받았다. 그는 부처님의 폭넓은 가르침에 깊게 빠져들며 숭고한 삶의 깊이와 시야를 키워나갔다.

수충사에서 균과 밀접하게 생활을 했던 유정은 균의 통통 튀는 행동거지를 보며 종종 불안감을 지울 수 없었다. 머리는 뛰어났으나 경박한 행동과 성품을 보다 못해 나무라며 글을 지어 균에게 주었다.

남의 잘 잘못을 말하지 말게나
이로움은 없고 재앙만 온다네
만약 병마개로 막듯 입을 지킨다면
이것이 몸을 편안케 하는 으뜸이니라

— 증 허생

한 달여를 머물던 허균은 묘향산 수충사를 나와 백운산 암자로 형 봉을 봉행하고 돌아왔다.

권불십년權不十年이었다. 동서로 나뉘어 불꽃 튀게 싸우던 정쟁의 회오리는 서인 쪽으로 넘어가는 듯했다. 하지만 동인의 태수 허엽이 죽고 송응개 박근원 허봉 등이 귀양길에 휘말리면서 좌절해 쓰러질 듯 비틀거리던 동인 세력이 점차 세력을 재편하고 힘을 비축하고 있었다.

서인들은 안정희구세력으로 불변의 정치를 펴며 권력에 안주했다. 하지만 주상에게 개혁을 외치며 다가선 동인들은 주상의 홍심紅心을 얻었고 어느 듯 사헌부 사간원 홍문관 등 삼사를 접수하였다. 감찰행정과 관원의 자격심사를 하며 인사권을 쥔 사헌부와 국왕에게 신료 탄핵과 정치인사 등을 제청할 수 있는 사간원, 그리고 궁중의 서적과 문한을 관장하고 국왕의 학문, 정치적 자문에 응하며 학술적 임무를 띠고 옳고 그름을 고하는 홍문관 등, 삼사의 힘은 삼정승 육조판서에 비할 바가 아닐 만큼 막강했다.

동서로 나뉜 파벌 분쟁의 회오리 속에서도 중심에 서려했던 이이. 십만 양병설을 제기하며 왜와 오랑캐 침략에 대비하고자 했던 이이의 노력도 결국 통신사로 왜국을 다녀온 동서 양 진영의 정쟁과 김성일 허성 등의 불협 불화로 꿈을 이룰 수 없었다. 같은 동인 출신이지만 동서 양당의 미묘한 갈등으로 김성일은 침략 가능성이 있음에도 서인들의 당명을 따르며 침략가능성이 없다고 했고, 이에 굴하지 않고 허성은 침략해 올 것이라 직고하는 사건이 벌어지는 과정에서 이이의 십만 양병설은 침잠되었다.

동호문답 만언봉사 성학집요 등을 지어 왕에게 건의하며 개혁하고자 했던 일들이 붕당의 파벌싸움으로 수포로 돌아가자 이이는 파주 율곡리 고향으로 스스로 낙향했던 일이 몇 해 전이다. 끈질긴 선조의 종용으로 다시 관직에 복귀했지만 동인에 의해 서인으로 지목된 이이의 활동 폭은 넓지 않았다. 호조 이조 형조 병조판서 등을 두루 임직하며 동서 분쟁의 중재자 역할을 자임하던 이이는 결국 삼사의 강력한 탄핵을 받고 물러나게 되었다. 두터운 선조의 신임을 받던 이이가 파주 율곡리 고향으로 낙향했다. 그가 한양과 율곡리를 오가며 세상과의 거리를 두고 있던 다음해, 율곡 이이는 한양 대사동 자택에서 숨을 거두었다. 수많은 관료들이 파벌 분쟁으로 귀양을 가거나 낙향하는 사건의 중심에 서 있던 이이의 죽음은 동서 분쟁의 종말을 예고했다. 동서 붕당을 끝으로 북인과 남인으로 재편되는 파벌의 중심축이 서서히 싹을 틔우고 있는 시기에 초희의 둘째 오라버니 허봉은 백운산 금강산 등을 떠돌며 회한의 나날을 보내고 있었다.

며칠을 더 머물던 균은 봉에게 이별주를 건네고 한양으로 돌아왔다.

초희는 균의 한양 입성 소식을 듣고 그를 서소문 집으로 불렀다. 오랫동안 허봉의 소식을 몰라 궁금하던 초희는 균에게서 오라버니의 생활을 접하게 되었고 만연의 희색이 얼굴에 돌아 며칠 깊은 잠을 이룰 수 있었다.

제8부

벽도화는 꺾어지고

태평광기는 그녀의 악몽 같은 현실에서 잠시 일탈하는 시간이기도 했다.
초희는 장롱 속 깊이 숨어있던 책을 꺼냈다. 제각각 흩어져 있는
초희의 시문詩文들이 장롱 속에서 그녀에게 미소를 보내고 있었다.
한동안 책 속 선계仙界에 빠져 있던 초희가 몸을 일으켰다.
그녀는 화관을 머리에 얹고 두 손을 모아 이마에 올리고
손끝이 하늘을 향하게 한 뒤 눈을 감았다.

후원은 아늑했다. 아장거리는 딸아이의 손을 잡고 걸었다. 현실에 비추어 분에 넘치는 호사였다. 가슴 한 쪽에서 복받치는 설움이 솟았지만 아이의 눈매를 보면 희망이 솟아 웃을 수 있었다. 감미로운 바람이 모녀가 잡은 손을 스치며 지나갔다. 모정일까. 사랑일까. 걸음을 멈춘 초희가 딸아이를 와락 안으며 중얼거렸다.

"내 딸. 내 핏줄."

"어머니."

아직 발음이 서툰 아이가 어머니를 부르며 고사리 손으로 그녀 입술을 매만졌다.

초희는 아이를 더욱 세게 안았다. 가슴이 뜨거워졌다. 격해지려던 감정이 시나브로 가라앉으며 울퉁불퉁하던 마음이 편하게 자리했다. 찬찬히 아이를 보자 뜨겁게 쏟아내던 성립의 숨소리가 달콤하게 들리는 듯 했다. 이젠 숙명이 된 부부의 인연을 따라 지난날을 회상했다. 혼인은 아름다운 꿈을 현실로 만드는 과정이었다. 하지만 그녀의 혼인생활은 거친 바람을 안고 싸우는 드높은 파도에 불과했다. 동해바다에 불어닥친 거친 풍랑은 높은 너울을 만들었고 초희는 곡예처럼 다가오는 끊임없는 파도위에 앉아 멀미에 시달려야했다.

유년시절 임영 초당에서 아버지의 손을 잡고 걷던 바닷가 생각이 났다. 자상하게 일러주시던 경포의 아름다운 풍경들이 아버지 얼굴과 빗대어 스쳐갔다. 달과 별을 따라 어두운 솔숲 길을 아장아장 걷던 밤. 초희는 그들과 다시 만날 것을 약조했었다. 조금만 험한 길이 나타나면 몸종 달래는 늘 초희를 업어주곤 했다. 오죽 잎사귀에서 들리던 바람소리가 싱그러웠다. 파도가 넘실대던 모래사장에 누워 드높은 창공에 떠다니는 구름을 바라보며 하늘을 동경한 아릿한 기억이, 딸아이 손을 잡고 다시 떠오를 줄 몰랐다. 유년의 풍성했던 생각들과 자유가 스승 이달을 만나고 다시금 부풀어 올라 행복했었다. 초희는 스승 이달을 생각하며 긴 한숨을 뒤뜰에 남기고 아이를 보듬어 안았다.

"아가야. 들어가자."

"네. 어머니."

초희는 어둠이 깃든 후원을 뒤로 하고 방으로 돌아왔다.

밤새 열이 올라 사색이 되었던 아이가 아침 무렵 안정을 찾았다. 성립의 무관심과 시어머니 송씨가 칠거지악과 삼종지도를 외치는 사이 초희는 딸아이 하나에 정을 붙이며 살 수밖에 없었다. 송씨의 유교적 틀은 규중 여인 초희에게 감당할 수 없는 고통으로 다가왔으며, 그녀의 업業은 원한으로 남아 종종 숨이 차오르고 심장의 박동이 불규칙하게 떨리며 어지러웠다.

밤부터 새벽녘까지 해열제를 입에 넣어주고 찬 수건을 연신 이마에 들이대며 아이와 함께 하얗게 밤을 밝힌 아침, 아이는 고른 숨을 쉬며 잠이 들었다. 옆에 함께하며 초희의 수고로움을 눈으로만 지켜봐줘도 평안이 그녀를 보듬을 수 있었는데, 남편 성립은 아침 방에 없었다. 초희가 아이 때문에 밤새운 것을 아는지 모르는지 시어머니는 아침 밥상을 준비하는 부엌에 며느리가 없다며 불같이 언성을 높이고 초희를 불러냈다.

"이것아. 해가 중천에 떠오는데 웬 늦잠이야? 서방도 없는 방에서 무슨 잠을 그리 많이 자느냐고? 게으른 것, 그러니 서방이 아녀자를 버렸지."

송씨는 독설을 퍼부으며 부엌을 빠져나가 대청마루에 정승처럼 서 있었다. 초희는 뒤늦게 부엌으로 들어갔다. 게슴츠레 실눈을 뜨고 송씨의 뒷모습을 바라보던 초희가 긴 한숨을 부엌 천장에 내뱉으며 밥상을 사랑채와 안채로 들여보내고 방으로 들어왔다. 잠시 잠이 들었던 딸아이가 몸을 뒤척이며 끙끙거린다. 이마에 손을 얹었다. 다시 열이 올라 뜨겁다 못해 따가웠다. 초희는 혼자 감당할 수 없다는 것을 깨달았다. 초희가 방을 나와 송씨가 식사를 하고 있는 안채 방으로 들어갔다.

"웬일이냐?"

못마땅한 표정으로 초희를 바라보던 시어머니가 무뚝뚝하게 입을 열었다.

"어머니. 아이가 많이 아파서요."

"그래 내가 무엇을 해야 하는데? 네 새끼니 네가 추슬러 봐. 아들의 방황을 지켜보기도 힘든 시어미야."

송씨는 날카롭게 초희를 쏘아붙이고 입을 다물었다. 송씨는 밥과 반찬으로 젓가락을 돌리며 긴 한숨을 천장으로 뿜었다. 초희는 시어머니의 독설이 이명처럼 들리는 귀를 막으며 방을 나왔다. 망연자실, 그녀가 대청마루에 잠시 서 있는 동안 아이의 울음소리가 슬피 들렸다. 초희는 급한 걸음을 재촉하며 아이 방으로 들었다. 까무러칠 듯 목 놓아 울고 있는 아이의 얼굴색이 파랗게 질려있었다. 초희가 다시

찬 물수건을 아이 이마에 대며 희미해진 동공을 보았다. 안타까운 마음에 절로 한숨이 돋아 얇은 입술을 타고 흘러나왔다.

얼마동안 아이의 열과 씨름을 했던가. 눈물이 앞을 가려 아이가 보이질 않았다. 아이가 잠들었다. 협잡한 마음이 흔들려 견딜 수가 없었다. 성립이 접에 나가 여인과 술을 가까이하며 자신과 아이를 돌보지 않는다는 횡횡한 소문이 돌고 돌아 초희의 귀에 걸리는 시간, 그녀는 바람처럼 흔연히 후원을 돌아다니다 돌아왔다. 음습한 육신을 흥겹게 즐기며 사내의 욕정을 채워가던 성립의 달뜬 얼굴이 떠올랐다. 사랑과 기쁨으로 기꺼이 치마를 벗어내던 알몸이 더 이상 사랑할 수 없다며 움츠러들었다. 방안 가득 널브러졌던 속곳들의 비웃는 소리가 들리는 듯했다. 절대 절명의 열병으로 고통스럽게 한 시간 한 시간을 넘기는 딸아이를 홀로 감당해야 하는 요즘 성립은 그녀에게 악귀였다.

초희는 시어머니 송씨의 눈길을 피해 장롱 속 깊이 감춘 태평광기를 꺼냈다. 선인들의 세계가 책 속 가득 펼쳐졌다. 마음이 평온해지며 들쑥날쑥하던 숨소리가 고르게 들렸다.

"두목지杜牧之! 두목지杜牧之!"

초희는 당唐대의 시인 두목지를 접하자 비명처럼 그 이름을 되뇌이고 헛바람을 입 밖으로 내뱉었다. 세상사에 구애받지 않고 자유를 탐미하며 살아갔던 두목지는 초희의 이상형이자 희망이었다. 관옥冠玉같은 용모에 당당한 풍채를 가졌던 두목지는 근체시近體詩 칠언절구七言絕句에 능했으며 이는 초희 시작詩作에 뼈대를 이룬 어버이 같은 작품들이었다. 초희는 지필묵을 정갈히 놓고 성립에게서 외톨아진 마음을 다스리며 입술을 가볍게 씹었다.

이 생에서 김성립을 이별하고
저 생에서 두목지를 따르고 싶다

아이 때문에 잠 못 이룬 시간이 겹이 져 온 몸이 혼곤했다. 붓을 내려놓고 아이 옆에서 그대로 잠이 들었다.

얼마를 잤을까. 잠결에 방문 열리는 소리가 들렸다. 초희가 눈을 떴을 때 시어머니 송씨가 방한 가운데 서서 모녀를 내려 보고 있었다. 초희가 깜짝 놀라 몸을 일으켰다.

"이것이 무엇이더냐?"

추상秋霜같은 송씨의 혀가 재빠르게 돌아가며 초희를 추궁했다.

"어머니 무엇을 말씀하시는지요?"

송씨는 초희가 써놓은 두 줄짜리 시문을 유심히 들여다보고 있었다.

"내가 아무리 글이 짧다하지만 이 시문의 뜻을 모를 리 없다. '성립을 이별하고 두목지를 따르고 싶다?' 망가질 때까지 망가진 모습이로구나?"

초희는 입을 닫은 채 허공만 바라봤다. 초희는 시어머니 얼굴이 보이지 않았다. 무엇에 홀린 듯 검은 눈동자만 이리저리 굴렸다.

"말을 하란 말이야? 두목지가 누군지. 혼인을 한 여인네가 또 다른 남정네를 그리워하다 못해 저승까지 가서 연정을 피워보자고? 이 방탕함을 네가 설명하란 말이야. 이것아."

송씨는 눈을 부라리며 얼굴이 벌겋게 달아올랐다. 잠시 후 송씨의 손아귀가 부르르 떨리는가 싶더니 초희 머리채를 낚아 흔들었다. 위세가 대단했다. 초희는 머리를 숙인 채 반항하지 않았다. 머리카락이 삐쭉 서고 두피가 서늘했다.

"이실직고 하란 말이야. 이실직고. 내가 전령을 띄워 시아버지에게 고할 것이고 성립이 들어오면 내가 반듯이 말할 터. 이는 곧 네가 이 집에서 쫓겨남을 말함이야. 알겠어? 이것아."

초희는 송씨가 잡은 머리채가 느슨해지는 틈을 타 손을 떨쳐냈다.

"어머니."

"그래. 뉘 집 어느 남정네인지 말을 해. 미친것아."

송씨의 목소리가 방을 쩌렁쩌렁 울렸다. 그리고 이내 그녀의 손바닥이 초희 얼굴을 강타했다. 그때 딸아이가 잠을 깨 울기 시작했다. 초희는 화끈거리는 볼을 움켜쥐고 있다가 아이를 와락 가슴에 안았다. 앙상한 딸아이의 가슴이 홑겹 이불처럼 가볍게 가슴에 와 닿았다.

"어머니. 두목지는 지금으로부터 칠백 년 전 사람으로 당나라 시인이옵니다. 지금은 선계에 살고 있어 이승 사람이 아니옵니다. 그저 제 삶의 가느다란 희망으로 선계를 그리워할 뿐 의미도 뜻도 실체도 없는 문구文句이옵니다."

야무진 입술 사이로 내뱉는 다부진 말투였다.

"내가 당나라 사람인지 하늘에 사는 사람인지 잘은 모른다. 하지만 네가 말한 그것이 정녕 사실이라 할지라도 그렇게 성립이와 이별하고픈 게냐?"

송씨는 분이 안 풀린 듯 씩씩거리며 말투가 심하게 떨렸다.

"죄송합니다. 어머니. 요즘 아이 때문에 너무 힘이 듭니다. 아이 아버지는 아시다시피……."

초희의 눈물이 얼굴을 타고 내려 아이의 머리로 흘러들었다.

"빌어먹을 여편네. 글 깨나 안다고, 시 깨나 지은다고 서방을 우습게 보고 이별을 논하고 있다니. 집이 망할라하니 별 년이 다 들어와 속을 끓이는 구나. 내가 네 진심을 알았으니 두고 보자. 공자님의 가르침을 제대로 공부하지 못한 어리석음이 너의 방탕한 도가적 생각과 부딪혀 얼마나 살아남을지."

"어머니."

송씨는 창 쪽에 치워져 있던 태평광기 서책을 손으로 잡아 찢을 듯 힘을 썼다. 하지만 두꺼운 책이 찢기지 않자 방구석으로 부서져라 던져 버렸다.

초희가 긴 한숨을 허공에 뿌리며 방을 나가는 송씨의 뒷모습을 바라보았다. 그녀 치맛자락에서 찬바람이 휭 하니 일었다. 품속에서 다시 잠든 아이의 얼굴을 보면서 눈을 감았다. 극악한 말투를 내뱉던 시어머니 송씨와 성립의 얼굴이 겹이 져 보였다.

얼마 후 마음의 평정을 되찾은 초희는 잠이 쏟아졌다. 하지만 잠들지 못했다. 고대 중국 순임금의 사랑이 떠올랐다. 유능하고 덕이 많은 임금이었다. 본디 여자를 사랑할 줄 아는 그의 죽음이 머릿속을 스쳤다.

순임금이 창오蒼梧에서 죽었다. 저승 언덕을 넘어 사라진 정인과의 이별에 슬퍼하던 두 왕비 아황娥皇과 여영女英이 상수에 몸을 던져 그를 따라 저승으로 갔다. 초희는 두 왕비와 순임금이 나눈 이승에서의 애틋한 금술이 현실에 비춰 큰 아픔으로 다가와 가슴에 오롯이 박혔다. 시어머니 송씨와의 불협화음을 불행이라 치부하더라도 낭군에 대한 애틋한 부부금슬을 선계의 희망으로만 남겨야함은 너무 큰 아쉬움이었다.

다음날, 급히 부른 의원이 딸아이를 진찰하고 돌아갔다. 병명을 알 수 없다고 했다. 초희는 조잡하게 지어준 약 봉지를 손에 잡고 거친 숨을 몰아쉬는 아이의 입술을 보았다. 파리한 입술에 거칠게 거스름이 돋아있었다. 종일토록 불덩이와 싸우던 아이가 어둠이 들자 다시 잠이 들었다. 딸아이의 죽음을 예언하지 않더라도 현실이 되어갈 것이란 불안감에 어쩔 줄 몰랐다. 초희는 성립을 생각했다. 딸아이의 고통이 아픔되어 아리게 가슴을 훑고 지나갔지만 성립을 보고파하는 기다림과 그리움이 겹이 져 혼돈의 시간으로 다가왔다. 선계에 먼저 갈지도 모른 딸아이를 생각했다. 안에서 불같이 일어나는 시상詩想에 초희는 미친 듯 붓을 잡고 정신없이 화선지를 메워갔다.

붉은 노을이 누각에 잠기고
땅에는 티끌조차 보이니 않는 어둠이 밀려드니
어여쁜 선녀는 그리움에 눈물을 흘리네
허공으로 달빛만 스며들고 은하수는 그림자도 없으니
추위에 겁먹은 앵무새가 이 밤을 깨우는 구나

— 유선사遊仙詞

붓을 놓자 추적추적 비가 내리기 시작했다. 꼬박 이틀 아이를 얼싸안고 씨름하던 초희가 지친 몸을 겨우 가누며 누웠다가 잠을 청했다. 빗소리가 귓바퀴에 걸려 깊게 잠들 수 없었다.

깊어진 밤. 비가 그치고 구름이 쉼 없이 어디론가 달려갔다. 구름사이로 달빛이 간간히 웃고 있었다. 별무리도 고개를 갸웃거리며 구름 사이를 오갔다. 성립이 귀가를 했다며 방으로 들어왔다. 기억이 가물거릴 만큼 오랜만이었다. 초희는 잠결에 깜짝 놀라 일어서며 성립을 맞이했다.

"서방님."

"그래요. 많이 피곤한가 보오. 부인."

"아이가 많이 아파요. 열이 심상치 않습니다."

성립은 사색이 된 아이의 얼굴과 초희를 번갈아 보았다.

"서방님. 무섭습니다. 제발 제 곁에 있어주세요. 아이가 너무 열이 심하여 액운이 닥칠까 겁이 납니다."

"무슨 엉뚱한 생각을 해요? 아이는 다 그렇게 아프며 크는 것입니다. 부인. 걱정하지 말아요. 곧 괜찮아질 겝니다."

성립은 무관심인지 대범함인지 초희의 애타는 마음을 읽지 못한 채 잠을 청하려 누웠다.

"서방님. 얼마 전부터 식욕이 떨어지고 음식을 보면 토악질이 나고, 송구하옵니다만 소첩이 아이를 가진 듯합니다."

성립이 누었던 몸을 벌떡 일으키며 초희를 보았다.

"아이요? 그것이 참말입니까? 부인?"

"네 분명 아이를 가진 듯합니다. 해서 내일 의원을 불러주실 수 없는지요? 서방님."

"잘된 일입니다. 부인. 그렇게 하리다. 내게 좋은 소식을 전해주세요. 어머니도 기뻐하실 것입니다."

성립이 어머니 송씨 이야기를 하자 초희의 가슴이 벌렁거리며 숨이 차오르기 시작했다. 온 몸이 후들거려 성립을 바로 볼 수 없었다.

"왜요? 부인. 몸이 아프세요?"

"아닙니다. 서방님. 저 물 한 잔 떠다 주시겠습니까?"

초희는 손으로 가슴을 짓누르며 숨을 헐떡였다. 성립이 방을 나가 물사발을 들고 들어왔다. 시어머니 송씨가 대청마루에 앉아 있다 이를 보고 득달같이 달려왔다.

"서방을 내치더니 그것도 모자라 물심부름을 다 시켜, 이것아?"

문 밖에서 불같이 내뱉은 송씨의 언성이 집안을 떠들썩하게 울려댔다. 멍하니 이를 듣고 있던 성립이 긴 한숨을 내뱉으며 자리에 누었다.

"이놈아. 네 여편네가 너를 버리고 두목인지 뭔지를 따라가고 싶다 하더라. 정신 차려라. 성립이 이놈아."

성립은 한밤중 집안을 들썩이게 하는 어머니의 괴성을 못들은 척 호롱불을 끄고 잠이 들었다.

지난밤은 아이의 열병이 주춤거려 잠시라도 눈을 붙였었다. 하지만 몇 번을 깨 아이의 이마를 짚어 열을 확인했던 초희는 피곤한 기색이 얼굴에 가득했다. 며느리와 아내로서 그리고 깊은 병중인 아이의 엄마로서 그녀의 아침은 하루도 쉬지 않고 휘청거렸다. 초희는 아침 밥상이 끝나기 무섭게 집을 나가는 성립을 대문에서 배웅하고 방으로 들어왔다. 밥 한 숟가락 뜰 수 없었다. 피곤에 지치고 마음의 상처가 깊어진 초희는 속마저 메스꺼워 하늘이 노래지며 빙빙 돌았다.

얼마 후 의원이 집으로 들어왔다. 시어머니가 뒤를 따라 방으로 왔다.

"무슨 일이냐? 의원은 어제 다녀가지 않았느냐?"

"큰 마님. 오늘 아침 작은 나리께서 저를 찾으셔서 들러보라고 하셨습니다."

"어머니. 둘째 아이가 생긴 듯해서요."

"그래. 듣던 중 반가운 소식이로구나. 어서 진맥 해보세요. 의원."

의원은 초희의 손목 맥을 짚고 혀 속을 들여다보았다. 그리고 아랫배를 손으로 만지며 초미의 느낌을 감지하느라 눈을 감았다 떴다 했다.

"마님. 임신이 맞습니다. 감축드리옵니다."

"그토록 내 속을 태우더니 네 몫을 제대로 하나 보다. 몸 관리 잘해 튼실한 사내하나 생산해야 하느니라."

갑자기 부드러워진 송씨 말에 초희는 콧등이 시큰해졌다. 의원은 돌아갔다. 초희의 임신 소식은 집안 식구들에게 순식간에 퍼졌다. 머슴들과 여종들의 발걸음이 가볍고 시어머니 송씨의 환한 웃음소리가 종종 초희 방까지 들려왔다. 대를 잇는다는 것이 무엇이기에, 아들이 무엇이기에 그토록 손주를 집착하는 시어머니의 남모를 고민이 쉽게 벗겨질 수 있단 말인가.

다음날 점심때가 되자 시어머니가 초희를 안방으로 들라는 전갈이 왔다. 마침 딸아이가 잠이 들었다. 그녀는 안방으로 들어갔다.

"어서 오너라. 아이는 좀 어떠하더냐?"

"밤새 그리고 아침 내내 열 때문에 칭얼거리더니 이제 잠이 들었습니다."

"이리 앉아라. 모처럼 고부간에 밥상을 마주하자구나."

초희는 부드럽게 급변한 송씨의 마음을 읽을 수가 없었다. 사고의 차이로만 여겨지던 시어머니와의 갈등이 새로운 아이의 임신으로 쉽게 바뀔 수 있는 것인지. 잠시 생각을 멈추고 숟가락을 들었다.

"어머니. 아버님은 언제 한양으로 올라오신다고 하세요?"

"글쎄다. 워낙 곧은 분이라. 이이대감이 돌아가시고 정쟁이 좀 누긋해졌으니 곧 올라오시겠지."

"고생이 많으시겠습니다. 지례현감으로 가신지 벌써 일 년이 넘었습니다."

"이번에 올라오시면 좋은 자리가 예상된다며 서찰을 보내셨더구나."

"그래야지요."

"밖에 누가 왔나보다. 누구인지 알아보고 오렴."

초희가 숟가락을 놓고 행랑채로 나갔다. 문지기 머슴이 대문을 열자 등허리에 깃발을 꽂은 사내하나가 말안장에서 내리고 있었다.

"긴급 전령이요. 어서 나와 전갈을 받으시오."

초희가 사내 앞으로 다가섰다.

"무슨 전갈이요?"

"하당 김첨 대감께서 지례현에서 졸하卒下하셨습니다."

"다시 말해 보시요. 아버님이 졸하시다니? 그게 무슨 말입니까?"

"하당 김첨 어른이 부음하셨다는 전갈입니다."

초희는 얼굴이 창백해지며 다리에 힘이 풀려 휘청거렸다. 시어머니가 방문을 열고 대청마루로 나왔다.

"왜 그러느냐? 무슨 일이냐?"

"마님. 나오셔서 통문을 받으세요. 파발입니다요."

송씨가 사랑채를 건너 행랑채 대문에 도달하자 전령은 마당에 엎드렸다.

"마님. 하당대감께서 졸하卒下하셨다는 전갈을 가지고 왔습니다."

"이게 무슨 날벼락이더냐? 영감께서 왜? 어디서?"

시어머니 송씨의 목소리가 거칠어지며 빠르게 혀가 돌아갔다.

"지례현감 임직 중에 그만."

사내는 부음소식을 전할 곳이 많다며 말위에 올라앉아 횡 하니 골목을 빠져나갔다. 집안은 술렁였으며 통곡소리가 곳곳에서 들렸다. 혼인 후 시댁식구 그 누구보다 가장 초희를 아끼고 사랑하며 세심한 관심으로 바라봐주던 시아버지였다. 평소 존경하며 따르고 싶은 마음이 넓은 분이었다. 초희는 친정아버지를 잃을 때처럼 슬퍼했다.

급히 연락을 받은 성립이 집으로 돌아왔고 숙부 김수를 비롯한 친인척들이 모여 장례를 준비했다. 초희를 사랑하는 또 한 사람이 그녀 곁을 영영 떠났다. 세월은 희비쌍곡선을 타고 시시각각 그녀의 감정을 농락했다.

시아버지 김첨의 장례절차가 마무리되었지만 슬픔은 집안 곳곳에 남아 시름이 깊어진 하루하루가 지나가고 있었다. 오랜 세월 열병에 시달리던 딸아이의 병세가 점점 더 나빠졌다. 더불어 초희의 근심 걱정은 한 치 앞을 내다볼 수 없을 만큼 예민해졌다. 잠시 아이가 잠이라도 드는 시간이면 그녀는 힘겨운 영육을 방바닥에 내려놓으며 쉬어야했다.

오후가 들자 깊이 잠든 아이의 고른 숨소리가 방안 정적 속으로 스며들었다. 삶의 고통이 그녀의 어깨를 짓누르면 누를수록 그녀는 태평광기를 읽으며 마음을 다스렸다. 초희의 두꺼운 생의 악업을 태평광기는 보듬어주었고 포근히 그녀를 안아주었다. 태평광기는 그녀의 악몽 같은 현실에서 잠시 일탈하는 시간이기도 했다. 초희는 장롱 속 깊이 숨어 있던 책을 꺼냈다. 제각각 흩어져 있는 초희의 시문詩文들이 장롱 속에서 그녀에게 미소를 보내고 있었다. 한동안 책 속 선계仙界에 빠져 있던 초희가 몸을 일으켰다. 그녀는 화관을 머리에 얹고 두 손을 모아 이마에 올리고 손끝이 하늘을 향하게 한 뒤 눈을 감았다. 사발 향로에서 피어오르는 연기가 슬금슬금 아이 옆으로 날아갔다. 아이에게 고약한 액운이 닥칠 것이란 생각이 머릿속을 휘익 지나갔다. 잠시 후 그녀는 신들린 듯 벼루에 먹을 갈고 붓을 잡았다.

> 난새를 타고 한밤중에 봉래섬에 내려와
> 한가롭게 기린 수레를 타고 신선초를 밟네
> 바닷바람이 불어 벽도화는 꺾어지고
> 옥쟁반에 안기의 대추를 가득 담았네

아홉 폭 노을치마와 가벼운 저고리의 선녀 옷 입고
학 등에 찬바람 내며 하늘 숙소로 돌아가네
요해에 달은 밝고 별과 은하수 떨어지니
옥피리 부는 소리에 상서로운 구름 날아오르네

— 보허사步虛詞

시간은 겨울을 훌쩍 뛰어넘어 봄으로 향하고 있었다. 벌써 며칠 째 미음 한 모금 삼키지 못하는 딸아이의 혈색에서 깊은 병중임을 알 수 있었다. 야위어 차마 눈뜨고 볼 수 없을 만큼 딸아이는 힘들어했다. 종종 힘없는 목소리로 어머니를 불러 그녀를 눈물짓게 하던 아이가 초희와 눈을 마주치고자 또 어머니를 불렀다. 초희는 딸아이의 힘없는 눈동자를 바라보며 머리를 쓰다듬었다. 밤이 깊어지자 아이의 고통스런 숨소리가 진정되는 듯했다. 호롱불 아래 두율시집을 펴놓고 모처럼 호사스런 글귀를 눈에 넣고 있었다. 신랑 성립의 목소리가 들리는 듯 종종 방문을 열고 밖을 힐끔 보았다. 혼인을 한 후 초희는 처절하게 혼자임을 감내했다. 아이가 심각한 병중임에도 성립은 대범했다. 새로운 아이가 임신했다는 소식을 접하고 잠시 귀가에 충실하던 성립은 사실을 돌이켜 잊은 듯했다. 엊그제도 아이의 열병이 심각하다는 것을 인지하고 집을 나갔건만 이틀 째 소식이 없었다.

밤이 깊어진 시간, 어디선가 소쩍새 소리가 슬프게 들려왔다. 한동안 잠들어있던 아이가 다시 울음을 터트리며 칭얼거렸다. 초희가 아이 이마에 손을 얹자 불덩이가 이글거렸다. 초희는 의원이 지어준 알약을 물에 으깨어 딸아이의 입에 넣었다. 하지만 아이는 약을 목으로 삼키질 못하고 토해냈다. 찬 물수건을 이마에 얹어 열을 식히려 했지만 열은 떨어지지 않았다. 간절한 마음이 다하도록 아이의 열을 잡으려고 애를 썼다.

초희는 두 손을 모아들고 하늘을 보았다.

“신이시여! 옥황이시여. 서왕모여! 도와주소서. 도와주소서.”

아이의 울음소리가 점점 작아졌다. 기가 달려 울 수 있는 힘이 사라진 듯 아이는 까불어지며 손을 떨고 있었다. 겁이 덜컥 났다. 아이의 눈을 보았다. 위로 올라간 검은 눈동자가 흰자에 가려 보이지 않았다.

“밖에 누구 있느냐?”

“네. 마님.”

“어서 안방마님을 모셔오너라. 어서.”

모두가 잠들은 깊은 밤이었다. 초희의 벼락같은 목소리에 방마다 불이 켜지고 집안은 술렁였다. 잠시 후 잠결에서 깨어난 듯 게슴츠레한 눈을 비비며 시어머니 송씨가 방으로 들어왔다.

“왜 그러느냐? 아이가 심각하더냐?”

“어머니. 아이가 까불어졌습니다. 어떡해요?”

송씨는 아이의 눈꺼풀을 뒤집어 보다말고 바짝 긴장하며 한 발 물러섰다.

“어서 의원을 들라 기별하여라. 어서 어서 빨리.”

머슴 한 놈이 대문을 급히 열고 달려가는 발자국 소리가 들렸다.

“지금 몇 시더냐?”

“자시가 넘었습니다. 어머니.”

“한밤중이로구나. 밖에 누구 있으면 어서 접接에 나가 성립이를 찾아들게 하라.”

잠시 후 의원이 급한 숨을 몰아쉬며 방으로 들어왔다. 송씨는 의원에게 눈을 부라리며 닦달하듯 재촉했다. 의원의 손아귀가 떨리고 있었으며 진맥하는 손끝이 바들거렸다.

"어떠하던가?"

"마님. 마음을 다스리셔야 할 듯합니다."

"그게 무슨 말인가?"

"아니 됩니다. 절대로 아니 됩니다. 살리세요. 아이를 살리셔야 합니다."

초희는 떨리는 목소리를 다급히 쏟아내며 더듬기까지 했다. 문 밖에서 십여 명의 시종들이 수군거리는 소리가 들렸다.

"성립이는 왜 아직 안 들어오는 게냐? 누가 갔느냐? 어서 알리어라. 아이가 위독하다고."

딸아이의 숨소리가 점점 잦아들었다. 불같이 일던 이마의 열덩이는 여전했다.

"마님. 죄송합니다. 어서 병풍을 준비하세요."

의원은 딸아이의 죽음을 기정사실화하며 방을 나갔다. 잠시 후 초희의 울음소리가 집안을 삼킬 듯 크게 들렸으며 시어머니가 병풍을 준비하라는 퉁명스러운 말을 남기고 안방으로 들어갔다. 병풍이 방으로 들어가고 시종들의 흐느끼는 소리가 깊은 밤 뜰에 가득했다.

또 다른 생명이 초희의 뱃속에서 잉태해 기뻐할 시간, 그녀의 첫 딸은 저승으로 가고 말았다. 생은 가고 오는 것이라 하지만 운명의 신은 그녀에게 기쁨만을 선사하지 않았다.

집안 모든 식구들이 침울해하며 흐느끼고 있는 새벽, 잔뜩 술 취한 성립이 머슴의 부축을 받으며 대문 안으로 들어섰다.

"정녕 내 딸아이가 죽었단 말이냐? 거짓이야. 거짓을 말해 나를 집에 돌아오게 할 작정을 한 게지."

성립은 횡설수설 꼬부라진 혀를 놀리며 딸아이의 주검이 있는 방으로 들어갔다.

"나쁜 아버지. 나쁜 아버지야. 나쁜 서방님."

딸아이의 주검을 지키고 있던 초희가 성립의 옷자락을 잡아 흔들며 통곡했다. 초희는 망연자실했으며 한편으로 분노했다. 아이가 죽기 전 그녀가 썼던 보허사 싯구절이 머리에 남아 영 마음이 개운치 않았다.

바닷바람이 불어 벽도화는 꺾어지고
옥쟁반에 안기의 대추를 가득 담았네

집안 어른들은 화장을 하자고 했다. 초희는 이를 허락할 수가 없었다. 시어머니에게 버림받던 시절 아이를 홀로 키워왔고 성립의 무관심 속에 아이를 잃었다. 안동김씨 문중으로 시집와 가진 것이라곤 딸아이 하나가 전부였었다. 그토록 사랑하며 정을 붙여 살던 딸아이였건만 끝내 시신 앞에서 홀로 통곡하며 지켜봐야 했던 숱한 시간들이 머리를 스쳤다. 그녀는 딸아이의 슬픈 흔적조차 버릴 수는 없었다. 세상에서 딸아이가 전부였던 초희는 묘를 쓰자고 강력히 건의했다. 결국 딸아이를 광주廣州 땅 선산에 작은 둥지를 틀어 곱게 잠들게 했다.

유난히 심신이 유약하던 초희는 딸아이의 죽음을 지켜보며 거식증에 걸린 듯 음식을 먹지 못했다. 신랑 성립의 보살핌이 예전과 다르게 좋아졌지만 소중한 인연의 끄나풀을 잃어 허무에 시달리는 그녀를 달래주지는 못했다. 그 와중에 뱃속 아이는 그녀의 음식 가림을 더하게 했으며 새벽 무렵이면 마치 혼령에 씌운 듯 헛소리를 해대곤 했다. 극도로 허약해진 초희를 바라보는 성립의 마음도 편치 않았다. 딸아이의 죽음 이후 성립은 외박을 하지 않았다. 아침이면 접에 나가 공부를 하고 해가 질 무렵이면 귀가를 해 그녀를 위안했다.

봄비가 추적거리며 내리던 저녁, 사랑채에서 식사를 마친 성립이 초희 방으로 들어왔다.

"부인. 힘을 내시구료. 부인 뱃속에 아이를 생각해서요."

초희는 대꾸 없이 벽에 기대어 멍한 천장만 바라보고 앉아 있었다.

"부인. 오늘 연락을 받았습니다. 장악원 직장을 지내시다 고향으로 돌아와 사천 애일당愛日堂 옆 반곡서원盤谷書院에서 투병중이시던 부인의 외삼촌 김양 어른이 돌아가셨단 전갈입니다."

초희는 대꾸하지 않았다. 어렸을 적 애일당에 들리면 안아주며 귀여워 해주던 외삼촌이었다. 하지만 그가 저승으로 떠났다는 소식을 접해도 그녀는 가슴의 상처로 자리하지 않았다. 세상의 모든 인간관계와 이에 따른 이치에 자신의 비루한 현실을 접목하고 싶지 않았다.

"부인. 내가 어머니께 허락을 받을 터이니 장모님 모시고 사천에 다녀오도록 하세요. 장례를 마친 뒤 쉽게 돌아오지 말고 푹 쉬었다 오도록 하세요. 부인의 심약해진 몸과 마음을 보양하고 오란 말입니다."

초희는 성립이 애일당에 다녀오라는 말에 잠시 귀가 열렸다. 그녀는 동공을 천장에 고정한 채 기어들어가는 작은 목소리로 입을 열었다.

"그렇게 해 주시겠습니까? 서방님."

"아무렴요. 그렇게 하세요. 부인이 태어난 고향에 다녀오면 삶의 의욕이 다시 생성되어 기를 되찾을 듯합니다."

"아무리 생각해도 허무할 따름입니다. 외삼촌의 죽음이나 딸의 죽음이나 모두 이별인데 왜 저는 딸의 죽음만을 부여잡고 이렇게 무너지는 것인가요?"

"내일 날이 새면 건천동으로 가서 어머니 모시고 임영으로 출발하세요. 내가 머슴 두셋을 붙이오리다."

다음날 초희는 건천동 친정에 들려 어머니와 균을 데리고 임영으로 출발했다.

> 사천에서 서쪽으로 십 리쯤 되는 곳에서 두 산이 만나는데 냇물이 흐르다가 그 가운데 고였다. 위에는 깊은 골짜기가 있어 여울이 그윽하고도 맑았으며 비단결처럼 고운 돌들이 깔려 위아래에서 서로 비췄다. 골짜기 안으로 들어가면 일 리도 채 못 되어 시냇가 동쪽에 벼랑이 솟아 있고 그 위에서 시냇물이 넘쳐흐르다가 폭포를 이뤘다. 물 떨어지는 소리가 천둥소리 같았고 부서지는 물방울들이 마치 부슬부슬 내리는 빗방울처럼 흩날렸다. 단풍나무 삼나무 소나무 상수리나무들이 하늘을 찌를 듯이 자라서 해를 가렸다. 그윽하고 맑은 데다 언제나 상쾌한 바람까지 불어서 세상에 뜻이 없는 선비들이 숨어살기에 알맞은 곳이었다.
>
> — 허균의 반곡서원기 중에서

반곡서원은 명소였다. 초희 일행이 도착했을 무렵 외삼촌 김양의 장례 절차가 진행되고 있었다. 선계를 연상할 만큼 아름다운 곳에서 초희는 바다를 볼 수 있었으며 솔숲을 거닐며 어릴 적 유년의 세계를 돌이킬 수 있었다. 꽃을 따라서 걷다 어둠이 들어 길을 잃고 헤매던 유년의 시간이 회억回憶되어 스쳐갔다. 별을 따라 거닐던 경포와 동해의 푸른 물결위로 떠오르는 해를 바라보며 선계로 가고팠던, 꿈을 키웠던 기억이 새록새록 묻어났다.

외삼촌의 장례가 마무리된 다음날 초희는 균을 데리고 밤바다 백사장을 한동안 돌아다녔다. 어릴 적 어머니가 들려주던 태몽이 생각났다. 저 바다 위에서 학이 던져준 도화주와 계수나무 열매를 먹었다고 했다.

"균아. 정말 선계가 있을까?"

"누이가 믿으면 있는 것이고 안 믿으면 없는 것이야. 어차피 하늘나라 이야기인데 그 진실은 누이 맘속에 있는 것 아니겠어?"

"그렇겠지? 그래. 균아."

늦은 밤 남매는 출싹이는 파도를 뒤로하고 반곡서원으로 돌아왔다. 초희는 잠든 어머니 얼굴을 보며 선계에서 연유된 자신의 태몽 생각을 하다 이내 어머니 옆에서 잠이 들었다.

얼마를 잤을까. 초희는 깊은 꿈속을 헤매다 화들짝 놀라 호롱불을 켰다. 혼령이 나간 듯 멍청하게 앉아 있던 초희가 선계를 여행하던 자신을 돌이키며 붓을 찾았다. 반곡서원의 이곳저곳 방문을 살며시 열고 닫으며 먹과 붓을 구한 초희가 글을 써내려갔다.

을유년 봄에 나는 상을 당해 외삼촌댁에 묵고 있었다. 하루는 꿈속에서 바다 가운데 있는 산에 올랐는데 산이 온통구술과 옥으로 만들어졌다. 많은 봉우리들이 겹겹이 둘렀는데, 흰 구슬과 푸른 구슬이 반짝였다. 눈이 부셔서 똑바로 바라볼 수가 없었다.

무지개 같은 구름이 그 위에 서려 오색이 영롱했다. 구슬 같은 폭포 두어 줄기가 벼랑의 바윗돌 사이로 쏟아져 내렸다. 서로 부딪히며 옥을 굴리는 소리가 났다.

그때 두 여인이 나타났다. 나이는 스물쯤 되어 보이고 얼굴도 세상에 뛰어났다. 한 사람은 붉은 옷을 입었고 한 사람은 푸른 무지개 옷을 입었다. 손에는 금빛 호로병을 들고 나막신을 신었다. 사뿐사뿐 걸어와 나에게 읍하였다.

흐르는 시냇물을 따라 올라갔더니 기이한 풀과 이상한 꽃이 여기저기 피어있었다. 무어라 표현할 수가 없었다. 난새와 학과 공작과 물총새들이 좌우로 날면서 춤을 추었다. 온갖 향내가 나무 끝에서 풍겨나 향기로웠다. 드디어 꼭대기에 올라가 보니 동쪽과 남쪽은 큰 바다와 맞닿아 온통 파랬다. 그 위로 붉은 해가 솟아오르니 해가 파도에 목욕하는 듯했다. 봉우리 위에는 큰 연못이 맑았고 연꽃 빛도 파랬다. 그 잎사귀가 커다랬는데 서리를 맞아 반쯤 시들어 있었다. 두 여인이 말했다.

"여기는 광상산廣桑山입니다. 신선계 십주十州 가운데서도 가장 아름다운 곳이지요. 그대에게 신선의 인연이 있기 때문에 감히 이곳까지 온 거랍니다. 한 번 시를 지어서 기록하지 않으시렵니까?"

사양했지만 받아들여지지 않았다. 그래서 곧 절구 한 수를 읊었다. 두 여인이 손뼉을 치며 크게 웃더니

"한 자 한 자가 모두 신선의 글입니다"라고 했다.

그때 갑자기 하늘로부터 한 떨기 붉은 구름이 떨어져 봉우리에 걸렸다. 북을 둥둥 치는 소리에 그만 꿈을 깨었는데 베게 맡에는 아직도 아지랑이 기운이 자욱했다. 이태백이 꿈속에서 천모산天姥山놀이를 읊은 시의 경지가 여기에 미쳤는지. 그래서 이에 적는다.

푸른 바닷물이 구슬 바다에 넘나들고
파란 난새가 채색 난새와 어울렸구나
연꽃 스물일곱 송이 붉게 떨어지니
달빛 서리 위에서 차갑기만 해라

— 몽유광상산시서夢遊廣桑山詩序

초희는 붓을 놓고 다시 꿈을 기억했다. 그때 균이 방으로 들어왔다.

"누이야. 아직 새벽이야. 어찌 잠을 깼을고?"

어머니 김씨가 잠을 깨 남매를 둘러봤다. 초희는 균에게 방금 쓴 글

을 보였다.

"몽유광상산시서라?"

균은 고개를 갸우뚱하며 글을 읽어 내려갔다.

"누이야. 꿈을 꿨나? 역시 우리 경번 누이는 천재적이야. 꿈속의 선계를 이렇게 표현하다니."

"부끄럽다. 균아. 놀리지 마라."

"그런데 누이야. 삼구홍타三九弘他라고 했네? 무슨 의미인고?"

"아직 모를 일이다. 세월이 흐르던 어느 날 한순간에 누군들 아니 갈소냐."

"스물일곱 송이 붉게 떨어지니 달빛서리 위에서 차갑기만 해라. 스물일곱?"

"내 나이 스물일곱을 잘 견디어야 할 듯하구나. 균아."

"무슨 말인고? 왜 스물일곱에 누이가 죽어? 말도 안 돼. 그리고 누이야. 푸른 바닷물이 구슬바다에 넘나들고 파란 난새가 채색 난새와 어울렸구나? 무슨 의미야?"

"왜나라와 접한 남쪽 바다에 음흉한 기운이 스미고 있단다. 그 절정이 내 후 년인 임진년일 것 같아. 내가 그날까지 살아 있으려나?"

균은 초희를 한동안 바라보다 고개를 가로 휘저으며 방을 나왔다.

그늘진 삶의 의식세계는 춥고 어둡다. 어둠을 일깨워 나락된 자아를 바로 서게 하는 것은 고루한 삶의 일탈을 통해 가능했을 것이다. 폐부 깊숙이 들어왔던 동해 바다의 비릿한 바람과 솔향은 초희 삶의 기력을 회복시켜주기에 충분했다. 세상을 훨훨 날고 싶었던 시간과 구속이란 틀이 힘겨워 갈등하던 자신을 잠시 잊고 돌아온 한양의 공기는 제법 신선했다. 마음 한 구석 남아있는 시어머니 송씨의 찌푸린 영상은 끝내 지울 수 없다하지만 뱃속의 또 다른 아이가 희망이 되기에 서소문이 점점 가까이 다가와도 두렵지만은 않았다.

초희가 한양으로 돌아온 지 얼마 되지 않아 균의 혼인이 있었다. 김대섭의 둘째 딸과 혼인을 치룬 균이 건천동 친정집을 떠나자 어머니 김씨는 더욱 외로움이 심했다. 이런 저런 핑계를 대며 초희가 건천동에 드나드는 기회가 많아지고 종종 성립이 처가에 와 잠을 자며 공부를 하러 다니곤 했다.

초희가 건천동 친정에 있을 때였다. 종로와 청계천 수표교를 중심으로 성립이 미쳤다는 소문이 돌았다. 혼자 미친 것이 아니라 떼거지로 미쳐 돌아다닌다는 말이 꼬리에 꼬리를 물고 초희 귀에 들어왔다. 초희는 해괴망측한 소문을 듣고 그냥 있을 수가 없었다. 어머니 김씨와 점심상을 마주했던 초희가 볼록 불러진 배를 추스르며 많이 늙어버린 유년시절의 몸종 달래와 함께 수표교로 걸어갔다. 평소와 다름없는 장사치들의 분주함이 개천을 중심으로 펼쳐졌고, 수표교 후미진 곳에 걸인들이 모여 얻어온 밥을 손가락으로 입에 쑤셔 넣으며 웃고 있었다. 차가운 물에 들어앉아 알몸을 씻어내는 사내들의 낯 뜨거운 풍경이 눈에 들어오기도 했으며 젖가슴이 훤히 드러나도록 옷매무새가 흐트러진 아낙들이 저잣거리를 활보했다.

"달래야. 서방님의 괴상한 행동이 어디쯤에서 일어난다고 했더냐?"

"수표교 근처라고 했습니다. 오후에 한 차례 소동이 일고 밤이 어두워지면 또 나타나 종로 일대까지 돌아다니며 거리를 휘젓고 다닌다 했습니다."

"이런 생각만 해도 민망하구나. 서방님이. 우리 여기 앉아 잠시 기다려 보자꾸나."

초희는 몸이 힘든 듯 수표교가 잘 내려다보이는 언덕 위 바위에 앉았다. 부자들과 가난뱅이들, 그리고 지체 높은 양반과 천민들이 수표교를 수없이 왔다 갔다 했다. 초희는 인간 평등과 진정한 자유의 발현이 무엇인지 골몰하며 사람들을 보았다. 아버지 살아생전 일러주시던 인간 평등의 원칙을 도가적 사고로 받아들였던 초희에게 현실은 답을 내줄 수 없었지만 이 화두는 그녀 삶의 작은 갈등으로 영원할 수밖에 없었다.

얼마의 시간이 흘렀다. 사물놀이패가 지축을 흔드는 굉음을 내며 수표교로 다가왔다. 초희는 눈을 크게 뜨며 자리에서 일어나 그들을 보았다. 놀이패가 지나가고 곧바로 사내들이 내지르는 괴성이 들려왔다. 초희와 달래는 한 걸음 한 걸음 아래로 내려갔다.

"아씨. 저기 보세요?"

초희는 달래가 손짓으로 가리키는 곳을 보고 아연실색 앞이 깜깜했다. 그곳에는 검은 숱을 얼굴에 바르고 울긋불긋 괴상하게 분장을 한 성립이 수십여 명의 군상들 속에 섞여 괴성을 내지르며 춤을 추고 있었다.

"맞다. 맞아. 내 낭군이 맞아. 이를 어쩔꼬. 어째. 그래 무슨 소리로 떠드는 것이냐?"

"잘 모르겠습니다. 너무 시끄러워서."

"미치광이가 따로 없구나. 괴물이 따로 없어. 웃고 울고 요상한 춤까지."

"도깨비춤 같기도 하고요, 무당춤 같기도 합니다요."

"잘 들어보자. 뭐라 하는지?"

에라 놀아보세. 젊어 노세. 늙어지면 못 노나니.
어화 등등이라네……
내년이면 온 나라가 싸움판이 된다네.
먹고 나 보세……
아니 먹고 어이 하리
어화 등등이라네……

"달래야. 어찌해야 옳으냐? 내 서방님이 저곳에 계시지 않느냐?"

"분장을 해 얼굴을 가렸지만 모두 선비들 같습니다요. 아씨."

"자세히 보니 내가 아는 얼굴도 많구나. 영의정 이산해의 아드님이신 이경전, 우의정 정언신의 아드님 정협과 정효성, 백진민, 유극진, 김두남 등이 서방님과 함께 수참을 하고 있구나."

"보기가 민망합니다요."

"그렇구나. 예전에 큰오라버니 성이 왜국에 통신사 서장관으로 다녀온 뒤 서방님과 자리를 함께 한 적이 있었다. 그때 성 오라버니는 왜국이 침략해 올 준비가 되었다고 조정에 직고했었는데 김성일이라는 사람이 반대의 의견을 보고해 현자와 간자의 다른 생각을 한탄했었다. 사람들이 큰 난이 도래할 것이라며 불안해하는 동안 퇴폐적 허무주의가 일어나 민심을 흔들고 있는 듯하구나. 나라가 망할 징조야. 전쟁이 날 징조."

"어떡해요? 아씨. 이를 바로 잡아 줄 대감님도 돌아가시고."

"이제 생각이 났다. 저 사람들이 부르는 곡을 등등곡登登曲이라 한다고 했었다."

"등등곡이요? 그런데 어디로 간 것이지요? 모두 사라졌습니다."

초희와 달래는 점점 멀어지는 패거리들의 괴성을 뒤로하며 집으로 돌아왔다.

건천동 친정집에 어둠이 들었다. 초라한 호롱불을 마주하며 어머니와 마주앉은 초희가 배를 쓰다듬고 있었다.

"배가 많이 불렀구나. 언제냐? 산달이."

"두 달 뒤입니다. 어머니."

"이번엔 아들을 낳아야할 텐데."

"그게 맘대로 되나요? 시어머니께서 손자를 많이 기다리시는 것 같았습니다."

"그럴게다. 종손을 기다리는 종갓집 어머니의 마음은 뉘 집이나 매한가지일 것이다."

초희가 자리에서 일어났다.

"왜 어미와 함께 자지 않고?"

"한동안 책과 멀어져 있었습니다. 오늘밤은 허전하니 책이라도 가까이하다 자렵니다."

"오늘도 김서방 안 들어온다고 하더냐?"

"글쎄요. 후 후후후."

초희는 길게 나오는 한숨을 끊고 방을 나와 어렸을 적 쓰던 작은방으로 들어왔다. 오늘 수표교 근처에서 본 괴이한 형상들이 머리에 남아 책이 눈에 들어오지 않았다.

"나라가 어찌 되려고. 조선 땅에 왜놈들의 불장난이 시작될 것이야."

초희는 전쟁의 고통을 감지한 듯 혼자 중얼거렸다. 방을 한 바퀴 돌며 무엇인가 골똘하던 그녀는 자리에 앉아 붓을 잡고 눈을 감았다.

산의 서쪽 열여섯 고을을 새로 수복하고
말안장에는 원지의 머리를 매달았네
황하 강변에 쌓인 백골은 묻어 줄 사람도 없이
사방 백리의 모래벌판으로 전쟁의 붉은 피가 흐르고 있다

— 입새곡入塞曲

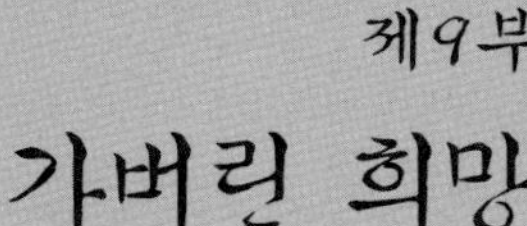

제9부 가버린 희망

밀물과 썰물의 이치가 온몸을 휘감고 파도와 거센 풍랑이
바다를 뒤집어 놓을 듯 아랫배를 들썩이고 있었다.
불길하고 불온한 생각이 머릿속을 떠나지 않았다.
죽은 딸아이가 떠올랐다. 희망은 절벽이고 웃음은 사치였다.
사랑은 멈칫멈칫 암흑 속으로 빨려들어 음흉했다.
남정네는 악귀이고 훌훌 벗어던진 속곳은 저승사자의 그림자였다.

여름이 막바지에서 기승을 떤다. 매미는 드세게 울어대고 몇 남지 않은 모기들은 밤이 들기 무섭게 인간에게 달려들며 더욱 매워진 침을 들이댄다. 남산에서 흘러내린 성곽이 남대문을 지나 서소문에 작은 구멍하나 남기고 서대문에서 잠시 쉬다 인왕산 쪽으로 휘돌아간 웅장함이 돋보였다. 서소문 초희의 집에서 바라본 전답田畓은 풍요롭지 못하다. 지루하게 퍼붓던 장맛비와 한 차례 한양을 몰아친 태풍이 곡식들의 성장을 막고 쓰러트린 상흔이 아직도 곳곳에 남아있다. 일조량이 줄어 곡식의 토실한 열매를 발견할 수 없다. 자투리땅에 일군 수수와 고구마 잎사귀들만 실한 모습이다. 흉년이 들 것이라 말하는 사람들이 겨울을 걱정했다. 밤나무와 상수리나무가 산에서 들판을 굽어보며 곡식이 익어가는 모습을 살피다, 흉년이 들 징조면 더욱 튼실한 밤과 도토리를 생산해 내려 용을 쓰고, 풍년이 들 징조면 게으름을 피운다고 했다. 그래서 흉년엔 도토리와 밤이 풍성하고 풍년엔 산열매가 부실하다고 했다.

초희는 불러진 배를 한 손으로 받친 채 산기슭을 걸었다. 발 앞으로 툭 떨어진 밤알 하나를 손에 쥐고 밤나무를 보았다. 입을 쫙 벌려 통통한 밤알을 품은 송이들이 가지가 늘어지게 매달려 있다. 어렸을 적 남산에 올라 벌레 먹은 밤알 하나를 주어와 반을 쪼개 균과 나누어 먹던 유년의 아릿함이 머리를 스쳤다. 흉년이 들어 먹을 것이 부족하고 전쟁이 날 것이라며 백성들의 평상심도 흉흉했다. 얼마 전 등등곡登登曲이란 노래를 부르며 무희 춤을 추던 신랑 성립을 비롯한 젊은 사대부들의 괴기한 모습이 눈에 선하다.

그녀는 집으로 돌아왔다. 숙부 김수를 비롯한 몇몇의 사내들이 사랑채마루에 앉아 시국을 논하고 있다. 왜놈들을 접한 남쪽이나 오랑캐를 접한 북쪽 변방에서 적들이 출몰해 국경이 무너졌다 다시 회복되었다는 말들을 주고받았다. 초희는 그들의 말을 엿들으며 안채로 들어왔다.

방안에 누워 곰곰이 눈을 감아 시류時流를 생각했다. 남쪽에서 일어난 화염이 거센 바람을 타고 한양을 삼킨 뒤 북으로 치달아 오르자 백성들의 아우성 소리가 들렸다.

"큰일이야. 큰일. 얼마 남지 않았네. 짧게는 내년, 길게는 임진년이야."

그녀는 종이를 펼치고 먹을 갈아 붓을 내갈겼다. 전쟁에 나서는 군사의 모습을 그린 출새곡이 시문으로 완성되자 곧바로 승리한 군사들의 함성이 들리는 듯 입새곡이 시문으로 태어났다.

봉화대 불빛이 황하강에 비치자
천자의 군대는 한나라의 궁성을 떠난다
창을 베개 삼아 눈 위에서 잠을 자고
말을 몰아 황사를 일으키며 당도한 곳에는
폭풍이 날카로운 쇳소리를 내며 몰아치니
갈대 잎 사각이는 국경부근의 요새로 들어간다
해마다 결속을 다지며 지낸다지만
승패는 누가 수레를 더 빨리 몰 수 있는가에 달렸다

— 출새곡出塞曲

은하수처럼 승리의 깃발이 음산 곳곳에 나부끼니
말들은 돌려보냈으나 포로는 보내지 않았다
모든 전쟁의 승패는 멀리 내다보아야한다
일생을 오직 요새의 성문을 지키는 장수처럼

— 입새곡入塞曲

한 번도 의심해 보지 않았던 아버지가 물려주고 봉 오라버니가 심어준 도가적 사고에 대해 그 가치를 불신하고 인정해 주지 않던 시어머니 송씨가 초희를 대하는 태도가 너무나 많이 변했다. 아침저녁으로 초희를 불러 뱃속 아이의 동태를 살피고자 다독이던 모습에 초희의 마음은 편해졌다. 책을 읽던 시작詩作을 하던 너그러워진 송씨를 보며 종갓집 가문의 씨를 대물림해야하는 며느리의 당위성이 그리도 중요했던가. 고개를 좌우로 살며시 흔들다 끄덕였다. 미처 몰랐던 것을 새삼 깨달은 듯 빙긋이 웃음이 나왔다.

"그곳에서 무슨 생각을 그리 골똘히 하느냐?"

초희가 뒤뜰을 거닐며 저녁 바람을 쐬고 있을 때 송씨가 다가왔다. 나이가 대여섯쯤 된 시동생 정립이 시어머니 손을 잡고 따라왔다.

"어서 오세요. 어머니."

"하루가 다르게 배가 불러오는구나. 산달이 이제 한 달 남짓 남았구나."

"네 어머니. 그렇사옵니다."

"먼 곳에 가 계신 오라버니 소식은 종종 듣고 있는 게냐?"

"요즘 소식이 뜸합니다. 백운산과 금강산 등지를 떠돌며 술에 의지해 세월을 잊으며 사신다고 들었습니다."

"그래. 내 동생 응개도 어찌 지내는지 영 소식이 깜깜하구나. 어서 한양으로 돌아와야 할 텐데."

"얼마 전 조정에서 오라버니에게 관직을 내줄 테니 한양으로 돌아오라는 전갈을 보냈답니다. 하지만 묘향산 수충사에서 사명대사와 가까이 지내다 보니 오라버니가 권력과 명예와 부에 관심이 없어졌나 봅니다. 돌아오지 않겠다며 관직을 포기했다고 들었습니다."

"아쉽구나. 하긴 그럴게다. 워낙 분별이 당차던 네 오라버니였지. 정쟁에 신물이 났을 법도 하다. 하지만 율곡 이이대감이 돌아가시고 동.서 정쟁의 불은 한풀 꺾여진 모양이던데."

시동생 정립이 초희의 배를 만지며 활짝 웃었다.

"형수님. 아기 언제 나요? 내 조카요."

"도련님. 곧 아기가 태어나 삼촌이라 부를 날이 얼마 남지 않았습니다."

"정립이는 좋겠다. 동생 같은 조카도 있고."

시어머니가 정립의 머리를 쓰다듬으며 살며시 안았다.

"그래 요즘 성립이는 학문에 매진하고 있는 듯 하드냐?"

"네 어머니. 딸아이 죽고 서방님이 달라졌습니다. 반드시 과거에 급제해 사 대째 내려온 급제가문의 대를 잇겠다고 합니다."

"그래야지. 아범이 머리는 비상한데 이상하게 삐뚤어졌었지. 잘할 게다."

초희는 숨이 차오르고 다리에 힘이 빠져 배롱나무에 손을 짚으며 기댔다.

"어머니. 오랫동안 서성였더니 피곤함이. 저 먼저 들어가겠습니다."

"그러려무나."

초희는 시어머니 송씨와 시동생 정립을 뒤로하고 방으로 돌아왔다. 자늑자늑하게 잦아들던 힘 잃은 햇살이 노을을 불러와 인왕산 자락을 붉게 물들였다. 초희는 작은 손거울을 들었다. 거울 속 자신을 유심히 보았다. 한없이 부드럽고 희디희어서 손바닥을 거부할 수 없던 유년의 피부는 어디로 갔는지. 까칠해진 머릿결과 더불어 아름다움은 어디에도 보이지 않았다. 딸아이 때보다 더욱 불러진 뱃속의 아이를 손으로 보듬자 긴 한숨이 절로 나왔다. 초희는 어젯밤 귀가하지 않은 성립이 마음 쓰였지만 우울함으로 침잠되는 생각을 접으며 이불위로 맥없이 쓰러져 잠이 들었다. 얼마를 잤을까. 시종이 문밖에서 초희를 깨웠다.

"작은 마님. 저녁진지 드세요?"

초희가 눈을 떴을 때 창밖은 어둠에 휩싸였다.

"밥맛이 없구나. 이대로 쉬고 싶으니 밥상을 치우도록 해라."

정신을 차리고 호롱불을 켰다. 유난히도 흔들어대는 불꽃이 갈대를 닮았다. 어둠은 작은 것 하나에도 감성을 불어넣고 정신을 밝히는 호롱불빛이 있어 조화롭다. 이는 초희의 감성에 묘한 기다림을 불어넣으며 그리움으로 다가와 가슴을 촉촉이 적신다. 아픔을 주었던 사랑을 주었던 그녀 삶을 튼실하게 기대게 해줄 수 있는 성립은 분명 낭군이다. 옆에 있으면 그냥 마음이 편하고 눈에 안 보이면 어느새 서방을 기다리는 여인. 습관이 되었다. 그녀에겐 외로움이었고 이는 곧 사랑이었다. 초희는 늦은 밤 만취해 들어와 잠이 들면 아침에나 얼굴을 마주할 수 있는 낭군을 생각하며, 향을 피우고 꽃들이 시들어 말라버린 보잘 것 없는 화관을 머리에 쓰고 하늘을 향해 손을 모은 뒤 붓을 잡았다.

내게 아름다운 비단 한 필이 있어
먼지를 털어내면 맑은 윤이 났었죠
봉황새 한 쌍이 마주보게 수 놓여 있어
반짝이는 그 무늬가 정말 눈부셨지요
여러 해 장롱 속에 간직하다가

오늘 아침 님에게 정표로 드립니다
님의 바지 짓는 거야 아깝지 않지만
다른 여인 치맛감으론 주지 마세요

— 견흥遣興

피 한 방울 섞이지 않은 가장 가까운 가족은 서방이다. 평생 희로애락을 함께 하며 여행하는 동반자이며 반려자이다. 서로를 달뜬 마음으로 바라보는 사랑과는 사뭇 다른 것이 부부의 사랑이다. 마음을 열고 바라보는 부부는, 비밀은 물론 음험한 두려움과 은밀한 꿈도 공유해야 할 것이다. 친밀감을 바탕으로 묘연한 희망과 뜨거운 열망까지 함께할 때 부부는 사랑의 끈을 잇대어 놓고 편히 잠들 것이다. 꿈과 정서가 다르고 취미가 다른 부부의 본디 사랑은 허망한 세월 속에 힘을 잃을 것이다. 초희와 성립은 대화 부족과 친밀감 부족으로 인한 마음의 이완이 겹이진 채 살아가고 있다. 삶을 추구하는 기본적 성향이 다른 두 사람의 마음은 이미 쓸쓸함을 안고 강을 건넌 외토라진 허상임을 초희는 잘 안다. 시댁 그 누구하나 초희를 포근히 안아 줄 이 없다. 삶의 정신적 지주 아버지를 잃고 오라버니 허봉마저 귀양으로 가까이 할 수 없는 초희는 가을날 길에 뒹구는 쓸쓸한 낙엽의 초상과 같았다. 어쩌다 성립과 한자리에 누워도 다른 꿈을 꾸는 남녀의 비극적 사고는 물질로는 답할 수 없음이다.

비록 생의 한 자락을 잡고 버둥거리고 있지만 선계로의 여행은 그녀에게 끝이 있을 수 없었다. 자신의 비참함이 솟을대문 안의 쓰라림으로 가슴 저리지만 눈을 뜨고 밤을 지새우는 선계에 대한 동경과 갈증은 늘 그녀 곁을 떠나지 않았다. 이는 현실 속에 사모하는 스승 이달을 닮아 그녀 내면에서 꿈틀거렸다.

뱃속 아이에 대한 기대감으로 시어머니 송씨가 바라보는 며느리는 예전 같지 않다. 마음에 들지 않아도 그냥 억지웃음을 보이는 송씨는 종갓집 상주喪主를 생산해 대를 이어야한다는 일념 하나이기도 했다. 초희가 붓을 잡고 시작詩作에 열중할 수 있는 기회이기도 했다.

베개를 겨드랑이에 끼고 비스듬히 기대앉았다. 잔뜩 부른 배가 방바닥에 늘어져 꼴이 사납다. 초희는 머리맡에 둔 태평광기와 두율시집을 번갈아 바라보았다. 그녀는 자세를 바로 잡아 앉으며 태평광기를 읽기 시작했다. 마음이 차분해졌다. 근심과 걱정으로 옹색했던 마음이 기지개를 펴며 환희 웃었다. 중국 고대 설화 속에 올라있는 선인仙人들의 이름이 눈에 가득 들어왔다. 한무제, 노자, 맹기, 주목왕, 귀곡선생 등 초희가 간절히 원하고 있는 선계의 삶들이다.

그녀는 뱃속 아이가 꿈틀거리자 가슴이 울렁거리며 잔잔하게 흥분이 왔다. 태아만큼은 어미의 외진 모습을 공유해 줄지 모른다는 생각에 가만히 손을 배꼽으로 댔다. 태아의 움직임이 강하게 느껴졌다. 초희는 온몸이 전율하며 희열을 느꼈다. 태아를 안동김씨 문중의 씨앗하나로만 여겼던 지난 시간들이 부끄러웠다. 눈물이 돋았다. 태아에게 고맙다고 연신 중얼거렸다. 뜨거워진 마음에서 삶의 의욕이 불끈 솟았다. 삶의 끄트머리인줄 알았던 현실의 비참함이 순간 중심을 잡은 채 돌아와 그녀를 웃을 수 있게 했고 고마워 눈물짓게 했다.

살아있는 그 모든 것은 씨를 만들어 대를 잇고 가지를 뻗어 가족이란 구성원이 하나임을 알린다. 가지가 꺾이고 떨어져 나가는 형상이 오라비 봉과의 슬픈 연을 생각하게 했고, 뒤돌아 유년의 형제애를 그리워하는 시간으로 가슴이 애哀이며 절여왔다.

빗소리 들리는 밤이 찾아오면 늘 그녀 곁에 나타나 속삭여 주는 스승 이달을 그리워했다. 환시일지라도 허전하지 않았다. 문 밖 남정네 중 유일하게 그녀 가슴에 연정을 심어준 스승이었기 때문이다. 스승의 대한 깊은 그리움은 잡을 수도 없고 영영 보낼 수도 없는 사모의 마음이 녹아내려 있었다. 며칠 전 꿈속에서 스승 이달과 함께한 이부자리 속 뜨거운 애정을 그녀는 기억했다. 성립이 귀가하지 않는 오늘밤도 그녀는 그 꿈을 기다리며 빙긋이 웃었다. 잠시 후 초희는 스승에 대한 보고픔이 거세게 일어 무거운 몸을 일으켜 붓을 찾았다.

공령 여울목 어귀에 내리던 비가 개이니
맑기만 하던 무산 골짜기에 안개가 자욱이 끼고 있네
임 그리는 마음이 기나긴 한에 젖어 있기에 밀물처럼
아침에 잠시 물러갔다가 저녁이면 되돌아오길 바라건만

양동과 양서에는 봄기운이 넘치는데
임을 실은 배는 지난해에 구당으로 떠났으니
파수강 골짜기에서 들려오는 구슬픈 잔나미 울음소리가
세 마디도 듣기 전에 이토록 애를 끊는 구나

연안궁 밖의 강물은 겹겹으로 여울지는데
여울진 물 위로 배가 지나야하니 근심이련만
밀물이야 기약이 있어 되돌아오지만
한 번 가버린 님의 배는 언제나 돌아오려는지

— 죽지사竹枝詞

시문을 써내리는 붓에 힘이 있었다. 그녀는 순식간에 써내려간 시 세 편을 음미했다. 다시금 스승의 얼굴을 떠올리자 가슴이 찢어질 듯 아릿한 연모가 몸뚱이를 베어갈 듯 했고, 그녀 입가엔 씁쓸한 미소가 흘렀다. 아이를 낳고 몸이 추슬러지면 이달을 찾아 그리움을 풀고 싶다는 간절한 생각 끝에 갑자기 방안이 감옥처럼 느껴졌다.

봄은 푸른색으로 다가와 붉게 물들었다. 벌과 나비의 춤사위가 흥겨운 정원에서 다투어 안무에 빠졌다. 향을 발하는 꽃들이 만발하고 대지에서 솟은 기운과 슬금슬금 다가오는 아지랑이에서 봄의 중심으로 곧추선 포근함이 활력으로 느껴졌다. 음흉하고 칙칙한 겨울 색을 벗은 산하는 붉고 푸른색의 향연으로 가득했으며, 초희도 무거운 겨울외투를 벗어내듯 아이를 생산해 홀가분해지고 싶은 시간을 손꼽아 기다렸다.

어스름한 하늘이 해를 가려 음침하기 그지없는 늦은 오후였다. 안채 앞뜰을 산책하던 초희는 느닷없이 갈증이 몰려왔다. 입안에 수분이 말라 침을 삼킬 수 없었고 혀가 말려들 듯 메말라 갔다. 입술은 갈라지 듯 거칠어 거스름이 돋았다. 그녀의 일거수일투족을 돕고 있는 바싹 마른 여종이 날아가듯 우물가로 뛰어갔다. 초희는 이제 막 꽃을 피운 살구나무에 기대있다 그대로 주저앉았다.

"어서 물을 다오. 물을."

초희가 헛소리처럼 입을 크게 놀려봤지만 목소리는 들릴 듯 말듯 가늘게 입술 사이로 새나왔다. 잠시 후 몸종이 떠온 한 사발의 물을 들이키곤 정신이 들었다. 초희가 가쁜 숨을 내쉬며 방으로 들어갈 즘 아랫배가 사르르 아파오기 시작했다. 방에 들어 산통이 시작됨을 안 초희는 의원을 들이라는 말을 남기고 통증과 씨름을 시작했다. 점점 더 가까이 다가와 목줄을 죄는 듯 아랫배를 쥐어짜는 통증의 힘은 강력했다. 밀물과 썰물의 이치가 온몸을 휘감고 파도와 거센 풍랑이 바다를 뒤집어 놓을 듯 아랫배를 들썩이고 있었다. 불길하고 불온한 생각이 머릿속을 떠나지 않았다. 죽은 딸아이가 떠올랐다. 희망은 절벽이고 웃음은 사치였다.

사랑은 멈칫멈칫 암흑 속으로 빨려들어 음흉했다. 남정네는 악귀이고 훌훌 벗어던진 속곳은 저승사자의 그림자였다. 하늘을 날다 땅으로 곤두박질치는 몸을 어찌할 수 없어 그냥 내팽개쳤다.

까무러치려는 자신을 그냥 신의 뜻에 맡기고 구원의 모든 것을 포기할 무렵. 잔잔하게 귓속으로 들려오는 사람들 목소리 속에 아기 울음소리가 있었다. 초희가 눈을 떴다. 긴 수염을 곱게 다듬은 의원이 보였다. 시어머니 송씨가 안고 있는 아기의 얼굴이 실눈 사이로 살포시 보였다.

"정신이 드는 게냐?"

시어머니 목소리가 부드러웠다.

"마님. 왕자님이십니다. 이 댁의 장손이 태어나셨습니다. 감축드리옵니다."

의원이 고개를 까닥이며 웃었다. 그녀는 무겁게 내려앉는 눈꺼풀을 편하게 놔두었다. 세상 이치는 음과 양의 조화요 희비가 교차하며 희망과 불행이 존재한다. 그토록 사랑했던 딸아이가 이름조차 갖지 못하고 잠시 살다 저승으로 가버린 주검 앞에 목 놓아 슬퍼했건만, 아들이란 성스러운 영혼으로 감축 받으며 세상에 나온 갓난아이를 바라보는 초희의 마음이 기쁘지만은 않았다. 감고 있는 눈 속에 죽은 딸아이의 얼굴이 선명하게 떠올랐다. 이승을 뜨며 괴로워하던 마지막 얼굴이 떠오를 즘 눈물이 쏟아져 얼굴을 흠뻑 적셨다.

"아들이라는데 왜 눈물을 흘리느냐? 악귀가 볼까 두렵구나. 그만 그치지 못할까?"

송씨는 눈을 흘기며 탯줄이 든 옹기를 들고 방을 나갔다. 몸종들이 방을 정리하며 문을 들락거렸다.

날이 어두우면 이슬을 피한 곳에서 눈을 감았고 날이 새면 허기진 배를 채우려 샘을 찾아 물을 마셨다. 떠돌이 봉을 바라보는 지역의 관리들도 해가 거듭될수록 먼발치 불구경이었다. 의복은 낡고 허름해 화려했던 선비의 모습은 찾을 길 없었고 술에 찌든 몸에선 쾌쾌함 마저 풍겼다.

계곡물에 몸을 씻어낸 봉이 옷을 걸치고 대나무로 엮은 커다란 모자를 써 얼굴을 가린 채 길가로 나왔다. 배가 고팠다. 위 아랫길을 두리번거리던 그는 오르막을 택했다. 산길을 조금 오르면 암자가 있었다. 대여섯 달 전 공양을 축낸 적이 있던 곳이다. 사명대사 유정의 제자가 선을 이루기 위해 도를 수행하며 부처를 봉행하고 있었으며 봉에겐 극진했던 스님이 이곳 암자의 주인이다.

균과는 묘향산 수충사에서 돌아와 백운산 암자에서 헤어진 지 오래되었다. 그동안 혼인을 했다는 소식이 들렸다. 궁금하지만 귀양자의 한스러움을 뼈저리게 삭이며 떠돌아 온 봉은 한양으로 들어갈 수 없었다. 한양으로 들어와 관직에 임하라는 임금의 명이 있었지만 거절할 만큼 봉은 속세의 협잡꾼들과 함께 삶을 논하고 싶지 않았다. 가끔씩 찾아와 술과 함께 세상을 논하던 친구들도 뜸해졌다. 워낙 잠자리를 자주 옮긴 탓도 있겠지만 세상을 바라보는 그의 본성이 변해있었기 때문이다.

암자는 부처님을 모신 작은 법당과 공양간을 겸해 스님이 몸을 뉘일 수 있는 작은방 그리고 거목에 붙은 매미처럼 기도하는 작은 선방 하나가 전부였다. 봉은 방문 앞에서 스님을 불렀다.

"스님."

키가 작달막한 젊은 스님이 방문을 열고 봉을 반갑게 맞이했다.

"어서 오세요. 처사님. 그래 이번엔 어디를 떠돌다 오신 겝니까?"

"답답해서 하늘 한 번 쳐다보고 물 한 모금 마시며 묘향과 금강을 돌아다니다 보니 벌써 낙엽 지는 가을입니다요."

"어서 들어오세요. 내 허 처사님이 오실 줄 알고 아랫동네로 내려가 곡주한 말을 받아왔습니다. 어서 목을 축입시다."

봉은 선방에 들자마자 숨도 쉬지 않고 곡주를 목구멍으로 부었다.

"여전하십니다. 허 처사님."

"웬걸요. 이젠 작은 술동이만 봐도 몸이 말을 듣지 않습니다. 오랜만에 곡주 잔을 보니 벌써 취하는 걸요. 스님도 한 잔 하시지요?"

"전 손님이 와 있어서요. 조금 전 법당에 올라갔는데 곧 내려 올 겁니다. 허 처사님을 몇 달 며칠을 찾아다니다 종종 여기 들린다는 소문을 듣고 스스로 찾아온 야무진 청년이지요."

"그래요? 무료하던 참에 잘되었습니다. 스님, 예서 겨울을 나며 선생질이나 해 볼까요? 허허허."

"내려오는 발자국 소리가 들리는군요."

허봉은 귀를 쫑긋하며 밖을 주시했다.

"어서 오너라. 네가 그렇게 찾던 바로 그 허 처사님이란다."

젊은이는 방으로 들자마자 허봉에게 넙죽 큰절을 올렸다.

"스승님. 소인 금각琴恪이라고 하옵니다."

"금각이라? 본명이던가?"

"예 그렇사옵니다."

"참 희귀한 성을 가진 젊은이구만. 나를 찾아다녔다고?"

"집이 가난해 한양에 가서 공부할 여력이 없어 고민하던 차에 대감님이 이곳에 오래 머문다는 소문을 듣고 미천한 몸 대감님께 학문을 익히고자 찾아왔습니다요."

"그랬구나. 잘했다. 나도 글벗이 없어 심심했었느니라. 우리 올 겨울

이곳 암자에서 문우文友나 되 보자구나."

"성은이 망극하옵니다. 스승님."

"에끼. 몹쓸 놈. 성은은 임금께나 쓰는 단어이니라. 내 조금 전 문우文友라 하지 않았느냐?"

금각은 몸 둘 바를 모르며 고개를 숙였다.

"스님. 사명대사께서는 강건하시지요?"

"그럼요. 엊그제 수충사에 가 큰스님을 뵙고 왔습니다. 곧 전쟁이 날 테니 수신修身하며 중생 구원에 소홀함이 있어서는 아니 될 것이라 말씀하셨습니다."

"난리요? 워낙 선견지명이 영명하신 대사님이라 크게 틀리지는 않을 것입니다. 바로 위에 형님이신 허성 대감이 바다건너 왜국에 다녀왔다는 소식을 들었습니다만."

"아직 모르셨군요. 동서 붕당 정치의 협잡한 논리가 개입되어 서로 각각 한 가지 것을 보고 전쟁과 평화 두 말을 직언했다 들었습니다."

"주상께서 또 많이 혼란스러워 하셨겠네요? 비답批答에 대한 고민으로 수척해지셨겠습니다."

스님과 허봉은 깊어진 가을밤 곡주를 기울이며 세상을 훑어보다 이름 모를 새소리를 들으며 눈을 감았다.

새벽 공기가 차가웠다. 어둠이 채 가시지 않은 산사는 스님의 발자국 소리에 미물은 귀가 떠지고 잠을 깼다. 난연하던 꽃들도 청아하던 나뭇잎도 자취를 감추고 바람이 부는 대로 힘없이 추락하는 늙은 낙엽만 창연했다. 염원하고 추구한다고 세월이 멈춰지지 않는다. 자연의 이치는 설명되어 이해하는 것이 아니고 자연 그대로를 시간과 더불어 바라보면 진리가 됨을 허봉은 잘 안다. 곧 눈이 내릴 것이다. 신명을 찬양하는 아름다운 흰색들이 대지를 뒤덮을 것이고 산중 암자는 겨울 속에 묻혀 한 발자국도 세상 밖으로 나갈 수 없을 것이다. 허봉은 금각을 가르치며 겨울의 한 복판 암자에 묻혀있었다.

금각은 예상보다 총명했다. 허봉이 하나를 가르치면 둘을 알았고 진리를 말하면 깨달음을 말할 만큼 풍만한 머리를 가졌다.

부처님의 불법佛法이 스님들 행실의 근원이라면 허봉은 도덕경을 행실의 근본으로 삼는 노자론의 관심이 많았다. 아버지 허엽은 화담 서경덕에서 배웠고 봉은 아버지에서 그리고 동생 초희는 봉에게서 배운 나름의 계통이 있는 도가의 법전이 도덕경이었다. 선의 세계가 반드시 존재한다는 전제하에 허봉의 떠돌이 생활은 알몸을 쇠사슬로 동여맨 구속이 아니라 자유였다. 자연과 인간이 평등함에 함께 누리고 함께 나누는 평화였다. 하지만 구속되지 않는 자유의 방임은 스스로에게 긴장감이 떨어지고 무절제가 독이 될 수 있음을 허봉은 알았다. 한양에 있는 처자식 그리고 피를 나눈 어머니와 형제에게 미안했다. 그래서 돌아갈 수 없는 자신을 늘 술로 학대하며 산중 겨울을 나고 있었다.

겨울이 끝나갈 무렵 눈 속에 갇힌 암자로 균이 찾아 들어왔다. 균은 영원한 스승인 형님 봉을 떠나 그 어떤 학문도 발전할 수 없음을 알고 봉의 귀양 생활 중 벌써 두 번째 형을 찾았다. 그동안 사명대사를 통해 부처님의 가르침을 배웠고 형 봉을 통해 삶의 그늘과 영광의 참 맛을 깨달았던 균에게 얼마가 될지 모를 암자의 생활은 또 다른 활력이 될 것이다.

"서로 인사들 나눠라. 이쪽은 내게 학문을 배우고자 지난겨울을 암자에서 나와 함께 지낸 금각이라는 젊은이다. 이쪽은 내 아우 균이라 한다."

두 젊은이는 서로 악수를 하며 첫 대면을 했다.

“그래 균아. 어머님은 강령하시고?”

“네 형님. 그런데 경번 누이가 많이 힘들어합니다. 그 누구보다 사랑했던 딸, 그러니까 제 조카가 지난 해 저승으로 갔습니다.”

“뭐라? 그 어린 것이 벌써 세상을 떴단 말이더냐?”

“그렇습니다. 지금 경번 누이 마음이 몹시 힘들 것입니다.”

“이런. 이런. 내 누이동생 경번이 그런 험한 꼴을 당하다니.”

“형님. 하지만 얼마 전 사내 조카를 새로 순산했다 소식을 들었습니다. 삼칠일 동안 출입이 안 돼 미처 만나지 못하고 이리로 왔습니다.”

“후후. 다행이로다. 진작 내게 소식을 줄 것이지?”

“어려운 일을 당하고 곧바로 매형이 형님에게 전갈을 띄웠습니다만 형님의 거처가 불분명해 도달하지 못한 듯합니다.”

허봉은 귀양자의 외로움 때문에 허기진 시간동안 사랑하는 동생 초희의 쓰라린 시간이 함께 했음을 아파했다. 봉은 스님이 건네준 곡주를 받아들고 홀로 산 위로 발길을 재촉했다.

“형님. 어디를 가시게요?”

“혼자이고 싶다. 따라오지 마라.”

“균 처사님. 미숙대감을 그냥 놔두세요. 얼마나 힘들었으면. 쯧 쯧.”

봉을 따라 가려던 균을 스님이 막아섰다. 그리고 얼마의 시간이 흐른 뒤였다. 잣나무가 울창한 숲속에서 통곡소리가 들렸다. 봉은 경번 초희를 큰소리로 부르며 산이 떠나갈 듯 울었다. 금각과 균이 나란히 서서 허봉이 있는 숲속으로 들어갔다.

금각보다 두 살 어린 균은 경쟁자이자 절친한 친구로 서로를 대하며 머무는 시간 내내 허봉의 높고 깊은 학문의 가르침을 받았다.

봄이 붉고 푸르게 산사를 뒤덮어 왔을 때도 균은 암자를 떠나지 않고 있었다. 금각이란 문우를 만나 세상을 논하고 학문을 논하는 재미가 쏠쏠했다. 금은보화보다 영화로운 부귀보다 더 값진 친구와의 우정은 봄 산의 초록이 어우러짐보다 돈독했다.

밤새 비가 내리더니 계곡 물소리가 유난히 청승을 떨었다. 하늘은 청명해 푸르기 이를 데 없고 솔숲 향기는 구중산중에서만 느낄 수 있는 보배로운 기운이었다. 봉이 균과 금각을 앉혀놓고 논어를 논할 즘 밖에서 사람 소리가 들렸다. 겨울이 다 지나고 봄기운이 왕성해질 때까지 균 외에 찾는 이 없던 암자, 그곳에서 제 삼의 목소리는 신비롭게 들렸다.

"누구시요?"

균이 방문을 열고 밖을 보았다. 너덜너덜한 삼베바지에 허름한 윗옷을 입은 듯 걸친 듯하고, 밀짚모자를 깊게 눌러쓴 사내하나가 등을 돌린 채 서 있었다.

"누구냐고 묻지 않았소?"

"어험. 미숙 대감 계신가요?"

"형님, 형님을 찾으십니다. 어서 내다보세요?"

허봉이 자리에서 일어나 방문 가까이 다가갔다.

"뉘신데 이 깊은 산사에 찾아와 저를 뵙자 하십니까?"

사내는 그때서야 방문 쪽으로 얼굴을 돌리며 눌러썼던 모자를 올려 얼굴을 보였다.

"날세. 허 대감. 허허허허."

사내는 흰 수염이 얼굴의 절하切下를 덮었고 모자 속에 감추어졌던 긴 머리카락이 흐트러져 내려와 눈이 보이지 않았다.

봉은 고개를 갸우뚱하며 방을 나서려다 사내를 알아봤다.

"이런. 사람하곤. 이달 시인 아니시던가?"

봉은 맨발로 뛰어나가 이달의 손을 덥석 잡았다.

"잘 있었는가? 허 대감."

"보다시피. 이 시인. 그래 원주로 내려갔단 말은 들었네만. 사는 것은 어떠하시던가?"

"세상 유람하며 사는 재미는 지상 최고의 낙원을 거니는 것과 매한가지라네. 하하하."

"역시 시객詩客이로다. 이리 들어오시게."

이달은 봉을 따라 방으로 들어왔다. 험하게 늙은 얼굴에 옷차림이 흉한 이달을 보자 어린 균이나 금각은 일어나 예의를 차릴 생각을 하지 않았다. 지나가는 걸인쯤으로 보았을 것이다.

"이놈들아. 정녕 너희들이 당대 삼당三唐시인 중 으뜸인 이달 시인을 몰라보는 게냐? 어서 일어나 허리를 굽힐 일이지."

허봉의 호통이 있고서야 균과 금각이 일어나 허리를 굽혔다.

"자리에 앉아요. 이 시인. 이놈들이 몰라 뵈어서 미안합니다."

"아니요. 당치 않아요. 난 양반님들에게 대우를 받을 자격이 없어요. 허 대감. 서출인 것을. 서출."

이달은 고개를 좌우로 흔들며 호탕하게 웃었다.

"균아. 정녕 네가 기억에 없는 게냐? 이 시인님을."

"네 형님. 존함은 익히 들은 듯하나……."

"네 어렸을 적 너와 경번에게 시작詩作을 익혀주던 스승을 몰라보다니. 녀석."

"죄송합니다. 스승님."

"이 시인. 녀석들에게 보란 듯 시詩 한 편 지어주시지요? 제가 운을 부르겠습니다."

봉은 큰 소리로 운을 떼며 이달의 입을 보았다. 균과 금각이 봉의 운을 종이에 적으며 이달의 목소리에 몰입해 갔다.

"곡曲!"

"맑은 날 휘어진 난간에 오래 앉아서."

"폐閉!"

"겹 문마저 닫아걸고 시도 짓지 않았네."

"장墻!"

"담장 구석의 작은 매화는 바람에 다 떨어져."

"춘春!"

"봄을 느끼는 마음은 살구꽃 가지 위로 올라가는구나."

비록 서출이지만 구겨진 얼굴하나 표하지 않았으며 시를 잘 짓고 글씨를 잘 썼던 이달이었다. 한양 사 대문 안 어린아이도 알아보는 양반 가문 중 으뜸인 양천 허씨 문중에 드나들며 자유와 평등을 몸소 실천하고자 했던 허봉에겐 친구였고, 초희와 균의 어린 시절 스승으로 살았었던 이달이었다. 이야기를 잘했고, 술을 좋아했으며, 재물에 욕심이 없어 어렵게 살아감에도 갈등이 없었던 이달은 수많은 시를 지었지만, 서얼의 시를 누구 하나 간직하려하거나 세상에 알려 그 뛰어남을 자랑하고 싶지 않았다. 그를 진정 시의 벗으로 인정하고자 했던 허봉의 평등한 인간애는 이달로 하여금 가까이 오도록 배려했었기에 가능했던 일이다.

"균. 그리고 금각아. 이젠 알아보겠느냐?"

"네 스승님. 미처 몰랐습니다. 앞으로 저의 스승으로 시인님을 정중히 모시고자 하오니 제자로 받아주시길 바라옵니다."

금각이 다시 일어나 큰 절을 이달에게 올리자 균이 따라 했다.

"감탄했습니다. 스승님. 제가 너무 어려서 스승님을 뵌 터라 잠시 잊었습니다. 용서해 주십시오."

"아니다. 아냐. 괜찮아. 어디 양반네가 서출한테 절을 한단 말인가? 어서 일어나 앉게나. 어서."

허봉은 균과 금각을 남겨놓고 이달을 데리고 방을 나와 거대한 소나무가 하늘을 가린 앞마당으로 갔다. 두 사람은 그곳에서 구겨진 삶의 한을 곡주로 풀어내며 세상을 원망했다. 어둠이 들고 소쩍새 울음이 슬피 들려올 때 그들은 만취상태로 균과 금각의 부축을 받으며 암자로 들어왔다.

며칠을 더 암자에 머물던 이달이 하산을 하겠노라고 했다. 이달이 산문을 나설 무렵 허봉이 따라와 이달의 손을 잡았다.

"이 시인. 한 가지 부탁이 있네."

"말씀하시게. 허 대감."

"내 동생 경번 말일세. 경번의 삶이 많이 힘들다 들었네. 이 시인을 많이 좋아했던 아이였다네. 한양에 들리거든 꼭 경번을 찾아 위로해주고 못난 오라비 건강하게 잘 있다고 전해 주시게."

봉은 초희에게 안부를 전해달라고 말하며 눈시울이 붉어졌다.

"이런 연약한 친구 봤나. 알았네. 꼭 서소문에 들려 경번을 보고 원주로 내려갈 것일세. 그럼 몸 건강히 잘 있게."

이달이 산을 끼고 휘돌아간 길을 걸어갔다. 허봉은 이달이 보이지 않을 때까지 산문에 기대서서 그를 배웅했다.

더럽고 추한 모습에서 수치심은 스스로에게 이율배반일 것이다. 귀하고 아름다움은 자만과 탐심을 불러와 화를 만들고 이는 하심에 견주어 볼품없는 천한 욕망일 뿐이다. 내면을 부자로 배불리는 비움의 시간들과 탐욕을 출세의 척도로 고민하는 경계엔 늘 충돌이 있었고 잘 잘못을 떠나 살아남은 자와 죽임을 당한 자의 현실은 천상의 선계와 화통지옥의 불온함이 존재할 뿐이다.

강원도 금화 깊은 산중 암자에서 허봉과 시간을 함께 했던 이달은 한양으로 돌아오는 시간 내내 하심과 탐욕의 근간을 헤집어보려 했다. 이승에 와 사십을 넘게 살았던 세월동안 수없이 고민하고 갈등하던 잘 살고 못 사는 삶의 뿌리에 답을 찾지 못한 자신이 부끄러웠다. 살아남은 자의 온전한 배불림이 곳곳에서 '어험' 을 외치는 한양과 깊은 산중 암자에서 귀양이란 굴레를 쓰고 살아가는 친구 허봉의 생활을 들쳐보고 거꾸로 보고 흔들어봤지만 그의 가슴을 치고 지나가는 이치는 하심下心 뿐이었다.

이달은 동대문을 지나 청계천 물줄기를 바라보며 수표교를 건넜다. 궁궐 쪽으로 말을 탄 일단의 병사들이 줄지어 지나갔다. 사직고개를 넘으며 비움의 뜻을 곱씹고 서소문 초희의 집 근처에 당도했을 때 어둠이 들기 시작했다.

이달은 행인들의 발길이 뜸한 뒷길로 돌아가 대문 가까이 서 있었다. 대문 안은 조용했으며 급하게 말을 몰고 온 사람들과 가마를 탄 사람들이 대문 안으로 황급히 들어갔다. 들고 나는 사람들은 말이 없었다. 이달은 불길한 징조가 있음을 알아챘다. 경번의 얼굴이 잠시 스치는가 싶더니 여인의 울음소리가 담을 넘어 밖으로 흘렀다. 경번 초희였다. 끊어질 듯 이어지던 슬픈 곡조의 울음소리는 힘을 다했는지 더 이상 들리지 않았다.

잠시 후 등에 바랑을 짊어진 초라한 차림의 늙은 사내가 대문 앞으로 다가섰다. 이달은 사내의 얼굴이 낯설지 않았다.

"이보시게."

사내는 이달을 힐끔 쳐다보고 대문을 두드리려 성큼 다가섰다.

"이보시게. 내가 그대를 불렀잖은가?"

사내는 뒤를 돌아 이달을 보았다.

"자네 서갑이 아니던가? 예전에 초당 허엽 대감을 모시던."

"네 나리. 미처 알아보지 못해 죄송합니다요. 이달 나리 아니시던가요?"

"그래 내가 이달이란 사람일세. 안에 무슨 일이라도 일어난 겐가?"

"큰일 났습니다요."

"큰일? 무슨 큰일이라던가?"

"이 댁 작은 마님, 아니 초희 아가씨 도련님이 세상을 떴다고 합니다요."

"뭐라? 얼마 전 생산하셨다는 아드님? 채 일 년이 안 된 사내아이 말인가?"

"네 나리. 년 전에 큰 딸을 여의시고 아들을 얻었다고 얼마나 좋아하셨는데 그만."

"세상에 이럴 수가. 엎치고 덮치고. 안타까운 노릇이로다. 이보시게. 어서 들어가 내가 왔노라고 작은 마님께 전갈을 주시게."

"네. 나리."

서갑은 급히 대문을 두드리곤 이내 안으로 사라졌다. 잠잠하던 울안에서 여러 명이 동시에 흐느끼는 소리가 흘러나왔다.

초희에게 아들 희윤의 죽음은 청천하늘에 날벼락 같은 비보였다. 딸의 죽음으로 그녀 삶은 무의미하게 사위어갔었다. 어느 날 또다시 아들 희윤을 얻고서 일상의 불꽃이 일어 살만 했는데 하늘도 무심했다. 서방의 따스한 사랑 한 번 제대로 받아보지 못하고 시어머니 송씨와 무던히도 부딪혀 왔던 지난 세월, 그토록 힘겨웠던 시간 속에 그녀의 위안은 오로지 아이들이었다. 하지만 이도 그녀 편에 힘으로 곧추서지 못하고 거칠게 무너져 암담하게 눈앞으로 다가왔다.

서갑이 왔다는 전갈을 받은 초희가 잠시 방을 나왔다.

"아씨. 건천동 마님께서 위로의 말을 전하라 하셨습니다."

"어머니. 어머니. 흐흐 흑."

초희는 친정어머니가 보낸 머슴 서갑을 보자 주저앉으며 통곡했다. 하늘이 내려앉았고 땅이 솟아 몸 둘 곳을 찾지 못했다. 천지는 뒤범벅되어 강은 흙탕물로 변했고 바다는 요란하게 흔들린 뒤 끝내 육지를 삼켜버렸다. 하늘에 해는 구름 속에 숨어 산하는 짙은 어둠으로 보이지 않았고 밤하늘 별들이 모두 쏟아져 내려 대지는 불길에 휩싸였다. 바람이 불어 세상 천지에 널려있던 아름다운 꽃들을 모두 꺾어놓고 짓밟았다. 그녀 머릿속에 있던 아름답고 행복했던 모든 것들이 용광로에 녹아 한 점 재도 없이 사라졌다.

초희의 울음을 지켜보던 서갑이 그녀 어깨를 흔들며 입을 열었다.

"아씨. 대문 밖에 이달 시인이 와 계십니다요."

초희는 눈물이 가득 든 눈을 크게 떴다.

"뭐라. 이달 스승님이?"

"네 아씨. 어찌 전달을 할까요?"

"모시어라. 후원으로 모셔라."

서갑이 대문을 열고 나가 이달을 데리고 후원으로 들어갔다. 호롱불

하나가 바람에 흔들려 곧 숨을 거둘 듯 휘적거렸다. 후원 한편에 초희가 서 있었다. 그녀는 백발이 타래진 이달을 보자마자 달려와 와락 옷깃을 움켜잡았다.

"스승님. 스승님. 흐흐 흑."

"무슨 말로 경번을 위로해야할지 단어가 떠오르지 않는구나."

초희는 스승 이달 앞에 무릎 꿇어 앉아 오열했다.

"스승님. 저의 죄업이 무엇이기에, 전생의 저는 무엇이었기에, 이승에서 이토록 험한 꼴을 보아야한단 말입니까? 스승님. 흐흐흐 흐흑."

어느새 시어머니 송씨가 초희의 울음소리를 듣고 두 사람 곁에 와 매서운 눈초리로 이들을 보고 있었다. 서갑이 눈시울을 짜내며 통곡하고 있는 그녀 옆으로 다가가 옷자락을 당겼다.

"아씨. 큰 마님이 와 계십니다."

초희는 개의치 않고 더 오열했다.

"스승님. 저는 누구입니까? 허초희가 누구이기에, 경번이 무엇이기에 왜 이렇게 고통을 받아야합니까? 선계가 있다 하시지 않았습니까? 저보고 선계에서 온 아이라고 하시지 않았습니까? 이승에서의 삶이 이토록 험하다면 선계仙界로 가는 길은 평탄하지 않나요? 선계로 들고 싶습니다. 스승님 저 선계로 돌아가고 싶습니다. 저를 인도해 주세요. 제발. 스승님. 스승님. 허허허허 헉."

"경번. 그만하시게. 어른이 와 계시니 그만하시게."

초희가 눈물범벅인 눈자위를 훔치고 눈을 떴다. 시어머니 송씨가 후원을 막 벗어나고 있었으며 신랑 성립이 먼발치에서 흐느적거리는 호롱불 아래 서 있었다.

"경번. 내 돌아갔다가 아이 발인 날 다시 올 것일세. 너무 슬퍼하면

연약한 몸 상할지 모를 일, 조심하게나. 그럼 이만."

"스승님. 잠깐만요. 너무나 슬프고 힘들어 말하지 않으려 했습니다. 지금 서방님은 물론 식구들 그 누구도 모릅니다."

"무엇을? 경번."

"두 아이를 저승으로 보냈습니다만 지금 제 뱃속에 또 다른 아이가 자라고 있습니다. 이 아이를 어떻게 잘 키워낼지 이젠 자신이 없습니다."

"이번 일을 치루고 나면 다시 좋아질 것일세. 조금만 힘을 내시게 경번."

초희가 자리에서 일어났다. 그녀는 주변을 한 번 훑어보더니 이내 이달의 허리춤을 꼭 안았다. 그리고 귀에 대고 속삭였다.

"스승님. 사모합니다. 사모……."

잦아드는 말꼬리가 이달의 귓바퀴에서 서서히 힘을 잃었다. 이달이 초희의 어깨를 살며시 안았다. 잠시 후 초희는 무너질 듯 후들거리는 다리에 힘을 주어 이달에게서 떨어졌다.

초희가 눈물범벅인 얼굴을 손으로 닦아내며 후원을 나오려하자 성립이 다가와 그녀를 부축했다. 슬픔이 넘쳐 육신이 녹아내릴 것처럼 절규하는 초희를 남겨놓고 이달은 대문을 나섰다. 피를 토하듯 애달아하는 초희의 목소리가 담장을 넘어 골목으로 넘어왔다.

"경번아. 세상에 그 많고 많은 사내 중에 왜 하필이면 김성립이었단 말이냐?"

이달은 중얼거리며 골목을 빠져 나와 광화문을 향해 걸었다.

어둠이 지천에 깔려 앞이 보이지 않았다. 이달은 종로로 나왔다. 번거롭게 하루를 마친 상점들이 문을 닫고 있었다. 그는 내일 새벽 날이 밝으면 허봉에게 소식을 전하리라 마음을 먹고 주막으로 들어갔다.

다음날 새벽. 거리는 조용했다. 밤새 아무 일도 일어나지 않은 듯 날이 밝았다. 이달은 주막을 나와 평온한 거리를 걸었다. 밤새 비밀을 간직했던 아니던, 사람들의 입은 굳게 닫혀있었으며 너절한 작은 육신을 몸부림치며 흐느끼던 경번의 얼굴만이 이달의 머릿속에서 분주했다. 바닥까지 추락한 초라한 영혼을 움켜쥐고 밤을 지새웠을 초희를 생각하며 동대문을 지나 허봉의 암자로 향했다.

도봉산을 끼고 의정부로 막 들어설 즘이다. 멀리서 급하게 말을 몰아 달려오는 사내가 보였다. 이달은 얼굴을 깊숙이 가렸던 모자를 손으로 치올려 사내를 봤다. 균이었다. 균이 걸어오는 이달의 모습을 보고 말을 세웠다.

"스승님."

"그래 균이로구나."

"소식을 듣고 달려오는 중입니다. 어찌된 일인지요?"

"어젯밤 경번을 보고 왔네. 말 그대로야. 아들 희윤이 죽었다네."

"사실이군요."

"얼른 달려가 누이를 위로해 주게나. 많이 아파하고 있어. 많이."

"스승님은 어디로?"

"소식을 전해주려 암자로 가려던 참이었네. 소식을 들었다니 행보를 멈추어야겠어. 난 나중에 다시 경번을 보러갈 것일세. 어서 가보시게."

"네 그럼."

균은 채찍을 높이 들어 말의 엉덩이를 휘갈기며 앞으로 내달렸다.

균이 탄 말이 급하게 초희 집 대문 앞에 멈춰 섰다. 얼마나 세차게 말을 몰았던지 말은 고개를 들고 숨을 헐떡이며 다리를 후들거렸다.

대문이 열리고 균이 안으로 들어갔다. 마당에서 친인척과 이야기를 나누던 성립이 다가왔다.

"어서 오시게. 처남."

"형님. 많이 힘드시지요? 어찌 이런 일이 또 일어난답니까?"

"그러게 말일세. 누이가 많이 힘들어하고 있어. 처남이 왔다는 말을 들으면 기운을 차리려나?"

"누이는요?"

"오늘 새벽에 기운을 잃고 쓰러져 다른 방으로 옮겨 안정을 취하게 했네."

"잠시 누이를 뵙고 오겠습니다."

균이 방으로 들어갔다. 시어머니 송씨가 쓰던 안방과 붙어있는 작은 방이었다. 초희는 눈을 감고 숨을 몰아쉬며 균이 왔다는 사실을 모른 채 누워있었다. 시종하나가 초희 옆을 지키고 앉아 숟가락으로 물을 떠 입술을 적셔주었다.

"누이야. 경번. 난설헌 누이야. 괜찮나?"

초희는 눈을 가늘게 떠 균을 보고는 다시 눈을 감았다. 감은 눈꺼풀이 파르르 떨리더니 그 사이로 한 줄기 눈물이 주룩 흘러내려 뺨을 적셨다.

"힘내라 경번 누이야. 내가 누이를 지켜줄 게다."

균은 더 이상 말을 시키지 않았다. 균이 방을 나왔다. 성립이 친구들과 함께 뜰에 서서 술잔을 기울이고 있었다.

"매부. 작은 형님이 보낸 서찰입니다. 누이에게 전하라고 했는데 저렇게 누워 있으니 매부에게 드리고 가렵니다."

"그러게. 처남."

균은 봉의 편지를 성립에게 주었다. 성립은 봉투를 뜯어 서찰을 읽어 내려갔다.

피어보지도 못하고 진 희윤아.
희윤의 아버지 성립은 나의 매부요
할아버지 첨瞻이 나의 벗이로다.
눈물을 흘리면서 쓰는 비문
맑고 맑은 얼굴에 반짝이던 그 눈
만고의 슬픔이 이 한 곡에 부치노라

— 비문卑門

희윤의 장례절차가 마무리 되고 시신은 딸아이가 고이 잠든 광주廣州로 향했다. 초희는 발걸음이 무거워 떨어지지 않았다. 이른 새벽 서소문을 출발한 상여喪輿 일행은 늦은 오후에 선영에 당도했다. 겨우 일 년 전 딸아이를 이곳에 묻고 다시 아들을 묻으러 온 초희의 마음은 갈기갈기 찢겨졌다. 잔디가 제대로 자리를 잡지 못한 딸의 묘소는 검붉은 흙이 피눈물처럼 흘러내렸다. 아이의 장례가 진행되는 동안 초희는 딸아이 묘소 앞에 앉아 붉은 흙을 손아귀에 넣고 넋 없이 흐느꼈다. 종종 균이 다가와 누이를 다독였으며 술 취한 성립이 희윤을 부르며 울부짖는 소리가 들렸다.

"경번."

영혼과 육신 모두 지쳐 울 힘도 없는 초희 뒤에서 이달이 경번을 불렀다.

초희는 고개를 돌려 그를 보았다.

"스승님."

개미소리 보다 작은 초희의 슬픈 목소리가 나지막이 들렸다.

"그래. 경번. 경번에겐 아직 젊음이 있어. 희망을 놓지 마시게."

"스승님."

초희는 앉은 채로 기어가 스승의 손을 잡았다. 무슨 말을 하려는 듯 입을 놀렸지만 들리지 않았다. 괭한 눈을 뜬 듯 감은 듯 깜빡거리다 이내 쓰러졌고 이달이 초희를 보듬어 안았다. 이를 지켜보던 시종들이 입 안으로 물을 떠 넣고 다리와 팔을 부비며 안쓰럽게 그녀를 바라봤다.

"스승님."

이달의 품에 안긴 초희가 연신 스승을 불렀다.

"그래 말해. 경번. 말해보시게."

초희는 더 이상 입을 열지 못하고 이달의 품속에 안겨 실신했다.

희윤의 시신이 땅속으로 들어갈 즘 이름 모를 철새 떼가 선영 위 하늘을 한 바퀴 돌더니 이내 북쪽으로 사라졌다. 오라버니 봉이 쓴 비문이 돌에 새겨져 희윤의 묘지 앞에 세워졌다. 초희는 비문을 부여잡고 통곡하다 다시 실신했다.

그녀는 실신한 채 잠시 몽상에 잠겼다. 심장을 뚫을 듯 가슴에 박힌 푸른 화살을 빼내려 안간힘을 다했다. 썩은 도화 열매 두 개가 치마폭에서 역겨운 냄새를 풍긴 채 나뒹굴었다. 혼인 전 꿈속 선계에서 보았던 긴 수염을 한 늙은 선인의 얼굴이 아른거렸다. 썩은 도화 열매 두 개. 그것이 딸과 아들의 죽음을 예언했을 것이란 비통한 생각에 또 다시 뜨거운 눈물이 뺨을 적셨다. 그녀 곁을 지키던 이달이 따스한 손길을 뻗어 경번의 눈물을 닦아냈다. 경번은 스승의 감미로운 촉감을 받으며 눈을 떴다. 안쓰럽게 그녀를 쳐다보는 성립의 얼굴이 보였다. 그녀는 이빨을 앙다물며 눈을 크게 떴다.

"미안하오. 부인."

성립이 초희의 손을 잡으려하자 그녀는 성립의 손길을 세차게 뿌리쳤다.

이달이 슬금슬금 자리를 피해 아래로 내려갔다. 그는 한 되들이 막걸리 통을 입술에 대고 한동안 벌컥벌컥 들이켰다.

자식 잃은 부모의 슬픔이 더하고 덜한 정도의 차는 없었다. 살고 죽는 이치는 하늘의 뜻이라지만 정을 남긴 사랑한 이의 죽음과 의미 없는 삶을 마감하는 이의 죽음은 큰 차별일 것이다. 인연의 소중함이 슬픔의 크기를 좌우할 수는 있다. 짧은 시간에 두 아이를 모두 잃은 어미의 심정이 오죽하겠는가. 비록 뱃속에 또 다른 아이가 자라고 있다하지만 희망은 암벽 위에 외롭게 서 있는 소나무 같음을.

초희는 몇날 며칠 곡기를 끊으며 시름했다. 성립의 따스한 말 한 마디면 새로운 삶이 샘물처럼 솟을 법도 한데 귀한 아들을 잃은 성립도 허무하긴 매한가지였다. 언제까지 뱃속 아이를 숨길 것인지. 마치 아내와 며느리로서 죄인이 된 듯 현실 앞에 그녀는 하루하루가 암담할 뿐이었다.

소리 내어 울 수 없는 새벽, 하늘은 어둡고 음침했다. 숨이 붙어 있을 뿐 더 이상의 울 힘도 없는 초희가 소복으로 갈아입었다. 그리고 여종 하나를 데리고 집을 나섰다.

"어디로 가시게요? 작은 마님."

"맑은 술 한 병을 준비하여라."

초희는 남매가 묻힌 광주 선영으로 발길을 옮겼다. 그녀가 도착한 선영 양지 바른 곳엔 두 아이의 무덤이 나란히 하고 어미를 맞이했다. 초희는 더 이상 울지 않았다. 터져나오는 눈물을 손으로 막자 얼굴이 붉게 달아올랐다. 그녀는 두 아이의 무덤 앞에 앉아 술잔을 올렸다. 그리고 지전을 태운 뒤 재를 하늘 높이 날려 보냈다.

"미안하다 아가들아. 내 아가들아."

언제 어디서 나타났는지 묘소 위 가을 숲에 앉아 있는 스승 이달이 눈시울을 적시며 초희를 내려 보고 있었다. 초희는 이달을 보지 못했고 이달 또한 경번의 행위에 아는 체 하지 않았다.

하늘은 맑았으며 낙엽 지는 소리가 바람결에 묻어 쓸쓸히 들려왔다. 초희는 시문詩文인 듯 단어를 중얼거리며, 금방이라도 눈물을 퍼낼 것 같은 눈매와 일그러진 입술이 씰룩거렸다.

집으로 돌아온 늦은 밤 초희는 먹을 갈아 무엇인가 적어 내려갔다.

지난해에 사랑하는 딸을 여의고
올해는 사랑하는 아들까지 잃었네
슬프디 슬픈 광릉 땅
두 무덤 나란히 마주하고 있구나
백양나무에 쓸쓸히 바람 일고
소나무 숲엔 도깨비불 반짝이는데
지전을 태워서 너의 혼을 부르고
네 무덤에 맑은 술을 올린다
그래 안다 너희 남매의 혼이
밤마다 서로 따르며 함께 놀고 있음을
비록 뱃속에 아이 있다지만
어찌 제대로 자랄지 알겠는가
하염없이 슬픔의 노래 부르며
피눈물 나는 슬픈 울음을 삼키고 있네

— 곡자哭子

감옥이었다. 무너진 육체가 정신에 감금되었고 정신은 현실에 감금되어 들짝 날짝 할 수 없었다. 육체에 휘감긴 너절한 영혼이 밤새 그녀를 괴롭혔다. 불길하고 불온한 생각이 교묘히 새벽잠을 깨웠다. 밤새 묘연했던 죄업에 대한 생각이 햇살을 받으며 확연히 돌아왔다.

유약해 보이는 그녀의 상체가 긴 목을 매달고 구부정하게 휘어있다. 작은 이목구비에 아담한 체격을 가진 그녀 얼굴엔 우울함이 떠나지 않았다. 소심하여 소극적이던 시간을 집안에 묶어 놓고 광활한 대지를 향해 달음박질을 치고 싶었다. 오라버니들이 종종 말하던 외유내강의 틀을 벗어버리고 세상을 도발하며 훨훨 날고 싶었다. 잔인하게 겹이 져왔던 시간들을 명료하게 잊어버리고 내일의 희망을 불러오리라 마음먹어 보았다. 하지만 두 아이의 슬픈 영혼이 그녀 생각을 미로로 빠트려 힘이 솟지 않았다.

남루했지만, 주름진 까칠한 얼굴이 흉했지만 스승 이달에게 자유가 보였다. 영민한 스승의 눈매가 가까이 다가와 초점 잃은 그녀 눈에 가득 들어왔다. 이달의 자유는 초희의 동경이었다. 희윤이 땅속에 묻히는 날 그의 품에 안겨 실신했던 기억이 돌아왔다. 바람처럼 구름처럼 세상을 떠돌며 행복해 하는 스승의 모습 뒤로 숨고 싶었다. 규중 궁궐에 갇힌 초라한 자신의 자유와 사랑을 풍요롭게 이끌어 줄 사람을 그리워했다. 이 삶에서 일탈해 사랑하는 이의 가슴에 깊게 안기고 싶다. 스승 이달에게서 그 희망이 보였다. 도덕과 윤리가 자유와 연정을 앞에 놓고 방황하며 씨름했다. 굳게 닫힌 대문을 박차고 원주 손곡이란 동네로 날아가고 싶었다. 드높은 담벼락은 그녀의 가슴을 압박했으며 미쳐버릴 듯 억눌렀다. 희망의 마지막 끝자락 하나 잡을 수 없는 비참한 영혼을 위안해 주고 싶다. 그런 간절함은 세상 태어나 처음 알게 된 사모하는 대문 밖 남정네, 스승 이달만이 가능했다.

그녀는 이달의 가슴에 안겨 행복해하는 꿈을 기다리며 호롱불을 껐다.

제10부

선계仙界로 돌아간 경번

피어오른 향내가 오늘따라 그윽했다.

두 손을 이마에 댄 선계에 대한 예의가 엄숙했다.

그녀 영혼이 쉴 수만 있다면 붓을 댈 때라도 좋겠고,

붓을 놓을 때라도 좋으련만,

아이들의 슬픈 영혼은 아랑곳 하지 않고 그녀 곁에 있었다.

쓰라린 마음이 눈물 되어 홍수를 이루면

이는 벼루 안 먹물이 되었고 고뿔이 걸린 듯 콧물이 줄줄거리면

딸아이가 흘린 마지막 눈물처럼 아렸다.

누가 뭐라 하지 않아도 해는 떴고 이슬을 뿌리며 밤은 찾아왔다. 어둠을 뚫고 대문을 나서 대지를 휭 하니 돌아오는 길엔 눈물이 앞섰다. 인간으로서 더 이상 마를 수 없는 앙가슴 아래 혹처럼 매달린 또 다른 태아를 보며 불안에 휩싸였다. 또 다시 부모와 자식이란 인연으로 잉태한 태아를 위해 어미가 해야 할 도리를 제대로 하고 있는지 미안함에 추루한 눈물이 흘렀다.

아들 희윤을 멀리 보낸 가을이 가고 어느새 겨울의 끝자락에 매달린 훈풍이 담을 넘어왔다. 그녀는 낯설지 않은 하늘의 별들을 헤아리며 구천을 떠돌 아이들의 영혼을 부르며 중얼거리고 있었다.

"아가들아. 내 아이들아."

어둠이 잔득 깃든 후원後園의 밤은 고요했다. 가까이서 그녀를 보필하던 여종이 대문 쪽 소리에 귀를 기울이다 행랑채로 나갔다. 대문 밖에서 작은 소란이 일었다. 문지기 머슴의 목소리가 들려왔다.

"어서 꺼지라는데 왜 이리 말이 많아."

"이보게. 난 허봉이라는 사람일세. 작은 마님의 오라버니라니까."

"어디서 하곡 대감님의 함자를 파는 게냐? 지금 가지 않으면 내 몽둥이가 춤을 출 게다. 어서 썩 물러가라."

대문을 꽝 닫은 머슴이 안으로 들어왔다.

"빌어먹을 거지새끼 같으니. 세상이 흉하다 흉하다 하니 별에 별놈의 거지새끼들이 빌붙어 얻어먹으려고. 에잇, 퉤."

후원에 있던 초희가 행랑채 대문으로 나왔다.

"무슨 일이더냐?"

머슴은 초희 앞에 서서 머리를 조아리고 허리를 굽혔다.

"글쎄 술 취한 거지새끼가 하곡 대감의 함자를 팔며 들어오겠다고 해서 혼을 내주고 가라했습니다요."

"어서 문을 열어 보아라. 어서."

"안 됩니다요. 작은 마님. 어찌나 막무가내인지라."

"어서 문을 열라니까."

초희의 목소리가 커졌다. 머슴은 멈칫 멈칫 뒤로 돌아가 대문을 열었다. 초희가 머슴을 따라 문 밖으로 나갔다. 사내 하나가 휘적휘적 비틀거리는 다리를 옮기며 어둠 속 골목으로 사라지고 있었다.

"이놈아 어서 가 저 사람을 데리고 오너라. 어서. 뛰어 가."

머슴은 못마땅한 듯 주춤거리더니 이내 사내가 사라진 골목으로 뛰기 시작했다. 초희가 잠시 영롱한 하늘의 별을 바라보며 그들을 기다렸다. 어둠이 짙을수록 별은 더 밝았다. 동쪽 하늘 산머리에 이제 막 떠오른 그믐달이 씁쓸한 미소를 내보이고 있었다.

"마님 잡아왔습니다."

술 냄새가 진동했다. 남루한 옷차림으로 봐 거지도 상거지였다. 썩은 냄새가 옷에서 폴폴 풍겼다. 벙거지를 깊게 눌러 쓴 사내가 초희 앞으로 왔다.

"모자를 벗어 보거라."

사내는 벙거지를 벗으며 초희를 바라보았다.

"경번. 나야 미숙."

사내는 누가 들을세라 작은 목소리로 초희를 불렀다.

"오라버니. 미숙 오라버니."

초희는 봉의 손을 잡으며 얼굴을 똑바로 바라보았다.

"쉿! 그래 미안하다. 이런 차림으로 찾아와서. 자세한 것은 안에 들어가 말하자꾸나. 누가 볼까 두렵다."

주변을 두리번거리던 허봉이 일행을 따라 대문 안으로 들어갔다.

"어떻게 된 것입니까? 오라버니."

"애들을 물려 주거라. 둘만 이야기 해야겠다."

"어서들 물러가라."

종들을 물린 남매는 외진 우물터로 갔다.

"네가 알다시피 난 한양으로 들어올 수 없는 객인歸人이니라. 하지만 경번이 너무 많이 힘들어한다는 소식을 접하고 그냥 산중에서 지낼 수가 없었다. 경번을 보고 싶다는 간절함에 이렇게 변장을 하고 왔느니라. 용서해라. 경번."

"잘 오셨습니다. 오라버니. 그렇잖아도 궁금해 견딜 수가 없었습니다. 우선 씻고 계십시요. 제가 의복을 준비해 오겠습니다."

초희가 잰 걸음을 하며 방으로 들어갔을 때였다.

"이리 오너라."

행랑채 머슴이 부리나케 대문을 열었다. 성립이었다. 성립은 초희가 있는 방으로 들어오려다 깜깜한 어둠 속 우물가에서 낯선 사내가 목욕을 하는 소리를 들었다. 사내의 알몸이 희미하게 들어나 보였다.

"누구냐? 못 보던 놈 아니더냐?"

허봉은 알몸을 손으로 가리며 성립을 보았다.

"누구냐고 묻지 않았느냐? 이 늦은 밤 가림도 없이 알몸으로 목욕을 하다니. 도대체 어떤 놈이냐?"

"매제. 나 미숙일세."

허봉의 목소리가 기어들었다. 성립은 눈을 크게 뜨며 가까이 다가갔다.

"아니 처남 아니십니까? 이 한밤중에 어인 일로?"

"그렇게 되었다네. 미안하네. 내 누이동생이 옷을 가지러 들어갔으니 잠시 후 이야기를 나누세."

허봉은 초희가 가져다 준 의복을 걸치고 방으로 들어왔다.

주안상이 마련되고 초희와 성립 그리고 허봉이 상에 둘러앉았다.

"그래서 이렇게 변장을 하시고 오셨습니까? 처남. 죄송합니다. 단 한 번 찾아뵙지 못하고 이렇게 왕림하시게 해서 유구무언이옵니다."

"경번의 애처로운 소식을 듣고 견딜 수가 없었네. 하지만 이렇게 또 하나의 생명이 태중에 있는 모습을 보니 희망을 보는 듯하네. 그려."

"모든 게 제 탓입니다. 부인을 맘 편하게 지켰어야 함입니다. 모두 제 불찰이옵니다."

"어디 지아비가 천명을 좌우할 수 있단 말인가? 하늘의 뜻으로 위임하고 앞날이나 걱정하세나. 아직 젊지 않은가?"

"고맙습니다. 처남을 뵈면 혼쭐이 날 줄 알았습니다만 이렇게 위안을 주시니 감개무량할 따름입니다."

"경번. 산달이 두어 달 남았다고?"

"네 오라버니."

"이번엔 잘 키워 안동김씨 서운관정공파 문중에 큰 선물을 안겨 드려야할 것이야. 명심하고 태교와 생산에 집중하도록."

"네 오라버니."

"나는 내일 새벽 동 트기 전 한양을 빠져나갈 것이야. 매제와 한 잔 하다 새벽녘에 갈 것이니 배웅할 생각 말고 어서 몸을 뉘이게. 경번."

"그럴 수는 없습니다. 오라버니."

"처남 말씀을 따르세요. 부인. 무거운 몸을 가지고 밤을 지새울 수는 없는 노릇입니다."

초희는 밀어내는 두 사람의 뜻을 따라 옆방으로 돌아와 자리에 누웠다.

봄바람이 화창해 온갖 꽃이 피어나고
철 따라 만물이 잘 되니 감회가 새롭네
깊은 규방에 묻혀서 그리움을 끊으려 해도
그대가 생각나니 심장이 터질 듯하네
한밤이 이슥토록 잠 못 이루더니
새벽닭 울음소리가 꼬끼오 들리네
비단 휘장이 빈 방에 쳐지고
옥계단에는 이끼가 돋았는데
깜박이던 등불도 꺼져 벽을 기대고 앉았노라니
비단 이불이 어설퍼 추위가 밑으로 파고드네
베틀 소리를 내며 회문금을 짜보지만
무늬는 이뤄지지 않고 마음만 어지럽구나
인생 운명을 타고난 것이 너무나 차이가 있어
남들은 마음껏 즐기지만 이 내 몸은 적막하구나

— 한정일첩恨情一疊

초희가 붓을 놓을 때까지 성립과 봉의 목소리가 들렸다. 규중 초희는 늘 외로움이었다. 방은 싸늘한 공기만 휘돌았고 비단 이불 금침 속은 늘 여인 혼자였다. 성립의 따듯한 배려는 강 건너 남의 일이었고 운명의 신은 초희에게 빈 공간 속 허전함만을 강요했고 혼자 등불을 끄고 잠자리에 눕게 했다. 모처럼 일찍 들어온 성립이 다행인지 불행인지 오라버니와 함께 하고 있다. 초희는 맥 빠진 듯 힘없는 오라버니 목소리를 처량히 들으며 눈을 감았다.

육신의 허물을 불태워 또 다른 육신을 만날 수 있다면 불길이라도 뛰어들고 싶다. 지그시 눈을 감고 벗어낸 껍데기들을 활활 태우며 영혼을 위로하리라. 지금껏 살며 죄악만을 낳은 불길하고 불온한 자괴감은 허무를 충동질해 그녀를 벼랑 끝으로 내몰고 있었다. 번연히 일어서 새 삶을 일구어야 함에도 미천한 자의 숙명처럼 희망은 나락으로 떨어져 곧추어 서지 못했다. 조붓한 입술과 세설細說같은 혀를 놀리며 밥을 목구멍으로 삼킨다지만 본디 초희의 식욕이겠는가. 태아에 대한 죄스러움이었다.

예전 먼저 가버린 두 아이의 뱃속 발길질을 기억하는 초희는 거의 미동하지 않는 태아를 걱정스레 만졌다. 가끔 움직임이 감지될 뿐이다. 초희는 붉고 푸른 봄이 향연을 펼치는 후원을 거닐었다. 어디를 가나 몸종이 그녀 뒤를 따랐다.

"혼자 있고 싶다. 그만 부엌으로 들어가 보아라."

초희는 여종을 보내고 아름드리 배롱나무 가지가 우거진 곳에 서 있었다. 유난히 봄 신록이 푸르렀다. 꽃은 더욱 붉거나 노랗게 피어 화려했다. 돌담이 언덕 위로 늘어선 곳에 각시 붓꽃이 그녀를 불렀다. 한 발 한 발 다가서는 그녀의 발걸음이 잔뜩 부른 배로 인해 뒤뚱거렸다. 꽃에 손을 대보았다. 바람결에 흔들리던 꽃대가 쓰러질 듯 일어섰다. 몸이 무거운 듯 그녀는 담장에 몸을 의지했다. 망초 한 무더기가 발아래 피어있었다. 초희가 망초꽃을 보려고 의뭉스레 고래를 숙이자 새 한 마리가 놀라 급히 날아올랐다. 놀란 것은 그녀도 매한가지다. 새가 날아오른 곳에 희디흰 새알 세 개와 막 알에서 깨어나 촉촉하게 물기 젖은 아기 새 한 마리가 둥지 안에 있었다. 그녀는 고개를 저으며 멋쩍은 눈빛을 보냈다. 둥지를 떠난 어미새가 돌담에 앉아 언짢은 듯 시끄럽게 울어댔다. 초희는 미안한 듯 씁쓸한 미소로 어미새와 눈을 맞추고 후원을 빠져 나왔다.

바람이 세차게 불어댔다. 어디서 몰려왔는지 먹구름이 하늘을 뒤덮었다. 후드득 몇 방울 떨어지던 빗줄기가 폭우로 변해 메마른 대지를 향해 세차게 내려와 파멸했다. 바람을 타고 사선으로 꽂아댄 빗줄기에 어느새 후원後園은 강물을 이뤘다. 초희는 방문을 열고 후원 빗물을 바라봤다. 겨우내 풀숲에 묻혀있던 썩은 낙엽과 먼지들이 흙탕물 속에 뒤섞여 흘러내렸다. 한동안 빗물을 바라보던 그녀의 눈에 아기 새가 보였다. 얼마 전 망초꽃 속에서 갓 알을 깬 아기 새였다. 초희의 미간이 찌푸려졌다. 초희는 홍수를 이룬 후원에서 떠내려가는 아기 새를 향해 문을 나섰다. 억수 같은 빗줄기는 좀체 수그러들지 않았다. 그녀는 하수도 구멍으로 빨려 들어가는 아기 새를 가까스로 잡아 방으로 돌아왔다. 보드라운 옷감으로 아기 새의 젖은 몸을 닦았다. 눈망울이 초롱초롱한 새는 깃을 털며 제법 움직였다. 초희는 아기 새를 가슴에 안으며 어미의 울부짖는 소리를 들었다.

밤은 어김없이 찾아왔고 그녀는 호롱불을 켰다. 대나무로 만든 바구니 안에서 눈을 껌뻑이는 아기 새를 바라보다 그녀도 잠에 빠져 들었다. 새벽에 눈을 뜬 초희는 무의식적으로 바구니를 보았다. 아기 새가 잠든 듯 모로 누워 있었다. 그녀가 새를 잡으려 하자 미동도 하지 않았고 눈을 감은 새는 몸이 빳빳하게 굳어 있었다. 죽음이었다. 안타까운 슬픔이 새벽 방에 가득했다. 그녀는 아기 새를 손바닥에 올려놓고 후원으로 나갔다. 곱게 피었던 망초꽃들이 파편을 맞은 듯 찢겨지고 꺾여 있었다. 그녀가 망초꽃을 헤집고 둥지를 보았다. 둥지위엔 어미가 빗물에 흥건히 젖은 채로 죽어있었다. 그녀가 죽은 어미의 시체를 들어올렸다. 어미 시체 밑에선 알에서 깨어난 지 얼마 되지 않는 세 마리의 아기 새들이 먹이를 달라며 입을 삐죽이고 고개를 좌우로 흔들어댔다. 초희는 한동안 그곳을 떠나지 못하다 죽은 어미 새와 아기 새 한 마리를 땅에 묻었다. 얼마 후 수컷인 듯 새 한 마리가 먹이를 물고 둥지로 날아들었다.

그녀는 날이 밝으면 습관적으로 방문을 열고 새 둥지를 보았다. 아비 새가 연신 먹이를 물어 날랐다. 봄이 끝나갈 무렵 후원에 꽃들이 지고 피며 새로운 색깔로 물들어진 어느 날, 제법 어른스러워진 아기 새들이 아비 새를 따라 담장위로 올라앉아 조잘거렸다. 그녀는 희망을 보았다. 환하게 미소 짓는 그녀 얼굴이 아름다웠다. 얼마 후 새들은 힘찬 날개 짓과 함께 하늘로 올라 어디론가 날아갔다.

새들이 떠난 뒤 후원을 보는 초희는 다시 두려움이 성큼 다가왔다. 뱃속 아이의 움직임이 점점 작게 느껴졌다. 어제도 의원을 불러 진찰을 해보았지만 이상 없다는 말만하고 돌아갔다.

아침을 먹는 둥 마는 둥 밥상을 물렸다. 시종들이 방을 나간 얼마 후 사르르 아랫배가 아파왔다. 그녀는 급하게 측간을 찾았다. 통증은 점점 도를 더했다. 측간에 묻어놓은 항아리 속으로 자궁에서 흘러내린 핏물이 뚝뚝 떨어졌다.

"누구 없느냐?"

그녀는 화들짝 놀라 사람을 찾았다. 몸종 여자아이가 측간 문을 열고 들어왔다.

"나를 부축해라. 어서 방으로 데려가 다오."

초희는 여종의 몸에 매달리다시피 측간을 나왔다. 방으로 걸어가는 그녀 발길마다 핏물이 떨어져 마당에 줄을 이었다.

"어서 의원을 들라고 해라."

머슴하나가 대문을 박차고 집을 나갔다. 오장육부가 모두 아랫배로 몰려 쏟아질 듯 했다. 다리에 힘은 빠지고 광목 끈을 잡은 손목에 붉은 멍이 들기 시작했다. 늪에 빠진 듯 몸이 말을 듣지 않았다. 하늘이 검붉게 내려앉아 그녀 몸을 짓누르며 목구멍을 옥죄었다. 생명의 안위는 무심히도 시시각각 그녀의 혼을 잡아챘다. 어둡고 비탈진 언덕에 서 있는 그녀에게 추위가 몰려와 덜덜 떨렸다. 어디선가 외로운 학 한 마리가 울부짖는 소리가 들렸다. 며칠 전 떠난 새들이 찾아와 고개를 주억거리며 돌담 위에 앉아있다. 새들에게 가까이 오라고 손짓을 해보지만 새들은 등을 돌려 앉으며 그녀를 비웃었다. 억수 같은 비를 맞으며 성립이 걸어왔다가 그녀를 외면하며 돌아갔다. 그녀는 끝없이 나락해 너절해진 침잠된 몸을 허우적대다 눈을 떴다. 피비린내가 방안에 가득했다. 어둠 속 기나긴 터널을 빠져나오니 햇살이 눈부셔 눈을 뜰 수 없었다. 비릿하고 역겨운 냄새가 퀴퀴하게 코끝을 찔렀다. 얼마 전 어미 새 시체에서 풍기던 죽음의 냄새가 방안을 맴돌았다. 의원과 몸종이 앉아있었고 시어머니 송씨가 방문을 세차게 닫고 나가는 뒷모습이 보였다.

"작은 마님. 수고하셨습니다."

의원의 목소리에 힘이 없었다. 아기를 가진 후 한 발짝도 떨어져 있지 않았던 몸종이 울고 있었다. 초희는 태어날 아기가 사내이기를 기원

했었다. 의원은 더 이상 말이 없었다.

"딸인가 보죠?"

초희는 궁금한 것을 참지 못해 의원에게 물었다. 의원은 고개를 돌려 초희를 외면했다.

"작은 마님. 어서 몸을 추스르세요."

울고 있던 몸종이 초희의 손을 잡고 안쓰러워했다.

"왜 말들이 없으세요? 아기를 보여주세요."

초희는 산산조각 망가진 몸도 잊은 채 태어난 아기의 성별만을 알고 싶어 했다.

의원이 돌아앉은 몸을 바로하며 입을 열었다.

"작은 마님. 사산死産이옵니다."

"무엇이라고요? 사산死産?"

"죄송하옵니다. 엊그제 진찰할 때만 해도 건강하시던 아기씨였는데 세상 밖으로 나오시면서 그만."

허탈함의 극치가 몸으로 들어와 그녀를 휘감았다. 의원이 돌아간 방에는 죽음의 냄새가 멈추지 않았다. 몸종이 산실 뒷정리를 하며 연신 콧물을 훌쩍였다.

분분한 생각을 떨쳐버려야 했다. 소소한 생각에서 벗어나 마음을 다잡아야 했다. 삶의 의미를 잃은 짐승의 본능적 어기적거린 삶이 이러했던가. 물 한 모금 맛나게 마실 수 없었고 한 순간 단잠으로 눈을 붙일 수 없었다. 세상은 온통 허공에 떠 있었으며 걸음걸음 모두가 천길 낭떠러지였다. 얼마 전 혼인을 했다는 균 내외가 인사차 들렀지만 굳어진 얼굴을 펴 보이지 못했고, 행복한 웃음으로 축하해 주질 못했다. 시어머니의 외면은 도를 더했다. 아침밥을 먹었는지 죽을 먹었는지 거들떠보지 않았다. 산후조리의 편안함은 사치였으며 누더기 같은 정신하나 추스르지 못하는 쇠락한 마음은 한 달여가 지나도록 세울 수 없었다. 점점 더 멀리 가버린 신랑 성립의 마음 또한 초희가 바라보기만 해야 하는 강 건너 등불이었다.

몸종을 따돌리고 산책을 나가 산길을 돌아올라 치면 길을 잃기 일쑤였고 어둠이 들어 집을 찾지 못해 헤매다 머슴들이 들고 나온 횃불을 보고서야 그들에게 이끌려 올 수 있었다. 추루한 눈물과 비참한 자신의 꼬락서니가 이젠 낯설지 않았다. 추악하고 미천한 여인으로 사람들은 그녀를 경외하지만 이를 털고 일어설 기운이 없었다. 비단결보다 고왔던 마음에서 썩은 풀숲이 바람에 일어 거칠게 아우성치는 냄새가 났다. 가끔씩 외람되이 찾아와 들려주는 친정어머니의 목소리가 이명으로 들렸다. 그때마다 눈물이 흘렀지만 지독한 외로움에 슬프지 않았고 마음은 아려도 생각의 끝은 멍청하게 멈춰버렸다. 하루에도 수없이 소매부리를 적셔야 일상은 밤으로 들었고 방 천장을 떠도는 세 아이의 영혼과 수백 번 마주해야 새벽 창이 밝았다.

새까맣게 타든 속내를 뉘에게 보일 수 없는 규중의 외로운 여인 초희에게 밤은 죽음보다 더한 울칩鬱蟄한 시간으로 고통스럽게 지나갔다.

"아가야 미안하다. 미안해."

어둠이 든 매일 밤 태아령胎兒靈이 그녀 눈에 환시로 떠돌았고 그때마다 초희는 고개를 숙이고 읊조리듯 목을 조아리며 손을 모아 미안하단 말만 되풀이 했다. 지지난 해 정을 붙이며 살던 딸아이를 잃었고 작년에 아들 희윤을 땅에 묻은 슬픔이 채 가지지 않았건만 셋째 아이의 사산은 어미로서 큰 죄업이었다. 어둠 속 자궁에 착상해 의탁했던 한 생명체가 세상 빛도 보지 못하고 다시 음습한 어둠 속에서 사라짐은 씨를 잉태하게 했던 어른들의 살인이다. 도의적 책임감에 한계가 있을 수 없다. 초희의 아픔이 시간을 더해도 덜해지지 않은 이유일 것이다. 자궁을 가진 여인의 책임만이 아닐 것이다. 부성애로 다독여 건강하게 세상 밖으로 나올 수 있게 해야 할 책임이 분명 성립에게 있건만 과거시험을 핑계로 부실하게 초희를 대하는 성립은 면책인양 뒤돌아보지 않고 씩씩했다.

밤이 되면 태아령胎兒靈은 초희의 태혈胎血과 자궁을 따라 몸으로 들어왔다. 속이 메스껍고 토악질이 났다. 머리가 지끈거리고 아랫배가 사르르 아파왔다. 몸에 기가 빠져 서 있기조차 어렵다. 가슴이 답답해져오다 곧 숨이 멎을 듯 목을 조인다. 그때마다 초희는 급히 우물가로 달려가 정화수를 떠다 방에 정갈히 놓고 손을 모아 기도를 했다.

"희윤아. 딸아. 그리고 얼굴도 못 본 내 핏줄 아가야! 미안하다 미안해. 못난 어미 만나 너희들을 지켜주지 못하고 이별하게 되어 죄책감에 마음이 아프단다. 비록 이 세상에서 함께할 수 없지만 누나 동생 서로 사랑하고 아껴주며 지내라."

눈물이 홍수를 이뤄 얼굴을 덮었지만 누구하나 그녀 눈물을 닦아 줄 이 없다. 그저 몸종 여자애 혼자 훌쩍이며 등을 보일 뿐이다.

새벽꿈에 나타난 희윤이 선명하게 아침 밥상머리에 앉아있다. 숟가락으로 밥을 떠 희윤의 입에 넣으려던 그녀는 깜짝 놀라 숟가락을 상 위로 떨어트렸다. 그녀의 환시는 시시각각 때와 장소를 가리지 않고 이어졌다. 머리를 흔들고 눈을 껌뻑인 뒤 그녀는 정신을 차리고 현실로 돌아올 수 있었다.

창가에 하늘거리는 아름다운 난
잎과 줄기 어찌 그리 향기로울까
가을 서풍 한바탕 스치고 나서
찬 서리에 그만 시들어버렸네
빼어난 그 모습 이울어져도
맑은 향기 끝내 그치질 않기에
이것이 내 마음 아프게 하여
자꾸만 옷깃에 눈물 적시네

— 감우感遇

피어오른 향내가 오늘따라 그윽했다. 두 손을 이마에 댄 선계에 대한 예의가 엄숙했다. 그녀 영혼이 쉴 수만 있다면 붓을 댈 때라도 좋겠고. 붓을 놓을 때라도 좋으련만, 아이들의 슬픈 영혼은 아랑곳 하지 않고 그녀 곁에 있었다. 쓰라린 마음이 눈물 되어 홍수를 이루면 이는 벼루 안 먹물이 되었고 고뿔이 걸린 듯 콧물이 줄줄거리면 딸아이가 흘린 마지막 눈물처럼 아렸다. 잔인했던 그녀의 여름은 모래알 입 안 가득 자박이는 시간과 검은 비를 뿌리는 왁살스런 장마를 거치며 지나갔다.

산은 거침없이 계절을 받아들였다. 추위와 한판 겨뤄볼 시간도 없이 동장군을 품에 안은 겨울이 물러갔다. 어느새 세월은 봄을 맞이해 연초록 잎사귀를 풀어 겨울의 음흉함을 떨쳐버렸다. 영롱한 햇살을 받아들여 산유화를 피어나게 했으며 숲 속을 거침없이 유영하는 미물들의 노랫소리가 들리게 했다.

벌써 한 해 전이던가. 임금의 명에 의해 절대 밟을 수 없는 한양 땅, 변장을 하고 초희를 찾았던 허봉은 깊은 산 중 암자로 돌아왔다. 그는 기나긴 겨울을 허허롭게 보내고 향기로운 깊은 봄 속 암자에 있었다.

피를 토할 듯 거센 기침을 해대던 허봉이 붓을 놓으며 스님을 불렀다.

"스님. 나와 보세요?"

겨우내 무딘 칼과 낫으로 통나무를 깎고 다듬어 송판을 준비해 뒀던 허봉이 송판에 써진 글귀를 자세히 보며 선방을 바라봤다. 방을 나온 스님이 허봉 쪽으로 다가왔다.

"이것이 무엇입니까? 대명암大明庵이라?"

"네, 스님. 그동안 암자의 이름이 없어 안타까웠습니다만 이제 문패를 달게 되었습니다. 마음에 드시는지요?"

"마음에 들고 안 들고 어디 있습니까? 하곡 대감이 어느 무지한 생원이랍니까? 고맙습니다. 허 처사님."

"불초소생. 암자를 떠날 날이 얼마 남지 않은 듯합니다. 스님께 신세 많이 졌으니 무엇이라도 남겨놓고자 했습니다."

허봉은 눈동자가 흐려져 있었고 말을 하며 연신 기침을 쏟아냈다.

"무슨 섭섭한 말씀을 하십니까? 덕분에 소승의 학문이 일취월장 했는걸요. 그리고 가시는 길 막지는 않겠지만 행여 미안해서 떠나시는 일은 없어야합니다. 허허허."

"스님도 아시다시피 몸이 안 좋습니다. 엊그제부터 곡주를 끊었습니다만 영 술 생각이 나지 않습니다. 기침과 흐린 눈동자가 건강에 이상이 왔다는 신호를 계속 보내왔는데 겨우내 참고 있었습니다. 이제 산문의 패도 만들었으니 잠시 하산해 약이라도 몇 첩 지어먹고 다시 올라오겠습니다."

"그 정도였습니까? 진작 허 처사님의 속내를 알았으면 제가 준비를 해보는 것인데요."

"아닙니다. 스님. 스님이 선을 이루기 위해 도를 행하시는 모습이 보기 좋았습니다. 괜한 시간 스님께 누가 되어 죄송할 따름입니다."

허봉은 스님과 함께 산문으로 걸어갔다. 그는 허술하기 그지없는 산문 기둥에 대명암 문패를 걸고 산 아래를 내려 봤다. 좁은 산길은 급하게 내리다 숲 속으로 숨어 더 이상 보이지 않았다. 거친 기침과 함께 토악질을 해대던 허봉의 침에서 붉은 피톨들이 섞여 튀어나왔다.

"처사님? 피가 보입니다."

"그러게요. 캑 캑."

허봉은 건강의 이상이 왔고 곧 산사를 떠나 길을 내려가야 한다는 압박감에 돌아갈 길을 유심히 보았다.

다음날 산중에 햇살이 곱게 물들었다. 금화고을 민가가 있는 동네까지 반나절은 족히 걸어야했다. 허봉은 스님에게 하산을 고하고 산문을 나서려는데 제자 금각이 산길을 올라오고 있었다.

"스승님."

"그래 금각이로구나."

"혈색이 많이 안 좋으십니다. 스승님."

"그래서 하산하려던 참이다."

"스승님 제가 모시겠습니다. 혼자서 먼 산길을 어찌 내려 가시려합니까?"

금각은 허봉의 바랑을 빼앗다시피 벗겨 등에 걸머지고 길을 앞장섰다. 산문에 서있던 스님이 일행을 바라보며 고개를 갸웃거리다 법당으로 들어갔다.

거친 바위를 넘어야했다. 깊은 계곡에선 바지를 허리까지 올려야 물길을 건널 수 있었다. 그치지 않는 기침과 고열이 허봉을 괴롭혔다. 입가를 닦아내던 허봉의 소매부리가 피로 물들었다.

"스승님. 괜찮으시겠어요? 피가 많이 섞여 나옵니다요."

"괜찮다. 어서 길을 재촉하자구나."

"스승님. 눈에 황달이 심해 뵙기가 민망스럽습니다."

"괜찮다니까. 녀석하곤. 허 허 헉."

힘들다며 잠시 쉬자는 허봉의 입놀림이 시시각각 빨라졌다. 작은 고개를 넘기 힘들어했고 어지럼증이 일기도 하다며 발길을 쉬자고 했다. 두 사람은 너럭바위에 걸터앉아 잠시 숨을 고르고 있었다.

"금각아. 너는 호가 무엇이더냐?"

"스승님. 전 아직 학문이 미천합니다. 호라 하시면 송구스럽습니다."

"그래. 하지만 사내가 세상을 살아감에 호 하나정도는 가져야하지 않겠느냐? 내 삶이 얼마 남지 않은 듯하구나. 내가 너의 호를 지어주마."

"스승님."

"예叡. 밝을 예자가 좋겠구나. 세상이 아무리 어둡고 힘들다 해도 밝게 살아가라는 뜻에 근원 원源자를 더해주마. 예원叡源 금각이라고 하여라."

"고맙습니다. 스승님. 이 은혜 평생토록 간직하겠습니다."

"다시 길을 나서 보자구나."

허봉은 혈흔이 묻은 입을 소매로 닦아내며 자리에서 일어났다.

대명암에서 하산을 시작한지 여러 시간이 흘렀다. 일행은 금화현 생창에 가까스로 도착했다. 허봉의 상태가 점점 더 악화되었다. 기침을 하면 침의 절반이 혈흔이었고 황달이 심해 눈이 보이지 않는다며 금각의 손을 잡곤 했다. 상황이 급박해진 금각은 허봉을 객주로 데려가 방에 뉘였다.

"금각아. 내 몸이 영 소생할 것 같지 않구나. 내 친구인 이곳 금화현감 서인원에게 어서 알리도록 해라."

"네 스승님."

금각은 급히 서인원에게 전령을 띄웠다. 그리고 또 다른 전령을 한양 허균에게 보냈다. 두 필의 말이 양 갈래로 나뉘어 흙먼지를 뿜어내며 쏜살같이 내달렸다.

허봉은 음식을 입에 넣지 못했다. 점점 더 불러오는 배가 임산부를 빼닮았다. 드높은 서산으로 해가 지고 있었다. 객주에서 술을 마시거나 장국을 먹던 나그네들의 입에서 하곡 대감이 죽게 생겼다며 혀를 끌끌 차는 소리가 들렸다. 허봉은 점점 늘어졌다. 눈을 뜰 수 없었고 기침을 하지 않아도 입술 사이로 핏물이 새나왔다. 이를 지켜보던 금각은 당황하며 몸을 부들부들 떨었다. 바람이 없었지만 희미한 호롱불 심지가 몹시 흔들렸다. 넘어질 듯 다시 소생하는 불꽃 아래에서 허봉은 숨을 거둘 채비를 했다. 울컥울컥하던 목대에서 숨을 길게 내뿜더니 입으로 왈칵 피를 쏟아냈다. 눈꺼풀이 바르르 떨리며 금각을 보는 듯 하더니 허봉은 이내 고개를 꺾으며 숨을 멈췄다.

"스승님. 스승님."

금각의 울음소리가 객주 안을 휘감았다. 기생오라비처럼 생긴 주인이 무명천을 들고 와 허봉의 시신을 덮었다. 잠시 후 금화현감 서인원이 탄 말발굽소리가 요란하게 들리더니 객주 앞에 급히 멈췄다.

"이보게. 하곡. 하곡 이렇게 가시면 아니 되네. 어서 일어나시게."

서인원은 급히 방으로 들며 숨 넘어 갈 듯 말을 뱉었다. 잠시 후 그의 허망한 통곡소리가 방안에 가득했다.

스물두 살 젊은 나이에 문과 과거에 급제하여 출중한 능력을 인정받고 출세가도를 달렸던 허봉. 하지만 동서 붕당정치에 휘말려 제 뜻을 올바로 펴보지 못하고 귀양이란 험한 시간을 보내다 불의의 객이 되었다. 그 누구보다 동생 초희를 사랑했으며 아버지 허엽이 죽은 뒤 초희의 정신적 지주였던 오라버니이기도 했다. 허봉이 죽은 다음날 균이 급히 도착했으나 형의 시신만이 균을 기다리고 있었다. 허봉은 서인원의 도움으로 아버지가 묻힌 용인 선산에 시신이 묻혔다. 그는 사후 삶의 불행을 안위할 선영에서 편안하게 잠들 수 있었다.

하늘은 붉게 물들어있었다. 녹진한 푸른 안개가 계곡 안에 가득했고 봉황이 선인들을 태우고 안개를 스치며 날아갔다. 아기사슴들이 줄지어 풀을 뜯고, 곤륜산 오르는 백 척이 넘는 사다리에 학들이 앉아 초희를 바라봤다. 그녀는 혼자였다. 선녀들은 두리번거리는 초희를 아랑곳하지 않고 홍도와 청도가 가득한 잔치음식 바구니를 들고 지나쳤다. 아이들이 선녀들을 졸졸 따라가며 깔깔대며 놀렸다.

"딸아. 희윤아."

언뜻 아이들이 보였다. 초희는 부지런히 그들을 쫓아갔지만 잡을 수가 없었다. 광한전에 이르렀다. 옥으로 만든 대들보를 중심으로 금촛대와 은촛대가 놓여있었다. 계수나무 그림자가 길게 들어와 흔들거렸다. 선인들이 분주히 오갔지만 말이 없었다. 푸른 별에서 한 사람이 올 것이라고 했다. 이들은 푸른 별 사람을 맞이할 준비에 분주했다. 초희가 어슬렁거리며 광한전 주변을 거니는 용들을 보고 있었다. 그때 예닐곱 마리의 봉황이 줄지어 날아와 광한전 뜰에 내려앉았다. 제법 높은 벼슬을 하고 있는 듯 선인이 내리더니 한 사람이 그의 뒤를 따라 내렸다.

"오라버니. 오라버니."

뒤따라 내린 사람은 분명 봉 오라버니였다. 초희는 목청껏 오라버니를 불렀지만 허봉은 아는 체하지 않고 환영만찬이 열리는 광한전으로 사라졌다.

"작은 마님."

몸종이 초희의 어깨를 흔들며 애처롭게 불렀다. 얼굴과 등줄기에 진득한 땀이 흥건했다. 몸종이 한 조각 천으로 초희의 땀을 닦아냈다. 초희는 눈을 뜨고 싶지 않았다. 꿈속 선계에서 웃던 딸과 희윤이 아직도 선명하게 보였다. 초희의 흐르는 눈물을 닦아내던 몸종이 물 한 수저를 입에 흘려 넣었다.

"꿈을 꾸셨어요? 마님〉"

초희는 초점 잃은 동공을 천정에 고정한 채 말문을 닫았다. 얼마 후 정신을 차린 초희의 눈앞에 오라버니 허봉의 시신이 아른거렸다.

초희는 다음날 오라버니 허봉이 죽었다는 전갈을 성립으로부터 들었다. 하늘이 무너진 듯 앞이 캄캄했다. 병들어 누워있어도 살아있는 부모는 든든함이었다. 봉 오라버니는 초희에게 그런 존재였다. 부실하게 시름하던 그녀에게 세상이 끝난 것 같은 허무가 몰려왔다. 생과 사의 이치를 새삼 깨달으며 인연의 속박과 이별이 얼마나 무서운가를 투명하게 보는 듯했다. 기신하지 못한 채 가슴속 깊이 울렁이는 슬픔을 삭이느라 유약한 몸이 더욱 메말라갔다.

용인 선산에 오라버니를 묻고 돌아온 성립이 균을 데리고 왔다. 초희는 어렵사리 몸을 일으켜 주안상 옆에 벽을 기대앉았다. 오라버니의 부음소식을 접한 뒤 여러 날 누웠던 몸인지라 어지럼증이 일었다.

"경번 누이야? 괜찮나?"

초희는 쾡한 눈동자를 돌리며 고개를 끄덕였다. 성립과 균은 무거운 대화를 안주삼아 술잔을 들었다.

"안되겠습니다. 서방님. 앉아있기가 너무 힘듭니다."

"그러세요. 부인. 누우세요. 처남하고 서방인데 어떠하리까."

초희가 몸을 누우며 균을 불렀다.

"균아."

"그래. 누이야."

"저 장롱을 열어 보거라."

균은 초희가 손으로 가리킨 장롱 문을 열었다. 시들이 적힌 천여 장의 화선지들이 차곡차곡 쌓여있었다.

"와. 이것 모두 누이가 쓴 거야?"

"그래. 균아. 한 번 읽어봐. 괜찮은 것이 있을지 모르겠다."

균은 화선지들을 술상 옆에 놓고 시를 읽으며 술잔을 비워갔다. 취기가 돌자 술잔은 쉼 없이 두 사내 목구멍을 적셨다. 한동안 시문을 읽어가던 균의 눈시울이 붉게 물들었다.

"처남. 울고 있는가? 누이의 시가 그리도 슬프던가?"

"아닙니다. 누이가 외로워했을 시간을 유추해봤습니다."

"어디 보게나."

성립은 균의 눈시울을 적시게 했던 시문을 받아 읽어 내려갔다.

스산한 기운이 스미는 방
빈 뜰에 이슬내리더니 옥병풍은 차갑기만 한데
연꽃 지는 밤에 연향은 향기롭고

우물가 오동잎은 그림자 없으니
똑똑 떨어지는 물시계 가을바람에 울고
주렴 밖 서릿발에 밤벌레도 우는 구나
베틀에 감긴 무명을 자르다
옥관에 계신 님 생각에 허허로워
인편에 보내려 옷을 지으니
희미한 등잔불만 어두운 벽 밝히고 있네
눈물로 지새우며 편지를 쓰고
역사는 내일 아침 남쪽으로 간다하여
옷과 서신을 봉하고 뜰 거닐려니
은하수 흐르는 새벽별은 더욱 밝아
찬 이불 뒤척이며 잠 못 이루니
지는 달만 다정히 병풍 속에 깃드는 구나

— 사시사四時詞 추秋

"부인. 할 말이 없소이다. 미안하구려."

초희는 성립의 목소리를 들으며 자리를 뒤척였다. 그녀는 눈물 가득한 동공을 살며시 돌리며 눈을 감았다.

"누이야. 장롱 속 시문을 내가 가져가도 되겠는가?"

"맘에 드는 것이 있다면 가지고 가거라."

균은 십여 편의 시문을 곱게 접어 몸에 간직했다.

돌이켜 아픈 시간이 그녀를 휘감았다. 님이라 부르며 살아온 십여 년이 주마등 되어 꺼질 듯 작은 불씨가 혀를 널름거리고, 야릇하게 악연으로 얽힌 부부의 연이 싸하게 빈 가슴을 아리게 훑고 갔다. 중간에 서 있어야 할 세 아이들이 모두 떠난 현실 앞에 그녀는 고개를 곧추세울 실오라기 힘도 없었다. 온몸의 미세한 세포가 바르르 떨며 치를 밀어 올렸다. 초희는 두 사내가 빨아대는 술잔 소리를 들으며 몽상의 세계로 빠져들었다.

하늘을 숭배하는 사람들과 천지간의 신을 세존이라 부르며 따르는 이들에게 어머니는 어떤 존재일까. 강물이 도도히 흘러 아이들이 건널 수 없다고 신을 부르지 않는다. 어머니. 그들은 어머니를 부른다. 살아감에 두렵거나 힘들 때 사람들은 어머니를 먼저 외친다. 인간의 고향은 자궁이다. 의식이 있든 없든 가장 안락한 공간의 으뜸이다. 분만의 고통을 감내하며 인류의 씨를 키워 낸 위대한 여인. 그렇게 역사를 만들어왔던 여인이 어머니다. 어머니에게 모독과 위험과 억울함을 만들어 낸 그 누구든 용서치 않는다. 권능은 도도하고 위대할 뿐 그 어떤 도전에도 인간들은 분노할 것이다. 초희에 있어 어머니에 대한 의미의 존재는 현재 없다. 아이들이 있어야 어머니를 부존賦存시킬 뿐이다. 하지만 두 번의 산통 출산과 한 번의 사산을 한 초희는 분명 위대한 어머니였다.

위대한 어머니가 시름시름 앓아 누워있다. 후원에 달린 감 열매를 보며 아이들이 떠올랐지만 미어지던 가슴은 더 이상 아플 곳이 없다. 창밖 하얀 눈이 내린 돌담을 보며 흘린 눈물이 얼마였던가. 태혈胎血로 들어온 사산아의 영혼이 체온과 씨름하며 열이 올라 의원이 내방하는 일도 부지기수였다.

는실난실 친정을 오가며 지어보던 맑은 미소는 어디로 간 것일까. 어릴 적 균과 함께 뛰놀던 건천동 친정집이 아른거린다. 행복해 하는 아버지 얼굴이 얼비치더니 달래가 환희 웃으며 술래잡기 놀이를 하잔다. 구석구석 꽃들이 만발한 정원에 어머니가 환한 웃음을 내보이며 초희를 부른다.

아이들의 영혼을 달래는 천도제薦度祭 상이 방안 구석에 놓여있다. 꽃으로 장식된 앙증맞은 신발 세 켤레가 놓였고 의젓한 남자아기 모자가 상 위에 걸려있다. 사산으로 세상의 빛을 못 본 아이를 위해 꿀을 탄 밥물이 작은 수저와 함께 놓였다. 초희 스스로 지어 만든 귀여운 저고리와 치마가 곱게 접힌 채 있었다. 저승으로 가지 못하고 이승을 떠돌며 초희를 괴롭히는 아이들의 영혼을 위로하려 초희 스스로 차린 상이다. 아침저녁 두 손을 모아 기도하는 초희의 쓰러질 듯 마른 몸이 안쓰럽다. 원귀寃鬼가 된 태아령胎兒靈이 꿈속에 나타나 그녀의 잠을 앗아간다. 적이 아픈 곳이 없으면서 몸이 마르고 정신이 혼미하다. 희윤의 영혼이 뱀이 되었다며 꿈속에 보이기도 했고 사산되어 나온 아이가 울부짖는 목소리가 하루 종일 귀에 쟁쟁하다.

"어머니는 나빠. 정말 나쁜 사람이야. 왜 날 죽였어? 세상을 비추는 햇빛을 보고 싶었단 말이야. 아버지도 보고 싶고 할머니, 할아버지도 보고 싶었단 말이야."

"미안하다. 딸아. 미안하다 희윤아. 죄스러워 나도 죽고 싶구나. 태아령아."

초희는 그네들이 자신을 괴롭힐 때마다 미안하다는 말 외에 무엇으로든 답을 할 수 없었다. 한바탕 그들과 씨름을 하고 나면 몸 구석구석에서 진액이 묻어나왔고 차가운 땀이 목덜미에 줄줄 흘렀다. 여지없이 쓰러져 한나절을 몸져 누워야만 밥 한 숟가락 삼킬 수 있었다. 가슴을 뭉클하게 치고 달아나는 딸아이의 귀여운 미소가 보이는 날, 초희는 물 한 모금 입으로 넘길 수 없을 만큼 끙끙 앓으며 이부자리를 보전해야했다.

나날이 쇠약해져 가는 초희에게 보약은 약이 될 수 없었다. 의원이 진맥 후 지어준 약재가 탕기에서 하루 종일 끓고 있다. 초희는 비루한 눈물을 소매부리로 훔쳐내며 약사발을 후룩후룩 입안으로 흘려 넘겼다. 바짝 마른 얼굴이 까칠해 더 여위어 보였으며 치마 속에 감춰진 몸은 볼 수가 없을 만큼 말라 있었다. 심약해진 마음에선 혼곤하고 힘없는 눈물을 연신 만들었고 몸종의 발자국 소리에도 깜짝 놀라 주저앉을 듯 몸서리를 쳤다. 아무리 돌아봐도 돌이킬 수 없는 온전한 행복은 추상처럼 회억回憶되어 그녀의 생 주변에서 검은 그림자로 어슬렁거렸다.

이듬해. 유난히도 혹독했던 겨울은 봄 처녀 휘파람소리를 들으며 도망을 갔다. 약사발을 비우고 창을 열었다. 후원에 희고 붉은 꽃들이 화려하게 피었고, 뾰족이 올라오는 새싹들이 초희에게 봄의 전령처럼 보였다. 서너 그루가 모여 있는 도화나무에 자주색 꽃 몽우리가 색을 내기 시작했다. 곧 꽃을 피우고 열매를 맺을 것이다. 유난히 도화 열매를 좋아했던 딸아이가 후원을 건너 초희에게 걸어왔다.

"어머니."

초희는 깜짝 놀라 방문을 닫았다. 소복으로 갈아입은 그녀는 천도제상 촛대에 불을 켜고 두 손을 모았다. 마음이 편해졌다. 선계에서 노니는 꿈을 기나긴 밤 꾸고 아침을 맞아 이제 겨우 햇살이 활짝 피었는데 그녀는 무기력한 모습으로 또 잠이 들었다. 기력이 쇠한 몸뚱이가 무너져 쓰러진 모습이었다. 눈만 감으면 선계의 옥황상제나 서왕모의 얼굴이 보였다. 어서 오라고 손짓을 해대곤 하며 초희를 불렀다. 그녀는 달려갔지만 꿈은 깨지고 가슴만 두근거렸다.

동장군의 기세가 대단했다. 이 세상에서 얻 수 있는 모든 것을 다 얼음덩어리로 만들었다. 매서운 바람이 몰아쳐 삐걱거리며 방문을 세차게 흔든다. 신랑 성립이 또 외박을 한 날, 초희는 밤을 새워 그를 기다렸다. 하지만 그는 새벽이 가까워진 시각까지 초희 옆에 돌아오지 않았다.

경번 초희는 집안 가득 어둠 진 새벽, 살그머니 대문을 열고 집을 나섰다. 겹겹이 옷을 입었다한들 옷 속 깊숙이 파고드는 칼바람을 막을 수는 없다. 그동안 제대로 먹지 못하고 잠 못 잤던 육신이 허허롭다. 그녀는 서소문을 지나 남쪽을 향해 걷고 쉬기를 반복하며 매몰찬 발길을 옮겼다. 인간의 마지막 발악은 젖 먹던 힘도 생긴다 했던가. 힘이 솟았다. 그녀는 어느 듯 한양을 빠져나와 송파나루에 서 있었다. 얼어붙은 강 위에 하얀 눈이 가득하다. 사람들이 걸어서 강을 건너고 있었다. 초희가 강을 건너 두어 시간 걸었다. 작은 언덕을 넘고 있을 때 한 치 앞도 보이지 않을 만큼 큰 눈이 내리기 시작했다. 길은 없어지고 무릎까지 올라온 눈밭을 어기적거리며 헤집어 갔다. 지금쯤 감옥 같던 집에서 며느리가 없어졌다며 야단법석 났을 거란 생각을 했다. 초희의 분신처럼 따라다니던 몸종이 시어머니 송씨에게 호된 질타를 당할게 뻔했다. 머슴 한 놈이 친정 건천동으로, 또 균의 집으로 달려갔을 거다. 미안했다. 하지만 그녀 삶의 마지막일지 모를 일을 돌이켜 생각하며 후회하지 않았다.

어디쯤인지 알 수 없었다. 눈을 헤집고 길을 찾으며 걷던 초희가 육체의 한계를 느끼기 시작할 즘 어둠이 들기 시작했다. 그녀는 시골 한적한 주막으로 들었다. 쓰러질 듯 휘적거리며 들어간 주막에 할머니 한 분이 화롯불에 손을 올려 화기를 쬐며 졸고 있었다.

"계세요?"

할머니는 놀란 듯 초희를 바라봤다.

"하룻밤 거하고 싶은데 방이 있습니까?"

할머니는 놀라는 표정을 지으며 초희를 방안으로 들여보냈다. 잠시 후 허름한 국밥이 할머니 손에 들려 들어왔다.

"그래 이 늦은 시간 어디서 오는 댁이요?"

"한양에서요. 할머니."

"아니 행색은 곱디고운 마님인데 왜 서방이나 머슴을 하나 달고 오시지 혼자요?"

"할머니. 몸이 아파 많이 힘듭니다. 그냥 편하게 쉬다 갈 수 있게 해주세요."

초희는 모든 것이 귀찮다는 듯 할머니를 밖으로 내보냈다.

다음날 아침 한 숟갈 밥을 목구멍으로 쓸어 담은 초희가 또 길을 떠나려 마당에 내려섰다.

"할머니. 원주로 가려면 어느 방향으로 가야 하나요?"

"가다가 얼어 죽겠수다. 가냘프게 생긴 여인이 폭풍한설 가득한 겨울에 어디를 간단 말이요? 저쪽이요. 저쪽 길로 하루를 가면 또 큰 강이 나올 것이요. 강을 건너기 전에 주막을 찾아 들어야 해요. 그게 원주 가는 길에 마지막 주막이니 놓치지 말고."

제법 평야를 이룬 곳이다. 세찬 바람에 눈이 일어 휘날렸다. 초희는 손발이 얼어 아려왔다. 손을 비비고 발을 동동거리며 잠시 쉬다 또 걸었다. 할머니가 말한 대로 큰 강이 앞을 가로막을 즘 다시 어둠이 산하를 뒤덮었다. 몸이 기진해 더 이상 걸을 수 없었다. 이대로 쓰러지면 동사할 수 있다는 생각을 하며 다부지게 이빨을 물었다. 그녀가 다시 주막을 찾았을 때 주막은 불이 꺼졌고 인기척은 들리지 않았다. 무서움이 잠시 그녀를 휘감았다. 그녀는 주막 마루에 걸터앉으며 주인을 불렀다. 대답이 없었다. 얼마 후 손님이 든 방에 불이 켜졌고, 사내 하나가 바지를 반쯤 걸치고 웃통을 벗은 채 문을 열었다.

"뉘시오?"

"지나가는 객입니다. 하룻밤 몸 좀 녹이고 가야겠는데 주인장 안 계시는지요?"

방 안에서 앙칼진 여인의 목소리가 들렸다.

"서방님. 오지랖도 넓어요. 객이 자든지 말든지 문 닫고 어서 들어와요."

사내는 여인의 말을 못 들은 척 초희에게서 눈길을 접지 않았다.

"어쩌지요? 주인장이 댁으로 가버렸으니. 내일 아침에나 올 것 같은데."

"어디 차가운 바람만이라도 가릴 수 있으면 괜찮습니다. 어디라도."

사내는 연신 쏟아내는 여인의 앙탈을 견딜 수 없다는 듯 문을 닫았다. 초희는 몸이 부들부들 떨리고 다시 손발이 얼어 견딜 수 없었다. 그녀는 슬금슬금 부엌을 찾아 들어갔다. 아직 화기가 남은 아궁이에 손발을 녹이고 땔감으로 쌓아 놓은 나뭇가리에 몸을 기댔다. 피곤함으로 지치고 추위에 얼은 몸이 녹으며 곧장 잠이 들었다.

죽은 아이들이 환시로 나타나 그녀는 화들짝 놀라며 눈을 떴다. 아침이 밝았는지 밖이 훤하다. 몸에 열이 심하게 돋았다. 얼굴이 벌겋게 달아오르고 정신이 몽롱했다. 몸에 한기가 들어 심하게 떨렸다. 그때 주인 남자가 부엌문을 열고 들어왔다. 그는 기침을 심하게 하는 초희를 보고 깜짝 놀라 한 걸음 물러났다.

"뉘시오?"

"죄송합니다."

초희는 어젯밤 자초지정을 세세히 말했다.

"열이 얼굴에 가득합니다. 어서 방으로 드세요."

주인은 초희를 데리고 방으로 들어갔다. 점점 더 발열이 심하고 몸이 떨렸다. 정신을 잃을 만큼 머리가 몽롱했다.

"그래 어디를 가시려던 참이던가요?"

기침이 심해 목구멍이 따가웠다. 점점 몸이 가라앉는 초희는 입을 열 수 없었다. 작은 기력하나가 그녀의 심장을 움직여 피톨들을 몸 구석구석으로 돌릴 뿐이었다.

"큰일 났네. 웬 여편네가 아침부터 죽어가네. 이러다 송장 치르겠는 걸."

"……."

"이보세요. 정신 차려요. 어디 사는 누구요? 어디를 가다 들린 것이요?"

사내는 뜨거운 물 대접을 방으로 가져다 초희에게 건넸다. 초희가 한 모금 물을 목으로 넘기며 간신히 입을 열었다.

"저기요. 원주 손곡 마을이란 곳으로 가려합니다. 이곳에 가마가 있습니까? 돈은 후하게 쳐줄 테니 알아봐 주세요."

"이런 시골 촌구석에 가마가 있을 턱이 없지요. 내가 소달구지를 마련해 볼 테니 엽전이나 후하게 내주세요."

초희는 고개를 끄덕이며 눈을 감았다. 기진해진 몸이 방바닥으로 기어들던 얼마 후, 주인이 초희를 깨워 싸립문 밖에 세워 놓은 소달구지에 올려 태웠다. 주인이 건네 준 두꺼운 이불이 따뜻했다. 초희는 연신 기침을 해댔으며 그때마다 온몸의 살점이 떨어져 나갈 듯 아팠다.

주인이 끄는 달구지는 눈이 하얗게 쌓인 강을 건너고 산비탈을 수없이 넘어 원주 고을 가까이 왔다. 이곳저곳 지나는 사람들에게 손곡이란 동네를 물어보며 동네를 찾을 수 있었다. 드디어 소달구지가 이달의 집 앞에 멈췄다.

이불을 뒤집어 쓴 달구지 위 초희가 기침을 하며 부들부들 몸을 떨었다.

"다 왔습니다."

초희는 달구지에서 내려 사내에게 엽전 한 꾸러미를 건넸다. 사내가 소 엉덩이를 휘갈기자 달구지는 삐거덕 소리를 내며 오던 길을 돌아갔다.

집은 초라하기 그지없었다. 갯돌로 쌓은 담이 을씨년스럽게 집을 휘감고 있었으며 쓰러질 듯 허술한 대문을 굵은 나무가 버티고 서 있었다. 초라한 초가지붕에 곱고 고운 눈이 가득 올라앉아 풍경이 아름다웠다.

그녀가 대문 가까이 다가갔다. 댓돌에 놓인 신발 한 짝이 눈에 익었다. 명치끝이 울컥 치밀더니 눈물이 났다. 그녀는 작은 목소리를 입술 사이로 내 뱉으며 주인을 불렀다.

"스승님."

대답이 없다. 금방이라도 문을 벌컥 열고나올 이달의 모습이 눈에 선했다.

"스승님. 초희입니다."

손발이 다시 얼어붙고 있었다. 몸에서 한기가 돌아 너무 떨렸다. 초조하게 대문 안을 들여다보던 초희가 깜짝 놀라며 주저앉았다. 그녀 등 뒤에서 사내 목소리가 들렸다.

"뉘십니까?"

초희가 뒤를 돌아봤을 때 그곳에는 스승 이달이 서 있었다. 초희는 한걸음에 달려가 이달을 한 아름 가득 안았다.

"스승님. 스승님."

이달은 믿기지 않은 듯 눈을 휘둥그레 뜨며 와락 소리를 질렀다.

"이게 누구야? 진정 꿈이더냐? 생시더냐? 초희 아니 경번 아니더냐?"

초희는 어느새 얼굴 가득 눈물이 홍수가 되어 흐느끼고 있었다. 이달은 초희의 얼굴을 들쳐본 뒤 대문을 열고 방으로 들어갔다.

"몸이 많이 상했구나. 이런. 불쌍한지고."

이달은 아랫목에 깔아놓은 이불 속으로 초희 손을 넣어주고 자리에 앉았다.

"어찌 된 일이냐? 경번아."

초희는 입을 닫은 채 코를 훌쩍이며 울기만 했다. 이달이 방을 나와 뜨거운 물과 삶은 감자를 들고 들어왔다. 초희는 먹을 수가 없었다. 얼었던 몸이 녹으며 현기증이 솟고 어지러워 견딜 수가 없었다. 잠시 후 초희는 토악질을 하려고 방을 뛰쳐나갔다. 이달이 초희를 따라가 등을 토닥이며 그녀를 도왔다.

원주 손곡리에 어둠이 찾아왔다. 몇 개의 감자와 물로 배를 채운 초희가 스승과 마주 앉았다.

"스승님. 제 삶의 끝자락이 보입니다. 도덕과 윤리로 둘러쳐진 암흑과도 같은 세상과 이별할 시간이 온 듯합니다. 이제 어디론가 떠날 시간이란 것을 알게 된 뒤 미칠 듯이 스승님이 뵙고 싶었습니다. 그래서 폭풍한설 눈보라를 헤치며 이렇게 찾아왔습니다. 무지함을 용서해 주십시오."

이달은 깊은 숨을 몰아쉬며 그녀 이야기를 듣고 있었다. 소나무 옹이를 도려내 사발에 담은 송진덩이에서 불꽃이 일어 가늘게 타오르며 지글지글 소리를 냈다.

"그동안 자유를 일깨워 주시고 자연의 순리를 일러주신 스승님. 하늘에 뜻이 초당 허엽의 여식이었다면 인간의 뜻은 김성립의 아내였습니다. 이제 그 모든 것을 접고 선계로 통하는 문을 향해 사부작 걸어갈 시간이 된 듯합니다. 그동안 스승님께서 경번은 선계에서 온 선녀라고 수없이 말씀하셨습니다. 그것이 진정이라면 이제 스승님과 영혼의 이별을 할 때가 되었습니다. 오라버니 봉으로 인해 스승과 제자의 인연으로 만났습니다. 하지만 스승님은 저의 자유로운 영혼이 흔연히 바라보며 사모한 첫 번째로 남정네입니다. 또한 마지막으로 살육이 떨어져 나가는 것보다 더한 영혼의 쓰라림으로 아파하며 연을 끊어야 할 사내입니다. 제 삶이 힘들 때 스승님보다 더한 보약은 없었습니다. 늘 그리워하며 보고 싶은 연정 때문에 힘들었지만 행복이 더할 수 있었음은 스승님을 사모했기 때문입니다. 스승님. 사모합니다. 스승님."

초희는 스승 이달 곁으로 기어갔다. 그리고 그의 품에 얼굴을 묻으며 말을 이었다.

"도가적 삶이 제 꿈이었습니다. 스승님의 자유와 허허로운 가운데 깨어 있는 사고를 제 삶에 접목시키려 무진 애를 썼습니다. 하지만 세상은 저를 그냥 놔두지 않았습니다. 틀에 박힌 규율만이 내 가슴을 옥죄어 불행의 씨앗이 되었지요. 세상이 바뀌고 있습니다. 하지만 서출, 여자, 못살고 잘사는 이치, 삼종지도와 칠거지악의 틀은 깨지지 않을 것입니다. 몇 편의 시詩로 세상을 고발해 봤지만 모두 내게 미쳤다는 대답만 돌아올 뿐입니다. 그래서 내 생각들을 대문 밖에 내놓지 못한 설움이 더 큽니다. 그래도 제 곁에 스승님이 계셨기에, 늘 동경하며 살 수 있는 힘이 되 주셨기에 행복했습니다. 스승님. 저는 스승님을 사모할 수 있어서 너무 행복합니다. 저를 꼭 안아 주세요."

이달이 초희를 가슴에 꼭 안고 눈물을 글썽였다.

"그래. 경번아. 우리 다시 태어나 아름다운 세상을 만나자. 다시 태어나 사모하는 사람과 한평생 행복할 수 있다면 그 세상이 바로 무릉도원이고 선계일 것이야."

이달은 서출이어서 맺힌 한이 초희의 마음과 맞닿아 있음을 깊게 깨달으며 눈물을 멈추지 않았다.

"스승님. 잠이 오려합니다. 이대로 잠들게 해주세요."

"경번아. 다음 생에는 남자로 태어나라. 그리고 난 서출이 아닌 적자로 태어나고 싶다. 인연이 닿는다며 부부의 연으로 만날 수도 있다는 희망하나 버리지 말자."

이달은 초희의 흠뻑 젖은 얼굴을 내려 보며 한동안 속울음을 신음으로 토해냈다.

다음날 잠이 깬 초희는 옆에 이달이 없음을 알고 매우 허전해했다. 그녀가 방문을 열고 나와 이달을 찾고 있을 때 이달이 옆 방문을 열고 초희에게 빙긋한 웃음을 내보였다.

초희는 그렇게 이달과 함께 삼 일 밤낮을 지냈다. 이달은 몸이 허해 더 이상 걷기조차 힘든 초희의 귀가를 고민하고 있었다. 뿐만 아니라 졸지에 사라진 며느리와 아내 그리고 친정어머니와 균에게 무엇이라 변명할지 또한 고민이었다.

이달은 한양 균에게 전령을 띄워 초희가 함께 있음을 알렸고 성치 않은 몸이니 내려와 동행해줄 것을 간곡히 부탁했다.

"경번아. 아름다운 경번아. 또 볼 수 있음은 희망이니라. 우리 희망의 끈을 놓지 말자."

"네. 스승님. 다음 생에 꼭 뵐 수 있기를 간절히 원하옵니다. 이왕이면 부부의 연으로, 부부의 연으로. 사모했습니다. 스승님, 스승님……"

초희는 사모했던 스승 이달과 이별의 시간이 얼마 남지 않았음을 알고 다시 한 번 그의 품속에서 몸부림치며 울부짖었다.

다음날 균이 말을 타고 이달의 집을 찾았다. 균은 원주 고을 부사에게 부탁해 초희를 가마에 태웠다. 그들 일행이 손곡 마을을 벗어나 언덕을 넘는 모습을 보며 이달은 대문 안으로 들어갔다.

초희가 돌아왔다는 소식에 친정과 시댁은 또 한 번 발칵 뒤집혔다. 그동안 행랑채 문지기가 관에 끌려가 태형을 맞고 왔으며 시아버지 김첨이 죽고 노쇠하던 송씨의 불화살이 집안을 뒤집어 놓았다. 하지만 스승 이달의 집에서 지내다 무사히 돌아왔다는 균의 말을 듣고 성립이 모두를 위안하며 집안을 안정시켰다.

초희가 돌아온 날 저녁, 날씨가 을씨년스러워졌다. 바람이 부는 듯 멈추고 흐린 듯 햇살이 돋아 잠시 창을 밝게 비췄다. 빗방울이 후드득 떨어지더니 봄을 시샘하는 눈발이 흩날렸다. 막 몽우리를 내밀던 꽃들이 아우성치며 혼비백산했다. 꽃들은 몸을 사리며 바르르 떨었다. 어수선한 밤은 초희에게 생을 문초하는 저승사자와 같았다. 아이들의 영혼은 그녀 꿈속으로 쉼 없이 찾아와 괴롭혔고 그녀는 사산아의 울부짖는 목소리를 들으며 새벽잠에서 깨어났다. 하지만 사모하던 이달을 보고 왔다는 위안에 그녀의 새벽이 슬프지만은 않았다.

곧 동이 터올 것이다. 초희는 미명이 집안 구석구석에서 기지개를 펴는 시간, 힘든 발걸음을 옮기며 목욕간으로 갔다. 속곳을 벗어내자 바짝 말라 마른 장작이 된 몸이 희디희게 들어났다. 딸아이가 입에 물고 잠들었던 젖꼭지가 메말라 쪼그라져 있다. 아이를 갖고 남산보다 더 크게 부풀어 올랐던 배가 여위어 볼 수가 없다. 물로 손과 발을 적셨다. 물이 차가웠다. 한 바가지 물을 머리 위 정수리에 쏟아 부었다. 온몸이 얼어붙는 듯 몸서리가 쳐졌다. 몇 번의 물이 그녀 몸을 타고 발끝으로 흘러내렸다.

시어머니 송씨가 문 밖 물소리에 새벽잠을 깨 대청마루로 나왔다. 그녀는 초희가 얼음물에 목욕을 하고 방으로 들어가는 것을 보고 있었다.

"미안하다. 며느리야. 오늘은 미안한 마음이 너무도 많이 드는 구나."

송씨는 하늘에 총총한 별과 달을 보며 긴 한숨을 내쏟았다. 동쪽 하늘에서 유난히도 밝은 커다란 유성이 긴 꼬리를 매달고 서산 뒤로 떨어졌다.

초희는 장롱을 열었다. 지금껏 한 번도 입어보지 않았던, 혼인 전 친정어머니가 손수 만들어준 한복을 손에 들고 장롱 문을 닫았다. 한복은 어머니 마음을 닮아 색깔이 너무 고왔다. 치마를 걸치고 저고리를 입을 즘 뜨거운 눈물이 뺨을 타고 흘러내렸다. 초희는 머리를 단장한 뒤 몸종을 불렀다.

"이리 앉아라."

"마님. 어디 행차라도 하실 요량이십니까?"

"그래 내 갈 곳이 있구나."

"진작 말씀을 하시지요. 쇤네는 아직 준비가 안……."

"아니다. 내 혼자 갈 것이니라."

"아니 되옵니다. 마님."

"고생 많았다. 오늘이 3 · 9수에 해당되는 날이니 연꽃이 서리에 맞아 붉게 변했구나."

"마님. 무슨 말씀이신지요?"

"오늘이 삼구홍타三九紅墮의 길일이니라. 해서 푹 자고 싶구나. 혹 나를 깨울 생각은 말거라. 내가 하루가 지나도록 깨어나지 않으면 저 장롱 속에 있는 시문들을 모두 불태우도록 해라."

초희는 몸종을 문 밖으로 내몰고 급히 지필묵을 손에 들었다.

방안을 밝게 비추던 진홍빛 촛불이
서서히 빛을 잃어갈 즈음
화로에서 연기 피어오르듯 해가 떠올랐다
수많은 난새와 봉황을 거느리고
동황님 오래사시기를 하례 드렸다

— 유선사

그녀는 시문詩文에 눈을 고정한 채 자리에서 일어났다. 다리가 휘적거리고 머리가 어지러웠다. 두 손을 가지런히 모아 입술에 대고 시문을 향해 절을 하기 시작했다. 남편 성립의 얼굴이 시문과 교차하며 슬픈 모습으로 지나갔다.

"서방님. 서방님."

초희의 입술이 바르르 떨리는가 싶더니 두 줄기 눈물이 뺨을 타고 흘러내렸다.

"죄송합니다. 서방님. 먼저 가옵니다."

초희는 추락하는 낙엽을 형상하며 자리에 쓰러졌다. 그녀는 잠시 이승의 고귀한 인연 남편 성립의 얼굴을 떠올리다 곧바로 눈을 감았다. 추루한 눈물이 얼룩졌지만 선계에서 내려온 선녀의 모습처럼 얼굴이 편안했다.

가지가 찢어질 듯 푸른 도화 열매가 주렁주렁 열린 길을 걸었다. 은빛 물가에 앉았던 학들이 낭창낭창 춤을 췄다. 노란 난새가 아스라이 달려가며 예상곡에 맞춰 덩실거린다. 초희는 삼신산과 곤륜산으로 통하는 언덕을 넘어 항아궁이 있는 곳에 이르렀다. 외삼촌 김양이 보였다. 이승에서 본 모습과 너무 흡사했다. 아홉 층으로 된 산을 넘으려하자 사슴과 코끼리들이 길을 막았다. 초희는 계곡으로 내려왔다. 계수나무가 우거진 곳에 푸른 물이 맑게 흘렀다. 신선들이 모여 목욕을 하며 대추와 밤을 먹고 있다. 천길 산 위로 오르는 무지개 사다리가 펼쳐져 있다. 초희는 조심조심 사다리를 올라 정상에 섰다. 멀리 곤륜산이 보였다. 곤륜산 머리 위로 아스라이 보이는 천상계 최고봉인 백옥경이 눈에 들어왔다. 옥황상제가 선계를 지배하며 사는 곳이다. 은하수 저편 대라천이 흐르는 곳에 붉은 안개가 자욱하다. 옥황상제의 행차가 있는 듯 수십 마리의 봉황이 떼를 지어 백옥경 하늘을 날아 서왕모가 있는 곤륜산으로 향한다. 초희는 지나가는 아기 봉황을 잡아 올라탔다.

"곤륜산으로 가자."

아기 봉황은 초희를 등에 업고 곤륜산으로 날아갔다. 복사꽃 계수나무꽃이 흐드러진 언덕을 넘자 잔치가 벌어진다. 아기 봉황은 초희를 내려놓고 검붉은 하늘이 끝없이 펼쳐진 삼신산으로 날아갔다. 초희는 주위를 두리번거렸다. 선녀들이 옹기종기 모여 있는 곳에 딸아이가 보였다. 아들 희윤이 선녀 품에 안겨 도화 열매를 먹고 있다. 초희가 가까이

갔으나 그들은 어미를 몰라봤다. 선인들이 금솥에서 퍼 올린 불사약을 마시고 반야탕을 안주삼아 술을 마신다. 풍악이 울리고 선녀들의 춤사위가 흥겹다.

초희가 주변을 배회하며 서성였다. 무대 중앙에 앉은 옥황상제와 서왕모의 위엄이 넘친다. 등 뒤에서 이들을 호위하는 봉황들의 눈매가 매섭다. 서왕모가 자리에서 일어났다.

"잠시 풍악을 멈추어라."

순간 주변은 적막에 휩싸였다. 초희의 몸체가 안개를 비집는 꽃처럼 선인들 눈에 서서히 들어났다. 선인들이 웅성거리며 일제히 초희를 보았다.

"저기, 저기 있는 여인을 가까이 들게 하라."

그녀는 선녀들에게 이끌려 서왕모 앞에 섰다.

"혹시 네 이름이 경번 아니더냐?"

초희는 깜작 놀라 서왕모를 바라봤다.

"맞습니다만."

"그래 맞아. 경번. 내 얼마 전에 잃어버린, 아니 푸른 별로 내려갔던 내 딸 경번이 맞아. 옥황상제님. 우리의 딸 경번이 여기 있습니다. 경번아."

서왕모는 초희를 얼싸 안고 눈물을 흘렸다. 경번은 어리둥절하며 주변을 살폈다.

"어머니."

그녀는 한 줄기 빛을 타고 들려오는 딸아이의 목소리가 신비스러웠다. 잠시 후 아이들이 다가와 초희를 얼싸 안았고 외삼촌 김양이 환하게 웃으며 걸어왔다. 어디선가 낯익은 목소리가 들렸다.

"경번아. 어서 오너라. 오라버니니라."

그녀는 한달음에 봉 오라버니에게 달려갔다.

"경번아. 저기를 보거라. 아버지가 계시지 않니?"

초희는 아버지 허엽을 알아보고 그 자리에 주저앉았다.

잠시 후 희윤의 목소리가 들렸다.

"할머니, 어머니입니다. 어머니."

서왕모 옆에 서 있던 희윤이 그녀에게 손짓을 하며 환히 웃었다.

잔치가 끝나는 새벽, 두 아이를 품에 안은 초희는 붉고 푸른 깃이 유난히 화려한 봉황을 타고 곤륜산을 떠나 백옥경으로 날아갔다.

스물일곱 나이 삼 월 십구 일. 난설헌 허초희는 꿈속 선계로 들어간 뒤 영영 잠에서 깨어나지 않았다.

■ 평설

조선의 페미니스트 허난설헌 일대기

조건상

(성균관대 명예교수 · 소설가)

1

조선시대 여인들의 삶은 한恨의 세계였다.

그녀들이 처해 있던 사회 환경의 질곡 속에서 비애와 원망, 그리고 미움과 후회로 얼룩진 감정을 모두 표백漂白해버린 뒤의 창백한 체념과 같은 한恨, 이 같은 한을 숙명처럼 여기며 살아야 했던 것이 조선시대 여인들이었다.

그런데, 남존여비, 삼종지도三從之道, 교육의 불균등, 재가금지再嫁禁止 등 조선의 여성들을 속박하는 질곡의 사회 환경은 일반 백성이나 사대부의 여성들을 가리지 않았다. 이 소설의 주인공인 허난설헌 역시 명문 사대부가의 규수였지만 이 같은 질곡의 환경에서 크게 자유롭지 못했다.

조선 중기인 1563년(명종 18년)에 태어나 1589년(선조 22년)에 27세의 나이로 세상을 떠난 허난설헌은 본명이 초희楚姬요, 자는 경번景樊이요, 호는 난설헌蘭雪軒으로 불리는 여성 시인이었다.

그녀의 가계를 살펴보면, 부친 허엽許曄은 호를 초당草堂이라 하는 분으로 일찍이 성균관 대사성, 사간원 대사간, 홍문관 부제학, 경주 부윤, 경상도 관찰사를 역임하고 동지 중추부사로 부임하던 중에 경상도 상주의 객관에서 사망했다. 부친은 첫 부인인 청주 한씨가 일찍 죽자 두 번째 부인인 강릉 김씨와의 사이에서 허봉許篈, 허난설헌, 허균許筠을 낳았다. 청주 한씨에게서는 장남 허성許筬과 두 딸을 두었다.

허난설헌은 13살 위인 작은 오빠 허봉과 특히 우애가 깊었고 허봉의 친구인 이달李達시인으로부터 본격적으로 시를 배웠다. 허난설헌은 15세 무렵에 안동 김씨 김성립金誠立과 혼인했는데 결혼생활은 원만치 못했다. 남편인 김성립은 허난설헌의 미모와 재주에 비해 모든 면에서 뒤떨어지는 인물이어서 항상 열등감 속에서 살아왔는데 신혼 초부터 집을 떠나 과거시험을 준비하기 위해 접接에서 공부를 하지만 학업을 게을리하고 노류장화의 풍류만을 즐기는 바람에 결혼 후 10년 이상이나 과거에 급제하지 못했다. 그리고 설상가상으로 시어머니 송씨와 불화가 계속되고 슬하의 남매를 모두 잃게 되는 아픔에다가 임신 중이던 아이까지 잃게 되는 슬픔과 고통이 이어진다.

또한 당파싸움에 휘말린 오빠가 죽고 동생 허균마저 귀양살이를 떠나는 등 허난설헌의 삶은 안팎으로 모진 시련의 연속이었다.

이 같은 암담한 현실 여건 속에서 허난설헌은 삶의 의욕을 잃었지만 오직 독서와 시작詩作에 마음을 두고 울분과 고뇌의 한을 달래며 살아가다가 27세의 나이로 짧은 생애를 마쳤다.

그녀의 시는 임종시 유언에 따라 거의 불태워지고 213수만이 남아 전해지고 있는데 절실한 삶의 체험을 통해 체득된 자의식의 편린들이

섬세한 필치로 그려져 있어서 오늘날까지 우리의 심금을 울리고 있다.

그런데 그녀의 시는 동생 허균에 의해 작품의 일부가 명나라 시인 주지번朱之蕃에게 주어져 우리나라보다 중국에서 먼저 『난설헌집』이 간행되어 격찬을 받았고, 그 후 일본에서도 시집이 출간되어 애송됨으로써 그녀의 시는 일약 주목을 받게 되었다.

모름지기 문학작품은 그 작품을 창작한 작가의 정서와 의식의 소산임을 상기할 때, 허난설헌의 시에 나타난 의식의 세계는 그녀의 삶의 궤적과 바로 일치함을 느끼게 된다. 즉 전통적 유교이념의 조선시대에 여성이 자신의 자字와 호號를 가질 만큼 집안의 남다른 배려 속에서 교육을 받고 성장할 수 있었던 가정환경에다가 당대에 뛰어난 문재文才로 이름을 날리던 허봉 · 허균의 누이로서의 자존의식, 그리고 서얼 출신인 이달 시인으로부터 시를 배우면서 영향을 받은 사회 구조의 모순과 이에 대한 비판정신, 자식을 잃은 모정의 슬픔과 당파 싸움의 희생물이 된 혈육에 대한 안타까움과 절절한 가족애, 또한 모순된 현실 속의 공허감을 이상세계에서 치유하려는 선계仙界에의 동경 등 허난설헌의 의식세계는 대다수 조선시대 여성들의 활동 공간인 가정과 규방에 머물지 않고 현실을 초극하여 이상세계를 지향하려는 선각자로서의 의식을 그의 시에 담아냈던 것이다.

허난설헌은 일찍이 '왜 하필이면 여자로 태어났을까', '왜 하필이면 김성립의 아내가 되었을까', '왜 하필이면 조선 땅에 태어났을까' 라는 한탄의 말을 남겼다고 하는데 여자로 태어났기 때문에 차별 대우를 받는 현실에 대하여 원망하며 한을 품는 것은 당대의 조선 여성이면 누구나 있을 수 있는 일이겠지만, 하늘처럼 떠받들고 순종해야만 되는 남편이나 목숨을 바쳐서라도 충성을 다해야 할 국가에 대하여 반감을 품고 비판을 가하는 저항의식을 토로한다는 것은 당시로서 놀라운 일이 아닐 수 없다.

동생 허균이 『홍길동전』을 지어 사회의 모순을 비판하는 저항문학을 펼침으로써 근대정신을 표방한 지식인으로 평가되는 것처럼 허난설헌 역시 당대 여성의 신분을 초월하여 불합리한 현실에 날카로운 비판의 화살을 날린 선각先覺의 페미니스트라 일컬어도 좋을 것이다.

2

김진원의 장편소설 『백옥루 상량문』은 조선시대 선각의 페미니스트 허난설헌의 일대기를 그린 작품이다.

표제로 내세운 '백옥루 상량문'은 허난설헌이 여덟살 때 지었다는 「광한전 백옥루 상량문」에서 따온 제목으로서, 중국 고대 설화집 『태평광기』를 탐독한 나머지 선계仙界에 대한 동경에 넋이 빠져 있던 허난설헌이 선녀가 살고 있는 광한전에 백옥루를 새로 짓는다면 자신이 그 궁전의 상량문을 지어야겠다는 야심찬 생각으로 어느 날 깊은 밤에 「광한전 백옥루 상량문」이라는 글을 짓고 새벽녘에야 겨우 잠이 들었는데 아버지 허엽이 이튿날 이 글을 발견하고 어린 딸의 천재적인 재능에 다시 한 번 감탄하며 그 자리에서 자字를 경번景樊으로 지어주고 칭찬을 아끼지 않았다는 사실에서 유래한다.

그런데 역사소설에 있어서 가공의 인물이 아니라 역사적으로 실존했던 인물을 주인공으로 다루는 경우에 있어서 작가가 고민해야 할 문제는 정사正史의 큰 틀을 벗어나지 않는 가공의 상상력을 어떻게 동원하여 주인공의 모습을 그려내는가 하는 점일 것이다. 특히 실존 인물이 세

종대왕이나 이순신 장군이나 신사임당처럼 세인의 인식이 고정관념으로 굳어져 있는 경우에 고정관념의 틀을 깨는 작가의 상상력은 제한을 받을 수밖에 없기 때문이다.

그러나 역시 주인공의 내면의식이나 역사적 사실을 해독하는 작가의 시선에 따라 고정관념의 틀은 깨어지기 마련이다.

『백옥루 상량문』에서 작가 김진원의 시선은 작품의 주인공 허난설헌의 의식세계와 삶의 모습을 도가적道家的 이상주의로 파악하고 그녀를 둘러싸고 있는 사회적 환경을 유가적儒家的 현실주의로 파악함으로써 소설 속에 나타나는 온갖 갈등의 원인을 두 세력 간의 충돌이라는 큰 틀에서 작품을 끌어가고 있다.

그러나 그것은 허난설헌이 추구하는 도가적 이상주의가 당대의 유가적 관념과 충돌하면서 야기되는 상실의 아픔과 좌절의 고통으로 드러나고 급기야는 허탈한 체념으로 귀결되는 소극적 저항의식을 보여줌으로써 당대의 견고한 관념의 벽에 도전하는 이상주의의 한계를 느끼게 해 준다.

그런데 허난설헌이 당대의 유가적 관념에서 벗어나 선계를 동경하는 도가적 이상주의 사고를 지니게 된 사상적 배경은 우선 그의 주위 환경에서 찾을 수 있다.

화담 서경덕으로부터 배운 도가사상을 딸 허난설헌에게 그대로 접목시킨 아버지 허엽의 절대적인 영향력과 서얼 출신으로서 자유분방한 사고를 지닌 스승 이달의 영향력 때문이다.

이에 작가는 소설의 서두에서 허난설헌의 전생이 천상계天上界 옥황상제의 딸이었고, 인간계人間界와의 인연도 동해 바다에서 학이 물어다 준 계수나무 열매와 도화주를 먹은 태몽을 꾸고 허난설헌을 잉태한 것으로 설정함으로써 꿈과 교감하고 신선세계를 넘나들며 현실 세계에서 벗어나고자 했던 허난설헌의 생애를 상징적으로 암시하는 배경으로 삼았던 것이다.

천상계 최상층인 백옥경 천단에 봉황 두 마리를 양 옆에 거느린 옥황상제가 자리를 했다. 검붉은 구름 건너 동해 깊은 바다에 내려앉은 무지개를 짜내, 안개와 섞은 실로 짠 옥황의 옷에서 화려한 빛이 나와 장엄하게 백옥경을 비추고 있다. 경비는 삼엄하며 온갖 보석들이 은하수에서 반사된 엷은 빛을 받아 반짝거린다. 오색구름 사이로 대라천이 흐르고 물들은 굽이쳐 흘러간다. 수백의 악공들이 악기를 연주하고 맑은 아침 해가 선인장과 요초를 비춰 눈부시다.

이처럼 아름다운 천상계에서 옥황상제를 아버지로, 서왕모를 어머니로 둔 전생의 허난설헌은 선계의 이름이 경번이었다. 그런데 선계 광한전에 백옥루가 건립되어 삼신산과 곤륜산 등지에서 축하연이 벌어진다. 경번은 아버지 옥황상제의 권유로 선계의 곳곳을 방문하며 축하연을 즐긴다. 그리고 잔치가 파하는 새벽 동이 트기 전에 신선들은 모두 귀환을 서두르지만 경번은 구름 사이로 보이는 푸른 별의 아름다움에 반하여 어머니 서왕모의 재촉에도 불구하고 푸른 별을 꼭 보고 가겠다고 버티다가 아침이 되어 천상의 문이 닫히는 바람에 경번은 돌아갈 수 없게 된다.

경번은 홀로 버려져 있다가 학에게 낚여 하늘을 날다가 푸른 별로 들어오게 되고 수많은 학들이 춤을 추는 동해바다에 떠 있는 거대한 연꽃에 내려앉아 인간계와의 인연을 맺게 된다.

전생에 옥황상제와 서왕모의 딸이었던 허난설헌은 인간계와의 인연으로 아버지 허엽과 어머니 김씨 사이에서 초희라는 이름으로 환생한 것이다.

초희는 총명하기 이를 데 없어서 오빠들의 어깨 너머로 글을 배우기 시작하여 여덟 살에 「광한전 백옥루 상량문」을 지어 세인을 놀라게 했고 때로는 꽃 · 새 · 나무들과 대화를 나누는가 하면 밤 하늘의 별과 달에게 친구 하자며 따라가다가 길을 잃기도 하는 등 범상치 않은 소동을 벌이기도 한다. 그리고 스승인 이달을 만난 후부터 초희의 의식세계는 불합리한 모순의 사회 현상에 대하여 의문과 비판의 눈을 뜨게 된다. 그것은 스승 이달에 대한 궁금증으로부터 시작되었다. 즉 오빠인 허봉은 생원시에 합격하여 남들이 허생원이라는 호칭으로 불렀지만, 이달은 생원도 아닌 그냥 시인이라고 부르는데 삼십을 훨씬 넘긴 나이에 생원도 되지 못한 사람을 스승으로 모시라고 이달을 소개한 오빠의 의도가 너무 의아스럽고 궁금했던 것이다. 그래서 오빠에게 궁금증을 털어놓고 따지기 시작한 것이다.

"오라버니, 이달 스승님은 왜 생원이라든가 대감이라든가 하는 별칭이 없어요? 궁금했어요."

"어허, 우리 초희의 궁금증이 그것이었단 말이냐? 스승님의 아버지는 충청지방에서 아주 훌륭하신 어른이지. 높은 관직도 맡으셨고 학문도 출중해 존경 받는 어른이다. 하지만 스승님의 어머니는 관비이었느니라. 정실이 아닌 여인에게서 태어난 사내는 서자 또는 서얼이라고 하지. 스승님은 서얼 출신인 게야. 과거시험 볼 자격도 없으려니와 관직에도 뽑힐 수 없는, 재주가 뛰어나지만 제도적으로 너의 스승 앞길이 막혀 있는 게지. 하지만 이 시대를 대표하는 삼당파三唐派 시인 중 한 분이란다. 너의 스승으로는 넘치는 분이니 잘 따르고 공부에 정진하도록 할 것이다."

초희는 모두숨을 내뿜으며 오라버니를 바라봤다.

"왜 사람들은 공평하지 않아요? 서얼이 무엇이고 여자가 무엇이기에 차별 받아야 되나요? 누군 가난하고 누군 부자고 누군 직책이 높고 누군 낮고, 달래를 보면 좀 불쌍하다는 생각이 들어요. 오라버니, 하지만 선계仙界에는 차별이 없어요. 단지 내가 닦은 도만큼 대우를 받거든요. 거지도 없고 밥을 굶는 사람도 없고요."

"어허 이 녀석 봐라. 마치 선계에 다녀온 듯한 말투이로다."

"적자嫡子는 무엇이고 서얼은 무엇인가요? 오라버니, 그런 세상이 없었으면 해요. 우리 스승님 불쌍해 어떡해요? 불쌍해요."

초희의 야무진 입에서 다부진 단어들이 쏟아져 나오자 봉은 할 말을 잃고 천장만 바라봤다.

스승인 이달과 자신의 몸종인 달래를 통하여 신분과 계급의 차별성에 따른 사회의 모순을 인식하고 연민의 감정을 토로함으로써 허난설헌의 의식세계는 외부로 확대되기 시작한 것이다. 그리고 김성립과 혼인을 맺은 후 부부간의 갈등과 시어머니와의 불화, 그리고 자녀들을 차례로 잃는 과정에서 견디기 힘든 심리적 갈등과 고통을 겪게 된다.

허난설헌에게 있어서 남편 김성립과의 결혼은 생애 최대의 시련의 시작이었다.

조선시대 여성으로서는 보기 드물게 자유로운 가정의 분위기 속에서 자字와 호號까지 가지고 학문을 익힐 수 있었던 허난설헌이었지만 책상머리에 앉아 책을 읽고 시를 짓는 '잘난 며느리' 를 봉건적 유교사상에 젖어있는 시댁에서 곱게 볼 리가 없었을 테니까 허난설헌의 심리적 갈등과 고통은 클 수밖에 없었다.

따라서 그녀는 이같은 좌절감과 심리적 고통감을 시에 실어 토로하며 자신의 내면세계에 도사리고 있는 자존의식을 달랠 수밖에 없었다.

창가에 하늘거리는 아름다운 난
잎과 줄기 어찌 그리 향기로울까
가을 서풍 한바탕 스치고 나서
찬 서리에 그만 시들어버렸네
빼어난 그 모습 이울어져도
맑은 향기 끝내 그치질 않기에
이것이 내 마음 아프게 하여
자꾸만 옷깃에 눈물 적시네

허난설헌은 「감우感遇」라는 시에서 이처럼 자신의 모습을 난초로 형상화시켜 고고한 자존의식을 내세우기도 하고 한편으로는 실의에 빠진 절망감을 애달파 하면서 혼란스런 내면세계를 드러내 보이고 있다.

「곡자哭子」라는 시에서는 사랑하는 두 자식을 잃은 어머니로서의 애끓는 마음을 절절히 드러내고 있다.

지난 해는 사랑스런 딸을 잃었고
올해는 사랑하는 아들을 잃었네
슬프디 슬픈 광릉의 땅에
두 무덤이 마주 보고 서 있네
(…중략…)
남매의 혼은 서로 알아보고
밤마다 서로 좇으며 노닐거야
뱃속에 비록 어린애가 있다지만
어찌 편안히 장성하기를 바랄까
(…하략…)

어쨌든 허난설헌은 남존여비 사상이 지배하는 조선사회에서 여성으로 태어난 한과 시집살이의 불행과 좌절감, 그리고 남편과의 원만치 못한 사랑에다가 자식마저 모두 잃어야 했던 아내와 어머니로서의 고독과 애통함을 가슴에 안고 살아간 불우한 여인이었다. 그녀를 둘러싸고 있는 현실여건이 그녀의 천재적 총명성과 꿈과 이상을 그리워하는 감성의 세계를 모질게 짓밟았기 때문이다.

허난설헌에 관한 사료史料는 그리 많지 않다. 동생 허균이 그의 여러 문집에서 단편적으로 언급한 글과 그녀의 시문집 『난설헌집』에 실린 발문이나 평문 등을 통해 그의 삶과 문학의 세계를 엿볼 수 있을 뿐이다. 그런데도 작가 김진원은 허난설헌의 시편들을 그녀의 삶과 연계시켜 해독하고 무한한 작가적 상상력을 동원하여 주옥같은 허난설헌의 전기 『백옥루 상량문』의 대작을 월간 『조선문학』에 연재하고 이를 다시 묶어 한 권의 책으로 펴냈다.

집필과정에 있어서도 허난설헌의 친가와 시가인 안동 김씨댁을 여러 차례 방문하여 양가의 후손으로부터 증언을 청취하고 꼼꼼히 사료를 섭렵하는 치열한 작가 정신을 발휘했다.

『난설헌집』에 갇혀 있던 전설 속의 여인 허난설헌을 『백옥루 상량문』에서 비로소 생동하는 인간의 숨결을 지닌 여인으로 환생시킨 김진원 작가의 노고에 치하를 보낸다.

■ 참고문헌

허미자, 『허난설헌』, 성신여자대학교출판부, 2007.

함종임, 『난설헌 허초희 채련』, 푸른사상, 2007.

이방 저, 김장환 외 역, 『태평광기』, 학고방, 2005.

곡자 : 난설헌이 두 아이를 잃고 쓴 자작시.

희윤의 묘비명 : 허봉 지음. 아들 희윤이 죽자 외삼촌 허봉이 귀양지에서 지어보내 희윤의 묘 앞에 세움. 현존하고 있음.

■ 난설헌을 중심으로 한 년대별 사건

1539 손곡 이달 태어남

1540 원균 태어남

1542 김첨, 유성룡 태어남

1545 이순신 한양 건천동 태어남

1546 허엽 식년문과 갑과 급제

1548 허성 태어남

1551 허엽 부교리. 허봉 태어남

1553 허엽 사가독서

1559 허엽 필선으로 복관

1560 허엽 대사성

1562 허엽 지제교. 동부승지 참찬관이 됨. 과격한 언행으로 파직. 김성립 태어남

1563 허난설헌 태어남. 허엽 삼척 부사로 복관, 다시 파직

1564 유성룡 사마시 급제

1566 유성룡 별시 문과 병과 급제

1567 유성룡 춘추관 기사관

1568 허엽 명나라 축하 사신인 진하사로 다녀옴. 허엽 대사간 등용. 난설헌 글(한문)을 읽음(5세). 허봉 생원시 합격(22세). 허성 생원

1569 유성룡 성절사 서정관 명에 다녀옴. 허균 태어남

1572 허봉 친시문과 병과 급제. 이순신 훈련원별과에 응시 낙마로 다리 부러짐

1573 허봉 사가독서. 매창 태어남(1612)

1574 허봉 명나라 가서 하곡 조천기를 씀

1575 유성룡 직제학. 허엽 동인의 영수가 됨. 허엽 부제학. 경상도 관찰사. 허봉 이조좌랑 김효원등과 동인의 선봉. 심의겸 등 서인과 대립

1576 유성룡 부제학. 상주목사 자청 향리의 노모 봉양. 율곡이이 동인과 서인의 대립을 중재하다 실패하자 관직을 버리고 파주 율곡리로 낙향. 김첨 별시 문과 병과 급제. 난설헌 허균에게 시를 가르침

1577 이순신 식년 무과 병가 급제. 허균 매우 뛰어난 시를 지음. 유몽인은 어우야담에서 허균의 시는 너무 아름답다 뛰어난 문사가 될 것이다. 하지만 매부(이복 누이)우성전은 문사가 되겠지만 허씨 집안을 망칠 것이다, 라고 예언). 허봉 성균관 교리. 허난설헌 김성립과 결혼

1579 김첨 사가독서

1580 허엽 경상관찰사로 부임중 몸이 아파 중추부동지사가 되어 상주 객관에서 사망(난설헌 18세)

1581 율곡 이이 복관. 김첨 이조좌랑

1582 허봉이 두율시집(두보)을 난설헌에게 줌(19세). 김첨 고경명 대신 경상도재상경차관으로 나감

1583 허성 별시문과 병과급제(35세). 허봉 전한 창원부사. 김첨 중국사신 종사관으로 다녀옴. 김첨 율곡이이 탄핵했다가 지레현감으로 좌천. 허봉 병조판서 율곡 이이를 탄핵하였다 갑산으로 유배(난설헌 21세). 율곡이이 서인으로 낙인찍혀 동인들이 득세하자 동인의 강력한 탄핵으로 율곡리로 재귀향. 이순신 권원보권감 훈련원참관 됨

1584 허봉은 사신 박희립을 따라 서장관이 되어 명나라 황제의 생일 축하

사신. 율곡이이 사망. 유성룡 예조판서. 경연춘추관 동지사 겸임. 허봉 귀양에서 풀려남

1585 허봉 영의정 노수신의 구제로 재기용되나 거절. 백운산 금강산 등으로 유랑. 난설헌 딸 죽음. 난설헌 딸의 죽음으로 상심함. 외삼촌 김양 집에서 몽유광상산서시를 지음

1586 이순신 사복시 주부. 난설헌 아들 희윤 죽음. 허봉이 귀양 중 희윤의 묘비 글 지음. 허균 혼인(의금부 도사 김대섭의 둘째딸 김씨와 혼인)

1587 난설헌 태아 사산. 허균 허봉의 유배지에서 금각을 만남

1588 허봉 금강산 유랑길에 강원도 김화에서 병(황달) 객사

1589 허난설헌 죽음(3월 19일). 허균 생원이 됨. 김성립 증광 문과 병과 급제(28세). 이순신 선전관 및 정읍 현감

1590 허성 서장관으로 김성일 황윤길 등과 함께 일본 통신사로 다녀옴. 유성룡 우의정

1591 유성룡 좌의정

1592 임진왜란. 유성룡 영의정. 김성립 전쟁 중 사망. 허성 이조좌랑. 허성 경상우군 수군 절도사

1593 허균 왜란 피난길에 아내와 3일된 아들을 잃음

1594 허균 정시 문과급제. 허성 이조참의

1595 허성 대사관 대제학

1597 허균 문과중시 장원급제. 원균 죽음

1598 이순신 죽음. 허균 황해도 도사

1599 허균 황해도 도사 파직

1607 유성룡 죽음

1612 허성 죽음

1613 허균 죽음

1618 손곡 이달 죽음

난설헌 허초희의 **백옥루 상량문**–김진원 역사소설

인쇄 2010년 11월 5일 | 발행 2010년 11월 15일

지은이 · 김진원
펴낸이 · 한봉숙
펴낸곳 · 푸른사상사

기획 · 편집 · 김재호, 강태미, 차경진 | **디자인** · 지순이 | **마케팅** · 김두천, 이경아
등록 제2–2876호
주소 서울시 중구 을지로3가 296–10 장양B/D 7층
대표전화 02) 2268–8706(7) | **팩시밀리** 02) 2268–8708
메일 prun21c@yahoo.co.kr / prun21c@hanmail.net
홈페이지 www.prun21c.com

ISBN 978-89-5640-783-8 03810

값 15,000원